魅丽文化 花火工作室

三生有笑遇见你

（上）

南北逐风 著

百花洲文艺出版社
BAIHUAZHOU LITERATURE AND ART PRESS

图书在版编目（CIP）数据

三生有笑遇见你．上 / 南北逐风著．-- 南昌 : 百花洲文艺出版社，2019.11
ISBN 978-7-5500-3412-9

Ⅰ．①三… Ⅱ．①南… Ⅲ．①长篇小说－中国－当代
Ⅳ．①I247.5

中国版本图书馆 CIP 数据核字（2019）第 211734 号

三生有笑遇见你．上
SAN SHENG YOU XIAO YUJIAN NI.SHANG
南北逐风 著

责任编辑　郝玮刚
特约编辑　李　墨
封面设计　李　娟
封面绘制　显　灵
出版发行　百花洲文艺出版社
社　　址　南昌市红谷滩新区世贸路 898 号博能中心 A 座 20 楼
邮　　编　330038
经　　销　全国新华书店
印　　刷　湖南新华精品印务有限公司
开　　本　880mm×1230mm　1/32　印张 10
版　　次　2020 年 2 月第 1 版第 1 次印刷
字　　数　220 千字
书　　号　ISBN 978-7-5500-3412-9
定　　价　36.80 元

赣版权登字　05-2019-393

网址 http：//www.bhzwy.com
图书若有印装错误，影响阅读，可向承印厂联系调换。

目录 CONTENTS

CONTENTS

第一章

鸽子哨传来了清脆的响声，一群鸽子在天空中盘旋，这是四九城里独特的景致。鸽群翩然落地，停在了一处宅院，哨声戛然而止，此时无声胜有声。

四月的天气极好，正适合晒晒太阳，把闷了一冬天的“懒筋”给舒展开来。

院里有两个人，一位白发苍苍的老者躺在摇椅上，半合着眼睛，手掌自然蜷着，手指轻蹭着翡翠扳指。

旁边矮几上的茶是刚刚沏的，还冒着一丝丝白雾。

他跟前站了一个年轻人，身高腿长，一身潮牌，与周遭的老格局格格不入。年轻人微微垂着头，眼睛盯着地面，模样有些吊儿郎当，口中念念有词。

“蒸羊羔，蒸熊掌，蒸鹿尾儿……”谢霜辰刚起了个头，便有些不耐烦地问道，“师父，怎么每次都要来一遍《报菜名》？”

摇椅还是那样晃着，谢方弼眼睛都没抬一下，悠悠地说道：“那就来一段《开粥厂》吧。”

谢霜辰刚要开口，只听谢方弼又说道：“不用太多，就《年单子》吧。”

“……”谢霜辰这次不说话了，脑袋一歪，什么红锦扑粉，灯花藏香脱口而出，字字清晰流畅至极。这《开粥厂》又名《三节会》，是相声中颇具难度的大贯口，其中包含五月节、八月节，以及过年，讲这么一大段不光靠着嘴力，也得有气力，洋洋洒洒千百字讲究一气呵成，一贯到底。

这是相声演员的基本功，功夫好坏一听便知。

这也是谢霜辰每次回家来，谢方弼都要检查的功课之一。

最后一个字落下，谢霜辰长呼一口气。他打小就背这些玩意儿，听师父说，当年给几位师兄口传心授，一个《开粥厂》连背好几天才彻底学会，他不过两天工夫就背得滚瓜烂熟，十几年过去仍旧倒背如流，心中不免得意："师父！"

只听"啪"的一声，谢方弼拍了一下谢霜辰的手，说道："没大没小。"可谢方弼却不怒，而是站了起来，捧着自己的茶杯慢悠悠地进了屋。谢霜辰跟在谢方弼身后，见他抿了一口茶水，在屋里的太师椅上坐定，问道："你小子又憋着什么坏呢？"

"哪儿啊！"谢霜辰站在一侧，挺直了腰板儿说道，"我是来看望您的，哪儿能憋坏？"

"我还不知道你？"谢方弼笑道，"你一撅屁股我就知道你拉什么屎，要没个事，你能大周末跑来看我这老头子？不打游戏了？不去蹦迪了？中国的电子竞技不需要你拯救了？"

"如果电子竞技靠我就能拯救的话，那我真是最强王者 3800 分段的。"谢霜辰非常认真地说道，"师父您可是老艺术家，当世名角儿，怎么能成天把屎尿屁这种粗俗的字眼儿放嘴上呢？还有，白天不蹦迪，三里屯不开张。"他的重音全在"放"这个字上，仿佛谢方弼不是说了几个粗俗字眼儿，而是嘴里真有点儿什么不可描述的东西。

谢方弼鼻子一"哼"，说道："哟，我还喷你一脸呢？你可别给我埋坑下绊儿抄便宜，你还嫩点儿。"他下巴一抬，朝着旁边的椅子一指，谢霜辰这才敢坐下。

一坐下，谢霜辰立刻就变样了，半个身子恨不得瘫在八仙桌上，手指轻轻抚弄着桌面，哼哼唧唧地说道："师父啊，我确实有个事想求您……"

"又闯什么祸了？"

"没有！绝对没有！"谢霜辰又抚了抚桌面，软了下来，小声说道，"师父，我想换搭档了。"

"什么？"谢方弼惊道。

"您先别太惊讶，您听我说。"谢霜辰赶紧说道，"我跟刘老师搭档这些年吧，您也瞧见了，我俩真不合适。刘老师确实活好，瓷实，但是他是个老派人，我说点儿什么新奇的他就兜不住了，这样，我觉得别扭。再说了，刘老师身体也不大好……"他口中说的刘老师名叫刘长义，按辈分来算是跟他同辈，但是按年龄来算，人家五十多岁，谢霜辰都能管他叫叔了。可是他们这圈人，论辈分不论年龄，谢霜辰直呼其名讳觉得不太好，就叫他一声“老师”意思一下。

这是谢霜辰出道时就在一起的搭档，也是谢方弼亲自给谢霜辰选的捧哏演员。谢霜辰年纪小时还不太懂什么，后来长大了，就觉得跟刘长义之间有十七八条代沟，他太年轻了，脑子也活络，偶尔来个即兴发挥，刘长义又不会“吃鸡”不会“学猫叫”的，能给他捧住了才怪。

这就让谢霜辰很难受，非常难受。他很叛逆，他要换搭档！

谢方弼听完了个中缘由，闭了一会儿眼睛。谢霜辰仔细瞧着师父的神态，越看越不好，心里觉得这事儿要没戏。其实换搭档倒也不是什么大事，今天跟这个，明天就能跟那个。又不是离婚还得涉及分家产，真要是双方把话说开了，也能和平分手。

约莫几分钟过后，谢霜辰都不抱什么希望了，谢方弼这才睁开眼睛，叹了一口气，问道：“那你说说，你想要谁？”

谢霜辰一怔。

谢方弼看向他：“你要是没把后三手都想好了，能跑来跟我张这个嘴？是不是搞不定？需要我出面？”

“您可真是我亲生的师父！”谢霜辰一拍大腿差点儿给谢方弼跪下，“师父，我想要竹莲茶楼说相声的那个叶菱当我的搭档。”

谢方弼寻思了一阵，摆摆手：“没听说过。”

“您肯定没听说过，我之前都没听说过。”谢霜辰掏出手机给谢方弼看了一段小视频，一个简陋的台子，上面两人一张桌子，站桌子后面的就是叶菱。谢方弼掏出老花镜带上，眯眼看了看，捧哏的大多时候在台上就是“嗯嗯啊啊”的，一两句也看不出什么。不过这叶菱模样倒是不错，有股子书卷气，穿着深灰色的大褂不像是说相声的，清清冷冷，倒像是个民国的文人才子。

谢方弼又看了看谢霜辰，这徒儿也不像是说相声的。谢霜辰剑眉星目，绷紧了英气勃勃，松下来又有几分痞气，活像是能让小女孩们神魂颠倒的偶像。这张脸站在台上说相声就仿佛好看的人扮丑角儿，都没什么说服力，光看脸了，哪儿还能用心去听“包袱”？但是谢霜辰天资极高，没长一张相声演员的脸，手里却捧了祖师爷的饭碗，你说祖师爷怎么就看上他了呢？

谢方弼心中呜呼哀哉，早知道还不如叫谢霜辰去唱武生。

小视频很快结束，一直没怎么说话的叶萋忽然接过话茬儿，一听就是即兴发挥，把人家逗哏演员摔了一个“大跟头”，惹得台下哄堂大笑。谢方弼瞥了一眼，说道：“看模样挺斯文的，嘴倒是厉害，不知道师承何处？”

“……没师承。”谢霜辰说道。

“……”谢方弼抬眼看着谢霜辰，这会儿老爷子要翻白眼了。

谢霜辰说道：“要不……您收了他？正好他跟我做搭档，也算有了正式的名分。”

“哼”谢方弼直接把谢霜辰的手机摔在了桌子上：“小五爷别是许了人家什么好处了吧？”

谢霜辰一听这话，知道谢方弼要拿捏他了。谢方弼行五，人称“五爷”，到了谢霜辰这里仍旧是行五，上面还有四位师兄，他便被称为“小五爷”。

小五爷冤，很冤。许人家好处？也得要人家稀罕啊！

“师父啊！”谢霜辰身子一软直接出溜到地上了，抱着谢方弼的大腿开始哭喊，“没好处！真没好处！是您徒儿我一厢情愿瞎了心！您就……”

他还没说完，谢方弼就说道：“得了吧，得了吧，甭挨骂了。你师父我什么身份，给你出面就为这事儿？小五爷的脸忒大了点儿吧？合着你这是小学生叫家长还是怎么着？瞧你这么点儿出息！再者说了，你换个谁不行呀？这是哪儿来的查无此人！”

谢霜辰不干，就差撒泼打滚儿了：“不行，不行！我就要这个！就这个！”他身子一矮开始捶地板。

“嘿！你这是潘金莲想西门庆还是莘瑶琴下嫁卖油郎啊？”谢方弼踹了谢霜辰一脚，对他这个混世魔王、小王八蛋的做派百分之百免疫，“别扒拉了！我的袜子！”

谢霜辰委屈巴巴地说道：“我怎么净是第三产业工作者？”

谢方弼笑道：“甭在地上滚了，您那几千元的裤子全在我这儿擦地板了？”他一端腔调，谢霜辰就敢顺杆儿爬，站起来拍了拍自己的脸说道：“只要您开口，甭说我这几千元的裤子了，就您徒弟这八百元包夜的脸都能给您盘串儿！”

“哦，不是一百元过两宿了？那我这串儿比您那脸贵点儿。”谢方弼摆手，“您脸皮厚，再把我这串儿盘呲了，不值当呀！”

“您是德艺双馨的老艺术家！”谢霜辰捶胸顿足，“能不能不要总是提第三产业的事！”

谢方弼说道：“您自个儿提的呀。”

“别‘您您您’的，我担不起。师父，咱不闹了。”谢霜辰赶紧打住，他俩这一捧一逗的折腾起来怕是说到天黑也入不了正活。“师父，您听我细细说来。”他站直了身体，摆好了身段儿，一只手向前一伸，“啊——”

“你就甭抒情了！”谢方弼无奈。

事情得回到一周前，也就是谢霜辰连续在竹莲茶楼听相声的第三个月。

叶菱正在后台准备，他穿了件黑大褂，衬得人很白，手里捧了一沓厚厚的纸拿着笔在批改。他的搭档王铮不知何时站在了他的身后，问道：“改论文呢？”

“嗯。”叶菱点点头。

“要毕业了吧？”王铮又问。

叶菱还是点头。

王铮接着问道：“毕业之后打算做什么？”

叶菱摇摇头，说道：“没想好。”

“高才生，用得着你想？”王铮开了个玩笑，紧接着又说道，“谢家的小五爷又，又，又来了。”

叶菱目不转睛地说道：“不认识。”

王铮哑然。他这个搭档平日里话不多，看着倒是人畜无害的，可要是那臭脾气一上来，嘴巴比蛇蝎还毒，翻脸谁都不认。他叹了一口气，看前台唱评戏的要结束了，就拍拍叶菱的肩膀：“该上台了。”

“嗯。”

两人上台鞠躬，这是茶楼不是戏园子，唱戏说相声的就是为了给顾客们逗个乐子，不至于喝茶聊天太没劲，没什么人是专门跑来听某某某说相声的。而且就现在的人而言，大多觉得说相声的都是老头儿，看台上有这么两位年轻的演员，多少有点儿惊讶。

年轻人谁会喜欢老头儿呢？

谢霜辰不顾这些，他自从在网上无意间看到了叶菱的视频之后就惦记上了，又自顾自地觉得对方跟自己非常般配，存了心要挖墙脚，得空就来，搞得人家后台对他都十分不满了。

小五爷有两处叫人不敢直视。

一是这张人见人爱花见花开的脸，二是行事作风。

他没听几场就拿真丝帕子包着自己手上的卡地亚戒指、手镯往台上扔，捧角儿捧得“豪”无人性，也是老派的可以。

这可把王铮跟叶菱吓了一大跳，他们还能不知道谢霜辰的名字？就算不知道他，难道还不知道他师父谢方弼何许人也？两人谢了幕就去给谢霜辰道谢。谢霜辰没怎么搭理王铮，倒是笑着跟叶菱说了两句话，叶菱闷声应了两句，心里却对这位名门少爷喜欢不起来。

油嘴滑舌没正行，不过是仗着师父的名头罢了。

谢霜辰来过几次之后就跟叶菱表明了心意，叶菱眉毛一皱，问道：“您没病吧？”

“我说真的呢。”谢霜辰说道，“您跟了我吧。”

两人倒是客气。

“……”叶菱拿一脸看蠢货的表情看着谢霜辰。

旁边喝水的王铮一口没兜住就喷了出来，然后哈哈大笑。这算哪门子事啊？小五爷还真是个敞亮人，挖墙脚都挖得这么光明正大，当着王铮的面就敢这么说。说话也不婉转，直接就是“您跟了我吧”，不知道的还以为是土匪来抢亲呢。

有意思，真是有意思。

王铮是个心胸很大的人，他不太计较这些。可是叶菱不行，他就是觉得谢霜辰有病。再后来无论谢霜辰往台上扔什么值钱的玩意儿他都不搭茬儿，谢霜辰也是有几分脾气的人，见媚眼抛给了瞎子，干脆就在下面喊话调戏台上的。

谢霜辰说道：“太平歌词俩调儿，怎么还能唱没了？”

王铮谦虚地说道：“我五音不全，柳活儿不行。”叶菱不语。

谢霜辰说道：“您这‘包袱’不响啊？能不能说点儿好笑的？”

王铮刚要说话，叶菱就说道：“您要听好笑的撒泡尿照照自己不就成了？”

“嘿！您这话说的。”谢霜辰敲了敲桌子，“不中听，掀桌子了啊！”

店里客人本就不多，还都是来喝茶的，见台上台下杠上了，以为要打架，一溜烟就跑了，老板还得追出去让人家结账。

“您这戏学得一般般，小曲儿小调儿也就那样，说学逗唱没一样见长。”谢霜辰说道，“要不要跟哥学学？哥的本领可是家传的，老字号。”

王铮刚要张嘴怼过去，谢霜辰又接着说道：“逗哏的我没说你，我跟那个捧哏的说话呢！”

叶菱皮笑肉不笑地说道：“老字号？那您可得好好保养着您这把老骨头，别撒尿照镜子的时候抖落在自己脚上，那可就尴尬了，我们怕是也学不上了，您说是不是？”

他不光怼了谢霜辰一句，还跟之前那一句连上了。虽然是在骂谢霜辰，可谢霜辰不生气，心里倒还觉得这人可以，很想鼓着掌再“噫”上一声给叶菱捧场。

他们两人你一句我一句，叫王铮哭笑不得。

谢霜辰是个越挫越勇的人，在叶菱这里遇到一点点小坎坷算得了什么？真金白银卡地亚无法打动叶菱，他就另外想了一辙。他也不知道从哪儿打听到叶菱是天津人，隔天一大早就坐高铁去了天津，上“大福来”打包了一份锅巴菜老豆腐，然后再坐高铁回来，用保温袋套一套，提溜着去茶楼听下午场。

等叶菱一上台，谢霜辰就把袋子往台上递。叶菱不搭茬儿，王铮客客气气地接过去，把袋子打开一看。

“嚯——”王铮有点儿惊讶，转而用看好戏不嫌事多的口吻，说道，“硬核捧角儿，可以，可以。”

没想到旁边的叶菱忽然冷不丁用天津话小声说道：“倒霉揍性。”

谢霜辰耳朵尖，听见了叶菱骂他，笑着用天津话问道：“跟我走吧。”

他们这些说相声的，各地方言那是张口就来，一人一句就够台下的客人笑半天了。

唯有老板苦着一张脸站在屏风后头，不知几位角儿要闹到什么时候，客人们干听不续茶了。

一个来自河南的茶楼经营者在心中呐喊：做生意咋就这么难咧！

第二章

叶菱特别烦谢霜辰，不知道谢霜辰从哪儿要来了自己的微信，不是想约他出去吃饭，就是给他分享各种微信毒鸡汤公众号，另有什么淘宝集赞之类的。回复一串省略号给他，谢霜辰就发来文字说："不好意思发错了，哎哟您在呀？要不给我点个赞？"

然后叶菱就把谢霜辰拉黑了。

谢霜辰干脆给叶菱打电话。

叶菱不知道那是谢霜辰，接了之后听见那个中气十足的声音就觉得脑袋疼。

"你想干吗？"叶菱不耐烦地说道，"有你这样的吗？"

谢霜辰说道："我都听说了，王铮是不是要结婚了？他结婚是不是得养家？您二位在茶楼里说一场给多少钱？您说他要是屈从现实改行了，您可怎么办？不说了？我是替您担心，想为您解忧。那么问题来了，何以解忧？唯有区区不才在下我来勇当接盘侠了！"

"你卤煮吃多了吧！怎么满嘴秃噜下水？"叶菱说道，"得了，那我也屈从现实去，不劳你费心。"

"那不行，您跟他不一样，您就是这行里的人。"谢霜辰声音软了下来，然而浓郁的北京口音再怎么软听着也又懒又痞，"做我的搭档不好？从今往后您就不用在那个破茶楼里说一场几十元的相声了，跟哥商演去，挣大钱。"

"你贵庚？"叶菱一脸淡漠地问道。

"二十一岁。"谢霜辰回答。

叶菱说道："我都二十六岁了，你可真是我的好哥哥。"

"哎哟喂，这么巧呀！"谢霜辰吃了个瘪，但是优秀的相声表演艺术家接人话茬儿顺杆儿爬的能力可不是盖的，立刻就说道，"女大三抱金砖，男大二加三永流传，一生一世一起走，您叫我一声哥，我教您Here we go(一起走)……"

"你就别强行压韵了！"叶菱打断了他的话，"没听说过！"

"您真捧我。"谢霜辰笑着回道。刚刚叶菱那句话是非常标准的捧哏句式，谢霜辰知道叶菱这是习惯了没掰过来。

叶菱不语，谢霜辰怕他挂电话，紧接着说道："您给个话儿吧，只要是我能办到的，天上飞的，地上跑的，水里游的，草里蹦的，外太空飘着的，停尸房躺着的，都行。"

"……"叶菱心想这都是什么玩意儿。他沉默了一会儿，才说道，"那就找位德高望重的老前辈来替你求情吧，我不听你说话。"他就那么随便一说，说完就把电话给挂了，然后再把这个号码拉黑。

这样一句无心之言到了谢霜辰耳朵里可就成了事了。论当今相声行业里，德高望重的老前辈谁人能超过他师父谢方弼？谢霜辰也不含糊，得空就跑来师父家里跪求了，这才有了这样一番故事，要不然哪儿至于这么麻烦？

谢方弼中午吃了饭要休息一会儿，谢霜辰没有午睡的习惯，这个院子里除了侍弄花草金鱼，喂喂鸽子喂喂猫就没什么别的能玩乐的东西。更何况哪有几个年轻人爱干这些个事？谢霜辰只能坐在太师椅上打打游戏，游戏打得不顺心情还很糟糕。看看自己的好友列表里，王铮在线。

一条信息就发了过去。

"铮哥啊，我可怎么办呀！"

好一会儿王铮才回了他的信息。

"什么怎么办？"

"叶菱啊！"

王铮那边正打着游戏，没工夫回谢霜辰。好半天之后，他才回了一条信息。

"你最近少惹他，他六月份毕业，现在正是忙的时候呢。"

"您六月份结婚，他六月份毕业，您俩可真是到了散伙的时候了。"

"毕业季也就是分手季，古人诚不欺我也。"

王铮："你还真是不客气。"

“我也就只能嘴上不客气一下。”谢霜辰问道，“他都二十六岁了怎么才毕业？留级了？学什么的？”

王铮含糊地回他的信息：“学烧锅炉的。”

“哦！”谢霜辰了然，“合着说相声是真不够吃饭的，还得上别处学点儿傍身的手艺。”

“别贫了。”王铮说道，“我回头开导开导他吧。”

“谢谢铮哥。”

“谢什么？我就是放心不下他。”王铮解释，“他上大学的时候我跟他认识的，都是业余喜欢相声就凑在了一起，我没想过指着这个干一辈子，但是他吧……”

“怎么？”谢霜辰问。

“他放弃了很多东西，”王铮说道，“他是真的喜欢相声。”

“放弃烧锅炉？”谢霜辰认真地说道，“那是放弃了不少……炉灰。”

“……”王铮发过来一连串的省略号，然后说道，“你说什么是什么吧。”

“得，您也算临终托孤。”谢霜辰说道，“我一定倾其所有辅佐少主，保全汉室江山！”

王铮：“……再见。”

谢方弼没有跟谢霜辰表明自己是什么态度，这徒弟请师父出面摆平事端的戏码自古以来就不少见，但是从来没听说过徒弟请师父再收个徒弟，纯粹是因为自己想要跟人家做搭档。

这是哪儿跟哪儿的事呀！

谢霜辰是个不要脸的玩意儿，谢方弼还是有几分仙风道骨大家矜持的，再怎么宠爱徒弟，也不能太让他胡来。

所以这事儿就搁置了。

眼瞅着天气越来越热，谢霜辰那搭档刘长义老师忽然身体出了些毛病住进了医院，本来夏天演出就多，刘长义不去，谢霜辰也懒得动。他不喜欢曲艺团的氛围，后台一堆叔叔大爷，个个都是角儿，端的都是艺术家的范儿，可实际上说的那些“包袱”真是让人笑不出来。谢霜辰虽然八面玲珑，但也不太愿意和那些叔叔大爷交流，即便按照辈分来算，他是很多人的平辈或者长辈。

可是代沟却是比年龄辈分更可怕的东西。

这个工作其实让谢霜辰干得很压抑，他很羡慕师父口中那个在小园子里说相声的年代，也很羡慕那些在茶楼里说相声的“查无此人”。他是谢方弼捡回来养大的，只在小时候去小园子里说过，后来师父就不让徒弟们再去了。

市井文化就应当扎根在民间，让它悬浮在空中，放进艺术殿堂里，它就不是那么个味儿了。

听相声没意思，干吗不去打麻将呢？打麻将还热闹些。

但是谢霜辰还意识不到这些高深莫测、伤春悲秋的东西，他就是觉得无聊。曲艺团的工作是谢方弼给他安排的，说来也是谢方弼怕谢霜辰游手好闲，给他找了个活儿干，能让他生存下去。要不然等谢方弼百年了，谢霜辰这个公子哥儿还不得饿死？

谢霜辰到医院去看刘长义，本打算说几句客套话，但是没承想说着说着就跟鬼迷了心窍般，突然就跟刘长义说要拆伙。刘长义刚开始很惊讶，随后就理解了谢霜辰的意思。刘长义借故说自己身体确实不复从前，小五爷应当有更好地发展。谢霜辰一听这话，心中感慨万千，站起来给刘长义鞠了一躬。刘长义笑着摆摆手，表示自己确实有点儿不太适合跟小五爷做搭档，年轻人要说年轻人喜欢的东西，他们这些老古董实在是过时了。

此番深明大义，让谢霜辰感激不尽。

他脚步轻快地离开了医院，刚一踏出大门就觉得有点儿不对劲。他高兴个什么劲儿呀！自己的新搭档还没搞定呢，现在一个人难道要去说快板？他想跟叶菱聊会儿天，但是王铮跟他说叶菱最近很忙，谢霜辰就有些纳闷了，蓝翔技校毕业要求也那么高？

不对，蓝翔在山东。那北京有什么？北大青鸟还是清华同方？听着似乎是学修电脑的。

可是，北京有什么技校能学烧锅炉啊！

五道口，清华园。

叶菱刚和老师聊完论文的事，已经错过了午饭时间。恰巧靠近南门这边，干脆出去吃饭顺道溜达溜达买点儿东西。

即便是周末，这附近也有很多穿着高中校服的学生在这儿出现，他们的业余生活丰富多彩，两三个人能点一桌子吃的，然后个个举着手机互相交流最近新奇好玩的事情。

叶菱瞥了一眼，好巧不巧看见了人家手机屏幕上的谢霜辰。可能是某次在电视上表演的节目，谢霜辰穿着西装打着领带，跟身边的捧哏演员完全不是一个画风。别人都是中年乡村基层干部的模样，而谢霜辰则像个霸道总裁。

怎么看怎么别扭。

不过小女生是不在意这些的，她们就是随便在网站上点开一个视频看帅哥，打发打发时间，仅此而已。

谢霜辰说的就是典型的电视相声，十几分钟的内容，不需要有什么高超的技巧性的表演，也不管跟观众有没有互动，晚会演出就那样，大伙儿都爱看偶像艺人唱歌跳舞，说相声不如蹦迪。

所以看多了这些，叶菱对谢霜辰的评价就是绣花枕头，草包一个。

再加上谢霜辰这段时间一直骚扰自己，他更觉得谢霜辰怎么看怎么不顺眼。明明师出名门，怎么就能如此不上档次？如此纨绔？跟老先生学点儿真本领不好吗？太暴殄天物了。

他保持着一个姿势看着那几个女孩儿，视线停留久了总会被注意到。女孩儿们疑惑地扭过头来看他，见是一个清冷文静的男孩儿，不觉得被冒犯，反而少女心四起，叽叽喳喳聊个不停。

叶菱赶忙收回了视线，随便吃两口东西便离开了。

日子一晃就到了六月，叶菱学校这边的事基本都忙完了，就差领个毕业证。王铮的婚礼邀请他做伴郎，跟他交代了好多事情，他俩聊完正经事，就说起了谢霜辰。

他们因为这段时间各自都忙碌着，许久没有去茶楼里说过相声，这一次见面还是王铮陪叶菱去买西装，正好婚礼和毕业典礼都用得上。

“还没想好以后做什么？”王铮问道。

“没想过。”叶菱有点儿逃避地说道，“不着急。”

“你们老师没给你做思想工作？”

“他倒是给我介绍了好多工作，有的能给北京户口，有的进去直接拿年薪。不过我猜他是因为班上就差我一个人工作没着落，闲得慌，就想着给我介绍份工作。”

“怎么能说是闲得慌呢？你这张嘴，可真是一点儿都不尊师重道。”王铮笑着说道，“他是希望你学以致用，全班第一可别浪费了啊。”

“那么你呢？”叶菱反问道，“平白晃荡了两年，以后要做什么？”

王铮回答道：“老本行，当个程序员，写写代码，总够养家糊口了。”

“那你一定是最有意思的程序员了。”

王铮笑着说道：“可不是么。”

一个话题到此结束，两人陷入沉默。叶菱挑了一套西装试了试，王铮从镜子里看向叶菱，说道：“我觉得谢小五爷人不错。”

叶菱默默地整理着自己的衣领，不说话。

“扔得起卡地亚送得了锅巴菜，跟他做搭档，别的不说，至少不愁吃饭。”王铮继续说道，“而且他从冬天到夏天，就差天天在你眼皮子底下晃荡了，如此锲而不舍也算是真心可鉴。哎，不如你考虑考虑？”

“多大点儿事？怎么，你走了我还能不活了？我找谁做搭档不好非得找他？”叶菱不耐烦地说道，“那我还不如拿着漂亮的年薪去当工程师。再说了，正经的东西他会什么？没有谢老师在，他算个什么东西？他就学会纨绔少爷捧角儿那套封建糟粕的玩意儿了。”

“此言差矣，丢戒指手镯那都是太太小姐们干的事。”

“那他就连个娘们儿都不如。”

王铮无奈：“你的抵触心理真强啊。”

“见了他就烦。”

王铮没说什么，因为他婚礼的时候谢霜辰会来。不是他邀请的，是人家小五爷死缠烂打要来，大喜的日子，谁能说“你别来”？他心里有点儿发愁，不知道到时要如何跟叶菱讲，只希望他们相安无事，别闹出什么动静。

第三章

婚礼当天非常热闹，一个宴会厅里摆了二十来桌，可见双方的亲戚朋友确实不少。

叶菱一大早就陪着王铮忙这忙那的，等婚礼正式开始的时候，叶菱已经有点儿犯困了。台上的司仪说着标准的婚礼台词，等新郎新娘交换完戒指，父母讲完话，大伙儿就开吃了。

新人走过来挨桌子敬酒，王铮根本不指望叶菱替自己挡酒，但总归也得喝两杯意思一下。他虽然与叶菱认识多年，对叶菱的酒量却没什么概念。叶菱也不含糊，让做什么就做什么，两杯酒下去脸都红了，倒是王铮看着有些意外。

“你没事吧？”王铮问道，“不能喝酒早说呀。”

叶菱摇头：“没事。”

王铮他媳妇儿说道：“弟弟，你喝酒还不如我呢。”

叶菱的脸更红了。

他们走了一圈，走到男方这边的备桌。这桌没几个人，就一个男的，便是谢霜辰。他正在给几个女孩儿讲笑话，变魔术，眉目传情呢，博得几个女孩儿笑声频频。眼瞅着下一步就要加微信了，这时，新郎新娘走了过来。

“哟，铮哥，恭喜恭喜。”谢霜辰笑着拍了拍王铮的手臂，“嫂子真漂亮。”他主动举起酒杯，继续说道，“小弟祝铮哥铮嫂百年好合，早生贵子！哦，对了！”他从一旁的椅子上拿起一本书递给王铮，“送铮哥的礼物，也祝铮哥新工作顺利！”

众人看过去，是一本《史蒂夫·乔布斯传》。

“挺好，挺好的。”王铮笑着拿了过来，转手交给了叶菱。

“人家是安卓开发。”叶菱毫不留情地说道，“送什么《史蒂夫·乔布斯传》？”

王铮哽住，没想到叶菱会来这么一句，顿时，气氛有点儿尴尬。

谢霜辰接过话茬儿说道：“那就祝愿乔布斯在天之灵也保佑我们安卓。”说着还拿了三根筷子一竖，对着乔布斯的照片鞠躬比画了一下，并对王铮说道：“明天我再送铮哥一个安卓小机器人，两供一块儿，后面放个关二哥，左边明日香右边绫波丽。愿天下再无智障Bug（漏洞），程序员喜乐平安，中国的移动互联网行业不能没有您啊，铮哥！我觉得为了我们伟大的愿景，得敬乔布斯一杯。”

他一番话把大伙儿都给逗乐了，王铮还装模作样地举杯应和他。叶菱站在王铮身后很想翻白眼，为什么一个人的脸皮可以厚到抢过主人手里的麦克风自己就发言了呢？今天似乎是王铮结婚不是谢霜辰结婚吧？用得着穿着西装来装模作样？不得焐一身痱子？这说的都是什么话啊？

叶菱酒劲儿上了头，脸颊微红，眼神愣愣地看着前方，面上显露不出什么波澜，反而有点儿无辜，好像刚才不是他怼谢霜辰，而是谢霜辰欺负了他。

谢霜辰与王铮喝了一杯又举起了第二杯，手刚抬起来就对王铮身后的叶菱说道：“我说，您不给新郎挡酒啊？您不敬一下乔布斯？”

等叶菱回过神，瞪了谢霜辰一眼：“我用诺基亚，行了吧！”

王铮笑着说道：“他酒量不太好，意思一下就得了，你别为难他。”

“中国人每逢节日，喜事都得喝两杯才行，回头三节两寿，您跟我上师父家去可怎么办？”谢霜辰愁眉苦脸地说道。

叶菱被他这句话给噎得脸更红了，他现在甚至怀疑王铮是不是私底下跟谢霜辰签订了什么人口买卖合同，怎么到谢霜辰口中，好像他出了门就得跟谢霜辰走了一样？

“你脑子是不是有坑！”叶菱有些气急败坏，转头问王铮，“我还没问你呢，他为什么会来？”

王铮不知道说什么才好，腿长人家身上呢，可不是想去哪儿就去哪儿？

正无语时，谢霜辰把酒杯里的酒一饮而尽，杯子放下，拉着叶菱去到一边。

“人家结婚的好日子，你怎么还大吵大闹的？这不让人看笑话？”谢霜辰特别有理。

叶菱听了更气，不过确实是，这儿正办着喜事呢，他乱发脾气确实太不给人面子了，只得压低声音，咬着牙说道：“怎么不叫‘您’了？小五爷不是体面人？”

“太生分。再说了，总是叫‘您’，都把你给叫老了。”谢霜辰一副很有道理的样子。

“你叫铮哥来给你说情？”叶菱说道，“你烦不烦啊？”

谢霜辰说道：“我这叫不磨不练，不成好汉。”

“可是你想换搭档换个什么样的不好？”叶菱无语了，甚至不想理他的俏皮话，“你我之前认识？你了解我是个什么样的人？你想要什么，谢先生手一指不全是你的？咱俩不合适，你说你往我这儿费劲干吗？我俩压根儿就不是一个世界的人，玩不到一块儿去。”

“不试一试，怎么知道不合适？”谢霜辰笑了笑，稍微弓着一点儿背，手掌轻轻拍了拍叶菱的脸，靠近他说道，“不过您有句话倒是说对了，只要我师父肯出面，您不就得跟着我走？您当初说要有德高望重的老前辈来才行的，我师父的资历够吗？男子汉顶天立地，说话反悔就是言而无信了。”

叶菱甩了谢霜辰一下：“你师父怎么没打死你？”

谢霜辰笑着说道：“我师父要是打死了我，我还怎么当您师哥啊，我的菱仙儿？”说着就要上手，叶菱抓住了他的臂，问道：“你什么意思？”

“啊？”谢霜辰说道，“怎么了？我并没有什么非分之想，别误会。”

叶菱说道：“我说前面！”

谢霜辰想了一会儿，说道：“噢噢！你不是喜欢说相声吗？我看也没人教您，您也没拜过师学过艺吧？我叫我师父收您做徒弟，您做我的搭档，不是好事成双？”

“你别蒙我！”叶菱脑子有点儿乱，“谢先生年事已高早就不收徒了，怎么、怎么可能……”

“怎么不可能？”谢霜辰信誓旦旦地说道，“事在人为！”他也就是场面话说的好听，想先稳住了叶菱，至于师父那边……跪下来在地板上滚一圈，在求一求他总能有个折中的法子吧？在他们这样的传统行当里，师徒传承是非常重要的一个环节，很多技艺都是师父给徒弟口传心授。没有师父就相当于没有父亲，来路不明，没人会认。

很多东西只有师父教了，才能演出。很多不懂不明白的问题去问别人，别人也不会解释太多，要问就去问师父。

这是吃饭的手艺，放在旧社会就是饭碗，渐渐就形成了规矩。

且不说这规矩是好是坏，既然入了这个门，就要遵守门规。

叶菱是天津人，打小就在戏园子、茶楼里听天津一代的名家说相声。他很聪明，很多相声听个三五遍就能记得住。只要学校里有文艺演出，他都报名参加，一直到上大学来了北京，参加了学校的曲艺社团，便一直业余演出至今。

对，他始终是业余的，所以也没人管他。谁会去找一个酒吧业余歌手要翻唱的版权费呢？但是如果他想进入这个行当，那就必须得有一个身份背景。

就像谢霜辰这样，他在外面把谢方弼的经典名段都说一遍也无所谓，因为谢方弼教给他了，给了他“霜”这个字，别人都不行。

面对谢霜辰的这个提议，叶菱忽然有点儿犹豫。

可转念又一想，现在犹豫什么？谢霜辰追着他屁颠屁颠跑了小半年，到最后把话都说成这样了他才动容，未免有点儿既当又立了。

这番纠结都是叶菱的内心戏，谢霜辰只能看出来叶菱沉默，不知道叶菱在想什么。谢霜辰怕叶菱说话怼他，便说道：“我不骗人的，要不我给您立字据？”

“你差不多得了。”叶菱说道，“我现在懒得理你，也不想动怒。”

谢霜辰问道：“那过一会儿呢？结束了您去哪儿？”

叶菱皱眉：“我去哪儿关你什么事？”

“我问问不可以？”谢霜辰说道，“怎么，难道您全球粉丝六十亿，出门行程都保密？”

叶菱无语地看向谢霜辰，为什么这人编段子都带押韵的？是不是有押韵强迫症？

怎么不去玩Hip－Hop（绕舌）？说什么相声啊。

“就算是流量小生出门行程也不是保密的吧？您可以选择不说，但是我绝对有问一问的权利。”谢霜辰滔滔不绝地说道。

叶菱摇头：“你别讲道理了。”

“我不。”谢霜辰说道，“我可是讲道理大赛的世界冠军，我师父都讲不过我。”

叶菱气道：“你这是嘴碎！”

王铮已经跟自己的媳妇儿喝了一圈，绕回来看见两个人还在一边磨磨叽叽，叶菱的脸比刚才更红了。王铮走上前去问道：“你俩聊什么呢？”

“我……”叶菱刚要开口，就被谢霜辰给打断了，“聊我俩日后的幸福生活呢。”

“日后？”王铮表情有点儿诡异，“你这车速有点儿快啊？”

“脏！”谢霜辰笑骂道。叶菱稍微背过身去，脑子里还是一团糨糊，这俩人的话他哪个都不想接。

酒席散尽，叶菱陪着王铮料理完所有的事情之后才打算离开。本来王铮说要送他，但是刚才王铮喝了那么多酒谁送谁还不一定。没想到谢霜辰也死赖到了最后，自告奋勇地说他送叶菱。

“你不是也喝酒了？”叶菱问道。

“没有啊。”谢霜辰说道，“敬酒的时候我喝的是白开水，您没看出来？我开车来的怎么可能喝酒，‘司机一滴酒，亲人两行泪’，我可是遵纪守法的好公民。”

叶菱要疯了。

谢霜辰就这么死拉活拽地把叶菱按在了副驾驶位上。

“您回哪儿？”他言简意赅地问道。

“学校。”叶菱也言简意赅地回答。

“您不是毕业了？学校还能让您住？”谢霜辰自顾自地说道，“现在的技校是不是住宿条件也挺好的啊？”

叶菱没注意听他说话，一概含糊的“嗯嗯”回答。他也懒得跟谢霜辰废话，自己设置了导航，说道：“跟导航走。”

谢霜辰一路听着导航的语音往海淀开，心里还想着原来北京的技校也要在学院路混啊。

“我觉得多学点儿知识挺好的，有个一技之长，就算不说相声了还能干点儿其他的。”谢霜辰这张嘴就闲不下来，“您看我吧，我高中毕业就没接着念书了。其实我师父是想让我读完大学的，可我就是不喜欢读书，当然了，那会儿也不是很喜欢说相声，总觉得相声这行当是老先生们说的。我的同学们一个个的都想当什么偶像明星，我穿大褂在天桥说相声，真的非常尴尬。不过说相声也不要求学历，老先生们大多都是没上过学的，顶多就是现在上过学说起来好听，仿佛能把相声提升到一个高雅艺术的档次里。欸，您为什么想学烧锅炉啊？您怎么想的啊？您为什么不学美容美发？”

叶菱被他念叨得头疼：“我学什么你都要管？你怎么不去学美容美发，还有美甲化妆！”

谢霜辰回答道：“我没那个天赋啊！”

“那我有烧锅炉的天赋，行了吧！”叶菱回答道。

导航里说还有一百米抵达目的地，谢霜辰把车在路边一停，看着前方有点儿发愣，疑惑地问道：“您学校……”

“就到这儿吧。”叶菱解开安全带想要下车。谢霜辰还歪着脑袋看呢，问道，“真的不用再送送您？清华大学门口人比较多，路况也不是很好，您别好面子自己多走路，这附近好像没什么技校吧？”

这下叶菱听明白了，他当即翻了个白眼，鼻腔里冷哼了一声，从自己口袋里拿出了即将过期的学生证，贴着谢霜辰的脸给他看。

叶菱，清华大学能源与动力工程系热能工程专业，硕士研究生。

旁边贴着叶菱的一寸免冠照片，文质彬彬，特别高冷。

谢霜辰都快看成斗鸡眼了，他万万没想到叶菱竟然是个大学霸，刚刚还被自己教育了半天。

他很尴尬，下意识地吞了吞口水。

“看清楚了？”叶菱收起了自己的学生证，敲了敲车门，“能走了？哥哥？”

“叶，叶老师再见。”谢霜辰恭敬地回答。

要说这人啊，成功靠的是外因，但失败绝对都是靠自己。

第四章

学渣有时候对学霸有一种天然的崇敬心理。

比如谢霜辰，比如叶菱。

谢霜辰本来就对叶菱青睐有加，现在看叶菱简直就是浑身放金光，厉害得都要仰视了。他在接下来的几分钟愣是组织不出什么语言来，只能看着叶菱充满知识分子风骨的背影渐渐地消失在车水马龙的街道上。

其实叶菱并没有什么知识分子的风骨，也并不会跟谢霜辰说“我买几个橘子去，你就在这儿不要走动”。这一切都是谢霜辰自己脑补的。

谢霜辰恍恍惚惚地开车回家，一路上他都很冷静，甚至别人用车尾别他，他都没有开车窗骂人。

他是去年年底从谢方弼那儿搬出来的，跟谢方弼的说辞是为了独立，但实际上是因为每次在外面玩到半夜回去总有一种做贼的感觉。

自己一个人住就不一样了，想怎样就怎样。谢霜辰是一个爱玩的人，离不开市井的烟火气息，选择住处自然也是哪儿热闹就往哪儿去，他就喜欢扎根在三里屯。

那地方堵是堵了点儿，可为了吃喝玩乐，忍一忍也是可以的。

夜半时分，谢霜辰出现在一家知名的夜店里，店里的音乐比外面的天气还噪。他从舞池中出来，撩着衣服给自己扇风，卡座里坐着的人都是经常在一起玩的朋友，大伙儿问他最近在忙什么，他没回答，反而问道：“清华大学是不是特难考？”

"应该是吧。"

"小五爷想上学去了？目标也忒高了点儿吧？"

谢霜辰愣了一会儿，继续问道："那研究生呢？"

众人哗然，不知道谢霜辰今天是搭错了哪根筋。

"那可真厉害。"谢霜辰自言自语道，"本来就高冷，还是个学霸，人家要是找个正经工作也不愁吃穿，这可怎么办啊？"

有人问："小五爷看上哪家姑娘了？"

谢霜辰还沉浸在攻坚克难的郁闷中，顺口说道："不是女孩儿。"

众人更是哗然，小五爷可以啊！

"烦死我啦！"谢霜辰身子往后一倒，大大咧咧地躺在了沙发上，一条长腿也不知道搭在了谁身上。

他一叫烦，身边的人就都凑过来了。这群人啥事不会，馊主意倒是不少，立刻给谢霜辰口述了一整本的《追男人不能不知道的九十九条法则》，送东西简直就是小场面，恨不得把那个在小五爷心尖上放火的人立刻绑到他床上来！

叶菱此时也挺烦的。

毕业季就是一团乱麻，好不容易搞定了论文，参加了毕业典礼，拿到了学位证、毕业证，找好房子搬出了学校，突然，老师找上了他对酒当歌彻夜长谈。

无非就是从科学发展观、科学技术是第一生产力、年轻人应当学以致用建设社会主义现代化中国等几个维度分别向叶菱阐述了他的观点，说得叶菱想原地爆炸。

老师总是问他："你做点儿什么不好？跑去说相声？你以后怎么生活？"

叶菱就闷声回答："我年纪轻轻，不想去思考生活的事。"

老师一副孺子不可教的表情。

也许是一语成谶，叶菱刚说完这句话，就陷入了生活的泥沼。他租的那套房子因为房屋租赁整改的问题被清退了，中介那意思就是没办法了，只能退点儿钱或者再给他找套房子。可房价比股票市场还不稳定，昨天政策一松动，今天房租就能猛涨一波，就这几天时间，叶菱看房子就看得焦头烂额。

刚从学校出来踏入社会，原来一切都没他想的那么容易。他忽然有点儿想知道如果自己拿着华丽的 offer（录用信）去那些五百强上班的话，是不是就不用担心温饱问题了？

他是不是有病？但凡说我的梦想是成为一名歌手、演员、科学家、运动员之类的话，都能有一种很热血的感觉。

“我的梦想是成为一名优秀的相声演员”，怎么听都有一种搞笑的感觉。

这天晚上，叶菱拖着疲惫的身体，漫步在霓虹街景里多愁善感，伤春悲秋，不是很想回那个即将不属于他的家。

他也从来没有像现在这样，会觉得谢霜辰的电话竟然不那么讨厌。

不过前提是他不知道这是谢霜辰，谢霜辰之前的号码早被他拉黑了。

“叶老师，忙着？”谢霜辰非常恭敬地问道。

“没有，有事？”叶菱非常客气地回答。

谢霜辰头一次听见叶菱这么温柔的口气，倍感荣幸，忙说道：“我……我想约您吃个饭，可以吗？”

“在哪儿？什么时候？”叶菱没过脑子，低声问道，“现在？”

谢霜辰说道：“对对对，就现在。”

叶菱看着茫茫夜色，愤愤地说道：“都几点了，吃什么吃呀？”

谢霜辰不知道叶菱那边正伤春悲秋呢，张嘴就说道：“您想吃什么都行！欸，要不我带您去斯普汇吃生蚝吧？”

“……”叶菱抚额，觉得自己此时此刻的状态似乎不应该跟一个有钱的小少爷聊人间疾苦。

“怎么了？”谢霜辰问道，“怎么不说话了？”

叶菱说道：“没什么，不早了……”

“别介！现在刚十点，夜场还没开始呢，怎么就不早了？”谢霜辰生怕叶菱找理由拒绝他，“叶老师，您看您连清华大学都能考上，那挑灯夜读的经历可没少有过吧？才十点啊！身为祖国的未来可不能把时间浪费在睡觉上！我们还得弘扬传统文化呢！”

叶菱无语道：“你跟我说什么传统文化，需要你大半夜去弘扬？”

“呃……”谢霜辰哽住，立刻改口道，“这样吧，您出来，咱们一起去‘吃鸡’，或是去学个‘猫叫’，好好聊聊到底什么是传统文化需要大半夜去弘扬。”

“别，你这又是‘吃鸡’又是学‘猫叫’的。”叶菱冷冷笑了一声，“我隐隐嗅到了一股不那么传统的味道。”

“那去‘吃鸡’好不好！‘吃鸡’就是电子竞技！”谢霜辰强调，“不是半夜的叫鸡！也不是二八月的猫！”

“我不是很喜欢电子竞技。”叶菱说道，“我爱学习，学习使我快乐。”

“哎哟喂，麻烦。”谢霜辰哼唧，“我讨厌学习！学习使我窒息！叶老师，您在哪儿呢？说真的，我去找您吧。我都出门了，在路上了，您不能让我回去。今天我要是见不着您，我就跟没写完作业的小学生一样，我睡不着觉，我窒息，会长黑眼圈、鱼尾纹和眼袋，上台不好看了，以后没有女导演潜规则我可怎么办呀！”

“哪儿这么多话？”叶菱无奈地笑了笑，“得了，你出来吧。”

谢霜辰正光着身子在家躺着呢，听叶菱松口了，光速洗了个澡穿上衣服跑了出去。

二十分钟左右，谢霜辰在一家大排档门口见到了叶菱。

叶菱正低着头看手机，抬头就见一个高个儿走了过来。谢霜辰私底下是个很喜欢追赶时尚的人，永远是买新不买旧，也爱装酷。所幸审美在线，再加上他穿的衣服也很衬人，匆匆而来，即便是在夜幕之中也是很引人注目的。

多好看的一个男孩儿啊，怎么就跑去说相声了呢？

“叶老师，忙什么呢？”谢霜辰笑嘻嘻地拉开椅子坐下。

“没什么。”叶菱摇头，他跑了一天有点儿累了，这会儿有些无精打采的。谢霜辰随便点了些食物吃，见叶菱坐在那儿一声不吭，问道，“叶老师累了？”

叶菱反问道：“我累什么？”

谢霜辰说道：“我看您特别没精神。不对啊，我这两天没骚扰您啊，有什么烦心事呀？是不是铮哥不跟您搭档了您不开心啊？哎，也是，这搭档拆伙啊，也跟夫妻离婚没什么区别。关系平平的分道扬镳，关系要是好的，那可真是……”

他面露哀色，叶菱说道：“让你说的跟寒窑寡妇似的。”

“也不错。”谢霜辰笑着说道，“我这个人，最喜欢寡妇。”

叶菱面无表情地说道：“你也是吃啥都赶不上热乎的。”

“叶老师！”谢霜辰说道，“不要太妄自菲薄，高兴些吧。”

叶菱这才反应过来自己把自己给绕进去了，只能喝口水，当作无事发生。

“这花好月圆的，要不然我给叶老师唱个小曲儿，让您开心开心？”谢霜辰问道。他是看叶菱眉宇间似有烦心事，两个人干巴巴聊天也无趣，不如想个法子热热场再说。

叶菱说道："大马路上哪儿有花？"

谢霜辰指着桌上："韭菜花。"

"今天阴天，也没有月亮。"

谢霜辰指着路灯说道："有路灯啊。"

叶菱揉揉眼睛，有气无力地说道："你想唱什么？哦不，你会唱什么？"

"我什么都会唱啊，师父教过的我都会，我就是很少唱而已。"谢霜辰抽了根筷子在桌子上敲了敲，清清嗓子，"那我就给叶老师唱一首《照花台》吧，没有三弦儿，瞎敲敲，找个节奏，献丑了！"

《照花台》又叫《怯五更》，原词从一更天唱到五更天，讲的是思情的小姐好不容易等来了幽会的情郎。谢霜辰刚唱完一更的两句，后面便把四个菜碟里的菜全改成了他们现在桌上摆着的，敲了敲筷子，继续唱道："二更儿里，月影儿高，思想起郎君奴家好心焦欸，杏眼双双流下了泪呀，直哭得两眼赛樱桃……"

不光是唱，他还表演了起来。他拿着一张餐巾纸抖落开来遮住半张脸，眼睛轻轻向上一抬看向叶菱，当真是演出了闺怨，还有一点儿媚眼如丝。

"四更儿里，月影儿西，思想起叶哥哥流落在哪里。"唱到中途，谢霜辰忽然把词都给改了，指了指叶菱，又指向了自己，"一朵鲜花你摘了去呀，半开不落花儿算谁的？奴家叫你，我们才十七……"

"行了，行了，你别唱了。"叶菱无情地说道，"我怕了。"

谢霜辰哽住，歌声戛然而止，反手就把纸巾丢向叶菱。

"我唱得好吗？"他问。

"挺好。"叶菱评价的倒还算可观，"有弦儿伴奏就更好了。"

谢霜辰说道："等哪天有空，我弹弦儿给您听？"

"你还会弹弦儿？"叶菱有点儿意外，他觉得谢霜辰什么都不会。

谢霜辰笑道："我正儿八经学过的好不好？京剧我还正经拜过师呢！除此之外还有其他地方的戏种，评书大鼓什么的……其实我唱得吧也不是顶好，我们师兄弟几个人，唱得最好的是我四师哥，只不过……哎，这不重要。我就是学得多学得杂，随便抻出来一个，咱都拿得住。"

叶菱问道："你既然会这么多，怎么没见你使过？"

"没必要。"谢霜辰诚实地回答，"现在在外面商演不跟小园子演出那样，主办方攒一台节目，大伙儿都有固定的时间，谁有空听你在那儿吹拉弹唱呢？费力不讨好。如果不是商演，跟着团里四处慰问、访问什么的，那就更没必要了，上面弄得再热闹，观众听不懂，不搭理你，也没意思。”

叶菱“哼”了一声：“那你就让我跟着你一起没意思去？”

“不是。”谢霜辰正经回答道，“我就是想有意思一点儿。我原来的搭档是师父给挑的，我觉得跟我说不到一块儿去。我喜欢您这样的，也许……咱们真能说出点儿不一样的东西来呢？”

叶菱低头垂眼看了看自己面前的酒杯，沉默了片刻，说道：“你还有这追求呢？”

谢霜辰说道：“这种远大的追求往后再说，您能先让我追求一下您？”他一把这个“您”字放在嘴边上，北京口音又特别重，那股混不吝的痞气由内而外的就散发了出来。

叶菱叹气道：“真恶心。”

“那我还能怎么说呀？”谢霜辰说道，“捧哏、逗哏的关系不就这样？我追着您跑，求您跟我做搭档，这合一块儿不就是追求？叶老师，叶先生，叶哥哥！您爱怎么想那是您的事，但是不能跟我现在这么严肃认真的行为混为一谈啊！”

谢霜辰说得很快，说完端起酒杯，冰凉的啤酒入喉，让他舒了一口气。叶菱本就兴致不高，喝了点儿酒之后，听谢霜辰一阵剖白，脑子也有点儿乱了。

他静静地听着谢霜辰唱小曲儿，这不是什么厉害玩意儿，但是谢霜辰嗓音好，唱得委婉动人，声音不大，节奏却万分别致。

倒是有那么些韵味儿。

一个穿着潮牌、打扮时尚的年轻人敲着筷子唱着老先生们的小曲儿小调儿，这样的反差实在是太大了，特别是眼前这个还是他一直定义成草包的小五爷谢霜辰……

谢霜辰在叶菱面前打了个响指，叶菱一愣，当即回神。

“想什么呢？”谢霜辰问道，“回味奴家我刚才的风姿？”

“别贫了。”叶菱无奈地说道。

“什么都甭想了，该吃吃该喝喝，把今天过好了再说。您喝着，我给您唱曲儿，让您开心开心。”谢霜辰又给叶菱杯子里倒上了酒，往外一推，嘴角一勾。

正是如此良辰如此夜，对月轻叹，喝酒撸串戏佳人，真得劲儿……

叶菱睁开眼就觉得不太对。

不是自己的床，不是自己的被子，不是自己房间的天花板！

他猛地翻身起来，环顾一圈全是陌生的，他没来得及想我是谁我在哪儿，第一个反应是找手机。

脑子里能记得住的最后一个画面是跟谢霜辰在一起……谢霜辰呢？

手机解锁，屏幕上显示现在已经是下午一点多了，紧接着叶菱就看见手机微信里的一条消息，是谢霜辰发送过来的。

“叶老师，我有点儿事一会儿就回家，你要是醒了就再躺会儿。”

叶菱脑子“嗡”的一声，很想砸手机。他这是昨晚喝多了被谢霜辰带回了家？这也有点儿太离奇了吧？还有什么醒了就再躺会儿？谢霜辰脑子是不是有坑？

微信怎么不是拉黑状态了？

叶菱觉得自己睡着之后发生的事细思恐极，先是谢霜辰把他带回了家，然后用他的脸或者手指解开了手机，再把他微信里被拉黑的自己释放出来……关键是他还不知道谢霜辰的道德底线有没有突破到去看他手机里的东西！

起床气正盛的叶菱一个电话就打了过去，谢霜辰正开着车呢，贯入耳内的就是一顿质问。

“今晚到底怎么回事？”

“啊？”谢霜辰也很纳闷儿，“什么怎么回事？啊不是，你等我回家啊，马上，我就要进小区地下车库了，等我五分钟啊！”然后就挂断了电话。

把叶菱气得够呛。

五分钟之后，谢霜辰回来了，手上还提着好几个大包小包，还有一个拉杆箱。

“醒啦？”谢霜辰问叶菱，“要喝水吗？要不要我给您倒杯水？”

“不用。”叶菱黑着一张脸问道，“说吧，什么情况？”

“哦，情况是这样的，昨晚您喝多了，然后就开始放飞自我，先是站起来向整个大排档的人鞠躬表演了一段快板《诸葛亮押宝》，并邀请我激情打板儿。表演之后又绕场跑了三圈疯狂大喊‘我要为了相声事业流干最后一滴血’！我拦都拦不住您。最后您说困了，当场躺地上把塑料袋盖自己脖子上就睡着了，说是保护嗓子，您说我能怎么着？我不把您弄家里来难道还让您睡大马路上？咱不能丧良心啊！”谢霜辰不愧是逗哏演员，一口气说下来声情并茂都不带打磕巴的，“而且您昨晚答应我要跟我做搭档了，就是相怜相念倍相亲，一生一世一双人的那种！”他说着还将两个食指并到了一起。

“不可能！”叶菱非常坚定地说道。

“您怎么出尔反尔啊？”谢霜辰说道，“您当时都醉成一摊烂泥了！”

“我根本不会《诸葛亮押宝》！”叶菱说道，“你别瞎胡扯了行不行？”

谢霜辰扶额，立马说道：“不说这个了，对了，我帮您把行李都拿回来了。”

“啊？”叶菱觉得自己有点儿跟不上谢霜辰的脑回路了，看着那些大包小包，问道，“这是我的？你疯了？”

谢霜辰说道：“今天早上中介给您打电话说必须要退房了，您那会儿睡得正酣呢，我就了解了一下大概情况跑去给您拿东西了。欸，您房子出问题了怎么不早说啊？昨天心情不好是因为这个？您早跟弟弟我说还能有这事儿？我看啊，您也甭找房子了，就先在我这儿住着吧。我这儿地方大，两间卧室呢，您爱住哪间就住哪间。我这也算是安得广厦千万间，大屁天下寒士俱欢颜了。”

叶菱瞪着眼看谢霜辰，纠正道：“是庇！”

“我没什么文化。”谢霜辰补充道，“但是后面这段是真事。”

“合着前面你都是睁着眼瞎编的啊！”叶菱声音提高了一些，“你才用塑料袋盖脖子！你滚吧！”

第五章

谢霜辰当然不可能滚，这是他家，滚出去喝西北风？

他看着叶菱气鼓鼓的样子，叹了一口气，从电视柜里翻了半天找出来一个白色的信封递给叶菱，说道："本来想过两天再给你，今天赶上了，你看看吧。"

"什么？"叶菱问道。

"您打开看看就知道了。"谢霜辰把信封又往叶菱身前递了递。

叶菱疑惑地接过来打开，里面是一张薄薄的宣纸，一整页的蝇头小楷，上书：叶菱亲览，见字如晤。叶菱一怔，看向谢霜辰，谢霜辰抬了抬下巴，示意叶菱继续看下去。叶菱的阅读速度不慢，纸上的字不多，只是简单叙述了一番劣徒谢霜辰如何不务正业，如何轻浮浪荡，但是最后还是拐弯抹角地表示希望叶菱可以和谢霜辰做搭档，两个年轻有为的后生可以互相扶持着走下去。

最后落款"谢方弼"三个字，还盖了私章，颇为正式。

叶菱反复看了好几遍，又消化了半天，才问道："这是什么意思？"

"您自己说的呀，忘了？"谢霜辰学着叶菱的口气说道，"怎么，我师父不算德高望重？他都来说情了，您要驳他老人家的面子？"

"谢霜辰，没你这么干的。"叶菱真是不知道说什么才好，似乎谢霜辰总是能刷新他的认知底线，做出一些不着边际的事情。

"我这么干了不就得了？我好不容易才说服了师父帮我，您可别跟我玩翻脸不认。"谢霜辰弯腰，双手撑在膝盖上，视线正好跟坐着的叶菱齐平，笑着说道，"您提的要求我都做到了，等回头咱俩相处久了，师父爱屋及乌把您收下也不是不可能的事。我劝您就答应了吧，矜持不是这么玩的。也别再试图跟我讲道理了，虽然论讲道理我也能拿世界冠军，但是我真的不喜欢讲道理，耐心就这么一点儿。”他的食指跟拇指捏在了一起，“都给您了，明白了？”

两人目光对视，谢霜辰眼含笑意，却是异常坚定。叶菱眨着眼睛，心里发慌。论道理，确实是自己话说前头了，人家谢霜辰照办。他当时随口一提，没想到谢方弼溺爱谢霜辰至此。这时叶菱再反悔，实在是太没担当了。

这会儿谢霜辰又拿出一副混世魔王的架势，仿佛叶菱要是不答应，今天就别想走出这屋子了。

种种社会新闻浮上心头，叶菱的态度稍微软了下来，垂下眼睛，又看了一阵手里的信，在心里琢磨着王铮与他的谈话。这个圈子不大，如果他真的想混下去的话，谢家确实是一个好的依靠。如果他执意与谢霜辰对着干，以前只是给谢霜辰一个人脸色看，现如今还要加上一个谢方弼，这可如何是好？

纠结、迷茫、忐忑……种种情绪盘踞在叶菱的身体里，他抬起头打量着谢霜辰，眼前浮现出昨夜谢霜辰唱曲儿时的模样，以及谢霜辰的畅想。

“哎。”叶菱轻叹一口气，把信轻轻放在了桌子上，“那就这样吧。”

“那您是答应了？”谢霜辰问道。

叶菱微微侧过头去，闷声“嗯”了一声，仿佛也不是特别情愿。

“太好了！”谢霜辰如释重负，很是开心，不在意这些细枝末节，“那您就住我这儿吧，咱俩交流起来也方便，省得跑来跑去太麻烦。对了，您周末有空吗？咱俩还有好多要准备的东西呢。”

“准备什么？”叶菱不知道谢霜辰在咋呼个什么劲儿。

“到时候您就知道了。”谢霜辰说得很是神秘。

周末谢霜辰开车带着叶菱去了一趟鼓楼。

那地方不太好停车，谢霜辰找了个地方把车一扔，带着叶菱穿街过巷，来到了一家私人订制的店面。谢霜辰开门引叶菱进去，叶菱好奇地问道：“来这儿干什么？”

“给您置办点儿行头。”谢霜辰笑着说道。

店里陈列着古朴的旗袍和中山装，店内的装潢也是中式的，鼻尖还能闻到隐隐的，淡淡的茉莉花香。叶菱环顾四周，见一个年轻人走了出来。他穿着白色衬衣，暗色格子西装裤，脚踩一双布洛克。他的袖子整整齐齐地挽到肘部，脖子上挂着一条皮尺，胸前的口袋里别了一支笔。

他穿得小资小雅，却隐隐有种不可侵犯的冷漠气势。

年轻人扶了一下脸上的金色边框眼镜，说道："来了？"

"嗯，来了。"谢霜辰跟他打招呼，然后把叶菱拉到了自己的跟前，"小孟，来给我们角儿量量身段？"

赵孟如双眼朝着叶菱上下打量了一番，看得叶菱有点儿紧张，站在原地没敢动。

"用你之前订的素绉缎？"赵孟如一双手灵巧地用皮尺在叶菱身上比画，却问谢霜辰，"你好久没来了。"

谢霜辰笑道："我这不是来了？这回你多做两套吧，我俩的。哦对了，我不用重新量尺寸了吧？"

赵孟如看看谢霜辰，摇头："不用了。"

他不多话，就比着叶菱摆弄，默默记下尺寸，转头就进了里屋，不搭理人了。叶菱一头雾水地看着谢霜辰，谢霜辰解释道："小孟的父亲原是我师父的裁缝，手艺相当了得。这几年生意逐渐交给了小孟，您甭看他年轻，不光是角儿们，很多明星都来找他做衣服。小孟做旗袍尤其厉害……"

叶菱打断他："大褂而已，至于这么……隆重？"

谢霜辰说道："那当然了，我们叶老师不得好好伺候着？"

赵孟如出来了，手里拿着布样递了过来叫他俩挑选。叶菱不讲究这些，上台演出穿的大褂都是淘宝上买的，尺寸合适就行。他看谢霜辰认真的模样，觉得多此一举。

"要这个黑的，还有霜白。叶老师白，穿这两个颜色肯定好看。"谢霜辰指了指，然后又往后面一看，眼前一亮，笑着说道，"再来一套妃色的吧。"

赵孟如面无表情，也不说话。叶菱当下就皱眉了："你没问题吧？穿什么红色啊！"

谢霜辰特别正经地说道："我喜欢红色啊。"

"那你穿，我不穿。"叶菱拒绝，"我不喜欢。"

谢霜辰完全忽略叶菱的话，对赵孟如说道："就这三个颜色，拜托了啊小孟！"

赵孟如点点头，然后对谢霜辰说了个数。谢霜辰毫不在意地说道：“行，从我卡里划吧。”

叶菱本来就别扭着呢，听那价钱更是两眼一黑，深刻地认识到了谢霜辰的纨绔水平。

三套大褂够他租一年房了！

谢霜辰看叶菱那阴沉的表情就不太对，跟赵孟如瞎聊了两句赶紧把他拉到了店外。

“你是不是钱多烧手？”叶菱质问道。

“也没有吧，只是想给您一份见面礼。”谢霜辰说道，“一会儿咱还要去挑扇面呢，紫檀、白檀、黄杨木、楠木，您喜欢哪种？哦对了，应该让小孟再给我裁一块白锦缎给您当手帕用。”

“我就喜欢淘宝上十元一把的那种！”叶菱说道，“你穷讲究什么啊！”

他的声音有点儿大，像是在吼谢霜辰一般。谢霜辰怔了怔，嘴角一撇，低下了头，他个子高，这么一个动作显得委屈极了。

“也不是穷讲究。”谢霜辰低声说道，“我就是想，有好东西都给您，您别嫌弃我，成吗？”最后“成吗”两个字他带了天津口音，一下子就显得俏皮了许多。叶菱听了没忍住，无奈地笑了笑，说道：“你年纪轻轻的，花钱别这么大手大脚，这可不是什么好习惯。”

一见叶菱笑了，谢霜辰也笑了，拉着叶菱无赖一样地说道：“钱财乃身外之物，来了去，去了来，叶老师的好意我明白，但是呀……您管不着！”

“谁爱管你，谁管你。”叶菱弹了谢霜辰一下，“滚！”

大褂是纯手工做的，得需要些时日才能做好，叶菱隔天就有一场在茶楼的演出。

其实自王铮结婚之后，叶菱就已经渐渐不再去演出了，这一次约好与王铮合作一次过过瘾，就当作是一个正式的结束。

谢霜辰死活要送叶菱去茶馆，理由是就算不让他送，他也得去茶馆听叶菱的相声，就别费那劲各自跑了。叶菱心想也是，就不跟谢霜辰计较了。

一到茶馆，谢霜辰就尾随叶菱进了后台。其实就是搭的一个小房间，可以供来演出的演员们换换衣服休息一下什么的。茶馆里的演出多种多样，有弹古筝，弹琵琶的，也有说评书，唱大鼓的，说相声的不多。

叶菱换上了他一贯爱穿的黑色棉布大褂、千层底的布鞋，静静地坐在一旁等王铮。

叶菱不说话，谢霜辰就没话找话："你们今天使什么活？"

"《关公战秦琼》。"叶菱回答道。

"噢！《关公战秦琼》啊！"谢霜辰说道，"这个活好。"他刚想发表看法，叶菱的手机就响了。

叶菱接电话的时候，嗯嗯啊啊的，表情渐渐变得有点儿难看。挂断了之后，谢霜辰问道："怎么了？"

"没什么。"叶菱平淡地回答道，"铮哥在路上说突然要加班，来不了了。"

"啊？那怎么办？"谢霜辰特别夸张地问道。

"……"叶菱想了想，站了起来，"我去跟老板说一声改单口吧，我自己对付就行。"

"您是真没眼力见儿还是装糊涂呀！"谢霜辰一把拉住叶菱说道，"您的逗哏就站在您面前，您却打算说单口？还有天理吗？"

"你？"叶菱挑眉，审视着谢霜辰，问道，"你会？"

"……"谢霜辰快要疯了，他非常不理解为什么叶菱总觉得他什么都不会，"《关公战秦琼》这种经典我怎么不会？别说这个了，贯口、倒口、文哏、柳活、子母哏、腿子活，您随便拎一个出来，我立马能不带对词儿地跟您来上一遍。"

叶菱抄着袖子看了谢霜辰半天，下巴一抬："铮哥的大褂在柜子里，你去换上吧。"

"好嘞！"谢霜辰屁颠屁颠地去拿衣服。王铮比他矮，他的大褂穿在谢霜辰身上，下摆空荡荡的，刚刚到脚踝，看上去很滑稽。叶菱看了都不由得侧过头去，半抿着嘴笑。

"那什么……"谢霜辰穿大褂从来都是风流倜傥的，长这么大真没穿过不过脚面的大褂，他自己也嫌难受，"我们还是对一遍吧，当然啊，我不是说我不行啊，我怕您……"

"不了。"叶菱转身，"时间不够了，该上台了。再说了，你不是拿起来就练？我学艺不精，台上你多托着我点儿。"他掀开了上台门的帘子，转头朝着谢霜辰笑了笑。

这一笑一客气，谢霜辰心里感觉大事不好。

上台，鞠躬，台下甚至没什么掌声，大伙儿各自喝茶聊天。

谢霜辰不意外，叶菱习惯了。

他俩虽然没做过搭档，不过心里都明白一个道理。上了台，谢霜辰就不是谢霜辰，叶菱也不是叶菱，他们就是甲和乙，主要就是给大伙儿逗乐来的。谢霜辰清了清嗓子，终于开场：“今天我俩给大伙儿表演一段相声，你们可能对我不太熟悉。我先给大伙儿自我介绍一下，先声明啊，我不是练习生跑场子说相声，外表只是我众多优点中非常微不足道的一小部分。我叫谢霜辰，我旁边这位呢……”他一指叶菱，叶菱自然而然地问道：“您说。”

“……我今天第一次来我也不知道叫什么。”

“那你费什么劲儿啊！”叶菱对谢霜辰的嫌弃永远是真情实感的。

“不是，开个玩笑。”谢霜辰手朝着叶菱轻飘飘的一招呼，“我还不知道您嘛！这不是我们家叶菱老师嘛！”

叶菱翻了个白眼：“那还是在一边待着吧。”

“大学霸。”谢霜辰继续说道，“研究生毕业，学问高。考上的大学也好，您说说您哪个学校的？”

叶菱一只手搭在桌上，微微侧向谢霜辰，看着他冷漠地说道：“北大的。”

“不是清华的？”

“嗯，怕给母校丢脸。”叶菱说道，“得往隔壁走走。”

谢霜辰对于学院路高校圈的恩怨情仇，体会并不深刻。他没上过大学，顶多就是凑凑热闹。

“那也是大学霸。”他说道，“那我考考您？您说，这相声的四门功课是什么呀？”

叶菱一听就知道里面有坑：“看你这副嘴脸肯定不能是说学逗唱了。我想想啊，坑蒙拐骗？”

“不是。”

“吃喝嫖赌？”

“不是。”谢霜辰说道，“哎呀，您怎么竟说这个？您要思维开阔，思维开阔知道？”

“思维开阔？”叶菱非常谨慎，“风骚浪贱？”

谢霜辰捏着手指说道：“我稍微给您一点儿提示啊。”

“你说。”

“说学逗唱吧，这是老先生们说的那一套。”谢霜辰认真地说道，“咱们现在年轻人啊，有年轻人的四门功课，您往这个年轻的方向仔细想想？”

叶菱懒得去想，也懒得搭话：“你就说吧。”

“QWER 啊！”谢霜辰说道。

“……”这都什么跟什么？叶菱吐槽，“我还‘封烟跑毒’呢！”

“哟，大学霸还搞电子竞技啊？您这‘封烟跑毒’封撑死了就两门。”谢霜辰竖起两根手指比画了一下，“平时爱玩什么啊？《暖暖环游世界》还是《欢乐斗地主》？”

“都不是。”叶菱摇摇头，对于谢霜辰埋的坑他一点儿都不想反抗。谢霜辰也有点儿疑惑，不知道叶菱要怎么接，便问，“那您喜欢玩什么竞技项目？”

叶菱说道：“微信。”

谢霜辰一顿：“微信怎么能叫电子竞技呢？”

“你看啊，首先，这微信是不是在电子产品上的？是不是得靠网络？”叶菱开始解释。

这两个点都满足，谢霜辰点点头，说道：“那我成天跟我女朋友聊天，她说什么我不能按本能直接回答问题，要不然就是直男。我得冥思苦想半天，充分发挥我全部的聪明才智与其斗智斗勇。与人斗其乐无穷，就跟下棋打牌一样，您说，这益智类游戏的，算不算竞技？”

“也算吧。”

叶菱一拍手：“那微信可不就是电子竞技？”

“那我还淘宝‘双十一’，《王者荣耀》800 点呢！”谢霜辰说道，“单身二十年手速抢什么都不在话下？”

叶菱根本不跟他抬杠，附和着他说道：“那你说是就是吧。”

台下终于有了笑声，因为他俩说的都是非常贴近现实生活的东西，观众有共鸣，都想听听他俩能怎么继续掰扯下去，注意力便被吸引了过来。

这是好事，可谢霜辰有点儿难受，叶菱就是明摆着与他对着来呢。要不就是不接他“包袱”，要不就是接过去揉吧揉吧给他摔地上，怎么尴尬怎么来。两个人你一句我一句，光这段垫话就说了小十分钟，全是即兴发挥的话题。观众倒是喜闻乐见了，他很苦啊！

《关公战秦琼》这一段的正活是戏班子去唱堂会引发的故事，相声演员在前面垫什么话其实不重要，关键是垫完了需要有一段瓢把儿，把对话引入正活。

谢霜辰费劲儿地扯东扯西，从电子竞技扯到了现在年轻人喜欢什么，又从年轻人喜欢的东西扯到了偶像艺人，从偶像艺人扯到了粉圈文化，又从粉圈文化扯到了以前捧角儿。

眼瞅着就能从捧角儿这里入正活了，叶菱忽然来了一句：“欸，你刚刚说的那些偶像男团的什么毒唯啊团粉啊，我没听明白，您能讲讲？”

好嘞，这都过去几茬的话题了？叶老师捡起来不嫌土多？

叶菱真的不嫌弃，他故意的。谢霜辰总是一副信誓旦旦的样子，叶菱就是想看看他在台上有几分能耐。

谢霜辰此时心平气和，认真地解释道：“这个毒唯啊，就是全天下只喜欢你一个人，别人说破大天也没用。”

“那是怎么个喜欢呢？”叶菱说道，“你给学学？”

“这……”谢霜辰一笑，媚眼如丝，“这不太好吧。”

叶菱问道：“有什么不好？”

“……那我学学吧。比如您是偶像，我是您的毒唯粉丝啊，得这样。”谢霜辰突然上前一步就去解叶菱的大褂。毕竟淘宝‘双十一’手速 800 点职业选手，叶菱还没反应过来呢，就叫谢霜辰扒拉开俩扣，下摆都给他撩起来了。

“干吗，干吗！”叶菱没想到谢霜辰会动手动脚，也没在台上玩过这一出，当即就往后跑，推开了谢霜辰，“好好说话你扒拉我衣服干吗？”

谢霜辰无辜地说道：“您不是让我学吗！粉丝都这样啊！您看明星穿越粉丝人海，不都是这么拉拉扯扯吗？多苦啊！”

“让你学这个了啊？”叶菱骂道，“像话吗！追星都这么追呢啊？我怎么没见过？疯了啊？”

“哥哥骂人的样子也是风华绝代盛世美颜呢！”谢霜辰扭捏地说道，“从头到脚都充满着帅气的因子！每一帧都是如此动人！快停止散发您的魅力吧！”

叶菱抬起一脚踹谢霜辰腿上了，给谢霜辰踹得一个踉跄：“你还是赶紧去死吧，愿天堂没我。”

这冷不丁一句话引得台下观众哈哈大笑，众人都聚精会神地听他俩逗乐玩，连老板都捧了一把瓜子坐在台下吧唧吧唧地嗑着。

“哎哟喂！您怎么不识逗呢！”谢霜辰在台上站稳了，“刚刚那个叫‘彩虹屁’！”

“我管你什么屁！”叶菱掸了掸袖子，“好好说话，你再接着说，什么叫团粉？”

“这个简单。”谢霜辰弯腰拍了拍自己的屁股，然后双臂朝天上一张。

“这什么意思？”叶菱问道，“朝天屁？”

“哪儿啊！这就是形容团粉的。”谢霜辰解释道，“聚是一团泥，散是满天星！”

“没听说过！”叶菱这次是发自肺腑地想踹谢霜辰。如果下面坐着的是个追星女孩儿，怕不是要冲上台来跟他一起踹谢霜辰，有这么恶心人的？

不过相声舞台上本来就是损人损己，各种抄便宜卖乖的，也不是真心话。看客若是把这当真了，那未免也太给自己添堵了。

“我就是开个玩笑。但是您也看出来了，现在追星很难，门门道道的，要是搞不明白真的很容易闹笑话。”谢霜辰继续说道，“老一辈追星呢，叫捧角儿，现在的小姑娘这套都是人家当初玩剩下的。以前那个戏班啊……”

他扯到戏班子，再一次打算入活了，叶菱又拦了下来：“那以前捧角儿都是怎么捧的呢？”

谢霜辰无语问苍天，捧哏搭档死活不肯入活怎么办！

第六章

台上的两个人内心满满的都是戏，台下观众不知道啊，一个个的都伸着脖子等谢霜辰继续说呢。谢霜辰心里再怎么嘀咕，脸上还是带着笑的。他“哼”了一声，说道：“以前也是太太小姐们往台上扔卡地亚啊。”

“等等。”叶菱说道，“民国就有卡地亚了？”

谢霜辰说道：“卡地亚始于 1847 年，谢谢。”

“我穷，没买过。”叶菱摇头，“不了解。”

谢霜辰说道：“我不是送了您那么多？”

叶菱接过话茬儿说道：“你犯得着说这事儿？”

“不说还入不入正活了！”谢霜辰终于大声问了出来。叶菱自己不想入活，谢霜辰暗示没用，只能明示。他知道台下的观众听不懂这些，于是就明着跟叶菱对着干。

“没人拦着你入活啊！”叶菱也是刚得很，“这不是说完捧角儿后面就是了么！”

“那您得让我说啊！”

“那你说啊！”

叶菱这么一说，观众也跟着瞎起哄。观众确实不知道什么入活不入活的，就看他俩互相抬杠好玩。谢霜辰一看这个，干脆撒泼打滚儿一般地说道：“我不管，我不管！您得给我垫话我才入活！要不然我就……我就……”他左看看右看看，也没“就”出来个所以然来。

“你就怎么着？”叶菱看热闹不嫌事多地问道。

谢霜辰心一横脚一跺，朝着叶菱一迈步：“我就非礼你了啊！”他不光说，还摆身段，用脚把大褂的下摆踢起来正好落在手中，十足十的京剧做派。叶菱一见这个，赶紧跑到了桌子前面。他知道谢霜辰这个人很浑，什么事都干得出来。为了避免发生什么诡异的舞台事故，他只得边躲边说道：“那你就讲讲戏班子的故事吧！”

“您早说不完事了？”谢霜辰停下了动作，站在桌子前面，“以前那个戏班子啊，门口戳一个牌子，上面写着‘今日堂会’，意思就是上人家里演出去了……”

从此处开始，才算正式进入《关公战秦琼》的正活，后面的内容主要就是逗哏演员的倒口和学唱，捧哏演员配合打一打锣鼓点。

倒口，学的是山东话。方言口音是相声演员的一门基本功，谢霜辰学得很好。但是问题在于他那张脸……一个大帅哥一张口全是迷之方言，这本身就极具冲击力，听得观众们忍俊不禁。不过谢霜辰学得特别像，而且还是最土的那种说法，此等土味帅哥也是人间难得了。

“你这是山东人家的堂会。”叶菱忽然打岔，“那要是去了河南呢？”

“这河南啊……”谢霜辰刚要接，立刻就反应过来不对劲儿了，合着叶菱又想给他岔到别的地儿去啊。

“怎么呢？”叶菱老神在在地等着谢霜辰说河南话。

“还说不说相声了！”谢霜辰又是撒泼又是威胁叶菱，“我们这儿开堂会呢！关河南什么事！还行不行了！”

叶菱说道：“那去广东也行，他们那儿有粤剧。”

谢霜辰就差满地打滚儿了，见撒泼不行，就开始哭哭啼啼地哼唧：“不行，不行！就是山东老爷子家的堂会！唱的是京剧！开堂会，开堂会，开堂会！咱还说不说相声了！没您这么干的，再来我真哭了啊！”

他脸好，又年轻，这么一撒娇一哼唧，台下的女观众当时就乐得不行了，就连年老的大妈都喊着让他继续。

“那行吧。”叶菱终于说道，“后来呢？”

谢霜辰长舒一口气，终于能继续后面的戏了。

叶菱没有灵魂地打着鼓点，心想着一会儿该唱了，看谢霜辰能怎么着。

毕竟小曲小调好学，这京剧唱腔可是要真功夫的。这是侯大师的经典作品，而侯大师本人一开始是京剧出身，寥寥几句足见功力。

“混世魔王驾前为臣，官拜天下督招讨兵马大元帅之职，奉了魔王谕旨，带领一哨人马，大战汉将关羽！”谢霜辰开始学秦琼，他的声音很亮，气势又足，这段词当真是很有气魄，顿时从刚才那个泼皮无赖变成了伟岸的兵马大元帅。

叶菱听罢，眼前一亮。

几句对话过后，谢霜辰开嗓唱道：“我在唐朝你在汉，咱俩打仗——为哪般？”这是一段西皮散板，叶菱一边打着节奏，一边问道：“为什么呢？”

“听了！”谢霜辰转身换了个方向，一撂袍，“叫你打来你就打，你要不打——”他旁边，就是故事中给他们出难题的老头儿，“他不管饭！”

“嗐！”

台下响起掌声，谢霜辰和叶菱鞠躬下台。

谢霜辰快热死了，一边解大褂一边对叶菱哭诉：“叶老师您怎么回事？怎么老不入活！我都快让您给累死了！”

叶菱不为所动地说道：“谁让你嘴那么碎，什么都接。”

谢霜辰说道：“您不心疼我！”

“我心疼你干吗？我有毛病啊？”叶菱说道，“你以后也不要在台上动手动脚，不像话。”

谢霜辰刚要再说两句，老板就摸到了后台来，笑着说道：“两位辛苦了，那什么，一会儿还演？客人们还想听……”

“不演了，不演了！加钱也不演了！”谢霜辰赶紧拒绝，“《关公战秦琼》这活说完不到二十分钟，您瞧瞧，我俩都快说了一个小时了！我要吐血了！”他们正活确实没多少时间，就是前面叶菱死活不肯入活，谢霜辰陪着瞎唠嗑，硬生生扯闲篇扯了好久。

此等惨剧，真是叫人哭笑不得。

老板还想再劝劝，叶菱轻轻笑道：“今天就这样吧，以后恐怕也没法儿再来演了，这场就不要钱了。”他大概讲了讲自己的情况，老板也不好再多说什么，只能祝福两句便离开了。

休息室里只剩下谢霜辰和叶菱两个人，谢霜辰敞着衣襟瘫在沙发上装死，叶菱默默不语地换衣服，将脱下来的大褂仔细叠好收起来。不知怎的，谢霜辰总感觉叶菱虽然看上去仍旧淡漠，但是似乎心情不错。

不知道是不是错觉。

“看什么呢？”叶菱问了一句，手掌轻轻一拂，“换衣服，走了。”

“我问您。”谢霜辰坐起来，“我演得好不好？”

叶菱问：“为什么问这个？”

“就是问问。”谢霜辰说道，“我功夫到不到家？学得好不好？”

“……”

“好不好嘛！”谢霜辰又问道。

“还行吧。”叶菱转身轻飘飘地回答。

其实叶菱自己都没意识到，刚才说话的时候，他的脸上始终是有笑意的。

对于谢霜辰基本功到底如何这件事上，在接下来几个星期的相处时间里，叶菱有了非常深刻的认知。

谢霜辰家里有两间卧室，一间是他的卧室，另外一间是书房，放他的家什什么的。强行把叶菱扣下了之后，为了表示诚意，谢霜辰把那间朝阳的卧室给了叶菱，自己搬去了书房住。

起初两个人大眼瞪小眼，每天睁眼看见对方都不知道能做些什么。还是谢霜辰提议说，要不然把那些传统相声都过一遍，两人找找感觉，熟悉熟悉对方的戏路，这才算有了事干。

谢霜辰总想在叶菱面前显摆，把叶菱弄得有点儿烦。之前在茶馆里表演《关公战秦琼》的时候，谢霜辰身段唱腔极为标准，一看就是接受过严格训练的。他说自己在京剧这块儿是拜过师的，叶菱起初不信，但真的见到谢霜辰使上一回之后，才信了几分。

他不由得心想，谢霜辰好像有点儿本事，并不像嘴上那般不着调。

只不过，刚刚建立起来的一点儿好感，立刻就会被日常生活中无赖般的那个谢霜辰打败就是了。

“行吧，行吧。”叶菱终于忍不住了，“你说说，你还会什么？”

谢霜辰一拍胸膛：“我什么都会！”

“那你给我表演一个玩蛋吧。”叶菱淡定地喝着茶水。

谢霜辰有些吃惊，他从来没想过高岭之花也能这么波澜不惊地开黄腔。

“叶老师，您怎么回事？您不是读书人？您读的是《金瓶梅》吧？”

“你不是说你什么都会？”叶菱见谢霜辰没反应，故意追问。

“成。”谢霜辰直接坐到了叶菱的身边，伸手就要去解叶菱的裤子。叶菱一口水喷了出来，赶忙拦下他，“你又抽什么疯！”

“您不是让我玩蛋？”谢霜辰跟叶菱扭打在了一起，吭哧吭哧地说道。

“那我也没让你……没让你……”叶菱只会嘴上抄两句便宜，就行动力而言，他是真的浑不过谢霜辰。

“没事，叶老师。”谢霜辰认真地说道，“玩笑开得过了些不要怕，谁尿谁尴尬。”

“你怎么不去死啊！”叶菱踹了谢霜辰一脚，终于把他给踹走了。

谢霜辰整整衣服，从书房里推了个箱子出来，叶菱不知道谢霜辰又要作什么妖，迟疑地问道：“你做什么？”

“您不是要表演？”谢霜辰打开箱子，“这里面什么都有，快板啊，御子板啊，弦子啊，鼓啊……”箱子够大，收放得整整齐齐，叶菱拿起来一看，每一样上面都刻着谢霜辰的名字。

“你为什么有两副御子板？”叶菱好奇地问道。

“因为我会双手打御子板啊！”谢霜辰拿过御子板，左右手各一副，当场表演了起来。两副御子板四片竹片打得天花乱坠叮咣作响，炫技到了极限。

叶菱听着都觉得头晕：“你差不多得了。”

“哦。”谢霜辰立刻停住，把御子板放回了原处。

叶菱把三弦拿了出来：“上次你唱《照花台》的时候说有机会弹弦儿给我听，现在来一个吧。”

“这……”谢霜辰为难地说道，“我指甲坏了，没买新的。”

叶菱说道：“那你就用手弹啊。”

“哥哥，疼啊。”谢霜辰把自己十根手指摆在叶菱的面前。谢霜辰自己的指甲修剪得光滑平整，但是要拨弄三弦的话，那真得下点儿狠心。

叶菱起身去厨房转悠了一圈，拿了个小竹勺丢在谢霜辰的面前：“用这个。”

“这也忒厚了吧！”谢霜辰嫌弃地说道，“那声音得呲成什么样啊？算了算了，我还是用手弹吧。”

他抱着三弦开始弹，细长的手指灵巧地拨弄着琴弦，拢共就那个几个音调，愣是给他弹出了大珠小珠落玉盘的效果，不由得让叶菱刮目相看。

紧接着，只听“咔嚓”一声，弦音走调戛然而止。

叶菱问道：“怎么了？”

谢霜辰举着自己的手哭天喊地：“啊——指甲劈了！”

“谁让你用三弦弹《千本樱》了！”叶菱哭笑不得，“手指头没断就不错了！”

“疼死我了！”谢霜辰继续惨叫道。

叶菱凑过去给他看了看，指甲劈得不深。他找指甲刀小心翼翼地帮谢霜辰处理好，说道：“张嘴。”

“啊——”谢霜辰乖乖地把嘴巴张开。

叶菱把谢霜辰的手指往他自己的嘴里一插，下巴一抬，说道：“含着吧，唾液止疼。”

“您！”谢霜辰把手抽了出来，本以为叶菱突然温柔好心，没想到在这儿等着呢。

两个人这段时间的磨合可谓是鸡犬不宁，时间也过得快，转眼到了八月，北京最热的几天眼瞅着就要过去，但总还有点儿让人热火朝天的事。

谢霜辰的师父谢方弼要过生日了。

在他们这样的传统行当里，仍旧保持着一些老规矩，天地君亲师，师父地位等同于父母，三节两寿都要上门拜访。

谢霜辰早早就准备好了送给师父的礼物，而且他还要带着叶菱一起去，保不齐师父见到叶菱本人能答应收他为徒呢？

他这如意算盘打得不错，临近正日子的时候，他忽然接到了大姐谢欢打来的电话。

“五儿啊。”谢欢说道，“在干吗呢？”

“躺着呢，怎么了姐？”

“老爷子后天过生日，我在国外拍戏回不去。”谢欢接着说道，“我给老爷子准备的礼物寄你那儿去了，你一并给带过去吧。”

“姐。”谢霜辰坐了起来，“您是真回不来还是假回不来啊？这种借口您用了好几回了。”

谢欢"啧"了一声，说道："就你话多，别什么茬儿都接！我忙去了，你自己看着办吧。"

"行，弟弟我保证帮您办到！"谢霜辰拍着胸膛打包票。

他刚刚挂断电话，快递就把礼物给送到了。门是叶菱去开的，快递小哥推着一个一米见方的大箱子，累得够呛。叶菱替谢霜辰签收了，叫他："你买的什么东西啊，这么大高个儿？"

谢霜辰颠颠地跑出来，也是纳闷儿。

等他俩把箱子拆开，就更纳闷儿了。这一箱子石头是闹哪样？

叶菱一脸懵地看向谢霜辰，谢霜辰也是一脸懵地说道："别看我，不是我买的。"

"那是谁买的？"叶菱问道。

"我大姐。"

"啊？"

"我师父的亲闺女可不是我大姐？"谢霜辰说道，"我是被我师父捡回家养大的，说是师父，也跟亲爹差不多了。我大姐比我大好多，只不过因为一些原因，她跟师父关系不是特别亲密，她又常年在外拍戏不回来……总之就是父女俩在一起待着都别扭，大姐送东西都是叫我给拿过去的。"

叶菱问道："你大姐叫什么？"

"谢欢啊。"

"好嘛。"叶菱这才反应过来，"是影后啊。"

谢方弼的生日在周六，饭是在晚上吃的，白天几个徒弟就陆陆续续到了。

谢方弼正在喂猫，就瞧见谢霜辰费劲地推着一个大箱子进来，后面还跟着一个年轻人。

"师父，师哥们回来了？"谢霜辰远远地问道，"快让他们来帮忙吧。"

"你这个小浑蛋，又作什么妖？"谢方弼把手里的猫粮一撒，猫咪们就跑到一边去嗷呜嗷呜地吃了起来。他拍了拍，把双手背在身后，走上前去打量放在院子里的那个大箱子，紧接着，目光又移动到了谢霜辰身后的人身上。

"噢噢，师父，我给您介绍一下。"谢霜辰把叶菱拉了过来，"叶菱，就是我跟您提的那位，现在是我的搭档。这次您过生日，他特意跟着我来拜访您的。”他说着用胳膊肘捅了捅叶菱，叶菱连忙掏出了他给谢方弼准备的生日礼物。

“谢、谢老师您好，我是叶菱。”叶菱恭敬地说道，“祝您福如东海，寿比南山，生……生日快乐。”

谢方弼严肃地盯着叶菱看了好一阵，把叶菱盯得都起鸡皮疙瘩了，这才哈哈一笑，颇是和蔼地对着叶菱说道：“甭紧张也甭客气，就当是进自己家了”老爷子对叶菱说话的时候是笑眯眯的，转头对着谢霜辰说话就一脸的嫌弃：“小王八蛋，还不带人进屋？外面多热！”

“师父，您还是先把这箱子拆了吧。”谢霜辰哭笑不得，“这是大姐给您的生日礼物，她不是在国外拍戏嘛，回不来。我也不知道她这是什么突发奇想，给您买了一箱子石头，说是原石，每个石头切开里面都有翡翠玛瑙。喏，上面都写着呢，至于打开是多大个儿的，可能就纯粹看手气了。”

“死丫头。”谢方弼有些生气地说道，“装神弄鬼！我看以后也别回来了才好！”

谢霜辰赶紧安慰他说道：“师父呀，大姐可能是怕您无聊，让您开着玩的，开石头不比砸核桃有意思？”他挑了一块最小的石头出来：“您看，上面写着翡翠呢，您说切开里面的翡翠有多少？”

“哟呵！有翡翠呀！让我瞧瞧！”旁边的屋子里出来一个人，腰间系着围裙，手里拿着个大勺子，长了副笑模样，身材微微发福，像是个笑面佛，“哪个能开出来翡翠？”

“三师哥，说金贵的东西肯定能把您给吸引过来。”谢霜辰笑了笑，“今天您掌勺？”

郑霜奇亮了亮手里的大勺子：“可不是吗？你们一个个都爱我这手艺？”

谢霜辰说道：“爱死了！”

郑霜奇行三，人生两大乐事——金钱，美食。他不爱追名，但是酷爱逐利，仿佛整个人掉进了钱眼里一样，这一点谢霜辰很不欣赏。不过郑霜奇厨艺了得，逢年过节来师父这里都是他掌勺，这做饭的手艺，谢霜辰又特别欣赏。

总之就是很纠结，不过再怎么纠结，也纠结不过谢霜辰对大师兄和二师兄的感情。

说曹操，曹操就到。

大师哥李霜平跟二师哥杨霜林是前后脚来的，李霜平年纪是最大的，叶菱总感觉自己得管他叫大爷。李霜平温和敦厚，像极了传统家庭中中庸老大哥的模样。他们几个师兄弟里，最是能说会道的，其实是二师哥杨霜林。

杨霜林是大众熟悉度最高的相声名家，经常流连于电视媒体以及影视行业，也是大学里的客座教授，有很高的社会地位，端的是艺术家做派。

谢霜辰给几位师哥介绍了叶菱，师哥们俱是和蔼，但是叶菱心里很别扭，他总觉得这个闪闪发亮的谢氏门庭里似乎并不如表面上这般和睦。

饭桌上，几个人都纷纷向师父敬酒，连叶菱也不例外。他比来的时候放松了一些，谢方弼对年轻人总是很温和的，这种温和与照顾是发自肺腑的，叶菱能感受到，心里自然对谢方弼亲近了许多。

“老五啊，最近忙什么呢？”推杯换盏之后，杨霜林向谢霜辰关怀问话。

“瞎待着呗！”谢霜辰含糊地回答道。

“我听说你前阵子到一个小茶楼里说相声去了？”杨霜林明知故问。

“哎呀，师哥，您是从哪儿听说的？”谢霜辰反问道。

“小茶楼？”郑霜奇插嘴问道，“给你多少钱一场啊？”三师哥最关心的还是演出费的问题。

杨霜林说道：“我在网上看见的，你还穿了一件露脚脖子的大褂。”说到这里，他哈哈一笑：“这都哪儿跟哪儿啊？老五，你呀别总是瞎胡闹不务正业，你看这视频都出来了，别人问我，我怎么解释？小五爷混不下去跑小茶楼说相声去了？这样好听？”

“我就是玩玩，您甭当真。”谢霜辰回答道。

“真不是师哥说你，你也老大不小了，别成天想那些不正经的。”杨霜林喋喋不休地教育着谢霜辰，“有这时间，多研究研究正经的艺术文化，师父年纪大了，师哥们的岁数也不小了，咱们这一门以后不还是得靠你？”

谢霜辰最讨厌杨霜林讲大道理，心里纵然不乐意听，嘴上还是客气地说道：“别介呀，师兄们才是时代的弄潮儿，行业的红旗手！我还小，我还不行，我还得靠师哥们罩着呢。”

杨霜林刚要张嘴再说几句，李霜平就抢先说道：“你俩就别互相斗嘴了，也不怕被师父看笑话，吃喝都堵不住你俩的嘴！”

谢方弼摆摆手，一副事不关己高高挂起的模样：“我什么没见过呀，你们爱说，说去吧。”

“今天师父过寿，咱们不说这些了。”杨霜林及时打住，举起了酒杯，转向叶菱，“小叶呀，咱俩喝一个？”

叶菱举起酒杯，小心翼翼地跟杨霜林喝了一杯。杨霜林喝完就问了叶菱许多问题，叶菱都一一作了回答。

酒过三巡，大伙儿都打开了话匣子，各自说着各自的事情。但是有客人在，几位师哥的主要攻击目标还是叶菱。这种在社会上混圆滑了的人，在酒桌上最爱欺负新人，仿佛是一种不成文的老男人社交癖好，叶菱不胜酒力，没两杯就有了醉态。

谢霜辰见状只得替叶菱挡酒，谢霜辰一个人哪能喝得过他师哥三个人？于是就跟叶菱一起喝多了。

两个人醉得开始说胡话，回去肯定是走不成了，谢方弼就把他俩安排在了往日谢霜辰住的屋子里，扔一张床上和着衣服睡了。

天刚蒙蒙亮，四下寂静无声。倏地就听到院子里一声嘹亮的高喊。

“谢霜辰！起床了！”

紧接着就是一脚踹门的声音。

谢霜辰条件反射一般，一个激灵就坐了起来，眼没睁开脑子也还没意识，嘴里却喊道：“来了，来了！师父我起了！蒸羊羔，蒸熊掌，蒸鹿尾儿……”

他自小就是这样被谢方弼一大早轰起来练功的。

叶菱睡得正熟呢，也被这突然的声音惊醒，他的酒还没醒，下意识地就问道：“啊？扫黄的来了？”

第七章

这一句话把谢霜辰给吓醒了，可是也有点儿懵。

“扫黄？”谢霜辰问道，“哪儿来的扫黄？扫谁啊！”

叶菱在床上愣了好一会儿，这才看清楚是什么情况，吁了一口气，说道：“没事。”

谢霜辰不依不饶：“不行，您得给我说清楚了！”

“说清楚什么？”叶菱说道，“做梦梦见你去天上人间了，跟着你就没好事，不行啊？”

“我在您眼里就这么不堪？”谢霜辰不服。

“没有。”叶菱摇头，“可能更差点儿吧。”

谢霜辰特别委屈。

说话间工夫，谢方弼踹门就进来了，他还是双手背在身后，看了谢霜辰与叶菱一眼，笑眯眯地说道：“少爷们，忙完了？”

夏天的清晨总是来得很早，五六点钟的时候天就大亮了。

谢方弼坐在院中的摇椅上，谢霜辰和叶菱两个人垂着头站在他跟前。谢霜辰先背了一段《地理图》热热手，等他背完了之后，谢方弼睁开眼看向叶菱：“小叶啊，你会什么？”

“我……”叶菱看了看谢霜辰，有种老师检查小学生背课文的感觉。

叶菱从小学习成绩就特别好，脑子也灵活，记东西很快。但是在谢方弼面前，他就有种大脑空荡荡的感觉。

“就来一段《八扇屏》里的‘小妇人’吧。”谢方弼悠悠地说道。

叶菱“嗯”了一声，呼一口气，娓娓道来：“在想当初，唐朝有一位胖美人，此人姓杨名玉环字太真，只因唐明皇之子寿王李瑁选妃……”他口齿清晰连贯地往外吐字，旁边的谢霜辰听得很紧张，生怕他出错。

《八扇屏》是非常经典的传统相声，讲的是各种历史人物的故事，精华在于惯口。《八扇屏》源自于屏风字画，但是里面的故事可不止八段，只不过现如今的演员在表演的时候，多选取“小孩子”“莽撞人”“江湖人”等段落，其他段落提及较少。

“小妇人”这一段讲的是杨玉环的故事，篇幅很长，舞台上很少有人用，猛地一说起来难免生疏。谢霜辰就怕叶菱这个“二把刀”不会或是背错了，没法儿入谢方弼的眼。

“……后人有诗叹之曰‘玉环玉貌可倾城，明皇廉耻一旦空，禄山兵马压边界，一抔黄土葬娇容’。这个胖妞儿你比得了？”叶菱最后一个尾音落下，从头到尾行云流水，没有一丁点儿差错，谢霜辰这才松了一口气。

其实叶菱内里也松了一口气，老先生检查功课，谁能不紧张？

两个人安静地等着谢方弼赐教，可谢方弼却优哉游哉地站起来回了屋，很快又走了出来。

“你。”他指着谢霜辰说道，“打扫卫生去，把屋里和院子里都扫了。”

然后他又给了叶菱二十元：“你上胡同口买早点去，你和老五一人多买一个鸡蛋，给我买两个糖油饼一碗豆浆，剩下的你看着买。”

叶菱茫然地接过那二十元，正要准备出去的时候，就听见谢霜辰一边搓抹布一边大喊道：“买一个糖油饼就行了！师父有高血压、心脏病！少吃点儿！”

“洗你的抹布！”谢方弼想上前去踹谢霜辰。

叶菱还是茫然，很茫然。不过他没要谢方弼那二十元，而是自己拿着手机出门了。谢方弼也没拦着他，就把那二十元压在了花盆底下。

十分钟后，叶菱灰溜溜地跑回来了，他不好意思跟谢方弼说话，走到正在擦洗柱子的谢霜辰面前小声说道：“你有现金吗？胡同口那个卖早点的大妈好‘硬核’，只能用现金。”

谢霜辰“扑哧”一声就笑了出来，往花盆那儿一指，说道：“师父给您留着呢，就知道您还得回来。”

叶菱重重地掐了谢霜辰一下：“你怎么不早说？”

谢霜辰“哎哟”一声：“谁让您那么客气了？师父给您什么您就拿着，哪儿还有这事儿？”

“我真是懒得跟你贫嘴！”叶菱翻了个白眼，从花盆底下抽了那二十元就走了。

三个人吃早饭相当简单，谢方弼吃饭不爱说话，吃完后就留给他俩三个字：干活去。

然后他自己出门遛弯去了。

这个四合院不是很大，但是两个人要是里里外外全都打扫一遍也挺费工夫。

叶菱说到底是个读书人，叫他坐一边做《5年高考3年模拟》没问题，可叫他打扫卫生，还一打扫就是一上午，这就有点儿太不行了。

他拄着一人高的扫帚，问谢霜辰：“你平时就干这个？”

“啊。”谢霜辰回答道，“偶尔还会给师父做做饭，但是我做的饭不好吃，他就不让我做了。”

“原来现在还兴这套啊。”叶菱嘀咕着说道。

“不然呢？”谢霜辰回答道，“我是在师父家里住，可不得什么活都干？”

叶菱想了想，评价着说道：“硬核。”

“我师父说学艺都得这样，连这点儿鸡毛蒜皮的小事都做不好的话，那就没法学艺了。”谢霜辰说的头头是道，“您啊，还是好好表现吧。”

“……”叶菱本来不想说什么了，可听到谢霜辰说这话又感觉不太对，“那你现在住的家里怎么不打扫卫生啊？在这儿怎么这么勤快？”

“那能一样？”

可不是，小五爷人精一个，还拎不清这个中差别？

两个人在院子里，一边干活，谢霜辰一边给叶菱讲自己以前的事，正讲到小学五年级踢球把人家玻璃砸了的时候，杨霜林来了。

“哟，二师哥，什么风把您给吹来了？”谢霜辰扬声问道。

“给师父送点儿鱼生。”杨霜林提着冷鲜箱说道，“早上空运到的，刚从机场拿回来。”

谢霜辰小声嘀咕道：“师父三高您还老给他吃这些。”

杨霜林摆手笑道：“师父不是嘴馋么。”

“馋也没您这么惯着的啊。”谢霜辰阴阳怪气地说道。

"得了。"杨霜林说道，"少不了咱小五爷的，你多吃点儿，把师父的抢了不就成了？"

谢霜辰刚想回敬几句，谢方弼就回来了。谢方弼见杨霜林在，便招呼了几句，看见了杨霜林带来的东西，笑着说道："中午的饭，有着落了。"

四个人围着桌子坐下，谢方弼上座，他先动了筷子，其他人才能动。

杨霜林是个很会照顾饭局的人，有他在，基本不会冷场。他先是跟谢方弼嘘寒问暖了一番，紧接着又对谢霜辰说道："你俩昨晚在这儿住下的吧？不是我说什么，老五啊，你成天到晚这儿混那儿混的，怎么酒量越来越差了？"

"我怎么能跟师哥们比呢？"谢霜辰说道，"我还年轻，功力尚浅。"心中却在骂道：我一个人怎么可能喝得过你们三个社会老滑头？

"小叶呢？"杨霜林笑着问道，"今天休息的怎么样？"

"还好。"叶菱淡淡地回道。

"早上有没有让师父检查功课？"杨霜林接着问道。

"当然有啊。"谢霜辰抢先说道，"这不是日常？您让师父给您说说，我俩功课怎么样？"

杨霜林笑道："你的功课自然是好的了，打小就聪明伶俐，我们都比不过你。"

谢方弼忽然开口说道："小叶呀，口齿清晰，语言流畅。"

叶菱一滞，没想到谢方弼会对他做出评价，虽然只有简单的八个字，但已经难能可贵，忙说道："谢谢先生。"

"我就说，我们叶老师可好了，您还不信！"谢霜辰黏上了谢方弼，师父检查个基本功都被他说的仿佛检查了全本的活那么厉害一样，"要不我跟叶老师在您这儿多住两天，您再瞧瞧？给指点指点？"

谢方弼说道："全天下我就管得着你们哥儿五个，连亲闺女都管不了，哪儿来的能耐指点别人？"

"师父！"谢霜辰说道，"您怎么这样儿啊？"

叶菱噎了一下，他不知道原来谢霜辰在谢方弼面前也这么无法无天什么话都敢说。不过这不是自己发言的场合，他只能闷头吃饭。

杨霜林说道："老五，怎么说话呢？没大没小。"

谢霜辰不管杨霜林，又对着谢方弼说道："师父，您教教他嘛，我俩都是搭档了，得共同进步呀。"

谢方弼说道："吃你的饭。"

话题到此终结，杨霜林就开始聊他最近的工作和演出安排，一直强调说自己很忙，对于一个艺人而言，"忙"是他最风光的事。

叶菱听得头昏脑涨，他见杨霜林的表演也都是在电视上，因为对谢霜辰的定位有点儿失误，所以他目前不敢对杨霜林做什么评价。为了逃离这个别扭的饭桌气氛，吃完饭他就主动要求去洗碗，退出了战场。

谢方弼不干活，自己回屋听戏去了，饭桌上留下谢霜辰和杨霜林收拾，杨霜林左右看了看，突然问谢霜辰："老五，你刚才那话是什么意思？"

谢霜辰有些莫名地问道："什么什么意思？"

"你让师父指点他，他又不是师父的徒弟，怎么指点？"杨霜林直白地问道。

谢霜辰也直白地说道："那就让师父收他做徒弟不就好了？怎么，我那话是不是说得太隐晦了？"

杨霜林说道："嘿，你这小算盘打得挺响啊！"

"我向来会算账。"

"老五，你这就是没规矩。师父宠你，都由着你换搭档了，你怎么还蹬鼻子上脸？你这不是为难师父？"

"我为难师父又没为难您，您着急什么劲儿呀！"谢霜辰装作一脸不解的样子。

杨霜林"啧"了一声："你别抬杠！"

"我没抬杠。"谢霜辰说道。

"这事儿你自己好好掂量一下。"杨霜林用手指扣了扣桌面，低声说道，"师父什么身份？随随便便再收个不知道从哪儿来的徒弟，这关系辈分不全都乱套了？你小子可别胡来。"

"二师哥您别紧张啊。"谢霜辰拍拍杨霜林的肩膀，"到头来还不是得看师父他老人家的意思？"

"你别搞那些歪门邪道。"杨霜林最终评价谢霜辰说道，"不入流。"

此时耳边传来敲门声，叶菱洗好了碗，湿着一双手敲门提醒屋里两个人自己过来了。

"那个……"叶菱有点儿尴尬，"我洗好碗了，不知道放在哪个橱柜里。"

"我帮你收拾，走。"谢霜辰很是招摇地揽着叶菱进了厨房，还不忘回头朝着杨霜林挤眉弄眼，恶心一下他。

杨霜林越是不让谢霜辰搞歪门邪道，谢霜辰就偏要跟他对着来。

他这个人天生有反骨，最是喜欢剑走偏锋，叛逆得很。

赵孟如给谢霜辰和叶菱做的大褂已经完工，给谢霜辰打了电话，谢霜辰开车去取，拿回家给叶菱试穿。

叶菱之前只穿棉布的，上台就是那么一个形式。他头一次穿这么精致昂贵的大褂，老实说，感觉有点儿微妙。

“我就觉得您穿黑色的特别好看。”谢霜辰欣赏一番，说道，“您等着，我把我那身换上。”

他动作麻利，很快就换好了大褂出来，跟叶菱并排站在镜子前。

叶菱看看镜子里的谢霜辰，又看看身边的谢霜辰，心中感慨颇多。

谢霜辰一米八几的个儿，黑色大褂熨帖合身，唯有领子袖口露着内里小褂的窄窄白边，三分风流七分含蓄，尽在其中。

“叶老师，我好看吗？”谢霜辰对着镜子里的叶菱问道。

叶菱这才回过神，意识到自己的目光在谢霜辰身上停留了太久，赶紧别过脸去。

“咱俩为什么不组合出道啊？”谢霜辰又问道，“我觉得也差不多。”

叶菱说道：“你问我啊？我怎么知道？”

谢霜辰想了想，说道：“还是为了相声事业流干最后一滴血吧。”

“……这茬儿是过不去了。”叶菱无语。

三套衣服，黑色和霜白都试过了，唯有妃色那套叶菱不肯穿。谢霜辰没强求他，只不过就是挑了个风和日丽的日子，把叶菱骗到了照相馆拍照。

谢霜辰自己换上了妃色那件大褂，他叫叶菱也去换，叶菱不答应，谢霜辰就威胁叶菱说道：“来都来了，您要是不干，我就动手了啊！”

真是秀才遇上兵有理说不清，叶菱让谢霜辰缠了半天，最终才硬着头皮答应了。

这家照相馆以照那种复古老照片闻名，谢霜辰跟老板熟识，特意叫摄影师给他俩精心打造了一套。

其中有一张是谢霜辰强烈要求的，两个人穿着那套妃色的大褂，谢霜辰坐着，让叶菱站在自己身旁。

叶菱脸上毫无表情地站在谢霜辰身边，谢霜辰觉得不满意，还让叶菱一只手搭在他的肩膀上。

“你干吗？”叶菱真是被谢霜辰气疯了。

“这样显得比较亲密。”谢霜辰说道。

“亲密什么呀！”叶菱说道。

“赶紧着吧。”谢霜辰催促，“最后一张了，拍完了人家摄影师还得吃饭去呢。请您不要因为自己的一丁点儿私人情绪妨碍人家的正常工作！”

叶菱觉得，谢霜辰应该改名叫谢有理。

他站在谢霜辰身后，一只手搭着谢霜辰的肩膀上，脸比锅底还黑。

不过照出来也只是显得他清清冷冷而已。

照片出来之后，谢霜辰背着叶菱把这张照片发在了自己仅有五万粉丝的微博上，什么都没说，只配了一张笑脸的表情包。

您得说五万粉也是粉，圈子就这么小，谢霜辰又不爱发微博，能关注他的，通常不是被他的才华吸引，而是被他的脸吸引。

女孩子们都喜欢年轻英俊的小伙子，没人会例外。

只不过就是说相声的，大伙儿会先入为主认为是老大爷或者丑大叔，总之跟“帅”一毛钱关系都搭不上。

这样一张双人照炸出了好几十个僵尸粉，一个个都满脑袋问号。

“角儿换搭档了？”

谢霜辰发微博不光是为了显摆，他就是想恶心一下杨霜林。杨霜林越叫他规矩做人，他就越不规矩，而且他还得让大伙儿都知道才行。

小五爷离经叛道，不按常理出牌。

只不过网络媒体的传播速度有时候要比他想象得快。

一打开微博，那条微博突然就冒出来了好几千条的转发，不知道哪儿来的一群热情的女网友如海浪一般瞬间侵袭了谢霜辰的微博。

“啊啊啊！！这是哪里来的神仙小哥哥！”

“太有 CP（组合）感了吧！”

“这是结婚照么！”

谢霜辰有些纳闷儿，顺着源头去找，终于在热转找到了始作俑者。

姚知雪：“哎哟喂！‘二婚’啊？”

这下谢霜辰全都明白了。

姚知雪，本名姚笙。微博千万粉丝大V，“梅花奖”获得者，出身京剧世家，四岁登台，多次参加海外交流，至今从艺十七年，是深受人民喜爱的京剧表演老艺术家。

男旦，人称“小姚仙”，曾在国际大导的电影作品中本色出演过，惊鸿一瞥，就此一抹倩影存留在了姑娘们的心里，寥寥几个镜头成了各种剪辑经典素材。

当然，这都不是重点，重点是姚笙跟谢霜辰是发小兼京剧这一门的师兄弟。

姚笙就是吃饱了撑的没事干转发一下谢霜辰的微博，挑挑事而已。

谢霜辰还不知道他想干什么？当即就把姚笙的微信翻出来一顿狂轰滥炸。

“浪味仙，你给我出来！”

“有这么跟师哥说话的？”姚笙回复得很快。

“你这个贱人，怎么没水也这么浪？”谢霜辰开始瞎叨叨，“你这转发评论说的是什么话？瞎带什么节奏？有伤风化！”

“在网上冲浪不浪怎么行？你还跟我说什么有伤风化？明明是你自己阴阳怪气好吧？哎呀，我真的很烦你们说相声的搭档如夫妻这套，每次都搞得这么恶心，简直没眼看！”

“我们这行当小门小户，真的恶心不过贵圈。”谢霜辰说道。

“别介，你可是正式拜过师的，什么贵圈贵圈的，不是你圈我圈？”姚笙回复。

“你别浪了好不好？”谢霜辰回复姚笙，“隔着八百里我都能闻见你那咸湿味儿。你转发就不能说点儿好话给我带带粉？什么二婚？我单身，头婚都没有呢！叶老师知道了还不得骂死我？”

“我觉得还好吧，你现在看看你粉丝涨了多少？”

谢霜辰看了看，回复姚笙：“现在十万了。”

“你应该跪下来谢我。”

“你赶紧死去。”

“你竟然敢这么对师哥说话！”

“怎么了，怎么了？”谢霜辰开始嘚瑟，“有本事你来打我啊！我在家里恭候你大驾！

当时是凌晨一点多，姚笙一看到这句话，将手机锁屏，立刻起床穿好衣服下楼开着车飞驰在夜幕中的三环路上了。

他很快就到了谢霜辰家里，啪啪几下按开了密码锁，一边推门一边大喊道：

“谢霜辰你个王八蛋给我滚出来！老子来了！来打架啊！来啊，来啊！抄家伙！”

客厅里漆黑一片，只有冰箱敞开着门亮着灯，跟前站着一个人，穿着睡衣，手里拿着一瓶AD钙奶，惊恐地看着他。

“你谁啊！”姚笙问道。

叶菱也很想知道现在是什么情况，他只是半夜起来找水喝，冰箱里只有AD钙奶了，刚打开冰箱门就突然被人破门而入还大喊大叫的，这年头入室抢劫都这么明目张胆？

“你……”叶菱仔细看了看。这人头发稍稍有点儿长了，到脖子那儿，自然卷曲着，个头应该跟谢霜辰差不多，虽然脸上的表情有点儿诡异，但仍不掩其英姿卓绝，气质拔群。

远远的，叶菱都能感受到对方身上的嚣张气势。

“我的天！你真来啊！”谢霜辰从房间里跑出来，指着手表说道，“都快凌晨两点了！这会儿连鸡都睡觉了！”

“小五爷可以啊！”姚笙看清了叶菱的模样，笑道，“我当你只是嘴上说说，没想到啊没想到，还搞同居艺术创作？我跟你认识小半辈子了怎么不知道你还有这癖好？”

谢霜辰说道：“哎哟喂，是小电影不好看还是黄豆酱不好吃？你怎么废话这么多？我什么癖好了！你不要造谣啊，我跟你说造谣转发过五百条是要负法律责任的！”

姚笙说道：“我说你喝AD钙奶的癖好。”

“你还是去死吧！”

“先别说这个，我是来找你打架的，大丈夫一言既出驷马难追！”姚笙高声说道，“尔等速来应战！”

忘了说，姚笙还有一个外号——台上虞姬，台下霸王。

第八章

“打鸡毛！”谢霜辰只动嘴不动手，“你这是骚扰别人的私生活！”

姚笙说道：“私生活？你能有什么私生活？你说说你在我面前有什么隐私？吃饱了撑的吧！真是三天不教育你就上房揭瓦！”

“你滚蛋吧！”谢霜辰骂道，“滚滚滚！”

叶菱喝完了AD钙奶，看着这两位神仙在家里好似泼妇骂街，他很无奈，把空瓶子扔进了垃圾桶里，问道：“你俩要不要明天再说？晚上打架扰民，万一邻居报警了怎么办？”

“白天打架也扰民啊！警察叔叔上班可不分白天晚上的！”谢霜辰说道。

叶菱说道：“白天人家不都上班去了吗，报警的概率比较小。”

谢霜辰说道：“你说的很有道理。”

姚笙说道：“有什么道理！谢霜辰你是不是傻！”

谢霜辰说道：“浪味仙，你给我闭嘴！我们叶老师要休息了，你赶紧圆滑地离开！”

“行！休息是吧！”姚笙大步走向卧室，踹开房门，“我不走了！我今晚就住这儿了！睡觉！晚安！”

姚笙正要脱衣服躺床上，谢霜辰跑过来一把拉住他，说道：“这是叶老师的房间！”

姚笙一脑袋问号：“这不是你的卧室？你俩睡一块儿？你够能耐的啊？”

“为什么好端端的一个人嘴里愣是没有一句人话？”谢霜辰伸手摸了摸姚

笙的额头，“甚至无法理解我们正常人类的语言逻辑了？我说的是这是叶老师的房间，什么时候说我俩睡一块儿了？我睡书房好不好？”

“我不管。”姚笙掀开被子装死一样躺了进去，“哟呵，还是温热的呢，挺好的，你们关灯出去吧。”

谢霜辰一脚踹床上：“你有病吧！大夏天的还睡被窝！热死你算了！你给我起来！”他伸手去拽姚笙。姚笙继续装死，使劲儿往下坠，两人身材体格相当，谁也干不过谁。谢霜辰累得够呛，干脆放弃，骂道：“我把你这屋的电闸关了！热不死你！”

姚笙仍旧不为所动。

谢霜辰把房门关得紧紧的，叶菱靠在墙上看着他，谢霜辰很无奈地对叶菱说道：“他就这样，您别见怪。”

“我不见怪。”叶菱说道，“就是感觉有点儿……三观崩塌。”

姚笙这么知名的人物叶菱不可能不知道，但是姚笙在大众面前是一副德艺双馨的模样，叶菱没想到此人私下是如此不着调，感觉比谢霜辰还疯。

传统行当压力难道很大？怎么这些世家子弟一个个都这样？

“他还有更疯的时候呢，犯起浑来就是个混世魔王。”谢霜辰一副不想多提的样子，叶菱心想，你俩谁也别嫌弃谁了。

“今晚只能这样了，叶老师，您赶紧睡觉去吧。”谢霜辰说道，“我到沙发上对付一宿，您上我屋去睡。”

他这么个身高睡沙发得缩起来，腿脚都伸不直，整个人看起来弱小可怜又无助。叶菱叹了一口气，说道：“要不你来跟我睡吧。”

谢霜辰问道：“您不拒绝了啊？”

“欸，我说你怎么好赖不识？”叶菱不耐烦地说道，“那你在沙发上待着吧。”

“不要！”谢霜辰麻利地从沙发上站起来，“求求您施舍给我半张床吧。”

“滚。”叶菱说道，“去跟你发小睡去，你们两个老艺术家正好交流一下艺术心得。”

“别。”谢霜辰赶紧说道，“我拒绝行了吧。”

这一夜终究是谢霜辰跟叶菱挤一张床对付过去的。叶菱有人睡旁边就睡不踏实，天一亮就醒了，叫了三人份的早饭外卖，没承想二位老艺术家中午才起床。

这种作息真是一点儿都不艺术。

姚笙在谢霜辰家里就跟在自己家里一样随便，光着膀子迷迷糊糊地走出来，一边抓着自己凌乱的头发一边叫谢霜辰让他给自己找衣服，说是要洗澡。谢霜辰是被他叫起来的，带着满身的起床气给他丢了件T恤让他滚蛋。

叶菱默默地围观了全程，决定还是再叫份午饭的外卖。

三个人坐在一起，各有各的表情，姚笙明显是没睡醒，洗个澡都没清醒过来的那种。谢霜辰则是一脸低气压，而叶菱呢，看戏为主。

“别挑香菜了！”饭桌上谢霜辰数落姚笙，“吃顿饭怎么这么费劲儿？”

姚笙说道：“我不吃香菜关你什么事？”

谢霜辰说道：“这是我家的饭！”

姚笙说道：“是人家叶菱点的好不好？”

叶菱说道：“……你俩能好好吃饭？”

姚笙嬉皮笑脸地说道：“他叫你叶老师？那我也叫你叶老师？”

“……不用了，他叫着玩的。”叶菱真的很不想面对这个称呼，“叫名字就可以了。”

“是的呀，反正名字只是一个代号而已，不重要。”姚笙看着他俩问道，“你俩在一起多久了？磨合得怎么样？首演什么时候啊？要我过去捧场？”

他一连串的问题抛出来，叶菱都不知道应该先回答哪个。

“这你就甭操心了，还是操心一下自己的事吧。”谢霜辰接过话茬儿，问道，“我有些日子没见着你了，上哪儿浪去了？”

姚笙说道：“你这是对老艺术家说话的口气？”

“行吧。”谢霜辰说道，“您上哪儿弘扬传统文化去了？”

姚笙得意地哼了一声，说道：“我最近在和一个独立音乐工作室合作办一场演出……”

“什么？”谢霜辰打断他，“搞小买卖啊？”

“你的嘴怎么这么碎？什么都接？”姚笙说道，“跨界合作懂不懂？就是用现代的潮流音乐与传统的戏曲相结合，唱本都是新写的，舞台做的都是全息效果，声光电特别酷炫。”

谢霜辰说道：“哦，效果怎么样？”

“做了一次小型的试听会……”

“来的观众全是大爷大妈？”谢霜辰说道，“你可真是中老年妇女的偶像。”

“你闭嘴！”姚笙告诫自己，不生气不杀人，杀人犯法，“来的都是年轻人好不好？大伙儿兴致都好高！都还没见过这么新潮的玩意儿呢！”

谢霜辰问道：“你师父没骂你不务正业？”

“他骂我干吗？”姚笙说道，“你让年轻人坐大戏院里听一整本的《玉堂春》，他们听得下去？人家压根儿都懒得听，咱还跟这儿弘扬个什么劲儿？以前流行的戏曲未必现在就有人喜欢，你得变通才能活下去。”

谢霜辰还没说话呢，叶菱就突然开口说道：“我觉得你说的很有道理。”

“你看！”姚笙一拍手，“还是叶老师觉悟高！欸，我觉得你们啊，就应该参加那些个说唱节目才对。我看的时候就一直在想，这帮选手们的嘴皮子完全不如你们说相声的好啊，语速很普通啊，骂街也不如你们啊，怎么就被捧得不知天高地厚的？”

“你打住，我们那叫贯口。”谢霜辰，“中国没嘻哈，相声也没黑炮。”

“我觉得都差不多。”

“差多了，好不好！”

姚笙摆摆手，说道：“总而言之吧，我觉得玩玩这些新玩意儿还是挺有意思的，要是这次的效果好，我打算把这个系列一直做下去，做到国外去。”

谢霜辰笑着说道：“那你真从老艺术家变成先锋艺术家了，要让我二师哥听见了，准得又是一顿瞎叨叨。”

“老古董。”姚笙说道，“你二师哥也就是你们相声圈的敬他几分，我才不买他的账，谁管谁呀。”他口气轻狂，不过他就是有轻狂的资本。京剧跟相声不一样，也许百年之前大伙儿都是下九流，但如今人家是国粹，任何展示国家文化实力的地方都少不了京剧的元素。

相声呢？只有一个冷冰冰的非物质文化遗产名号，除此之外，似乎也并不怎么高大上。它是从人民群众中走出来的艺术，说简单点儿，无非就是站在台上说话；说复杂点儿，就要论起各种兼并包容的学习与表现。

它仿佛夹在大俗大雅中的尴尬境地中，该怎么走，大伙儿都不甚明确。

不过姚笙的这一番言论，倒是在谢霜辰和叶菱的心里留下了一点儿遐想。

夏天渐渐过去，转眼秋天就到了，退去了闷热潮湿，北京迎来了一年中最好的季节。

金九银十，都是收获的时候。这期间的节日都比较紧凑，也是艺人们最忙碌的时期。谢霜辰受邀参加一个文艺晚会的演出，杨霜林跟他说这是自己给搭的桥，因为他看谢霜辰成天无事可做活像个二世祖，也得让他出去忙活一下了。

谢霜辰很爽快地就答应了，正好跟叶菱也磨合了一段时间，是该出去练练技艺了。

他满怀信心，可是叶菱心里有点儿犯嘀咕。他没在这种商业场合上说过，这种场合规矩多，还有电视转播，他心里没底。谢霜辰打包票说不用紧张，一切有他。

结果谢霜辰果真就出差错了。

他们两个人表演的是《打灯谜》，这个活根据剧本的不同有四五个演绎版本，大致就是捧哏诱导逗哏说某一个字，逗哏通过各种技巧回避这个字。他们两个人这次用的是“半夜叫门问声谁”，谜底是“我”字，所以谢霜辰在跟叶菱的对话里通篇不能出现“我”。

这是一个很传统的活，也没什么技术性的东西。两个人穿着霜白的大褂，站在台上玉树临风，上台鞠躬，引得观众一阵喝彩。本是四平八稳的场子，没想到谢霜辰嘴一瓢，把“南边”说成了“蓝边”，好好的一个北京小爷，瞬间说的话就变成了塑料普通话。

还好叶菱反应快，拍了拍谢霜辰的肩膀说道：“您能先把嘴里的那两双袜子吐了？”

“什么袜子？我嘴里的那是棉裤！”谢霜辰故意拿腔捏调地说道，“银家觉得这样缩很可爱的伐。”

叶菱说道：“是，不知道的，还以为你嘴里塞了泰国棉裤呢。”

“呸！”谢霜辰啐一口，仿佛把棉裤吐了出去，后面就恢复正常了。

这是舞台演出时常会出现的一些小插曲，无伤大雅，而且两个人圆得还不错，只要观众买账，其他的也就没什么了。

可刚一下台，谢霜辰就接到了杨霜林打来的电话，叫他跟叶菱去师父那里一趟。

谢霜辰有些纳闷儿，叶菱也不知道为什么，两个人只得乖乖地过去。

进门之后，气氛就不太对劲。

谢方弼一向和蔼，对着谢霜辰也是宠溺居多。但是今天他脸上的表情很严肃，杨霜林坐在谢方弼旁边，弄得好像三堂会审一般。

谢霜辰问道："师父您想我了？"

"你别一上来就嬉皮笑脸，油嘴滑舌的。"杨霜林说道，"今天的演出是怎么回事？怎么瓢了？"

"……就……人有失手，马有失蹄啊。"谢霜辰小声嘟囔着说道，"谁能保证在舞台上一辈子不犯错？再说了，我们这不是圆过去了？甩了个即兴发挥，效果看着不是还不错？"

杨霜林严厉地说道："你不要避重就轻！能处理好舞台事故，难道就能放肆出现这种事故？一个相声演员，口齿不清，说错字，你还挺光荣是不是？你是靠这个吃饭的，不是出去出洋相的！"

"至于这么上纲上线？"谢霜辰无语，"这又不是什么大事！"

杨霜林说道："你还想闹出来什么大事？"

"我！"

"霜辰。"一直沉默的谢方弼此时开口说道，"你今日错在两处：第一，台上犯错，对不起自己多年学艺，也对不起衣食父母；第二，师哥训话，不知悔改反而顶嘴，我什么时候教过你这些？"

"师父……"谢霜辰态度软了下来。

"去，拿尺子去。"谢方弼用下巴指了一下里屋。

谢霜辰脸色当场就变了，但还是乖乖地听话去里屋取了把尺子出来交给谢方弼。叶菱在一旁一直不敢出声，也不知道这是要做什么。紧接着，他就见谢霜辰在谢方弼面前跪了下来，双手举在谢方弼面前，手掌朝上。

谢方弼挥动尺子，"啪啪"地抽打在谢霜辰的手掌上，特别用力，声音特别响。谢霜辰疼到不行，但也不敢叫出声，只是用牙咬着下嘴唇。

不一会儿，他的手掌就被打得红肿破皮，再约莫打了十几下之后，谢方弼才收手，谢霜辰已是满头大汗，手还得举着，动也不敢动。

"师父打你，你得记住了。"谢方弼说道，"咱们做艺的，不能糊弄自己，也不能糊弄观众。你觉得你这次糊弄过去了，以后再犯，人家就觉得你没本事。你的本事就是你的饭碗，没人捧场，还怎么吃饭？我天天检查你的基本功，就是要让你把这些都牢记于心，以后师父不在了，就没人再教你了。"

谢霜辰垂着头说道："谢师父教诲！"

谢方弼把尺子扔在桌上，说道："去上药吧，休息两天，闭门思过。"

“谢师父！”谢霜辰又喊了一声，动了动身体，双手都被打成猪蹄了，不太好站起来。叶菱看着这一出有点儿发愣，这会儿才想起来，连忙伸手去扶谢霜辰。

谢霜辰回了他原本住的那间屋子，里面的东西还是他以前用过的。

一进门，谢霜辰就像疯了一样的大喊大叫：“妈呀，疼死我了！疼疼疼疼疼！叶老师救命啊！”

“啊？”叶菱有点儿懵。

“那个柜子的第二层有一个药箱！”谢霜辰用胳膊肘指着柜子说道，“里面有止疼药和纱布！我要疼死了！”

叶菱利索地取出药箱替谢霜辰包扎，他不太会弄这个，包扎得非常丑，谢霜辰龇牙咧嘴地哭丧：“您要害死我啊！”

“你闭嘴！烦死了！”叶菱说道，“刚才挨打的时候不是挺爷们儿的？现在哭什么哭！”

“这能一样？”谢霜辰说道，“我当时要是敢多一句话，我师父能打死我。”

叶菱不解：“我一直以为谢先生对你是溺爱，没想到他竟然会因为你在台上说错了一个字而动手打你。

“这都算轻的。”谢霜辰说道，“小时候挨打更多。”

“……”叶菱一直是个很优秀的人，从小到大没让爹妈操过心，自然也没被打过，所以他很不能理解这种靠打骂去教育孩子的行为，“你不反抗？我觉得你没错到太离谱啊。”

“哎，这得分什么场合。”谢霜辰叹了一口气，“你知道旧社会拜师学艺得跟师父签一个文书？上面约定五年学艺效力半年，学艺期间，徒弟遇到什么天灾人祸，投河觅井，师父概不负责。”

叶菱说道：“听别人说过。”

谢霜辰说道：“后面还有一句，打死不论。”

“……”叶菱沉默。这些他都是听说过没见过，毕竟都是旧社会的玩意儿，旧社会似乎离他很远很远，他只能从书本和文献资料中看到过这些简短的文字。

可是今天，他似乎对此有了一些实质上的感受。

“师父打我，其实是为了我好。”谢霜辰说道。

叶菱说道：“……我以为他舍不得。”

谢霜辰说道："舍不得就不会叫我学艺了。学艺是最苦的，早上天没亮就得起来练功，忙忙叨叨的一直到很晚才能睡觉，每天都这样，不论三九三伏。这期间还不算打骂……"

"那你为什么要学？"叶菱问道，"谢先生为什么要让你学这些？"

谢霜辰垂着眼睛想了想，说道："师父总说我是祖师爷赏饭吃。其实一开始我也不爱学，太苦了，真的，说出来也不好听。可后来长大了才明白他的苦心。师父年纪大了，他知道我不学无术，怕以后我一个人活不下去，教我一门手艺，好歹不会饿死。"

师徒如父子，何况是像谢霜辰这样从小被谢方弼养大的儿徒。一半是宠爱一半是严苛，这是一种很难平衡的感情。谢霜辰是老爷子的心头肉，怎么舍得打呢？

可真正的舍不得其实就是舍得，打他，是让他长记性，以后不犯错，这一路才能走得顺，不会跌大跟头。

"您是不是觉得挺封建的？"谢霜辰不好意思地笑了笑，说道，"是不是特没人权？"

叶菱摇了摇头，他只是内中波澜起伏难以平静罢了。眼前这个光鲜亮丽恃宠而骄的小五爷原来也有如此一面，没有一贯任性骄纵的嘴脸，反而被打得快要疼死了，还会念师父一句好。换作其他这个年龄的男孩子，怕不是早就上房揭瓦离家出走了。

叶菱从来没想过谢霜辰也会有这么隐忍克制的一面。

他似乎从这一刻开始才真正认识谢霜辰这个人，以及这个极具名望的世家背后的辛酸苦楚。

而相声就是这么一个挣扎矛盾的存在，永远是带给别人欢乐，把痛苦留给自己。

没有人是容易的。

叶菱低头看了看谢霜辰那双被自己捆成粽子的手，轻轻碰了碰，问道："还疼？"

谢霜辰连续点头，然后把手举在叶菱面前。

"干吗？"叶菱有些疑惑。

"疼。"谢霜辰可怜巴巴地说道，"您给我吹吹。"

第九章

“行，吹吹。”叶菱把谢霜辰手上包得像粽子般的纱布解开，然后站起来寻摸了一圈，从卫生间里拿了个吹风机出来，插上电对着谢霜辰的手一顿猛吹。

“谋杀啊！！！”谢霜辰大叫道，冷风刮伤口，那滋味绝了。

“你不是让我给你吹吹的？”叶菱笑着说道。

谢霜辰委屈地说道：“那我也没让您这么吹啊！”

叶菱把吹风机丢在了一边，拿了新纱布：“行了，你不说话的时候没有那么讨厌，手伸出来。”

谢霜辰犹豫着伸出手去，叶菱重新给他包扎。因为有了之前一次的经验，这次包得还像那么回事。

“好了。”叶菱掸手，大功告成。

“我突然有个问题。”谢霜辰说道，“我怎么洗澡？”

“你这个问题问得好。”叶菱一本正经地说道，“那你就等着馊了吧。”

“……”谢霜辰不知道该说什么才好。

谢霜辰因为手不太方便，今晚就让叶菱陪着他在这里住下了。他们回房间之后，杨霜林还留在厅里与谢方弼聊天。

“老五真是越来越不像话了。”杨霜林说道，“原来就不务正业，现在更是瞎胡闹了！师父，您再这么惯着他，真不知道是对他好还是在害他。”

谢方弼一只手架在桌子上，食指和拇指叠在一起，食指的侧面轻轻蹭着拇指上的扳指，说道：“年轻人，总有年轻人的想法。”

“您又知道我要说什么了？”杨霜林说道，“老五从小到大，想干什么事不都是来跟您撒泼打滚儿求成的。小时候您带着他上姚复祥姚老板他们家玩，他看上人家凤冠上的红宝石给抠了下来，他怕您骂他，哭着喊着说是因为喜欢所以要学京剧，您还真叫姚老板收了他，又陪送了一身行头。上高中时跟人家争风吃醋打架，气哼哼地说不上学了，您就真叫他回家来了。到现在说要换搭档，跟你这儿死皮赖脸的磨叽了没多久，换成了不说，还想让您收那个叶菱当徒弟。师父，您看看您惯得他，都不知道天高地厚了！在台上口齿不清，还净干些不入流的事，我看咱这些传统啊，他都不要了！”

他大段的话说完，见谢方弼不说话，又接着说道：“想当初我们师兄弟五个人，就数老四出类拔萃，只可惜他英年早逝。老五天分高，可就是太不让人省心了，不踏实，总干些出格的事，您看他跟叶菱两个人在台上简直就是……哎！我这么说他，是怕他走弯路，浪费了大好时光啊！”

一提起老四周霜雨，谢方弼脸上的表情忽然就变得暗淡忧伤，他摆了摆手，说道：“你们长大了，师父也老了。你们各人有各人的命数，师父只能管你们学艺做人，其他的，师父也管不了了。至于那个小叶……”

杨霜林看向谢方弼，等待着他的下文。

谢方弼顿了顿又接着说道：“小叶这个孩子不错，踏实稳重，功底也不错，跟老五在一起也算互补。至于别的嘛，我得再观察观察。”

“师父，您还真听老五的？”杨霜林看谢方弼这意思像是真要把叶菱收了一样，“这不是让同行看笑话吗！”

谢方弼叹了一口气，说道：“不聊了，今天就聊到这儿吧。你是在这儿住下还是回去？”

“老五在这儿住了，我就不留了。免得他少爷脾气上来，觉得是我欺负完他又看他笑话。”杨霜林说道，“我回去了，师父，您早点儿休息吧。今天这事儿过去就过去了，我知道您心疼老五，可也别总是闹心，免得气坏了身子。”

杨霜林又跟谢方弼嘱咐了几句保养身体的话，这才起身离开。

正要踏出门，谢方弼忽然对他说道：“老二，我知道你对老五也是一番好意。可是老五年纪小，未必能听得进去咱们这些家长式的教育。凡事得有个方式方法，你也不要总是处处挑他的不是了。师兄弟之间要多多帮衬，如今你混得最好，等师父不在了，还不得是你给师兄弟们拉把手？”

杨霜林停了片刻，转过身来说道：“徒弟记住了。”

谢方弼一挥手：“回去吧。”

“师父再见。”

杨霜林走后，谢方弼一个人站在庭院里抬头望月。谢霜辰那屋的灯已经关了，看来是睡下了。往年谢霜辰挨打，都是周霜雨照顾。那个一向温和淡然的青年总有法子把小霸王一样的谢霜辰哄得服服帖帖的。

只恨天妒英才，斯人已逝。

月光投在谢方弼苍老的身躯上，他恍然出神，仿佛眼前还能看见周霜雨穿着小褂练功时的模样。从童年到少年，再从少年到青年，直到化作一缕青烟，消失不见。

唯有空留一声叹息。

谢霜辰假借手伤不方便之由，又回到了谢方弼的四合院住着。不过谢霜辰肯定是要夹带私货的，便带着叶菱一起住。

叶菱不太理解，谢霜辰说道：“叶老师您傻呀？我在师父这里天天早上起来练功，师父给我说活，难道您不跟着一起听？师父总不能轰你走吧？您学着不就行了？”

“这……”叶菱难为情地说道，“哪儿有这么占谢先生便宜的？”

谢霜辰说道：“师父的就是我的，哪有什么占便宜一说。”

果然，谢方弼检查谢霜辰功课的时候总会捎带一下叶菱，叶菱什么地方不对，谢方弼也会简单地说一说。等到说活的时候，他都会让谢霜辰与叶菱两个人先演一遍，然后再逐一点评，每一句都拆出来，一句一句地讲解。

两个人在四合院里住了小两个月，叶菱受益匪浅。

其间，谢霜辰也会明里暗里想让谢方弼收叶菱为徒，谢方弼都好似避而不见，只说可以点拨一下叶菱，当作学生，也是可以的。

谢霜辰不依，狡辩道：“学生跟徒弟又不一样！”

谢方弼问道：“那你说说，哪儿不一样？”

“谁都可以当您的学生。”谢霜辰说道，“可是没有正式拜师，没有摆知，谁认啊！”

谢方弼叹了一口气，笑道：“老五啊，你不小了，凡事想得别太简单。”

谢霜辰还是跟在谢方弼身后喋喋不休，然而谢方弼不再理会他了，任谢霜辰说什么都没用。

下过几场雪，冬天就走到了最末。眼瞅着年关，天气一天比一天冷。

年底是最热闹的时候，中国的传统节日和西方的节日掺杂在一起，一进入十二月大伙儿就没闲的时候。大伙儿都被节日的气氛烘托得对于生活热情，对于工作却懒洋洋的。

艺人不能懒，得四处忙活，别人放假，他们上班。

今年地方台的联欢晚会邀请了谢方弼，谢方弼犹豫了好久才答应下来，只不过他要求带着谢霜辰一起去。其实以谢方弼的资历，他想上哪儿的晚会不行呢？只不过杨霜林要上卫视台晚会，他总不能跟徒弟抢饭吃吧？

谢方弼去天津还有另外一个缘由。

都说相声这门艺术是生在北京长在天津，一个相声艺人哪怕再厉害，在天津这地界混不开，观众不捧场，那都不叫角儿。

如此可见，天津这座城市在相声这个行业中有着举足轻重的地位。

所以哪怕只是一台地方联欢晚会，谢方弼仍旧精心准备了一场节目，一字一句地教谢霜辰，并叫谢霜辰逗哏，自己给他量活。

这事儿跟叶菱没关系，不过谢方弼叫叶菱在一边旁听，叫叶菱好好学习自己是怎么给别人捧哏的。

叶菱觉得很荣幸，听得特别认真，架着手机把这师徒两人每次的练习都录了下来，还在一旁做笔记。

比他上学的时候听学术大师讲课都还认真。

今年地方台联欢晚会是大年二十九直播，叶菱是跟着他们师徒俩一同去的天津。谢霜辰还问叶菱要不要早点儿回家过年，叶菱表示不是很想回去，谢霜辰就没深问，还给他找了一张票，让他坐台下看自己和师父表演。

电视台本来想把他们的节目放在压轴时间，可是谢霜辰担心时间太晚耽误谢方弼休息，主动要求把时间往前挪。

这寒冬腊月的，谁想在这大晚上瞎折腾？

他们表演的这一出节目是原创的，名叫《网友的一天》。想法是谢霜辰提出来的，把网络上那些有意思的事情都串联起来，颇为夸张和荒诞地描述了普通人是如何通过网络度过一天的。从早上打开 APP 看新闻，到中午用 APP 点外卖，再到下午看谁和谁宣布恋情满微博地霸屏，再到晚上看什么视频，听什么音乐，跟什么网友在线聊天。

这一天下来可真够忙的。

不过谢霜辰没有简单粗暴地抄袭网络段子，而是用生活化的语言自己写了一个桥段，在谢方弼的指导下，把说学逗唱非常巧妙地融合在了一起。中间不乏穿插着传统的贯口、太平歌词，以及戏曲和流行歌曲的唱段。

节目中形容网友们忙碌的一天，节目外，谢霜辰表演完这一场也累得够呛。

“师父，咱这行吗？”他担忧地问道。

“行不行看小五爷的呀。”谢方弼事不关己，“我到时候就站在桌子旁边看热闹不就成了？”

上台，鞠躬。

节目排练过很多次，台词“包袱”都烂熟于心。大褂是让赵孟如赶制出来的，赵孟如不敢跟谢方弼说什么，可私下里却没少给谢霜辰白眼。

师徒两人一老一少站在台上，谢霜辰穿霜白缎面大褂，肩膀下摆织金。谢方弼穿黑色缎面大褂，上面的花纹更繁复一些，只不过是银色的，没有一旁的谢霜辰那么鲜亮夺目。其实他们都不喜欢大褂这么花里胡哨的，然而这样在舞台上才好看，赵孟如就是这样给设计的，也只能这样穿了。

谢霜辰不光衣着夺目，在妆发造型上也是下了一番工夫，他的五官本就清晰立体，尤其鼻梁最是标志，平日里素面朝天就是个大帅哥，打扮一番站在台上，那更是风流倜傥。

他活脱脱就是一个风流浪荡的民国公子哥，哪儿像是说相声的。

叶菱坐在台下，觉得都不认识谢霜辰了。旁边的女观众们都纷纷对着谢霜辰拍照讨论，不亦乐乎。

师徒两人表演到中段，前面的“包袱”都很响，谢方弼捧得也很稳，效果很好。接下来要解一段太平歌词，本来的节目中是没有这个桥段的，是某天叶菱看他俩练习，突发奇想地建议要不要加一段唱词。

里面已经有了流行歌曲的学唱，单独唱太平歌词又没什么意思，观众未必喜欢，也未必共情。叶菱想了想，在笔记本上写了一段词交给谢霜辰，让他用太平歌词的曲调唱。

谢方弼在旁边看了看，笑着让谢霜辰试一试。

叶菱没写别的，就写了一段《复仇者联盟》的剧情，简单押韵，太平歌词就两个调儿，一套就好了。

“那史塔克平地起高楼，有雷神美队来帮扶。一天到晚拯救世界打砸抢烧，那弱小的纽约市民心累着呢。”谢霜辰一只手打着御子板，身子站得笔直的，继续唱道，“还有一位小娘子名叫娜塔莎·诺曼诺夫，黑寡妇也不知到底克死了谁……”

这种小曲儿，唱得越是认真，听着就越是好笑。谢方弼一个劲儿地捧他，说道：“你编不下去就别唱了。”谢霜辰还在一个劲儿地强行打板，按照台本上写的唱，他确实是一个强撑模样，但是他心里早就笑得不行了，不知道叶菱那么一个寡淡的人是怎么写出这种词来的。

“那我一言唱不尽复仇者联盟，我可愿诸位寿比美国队长财比那托尼！”谢霜辰手里的御子板哗啦啦一响，这段唱完了，台下观众纷纷叫好。

叶菱也跟着鼓掌，纵然他已经看过无数遍了，明明他只是台下的一个观众，但是这一次正式演出，让他觉得很是开心自豪。

谢方弼与谢霜辰在观众热烈的掌声中鞠躬下台，谢霜辰下了台就解开大褂的领口找水喝，谢方弼则是坐在一边。谢霜辰看见叶菱过来了，拉着他忙问道：“怎么样，怎么样？台下效果看着可好？”

叶菱有些卖关子地说道：“你自己回去看录像不就得了？”

“您急死我得了！”谢霜辰像个没讨到好处的小学生。

谢方弼喝着茶休息了一会儿，站起来去换了大褂，问叶菱：“小叶你家住哪儿？我们一道走吧。”

叶菱点头说道：“谢谢老师。”

他其实不是很想回家，过年对他而言是个尴尬的日子。回去之后七大姑八大姨总是会问东问西，以前还在上学总有借口，今年就不行了，定然要问他在哪儿工作啊，挣多少啊，有没有女朋友……

想想就头疼。

何况他打算说相声之后跟父母大闹了一场，父母觉得这个一向听话懂事优秀的孩子一定是疯了，从小到大没给他们找过麻烦，结果没想到研究生毕业后忽然通知他们要去说相声。

清华大学毕业啊，老师、父母培养了他这么多年，大好的前程，说不要就不要了。

换谁家父母不得生气？

叶菱从车上下来，跟师徒俩挥手告别。车子远去，他站在自己家大楼门口，搓了搓手，犹豫了好一阵才上去。

“爸妈，我回来了。”叶菱小声地说道。

第十章

叶家的结构很简单，就像大多数的中国家庭一样，一家三口，父母工作普通，没有什么大富大贵，但也算衣食无忧。忙忙碌碌一辈子似乎就只有望子成龙这么个愿望。幸好儿子优秀，从小到大一路名校读完。高中毕业时，父母本打算让他出国读书，叶菱自己不愿意出去，就在国内读了大学。

本科快毕业时，父母又问他是否有出国深造的打算，他在学校里成绩优异，想要出去申请个好学校肯定是没问题的。叶菱自己想了想，决定留校读研究生。他的老师非常感动，对这个学生更是爱护有加。

谁都没想到叶菱一毕业就跑偏了。他没有去为国家做贡献，而是跑去说相声了。

没前途，收入不稳定，饱一天饿一天，甚至没有五险一金。

这就好像做了十几年的美梦，种了十几年的庄稼，到头来都化为了乌有。

叶菱是所有人的骄傲，但是他其实最想成为自己的骄傲。

他一直在国内读书的原因很简单，天津离北京近，坐高铁三十分钟，哪儿有相声演出他就上哪儿去听，国外可没这么多。他优哉游哉地度过了学习生涯，多次试图平稳地向父母表达自己的意愿，但都被父母一笑置之，觉得说相声就是他一个普通的爱好。

普通的爱好可以支持，以此为生，不可以。

“这么晚才回来？”叶母忙从卧室里出来，“干吗去了？”

叶菱说道：“刚下火车，爸呢？”

叶母指了指里屋："睡觉呢。"

"哦。"叶菱说道，"那您也睡吧。"

他回来的确实有些晚了，跟妈妈简单说几句话就洗澡睡觉了。躺在床上的那一刻他的心里才觉得轻松了一点儿，幸好他爸早早就睡了，要不然肯定又是一番冷语相对。

年三十这一天，一大早叶菱就醒了，随便吃了点早饭就跟着父母去爷爷奶奶家。这是他最煎熬的一天，家里的孩子数他最大，以前逢年过节都是亲戚们口中的榜样，让弟弟妹妹们向他学习，今年就冷清了很多，似乎对于他的选择，没人愿意多提。

年夜饭才是重头戏，人最全，果不其然，该来的总会来。

"我觉得你还是早点儿找工作吧，你也不小了，爸妈以后还得靠你呢？"

"国家培养了你这么多年，不是让你去说相声的。"

"你这也不是个稳定工作，以后可怎么办啊？"

"是不是还没女朋友？没钱谁跟你？"

叶菱听得一个头两个大，也没什么能反驳的余地。年夜饭的聊天声伴随着春晚，叶菱无聊地扫了一眼电视，正巧是杨霜林的节目。

他听了一耳朵就觉得很无趣，也不知道台上两个演员怎么能说得如此热火朝天，观众们又如此兴致勃勃的。

爷爷忽然问道："你什么时候能到这上头说去？我这辈子还能瞧见吗？"

叶菱心中一酸，低声说道："能吧。"

很没有底气，他不是一个爱吹嘘的人，也不喜欢做盲目的期盼。

过年对于他来说，真是充满了苦涩。

午夜十二点，外面也没什么鞭炮声，只有微信、微博上热闹。段子手们就跟高考一样竭尽全力地编段子吐槽今年的春晚，不过也有亮眼之处，比如姚笙就单独被大伙儿拎出来品位了一番。

戏曲一直是春晚的保留项目，有时是京剧的串烧，有时是多种曲种的串烧。今年姚笙唱大轴，前面的演员纷纷散去，他才缓缓而出。

穿蟒、扎靠，头戴翎子，正是穆桂英扮相。

姚笙本来个子就高，很少有人能跟他配得上，哪怕穿个彩鞋都比穿厚底靴的武生高。这段独留他一个人在前面唱，不光唱，还有一段武戏。这是舞台设计，让外行人看个热闹。姚笙到底是个男人，动作耍起来力道十足，威风凛凛，功架帅得一塌糊涂，而他的扮相又美貌不可方物。

结果前脚刚演完，后脚“穆桂英姚知雪”就上了热搜。

一打开全是各路人马哭天喊地的号叫：姚知雪小哥哥倾国倾城、风华绝代、神仙容颜。什么词都往上扔，仿佛姚笙下一秒就飞升了一样。

姚知雪本就有名，在各路营销号的带动下，又是春晚的舞台，他顿时就朝着更大的圈子红了起来，粉丝还趁机推荐他那光辉灿烂的行业履历。

一时间，姚笙风光无限，简直压过了同台所有的“小鲜肉”。

叶菱吃了一顿憋屈饭，回家也不想跟父母说话，便躺在床上刷微博，他打了个哈欠，困了。

正要闭眼时，谢霜辰发来了信息。

“叶老师，祝您新年快乐，也祝我生日快乐！”

叶菱莫名：“你过生日？”

“是啊。”谢霜辰很快回复，“我大年初一的生日。”

叶菱不想追究谢霜辰是不是在吹牛，对着手机屏幕笑了笑，给谢霜辰发了句语音。

“祝你生日快乐。”

谢霜辰一个电话就打了过来，叶菱无奈，躲进被窝里才接听。

“什么事？”他问道。

“没事，看您没睡，打个电话给您拜年。”谢霜辰说道，“天津让放鞭炮吗？您那儿还挺安静的。”

“不让放。”叶菱说道，“我这儿就是很安静。”他用被子蒙着头，声音不大，闷闷的。谢霜辰只觉得他跟平时说话都不一样，怪好听的。

“北京也不让放，但是我在师父院里放了一个二踢脚。”谢霜辰得意扬扬地说道。

叶菱笑道：“谢先生没骂你？”

谢霜辰说道：“师父跟我一块儿放的，他说不放炮不叫过年，但是这不是也得响应号召保护环境么。所以我们爷儿俩就偷偷地放了一个，意思一下。”

“你可真是谢先生的亲徒弟。”

“反正大晚上的谁也不知道，明天就不行了，师哥们都得回来，还有好多来串门的，大伙儿都是德艺双馨的艺术家，不都得装腔作势的吗。”

“明天你不过生日？”叶菱问道。

“再说吧，明天肯定得忙一天。”谢霜辰叹了一口气说道。

叶菱开玩笑地回答道：“你大年初一的生日，哪年初一都很忙，你可来得真是时候。”

谢霜辰说道：“其实我也不知道我是哪天出生的，是师父大年初一捡到我的，所以这天就是我生日了。”

“……”叶菱不是很想继续这个话题，便随即转换了一个，“挺好的，家里人少，省得被念叨。”

“您被念叨了？”谢霜辰笑道，“嫌麻烦就回北京，天高皇帝远，管他呢。”

叶菱说道：“谁像你一样心大。”

这话他是说谢霜辰，没想到真在自己身上应验了。

叶菱随父母出门拜年，路上免不了聊一些家常，总之就是谁家女儿进了大国企，谁家儿子年薪多少多少，再看看自家这个，本来可以抱着金饭碗，可非得到街上去要饭。

这句话是叶父嘲讽叶菱说的，叶菱听了不乐意，问道：“怎么是要饭？”

叶父说道：“老辈子这个不就是跟要饭的一样满大街转悠？”他这么说也不是没有道理，在旧社会，穷人才做艺，很多时候都是撂地演出。北京的天桥，天津的三不管，都是云集四方艺人。但这两地还是有一些区别的，北京多达官贵人，去逛天桥玩一玩不会失身份，天津不同，有身份的人是不会去那儿的。

因为生于底层市井，相声表演中诸如《莲花落》《三节拜花巷》等，据传都是源自于民间乞讨。只不过后来有了园子，艺人不需要站在大街上招揽生意，所以有些东西就不再唱了。

叶菱没想到父亲竟然会这么看待自己所从事的行业，心中愤愤不平，又觉得没劲儿透了。叶母见状，忙说道：“大过年的说什么不好？怎么就说到要饭上了呢？”

叶父说道：“还不是他自己找损？”

叶菱走着走着就停下了脚步，父母往前走了几步，叶母回头问道：“你傻站在那儿干吗？”

“我不去了。”叶菱回答道。

叶母问道：“你说什么？”

“我说我不去了！我回北京了！”叶菱坚定地说道。

叶父生气地说道：“你脑子被门夹了？回什么北京？”

叶菱说道：“回北京要饭！”

他说完转身就跑了，也不管父母是怎样气愤地在他背后呼天喊地的。他只觉得畅快，奔跑时寒风灌进了衣服里也不觉得冷。

他只是看上去安静听话，可自己的主意比谁都正。

他心里有一只向往自由的野兽，没有人可以阻拦。

大年初一的早晨，去往北京的京津高铁上没什么人。

叶菱没有行李，到了火车站直接买票上车，上车前给谢霜辰打了个电话。谢霜辰刚起床，脑子还没清醒呢，一见是叶菱的来电，赶紧就按了接通键：“叶老师过年好。”

“我回北京了。”叶菱说道。

“啊？”谢霜辰纳闷儿，“您回北京干吗？”

“不想在家待着了。”叶菱说道，“你出门前把门卡给我留楼下，我没带。”

“欸，留什么留。”谢霜辰说道，“我上南站接您去吧。”

过年期间的北京就是个空城，谢霜辰停好车立刻去出站口等叶菱。不一会儿就看见叶菱风尘仆仆地往外走。

叶菱也看见谢霜辰了——以及他举着的手机，屏幕上滚动“热烈欢迎叶菱老师回京”。

“一言难尽”四个字立刻就浮现在了叶菱的脸上。

“傻子。”叶菱骂道。

“得嘞。”谢霜辰回答道。

一上车，谢霜辰就说道，“我上师父那儿去，您跟我一块儿去吧，要不然赶不及了”。

叶菱点头答应。

可车一开出去他就觉得这个路线不太对，这不是去谢方弼那儿。

“你上哪儿去？”叶菱问道。

“师父家啊。”

“谢先生搬家了？”叶菱继续问道。

“不是。”谢霜辰回答道，“是去我京剧师父家。”

“啊？”

他的京剧师父是姚复祥，著名京剧表演艺术家，也是姚笙的爷爷，与谢方弼是多年老友，两家子当年住得也很近。谢霜辰因为抠了人家一颗红宝石就拜人家为师这种事似乎说出去也不怎么光彩，所以他也没跟叶菱细讲。

“你……”叶菱下了车，纠结地打量着谢霜辰，“你京剧学的是旦角啊？可以啊，姐姐。”

“我什么都会好不好。”谢霜辰从后备厢里拿出礼物，说道，“你以为我跟姚笙那个娘们儿一样？”

“哟——”旁边停着的红色法拉利剪刀门一开，车里下来一个人，晃荡着手里的车钥匙问道，“师弟来得挺早呀？”

谢霜辰背后一凉，他估摸着姚笙应该没听见他的吐槽，转头嘴上抹蜜般笑嘻嘻地说道：“师哥呀！吃了？”

“没呢。”姚笙穿着正式，深色的西装三件套，胸口有一块怀表，脸上架了一副没有镜片的金框镜架。他把外套往身上一穿，剪裁合身的西装衬得他霸道至极，然而微长的头发随意抓了抓，霸道至极又平添了几分浪荡。

“来就来吧，还拿什么礼物？”他说了一句，又跟叶菱打招呼，“叶老师过年好呀。”

“过年好。”叶菱礼貌地含笑点头。

“五窖的茅台。”谢霜辰用下巴指了指手里的盒子，“很贵的！”

“行吧。”姚笙忽然腿往旁边一伸，朝着谢霜辰绊过去。谢霜辰哪儿能料到姚笙来这一出，下盘不稳，被绊得往前一个趔趄，脚下一滑，只听“刺啦”一声，而后谢霜辰大叫：“哎呀我去！”

“欸，你！”叶菱伸手想去抓住他，结果还是晚了一步。

谢霜辰以迅雷不及掩耳之势一个一字马就劈了出去，双手抱着盒子直直举过头顶，时间凝固，宛若劈叉版奔跑的纸鹤。

旁边开过来一辆车打算倒进车库里，结果被谢霜辰吓得赶紧开走了，换了个远一点儿的车位。

顿时，车库里就安静了下来。

叶菱有些尴尬地扶额，姚笙当作无事发生。

“五窖的茅台很贵的！！！”谢霜辰大喊。

“是，你好好拿着吧。”姚笙晃着手里的钥匙就往电梯间走去。

叶菱强忍着笑意去扶谢霜辰，小声说道：“我现在相信你是打小学京剧了，谢老板功夫可以。”

“都赖‘痞老板’！”谢霜辰咬牙切齿，“幸好老子练过！”

“得了，你就赶紧起来吧。”叶菱拽他，“别演《海绵宝宝》了！”

“哦。”

谢霜辰拍了拍身上的灰尘，叶菱在他身后看了看，问道：“刚刚那声‘刺啦’……你裤裆没裂开吧？”

“没有。”谢霜辰低沉地说道，“那是AJ从我自尊上划过的声音。”

“那是内裤裂了？”叶菱小声问道。

“不。”谢霜辰淡然地说道，“可能是秋裤。”

“……行吧。”叶菱说道，“穿得还挺全。”

大年初一姚复祥家里人多，谢霜辰给师父行礼之后，又带着叶菱给大伙儿介绍了一圈，就和几个年轻人到一边玩去了，就等着吃午饭了。

有了谢霜辰和姚笙前后崩人设的经历，叶菱对于这群年轻的世家子弟已经没有什么高端的期望了。都是年轻人，凑一块儿怎么可能聊“经”“史”“子”“集”之乎者也啊？还不是个个闷着头打游戏？只不过长辈们在，他们不敢公然骂队友而已。

“师哥，忙什么呢？”谢霜辰往姚笙身边凑，“笑这么开心？谈恋爱呢？”

“我跟你说谢霜辰。”姚笙眼睛都没从手机屏幕上挪开，只是挑了一下眉，“少跟我拿腔捏调，你撅什么屁股我还能不知道？”

“你知不知道，你这话说出来得击碎多少姑娘的芳心？”谢霜辰扼腕。

“忙着呢，别跟我说话。”

“欸，你忙什么呢？”谢霜辰死乞白赖凑得更近。

“给工作室的人安排点儿活。”姚笙还在噼里啪啦地打着字。

“你这么狠的？”谢霜辰说道，“大过年的都不给人放假？天啊，你是姚扒皮吧？”

“你懂什么？”姚笙百忙之中白了谢霜辰一眼，“新媒体没有节假日。”

“什么？”谢霜辰让他给说懵了，“你不是搞京剧艺术的？”

姚笙说道：“我的工作室，部门很齐全的，春节流量这么高，全国人民都吃饱了在刷微博，新媒体部门就等着这个时候出业绩呢。”

谢霜辰问道：“那你说说你安排了些什么工作？”

姚笙把自己的手机屏幕给谢霜辰看，里面是微博热搜的界面：“一会儿你就能看见我的名字出现在这里了。昨晚的春晚那是第一轮，今天要整理复盘再爆一轮，巩固人民群众对我的印象。”

谢霜辰知道明星艺人爱买热搜，但是从来没想到姚笙也给自己买，这会儿仿佛新世界的剪刀门“咔嚓”一声就开了一样。

“你买这个干吗？”谢霜辰问道。

“做广告啊。”姚笙理所应当地说道，“怎么，明星能买我不能买？都什么年代了？艺术难道就得端庄地放在博物馆里才行？你师哥我大奖拿过，春晚上过，维也纳也唱过，难道不值得上个热搜，告诉全天下人？”

“不是，我就是特意外，一时半会儿没反应过来。”谢霜辰解释道，“我以为你上热搜凭的是实力。”

“不。”姚笙回答，“我凭的是美貌。”

“……”

“还有这个。”姚笙拇指、食指和中指贴在一起搓了搓。

“爱心？”谢霜辰想了半天觉得有点儿不搭调，他才不信姚笙有什么好心眼儿。

“钱。”姚笙说道。

果不其然啊……

“今天心情好，师哥来给你操作一波。”姚笙搂着谢霜辰的肩膀，故作亲密地来了张自拍，“一会儿呢，你会看到我先出现在热搜上，紧接着就会有营销号做后续的发酵，你也会看见你自己，等咱们吃完饭，我就把这张照片发上去……”

“然后呢？”谢霜辰问道。

姚笙打了个响指，故弄玄虚：“然后就是见证奇迹的时刻了。”

第十一章

中午吃饭时，谢霜辰把带过去的茅台给开了，他自己不喝，给叶菱倒了一杯，叶菱人生地不熟，只象征性地喝了一口，怕喝多了出洋相。

谢霜辰一边照顾着叶菱，一边心里猜测着姚笙能搞出些什么事来。姚笙一直脸带笑意，一副天机不可泄露的模样。

等大伙儿一下桌，谢霜辰就问道："奇迹呢？"

姚笙说道："你自己点开微博看啊。"

谢霜辰打开微博，铺天盖地的消息让他的客户端顿时有点儿卡。他点开热搜一看，上面有一个关键词叫"风华绝代老艺术家"，好奇点进去，热门内容就是一个账号整理的有关春节期间在各地舞台上引人注目的传统曲艺表演者。

百分之八十都是姚笙，其中还穿插着谢霜辰在天津台演出时的照片以及视频，还附带着这些年轻的艺术家们艺术生涯的介绍。

拿出来似乎都很有来头。

这些都不重要，当代网友最爱嗑的还是颜值，姚笙、谢霜辰这一点就占足了优势。

京剧演员样貌出众这是所有人都习以为常的，姚笙的嗑点在于他是个旦角，而他的日常照片与他所饰演的女性角色反差又特别大。他的女友粉、事业粉，以及什么都不懂但喜欢瞎磕的粉势力非常均衡，如暴风过境一般席卷了微博。

总的来说，还是他的履历太霸道了，路人好感度又很高，谢霜辰可就不一样了。

照片上，他穿着霜白缎面织金的大褂，一身富贵，气度不凡大帅哥一个，谁能想到这兄弟竟然是说相声的？

反差太大，网友突然兴奋，激情扩散。

这种事情只要有营销点，物料一撒出去，铺天盖地地买号，讨论度绝对不会低。谢霜辰在地方台演的那一出是新写的相声，很有网感，大伙儿看完之后纷纷表示笑到脸抽筋。

一传十，十传百，姚笙买的热搜，让谢霜辰成了最大赢家，微博粉丝数嗷嗷上涨，大伙儿都来围观神仙小哥哥，还把他很多生活照都挖了出来，泪流满面的“舔屏”。

等再次看见谢霜辰当初上传的自己和叶菱的照片……

流量有时候来得比涨潮还汹涌，你也不知道他们到底喜欢你哪儿，但就仿佛一眼万年，生死相随一般。

“颜性恋”选择快乐的标准：爱在脸在，不管在此之前我们认不认识，脸好看，一秒陷入爱河，抛头颅洒热血，干什么都行！但是脸不在了，你表演吃什么我也不会再爱你。

“我觉得……你得给我钱。”姚笙看了看战况，严肃地对谢霜辰说道。

“啊？”谢霜辰装傻，“什么钱？”

姚笙伸手：“还！钱！”

谢霜辰在自己身上摸了半天就摸出来三枚钢镚，丢给姚笙说道：“拿着买浪味仙吧。”

“零头都不够，买个屁！”姚笙有些怒了。

“买个屁也行。”谢霜辰回敬，“好了，好了，我得回我师父那儿去了，回头再陪你玩。”他去跟姚复祥道别后，拉着叶菱就溜了。

车上，谢霜辰把自己的手机丢给叶菱：“叶老师麻烦您件事呗，打开私信挨个儿给我念念，成吗？”

叶菱看谢霜辰的微博私信列表已经爆炸，全是红点未读，他点开一条的同时，就会有好几条新的跳出来。

“小哥哥好好看，帅死了，表白。”叶菱面无表情地读着。

“你是不是没把感情给读出来？”谢霜辰边开车边问道，“好平淡啊，我觉得他们不可能没打感叹号吧？”

叶菱问道："你还要读出感情？"

谢霜辰说道："您怎么着也得比人工智能说的像人话一些吧！"

叶菱体会不到，还是按照自己冷淡的语调捧读。

"小哥哥帅到我腿软，刚刚看了您的相声节目，真的想让我疯狂吹彩虹屁，世界上怎么会有您这么优秀还有神仙颜值的人。"

"您的荷尔蒙简直就像一把刀一样戳中了我的心。"

"这种程度的颜值真的不是犯规么，好想在哥哥的睫毛上荡秋千，听哥哥的嘴说世界上最动听的贯口，看哥哥的玉手打最快的快板，哥哥看看我吧！"

"在什么地方能看哥哥演出呢，想给哥哥花钱。"

叶菱非常平稳地念着这些"彩虹屁"，他像没有羞耻心一样全都朗读，一旁的谢霜辰听得都快不行了，只想把车停在一边疯狂大笑顺带抖落自己满身的鸡皮疙瘩。

"现在这帮小姑娘真的是可以……"他在叶菱的朗读声中穿插发表自己的意见。

"老公爱我。"

一个急刹车！车子停在路边，谢霜辰和叶菱的身体都由于惯性往前一扑。

"你干吗？"叶菱这会儿脸上才有了一点儿表情，被气的。

"……"谢霜辰神情古怪地看着叶菱，好半天之后才犹犹豫豫地说道，"叶老师您这个要求……非常的……有创造性啊……"

"……"叶菱这才反应过来，把手机朝着谢霜辰脸上扔，"你有病吧！不是你让我读的？下车！滚！"

谢霜辰大叫道："叶老师您怎么什么都读啊！吓我一跳！哎呀呀呀别踹我了！我的脸！我这神仙容颜的脸！"

两个人在车上折腾，车窗户传来"咚咚"的声音。

玻璃滑了下去，警察叔叔面不改色地向他俩敬礼，说道："同志，这里不能停车。"

谢家几个徒弟都是艺人，过年期间都很忙，所以谢方弼是不要求他们一定要回去的。

可规矩就是这么个规矩，三节两寿，怎么着都得赶回去看看。除夕晚上那顿饭，是不可能在一起吃的，所以谢家一般是在初一吃团圆饭。

几个师兄弟都在，叶菱这是第二次见到这么齐整，只不过他心中有些好奇，拉着谢霜辰小声问道：“你大姐不回来？”

按理说她才是老爷子的亲闺女，父女之间是有多大的隔阂，过年都不回家看看。

“她肯定又是这个借口，那个借口的。”谢霜辰小声说道，“好些年了。”

“谢先生也不提？”叶菱问道。

“家家有本难念的经。”

叶菱是个知情趣的人，听了这话就闭嘴不问了。

当天晚上仍旧是郑霜奇掌勺，用的全是李霜平、杨霜林带来的食材，杨霜林开谢霜辰的玩笑：“老五啊，就你空着手来，今晚上得自罚三杯！”

谢霜辰把叶菱往前一推：“我这不是带着叶老师来的？怎么能算空着手？”

叶菱扶额，很想找个地缝儿钻进去。

“哈哈哈。”李霜平笑着说道，“行，你俩一起喝。”他是个很中庸的人，喜欢当和事佬，说话做事都只求大伙儿一团和气。他知道之前师父打谢霜辰时杨霜林在旁边的事，总担心谢霜辰少爷脾气上来跟杨霜林犟嘴。

大过年的，不值当。

“赶紧吃饭吧！”郑霜奇说道，“菜凉了就没那个味儿了，食材、作料都贵得很，别浪费了啊。”

众人入座，谢方弼总得象征性地说几句话。跟往年的内容都差不太多，唯独今年多了一句，让他们兄弟团结。

“自打老四没了之后，我就不怎么活跃在文艺界了。”谢方弼说道，“这些年来，你们几个也都有了自己的事业。我原来最担心老五，可老五也有了称心的搭档，两个孩子都挺好的，希望以后也能一帆风顺。人啊，都会老都会死，我现在看着身体还行，但是命这个东西谁也不好说。”周霜雨的事情对谢方弼打击很大，谢方弼是见过很多世面、经历过很多风雨的人，然而白发人送黑发人总是难以释怀，连带着这些年他自己都变得随心随缘了许多，不知道这生死一瞬会如何发生在自己的身上。

“师父，大过年的。”李霜平覆着谢方弼的手安慰道，“老四走了多久了，肯定也不愿意看到您这样，咱们这不都好好的么。”

“是啊，师父。”杨霜林附和道。

“生老病死这种事，我这个岁数还看不开的话，也真是自己给自己找不痛快。”谢方弼淡然道，“关键是你们几个啊……咱们说相声的自古以来就没有什么特别风光的时刻，跟京剧戏曲比不了，就单论曲艺，在园子里当大轴的也一直是大鼓，说相声的能上个倒二已经很不错了。我经历过辉煌的时期，也经历过困难时期，如今这个时代是属于你们的，我不知道它是好是坏，可能也坚持不到有结果的那天。但是你们还有很长的路要走，这要你们去验证。要深知自己身上的责任，牢记一句话，艺术这个东西重中之重在于传承，谁能把它传下去，把它发扬光大，谁才是真正的中流砥柱。”

众人静默，谢方弼缓缓倒了一杯酒，举起杯，对着大伙儿说道：“数风流人物，还看今朝！”

徒弟几人与师父碰杯，一饮而尽，瓷杯放在桌子上发出清脆的响声，大伙儿似乎各怀心事。

到底是过年，无论如何都要其乐融融，父慈子孝兄友弟恭，谢霜辰还故意多灌了叶菱几杯，不一会儿叶菱眼就红了，傻痴痴地坐在椅子上发呆。

夜深了，诗情酒意渐阑珊，大伙儿都有了些许醉意，谢方弼便张罗着大伙儿散场。每个人都喝了酒，时间也有些晚了，大年初一的夜晚叫车也不方便，就都留在谢方弼这里住下了。

房间自然得是最小的谢霜辰去收拾，规矩就是这么个规矩，他也不能有什么不高兴。

众人散去，叶菱走得慢，想在院子里吹吹风醒酒，忽然听见身后有人叫他。

“小叶啊。”

叶菱回头：“先生？”

“我给你说过活，你也可以叫我老师。”谢方弼笑了笑。他所说的老师并非尊称，而是传道授业解惑的老师。

“老师。”叶菱恭恭敬敬地叫了一声，只不过他鼻子有点儿闷，听上去略有憨态，不似往常清冷。

谢方弼坐在回廊的椅子上，抬头看了看月亮，说道：“你跟老五同吃同住相处了大半年，对他有什么看法？觉得他怎么样？”

“……”谢霜辰当初那副死皮赖脸的纨绔模样让叶菱不堪回首，可是相处得久了，便觉得谢霜辰是有些本事的，可他的本事……叶菱不知道该怎么形容，总有一股劲儿不知道该往哪儿使的感觉，只能说道："他啊……小孩子脾气。"

"都是我惯出来的毛病。"谢方弼有些许惭愧地笑道，"老五打小就没溜儿，只要他喜欢的东西他都会想办法得到，不达目的誓不罢休，说他是个纨绔子弟也不为过。可我总觉得，他有股劲儿。"

"什么？"叶菱懵懵懂懂。

谢方弼坐在那处陷入沉默，而后摆了摆手，说道："小叶，听老五说，你学问很高，为什么来说相声？为什么喜欢说相声？"

叶菱脑子里本来就不大清楚，顺着本能说道："我是天津人。"

"天津人就该喜欢说相声？"谢方弼说道，"那北京人是不是都得爱吃卤煮？"

"我不知道。"叶菱晃了晃脑袋，试图让自己清醒一点儿，"我上中学的时候，有一次考试成绩不好，我特别害怕面对老师和家长，不知道要怎么交代，就自己一个人在路上溜达，鬼使神差地就买了张票去听相声。我记得特别清楚，当时是一位老先生在讲《解学士》，老先生一个人坐那儿讲，下面没几个观众，我就坐第一排听。当时觉得特别逗乐，听完了之后仿佛什么不开心的事都忘了，那是我第一次对相声这个行当有了具象的概念，渐渐的就喜欢上了，其实也说不出个所以然来。"

"《解学士》？"谢方弼看了他一眼，慢声细语地说道，"春雨贵如油，下得满街流，跌倒解学士，笑煞一群牛。"

这首打油诗顿时就勾起了叶菱的回忆，他哈哈笑道："是真的有意思。"

谢方弼说道："我自己偶尔讲一讲，也觉得很有意思。"

叶菱顿了顿，认真地说道："我觉得自己不是一个有意思的人，不是很会说话，感情也不怎么丰富，很难跟人有共鸣。但是我觉得人生最重要的就是快乐，虽然生活大部分时候都很糟糕，但是那一刻开心的感觉是真实的，那一刻对我来说就已经足够了。"

谢方弼望向叶菱，认认真真，仔仔细细地打量着这个总是一脸淡然，宠辱不惊的年轻人，似乎理解了谢霜辰为什么死活要跟叶菱做搭档。

"师父。"谢霜辰从房间里走出来，"我给师哥们都安排好了，不早了，您也去歇着吧。"他走近，看了看叶菱，问道："两位聊什么呢？大晚上的在院子里不冷呀？"

“随便闲聊。”谢方弼站起身伸了个腰，“都歇了吧。”

谢霜辰跟谢方弼道了晚安，跟叶菱进了屋，问道：“您和师父聊什么呢，那么起劲儿？”

叶菱说道：“先生要传我一门绝技，说是一直没教过你们的，你信不信？”

“随意。”谢霜辰说道，“本事是师父的，他老人家爱传谁传谁，做徒弟的犯得着管那么宽？”

叶菱淡淡一笑：“要都有跟你一样的想法，那就好了。”

“怎么？”谢霜辰问道。

“你是真傻还是假傻？”叶菱说道，“晚上吃饭的时候，先生那番话你不明白？”

“明白又怎样，不明白又怎样？”谢霜辰笑道，“叶老师，这做人吧，凡事看得清清楚楚明明白白反倒没意思，人生就这样，品得再透彻还能怎么着呢？难得糊涂啊。”

叶菱说道：“这不像你会说的话。”

“分人。”谢霜辰说道，“跟我师哥们肯定不这么说，他们当我是啥事不懂的小孩儿，我就蛮给他们看。跟您，还是值得掏心挖肺的。”

叶菱说道：“咱们才认识多久？”

“有些人相处一辈子也谈不上交情。”谢霜辰说道，“可有些人啊，一眼就知道是自己等的那个。”

“告辞。”叶菱站起来，拂袖而去，洗脸睡觉。

谢方弼一大早就把徒弟们都叫了起来，夏练三伏冬练三九，不管你在外面是何等风光的人物，到了师父这里，永远都是徒弟，师父想要检查功课，再不情愿也得起来。

李霜平四五十岁的人了，站在谢方弼面前乖乖地背贯口。谢霜辰站在最末尾一个劲儿地打哈欠，觉得轮到自己还有些时候。

谢方弼还想使唤叶菱去买早点，转念一想大过年的没人出摊，赶紧叫郑霜奇去做饭，这一大家子早上才不至于饿肚子。

他们头三个都已经成家立业，今天得陪着媳妇儿回娘家，吃过早饭就得走。恰巧谢欢给谢霜辰打来视频通话，谢霜辰看了看谢方弼，对了个口型：“大姐。”

谢方弼别过脸去，李霜平说道：“老五你就在这儿接了吧。”

谢霜辰做了个鬼脸，接了电话，屏幕上立刻出现了谢欢的脸。

“大姐，您起得够早的啊？”谢霜辰吊儿郎当地说道。

“什么啊，我在美国。”谢欢说道，“正是晚上呢。”

“忙什么呢？大年三十晚上都不给弟弟我打电话问候一声？”

谢欢笑骂道：“谁问候谁呀！我还没问你呢？老五你可真不是个东西。”

“行了吧。”谢霜辰说道，“大姐，您是不是又有让我捎的话？”

谢欢说道：“没什么，该吃吃该喝喝，自己过舒坦点儿得了，别成天到晚关心政治和粮食了，还不如喂马、劈柴、周游世界呢。”

“行吧，您这匹野马也是该回家了。”谢霜辰生怕谢欢说着说着就开始骂谢方弼了，赶紧打住，“那什么，您的话我肯定捎到，我得吃饭去了。大姐，您什么时候回国，喝两杯？”

“回去就找你。”谢欢说道，“喝不死你个小兔崽子。”

“姐姐。”谢霜辰叨扰，“救命。”

“滚！”

电话一挂，谢霜辰刚要给谢欢说两句好话，只听杨霜林开玩笑地说道：“大小姐在美国可是滋润，师父您看，她虽然面儿上不回来，心里还是惦记着您的，您就别总是争着一口气了，早早把话说开，她愿意回来了，咱们父子师徒兄弟姐妹也能早日团圆。”

李霜平附和道：“欢欢就是刀子嘴豆腐心，脾气太硬太倔……”

“她爱回不回，死也别回来。”谢方弼的态度瞬间就冷了下来，“我就当没她这个丫头！”

“大过年的……”李霜平又是老三样。

一顿饭闹得不欢而散，叶菱把自己当作一个隐形人，只默默听着，心中对于这个家庭疑问的谜团越来越大。

关于周霜雨，关于谢欢，关于师徒四人之间的关系……

叶菱总觉得一切并不如看上去那么简单，李霜平一副大哥长辈的平和模样，但并没有什么话语权。杨霜林替谁都操心，关心师父的家庭，关心师弟的前程，他不觉得累？郑霜奇显露最少，也就不像一个艺人，他像一个俗人，俗透了的那种，眼里只有钱和吃的。

谢霜辰……叶菱稍微看了一眼自己身边的年轻人，他觉得自己愈发看不懂他了。

这个家里数谢霜辰最小，数他最妖孽，大伙儿都宠爱他，叶菱本也觉得谢霜辰拿的是纨绔少爷的标准剧本。可昨夜一番谈话，让叶菱心中的这个认知在逐渐地松动。

最高深莫测的还是谢方弼，老爷子的话只说个七八分，话里又有话，余下的让大伙儿去猜测。叶菱也不知道老爷子到底是为了谁好。

一张桌子，师徒五人，叶菱并非戏中人，也只能带着诸多疑问和猜想，静默地看下去。

第十二章

一出正月，年就算过完了，谢霜辰没有什么要紧的事情做，成天在谢方弼这里待着，叶菱学习起来也挺方便。可是谢霜辰终究好玩爱动，这么长时间没出去浪一浪，骨头痒得难受。

于是谢霜辰以“创作”为借口，带着叶菱回去住了。当晚就跑到夜店去玩。常在一块儿玩的几个朋友看到了谢霜辰都说少见，问他在忙什么，他就笑嘻嘻地说天机不可泄露。

众人一听他说这些，再联想当初谢霜辰苦恼烦闷的样子，立刻心领神会。

如此一来，这个夜晚就不平静了，大伙儿纷纷来灌他酒寻谢霜辰开心。谢霜辰就算是有八张嘴也喝不过他们，等谢霜辰被送到家的时候，他的舌头都快耷拉出来了。

来开门的是叶菱。

大半夜被吵起来真的很容易暴躁，叶菱强忍着怒火，一开门见到谢霜辰这副模样，更是气就不打一处来。

谢霜辰被叶菱扔在床上，看他那副神志不清的模样，叶菱就不想管他。可不管吧，他又怕谢霜辰闹腾。

“你想吐？”叶菱凑到谢霜辰跟前问道。

“唔……”谢霜辰动了动。

“那就当你不想吐了。”叶菱叹气，动手给谢霜辰脱衣服。叶菱刚刚站在门口吹了风，手指有些凉，触碰到谢霜辰炽热的皮肤上激起了细小波澜。谢霜辰一震，嘟囔着说道：“凉。”

“闭嘴。”叶菱阻止了谢霜辰的动作，却听到谢霜辰闷闷地说道：“四哥，师父打我……”

四哥？

叶菱脑中快速回想起这个名字，应该是谢霜辰的四师哥周霜雨。那个总被提及的，活在谢家回忆中的人。

“好好睡觉吧。”叶菱把手抽了出来，给谢霜辰盖好被子，“梦里什么都有。”

谢霜辰果然睡死了过去。

谢霜辰睁开眼已是第二天中午，动了动自己的身体好半天才从床上爬起来，瞬间头晕眼花胃里也是翻江倒海。他冲到卫生间把胃里的东西掏干净，抬头看了看镜子里的自己。

“叶老师！”谢霜辰一边刷着牙一边往外走。叶菱正吃着午饭，见他起来有些意外，说道，“我以为你得睡到下午，起来得够早啊，吃饭？”

“不……”谢霜辰现在看见吃的就想吐，赶忙又奔回卫生间掏了第二波，完事后才漱口洗脸出来。

“要不我挪个地儿？”叶菱问道。

“没事，我现在好点儿了。”谢霜辰说道，“昨晚谁送我回来的？”

“我哪儿知道。”

“我现在什么都不记得了。”谢霜辰说道，“我没干什么奇怪的事情吧？”

“没有。”叶菱喝了口汤，淡定地说道，“只不过就是把衣服都脱光了，然后搬了把椅子坐在客厅中间要给我讲残本的《君臣斗》而已。你还非常有模有样，岔着双腿，双手撑在膝盖上，还要拿遥控器当惊堂木，并且强行要求我当观众。我对灯发誓，我并不想看你的……”

“……您别说了。”谢霜辰一脸难以言说的表情，突然跳起来说道，“您这个段子一点儿都不好笑！”

叶菱“欸”了一声，谢霜辰以为话题要朝着荤腥的方向发展下去，没想到叶菱说道：“我忘了昨晚你穿着衣服睡觉来着，啊，这个故事有逻辑漏洞。果然，我还是没什么创作天赋。”

“……您的重点也太歪了吧。”谢霜辰欲哭无泪。

“不过。”叶菱笑了笑，“你昨晚喊你四哥来着。”

谢霜辰明显表情一变。

“怎么了？”叶菱问道。

“没什么。”谢霜辰说道，“只是忽然想起来，四师哥祭日快到了。”

叶菱沉默片刻，低声询问道：“我可以问关于他的事吗？”

“您想知道？”谢霜辰反问道，“我还没见您对什么感兴趣呢。”

“……我只是一时好奇，这个要求确实提得有些莽撞。”叶菱认真地说道。

可叶菱接下来又没有按常规地说“你就当我什么都没说过吧”此类的话，而是继续说道：“你可以告诉我吗？”

“学霸的求知欲真的很强。”谢霜辰开了句玩笑。他起身从冰箱里拿了一瓶冰红茶，打开之后又坐回到饭桌上，猛地灌了一大口，长长地吁了一口气，又接着说道，“您是不是觉得我师父最宠我？其实不是的，我只是因为从小被他养大，年纪又小，小儿子大孙子，当然是老爷子的命根子。他心中最得意的弟子是我四师哥，周霜雨。”

叶菱说道：“你们的名字倒都很别致。”

“欸，只不过是排字排到这里了。要是排个什么喜啊，福啊的，你看别致不别致。”谢霜辰继续说道，“在我的印象里，四师哥就是个天才……”

周霜雨少年时便拜入师门，也算是谢方弼从小拉扯大的徒弟。谢霜辰天赋极高，只可惜心性不定，多少有些浪费其才华。周霜雨不同，他的天赋之上又多几分定性，小小年纪凡事都能沉得住气，当时谢方弼便觉得此子日后必成大事。

谢方弼有一个他师父那年代传下来的园子，本来坐落在鼓楼附近，园子经历了时代变迁早就不复存在，只留下了一个名字——咏评社。后来经由谢方弼重组，在鼓楼旧址附近挂牌开张，以谢方弼为首，聚集了京城的名角儿，小园子里的相声说的是红红火火。

它经历了旧时代，在后人的手中又重新焕发了新的光彩，只可惜一场意外，把一切都画上了句号。

“四师哥比我大十二岁。”谢霜辰陷入回忆中，“我小时候在师父的后台长大，看着师父和师哥们在台上演出。后来师哥们都到电视台录制相声去了，可师父还是喜欢在园子里说相声。师父喜欢跟观众互动的感觉，觉得这样说相声才有劲。四师哥不喜欢上电视，只在园子里说，单口对口都说得很好，说学逗唱样样精通，样貌也很好，年纪轻轻便能出来攒底，而且他的风格是四两拨千斤的那种，也会自己创作，师父还特意给他量过几次活。师父是真的希望四师哥能成角儿啊……后来那个园子因为年久失修起了火，四师哥就死在里面了，那年他才二十四岁，本命年。”

听到这样的故事，叶菱也只能叹息，天妒英才最是令人扼腕唏嘘。

“四师哥没了之后，我觉得师父的心气儿也一块儿跟着没了。”谢霜辰继续说道，“从那往后，他就再也不允许我们师兄弟在园子里说相声了。要么到电视台去录制节目，要么去参加外面的商演。咏评社的牌匾也让他老人家给拆了，而他自己也几乎不怎么出现在舞台上了。”

“这……”叶菱说道，“我觉得谢先生似乎耿耿于怀。”

谢霜辰说道：“因为他一直觉得，四师哥的死是他造成的。”

“怎么？”叶菱疑惑。

谢霜辰说道：“因为那天四师哥身体本来就有点儿不太舒服，只不过他是个什么事都爱憋着的人，师父也没太在意，散场之后他让四师哥跟几个伙计在园子里打扫。后来听伙计说，四师哥吃了药昏昏沉沉的，想在后台睡会儿再走，结果没想到……哎，师父一直觉得自己对不起四师哥，如果他当时能多个心眼儿，也许就不会发生这种事了。”

“也是造化弄人。”

谢霜辰叹道：“其实我一直在想，如果四师哥还活着，今时今日会是怎样的呢？不知道是不是也会变得像其他几位师哥那样趋炎附势？”

叶菱说道：“看来你对其他几位师哥颇有怨言啊。”

“我打小就不喜欢二师哥跟三师哥。大师哥吧……他的艺术成就目前看来最高，只是他是个很老派的艺人，不太适合这个社会了，我猜他自己心里也明白，所以总是和和气气的样子。二师哥水平一般，可是他最能混，混得也最好，在文艺界非常活跃，也最爱管教我，那种感觉非常不好。至于三师哥，他就是个商人，给钱什么都干，我觉得这点儿挺跌份儿的。”

“你这几个师哥，你给的评价都不怎么高啊。”叶菱问道，“那你四师哥呢？”

谢霜辰说道：“我当然跟我四师哥的关系最好啊，我小时候跟在他身边的时间最多。很多简单的活都是他教给我的，师父打我骂我，也都是他去求情。”

“怎么求？”

谢霜辰嘿嘿一笑：“他不是求师父放过我，而是求师父让他来打我。师父打手板是真打，每次都得把手打烂了才行。四师哥就不一样了，他打我只是疼，手上有分寸，不会叫我受伤，明里暗里也总是护着我。”

“他倒是个聪明人。”叶菱评价道。

“是个聪明人，不过也是个痴人。”谢霜辰说道，“他聪明，但是从来不卖弄。台上是个活络风趣的人，到了台下反而沉默内敛。他对于技艺的追求可以用精益求精来形容，有时候明明可以偷懒，但他绝对不会那样做。他跟二师哥是截然相反的两种人，二师哥求名，四师哥才是真正的求艺。我现在觉得啊，二师哥对于我的管教，多多少少可能也是源自于对四师哥的意难平。”

“真乱。”叶菱说道，“说了半天，我反倒对你四师哥没有什么概念了。”

谢霜辰看了看叶菱，说道：“他跟您很像。”

听到这话，叶菱神色一滞，说道：“你别咒我。”说罢便起身收拾饭桌上的残局。

“我不是那个意思。”谢霜辰忙解释道，“我是说您和我四师哥是一类人，您看，我师父也不是很喜欢您？”

叶菱垂着的头稍微歪了一下，嘴角露出一抹微笑，轻飘飘地说道：“别扯你师父，我看你也是意难平。”

由于过年的那一波操作，谢霜辰在网络上小“红”了一把，不光是粉丝量爆炸增长，一些娱乐节目也想邀请他参加。年轻人总是会享受网络上的追捧，不过上节目的事情，谢霜辰去问谢方弼，谢方弼就让他去问杨霜林，因为这些杨霜林比较熟。

杨霜林反复思考后劝谢霜辰要慎重，应当把主要精力放在学习深造上，因为突发事件小红了一把就开始忘乎所以翘尾巴可不是什么好事。

对于这个答案，谢霜辰倒也没深想，主要原因是他自己也觉得麻烦。

微博评论和私信里天天有小姑娘花式表白，看多了也有点儿麻木。新粉丝多了，都对于他跟叶菱的事感到好奇，天天来问他什么时候能带搭档出来表演。

谢霜辰哪儿知道他什么时候能跟叶菱出去商演，那些节目都是叫他一个人去，跟叶菱可没什么关系。他心里的抱怨很多，不过就是自己碎碎念一下，不表露在明面上。

谢霜辰也有一些演出，都是零零碎碎的，大多是师哥几个塞给他，他就去。也有那么零星两次，他和叶菱的表演被人录下来放在网上，算是给了那些新粉们一些学习资料。

小打小闹终归是没什么水花的，顶多就是一撮人圈地自萌，跟那些娱乐明星是远远比不上的。

清明时节，叶菱跟着谢霜辰他们去给周霜雨扫墓。

这是叶菱第一次见到周霜雨的样子，黑白照片里的年轻人清俊儒雅，带着笑意，穿着大褂，若不仔细看周霜雨的生辰，还以为是一位民国才子。

那么鲜活的一个生命，永远停留在最美好的年纪里。

叶菱站在墓碑前，心里想着谢霜辰曾经给他讲的关于周霜雨的故事，心中难免有些触动。

本来是谢霜辰与郑霜奇一起来扫墓，然而郑霜奇说他临时有一个外地的演出来不了了，谢霜辰嘴上没说什么，但心里烦得不行。在郑霜奇眼中，钱可真是比什么都重要。

挺意外的是，谢方弼这次竟然跟着来了。

谢霜辰其实不太愿意让谢方弼来墓地，总觉得不太吉利，而且人都走了那么多年了，该释怀的早该释怀了，不必长年累月记挂在心上。

“四师哥，这是我给您带的好吃的。”谢霜辰把鲜花和零食放在墓碑前，小时候周霜雨总带他去胡同口买好吃的，具体是什么他记不太清楚了。谢霜辰就随意买了点，插了三根棒棒糖，有模有样地说道，“师哥啊，今年也要保佑师弟我发财进宝啊！哦，对了！”

他把叶菱往身边一拉：“这是我的新搭档，反正我发财进宝了，他也差不离，您知道有这么件事就行了。”

要不是碍于场面过于严肃，叶菱早翻白眼了，心里默默抱怨谢霜辰这嘴可真够碎的。

“师父今年也很好。”谢霜辰说道，“您就放心吧！”

他转过头看着谢方弼，谢方弼神情肃然，满眼都是哀愁。

“哎，您说说，我不让您来您非得来，来了又这样，四师哥看了能开心？”谢霜辰说道，“您就应该给四师哥讲个活，说不定他心里还痛快点儿。”

谢方弼说道："少爷，你三师哥没来我才来的。"

"我这不是有叶老师陪着？"谢霜辰说道，"三师哥您就别提了，掉钱眼里了。大师哥和二师哥忙起来也未必有这工夫，生前怎么样不提，死了之后倒是能看出来了。"

"说什么呢？"谢方弼的脸立刻就板了起来。

"您不比我清楚？"谢霜辰反问道。

气氛瞬间就变得有些诡异，叶菱觉得连风都比刚才冷了一点儿。他怕师徒两人开始掰扯家务事，但也不好打岔，只能硬着头皮当隐形人。

还好谢霜辰有分寸，便戚戚地说道："四师哥，您看我这样，发财的事你可千万得惦记着我点儿，成不成？"

谢方弼说道："德行。"

"哎。"谢霜辰又叹了一口气，说道，"说不定四师哥早就投胎转世了，我这愿望怕是要黄。"

"也好。"谢方弼说道，"要真有下辈子，干点儿什么不好？别学说相声了，好好学习吧。"

"是，好好学习考上清华大学。"谢霜辰笑道，"毕了业还不是说相声？"他回头开玩笑般对着叶菱说道，"您是四哥送给我的吧？"

叶菱神色一晃，也不想多说什么。

他们扫墓归来，谢霜辰把谢方弼和叶菱各自送回家，就去赴谢欢的约。

其实谢欢早已回国，只不过太忙了，冬天的约定一直到开春才有时间履行。她只与谢霜辰联系，在外界看来，她与谢方弼是割裂的。一个影后一个相声大师，怎么看都不是一个世界的人。

在圈内，她也不喜欢与谢方弼那几个徒弟扯上关系。杨霜林算是离她的圈子近、在综艺节目中或多或少提过两句。谢欢却是闭口不谈，杨霜林也就不讨那个没趣了。

"哟，老五，你可来晚了。"谢欢坐着跟他打招呼，谢欢不到四十岁，穿着旗袍，头发烫了大波浪，一点儿都不显年纪，倒是风情万种。这种风情跟老上海弄堂里的婉约女子不同，她生在北京长在北京，飒得很。"自罚三杯，别说废话！"

"成成成。"谢霜辰坐下来，二话不说就喝了三杯。

"忙什么呢？"谢欢笑着问。

“这不是上午刚去看了四师哥吗。”谢霜辰说道，“把二位爷送回家，来这儿的路上又堵车，大姐，我真不是故意的。”

“二位爷？”谢欢问道，“谁呀？”

“我那个搭档叶菱。”

“噢，那个呀，挺好的。”谢欢说道，“Cassie（卡西）前段时间还跟我问你来着，问你想不想上节目，接不接活动，她想让你出道当艺人。”

“咱不是那个路子啊，天生一张贱嘴，蹚不了那浑水。”谢霜辰说道，“乱七八糟的节目活动也有来找的，只不过二师哥建议我别去，安心说好相声。”

“你少听他的话，他是怕你红。”谢欢嗤之以鼻，“他就是个好管事的人，你要是比他还厉害，他不得气死？”

“随便吧，我懒得计较这些。”谢霜辰喝了口水，“二位爷中的一位，是师父。”

“嗯，知道了。”谢欢平淡地说道，“老头儿最近怎么样？”

“挺好的。”谢霜辰说道，“他心上就两件事，一个四师哥，一个您。”

谢欢莞尔：“他？我觉得他最放不下的是你。”

“那是因为我浑呀！”说这话的时候谢霜辰都不带脸红的，“您爷俩又是另外一回事了，我看，要不您哪天抽时间回去看看。我是觉得啊，您去了就算跟他互相骂街也比打冷战强，都多少年了，该散的早就散了。”

谢欢冷冷一笑，只回了两个字：“看吧。”

谢霜辰知道谢欢不愿意继续聊这个话题了，也就不再说了。

今日天朗气清，惠风和畅，两个人谈天说地把酒言欢，好不快乐。

只是谢霜辰万万没想到，他再次接到谢欢电话的时候，电话那头的女人哭得连话都说不全。他在慌乱之中只能听到一句清晰的句子。

“老五，爸没了。”

第十三章

“啊？”

谢霜辰正躺床上玩着游戏呢，接到谢欢的电话，还听到这样的消息，脑子一时没反应过来，起身的动作似乎都不听大脑指挥了。

“爸没了！”谢欢哭着再次说道。

“啊？！”他“腾”地一下站了起来，声音倏地拔得很高，脑子一热，所有的血液都在往上涌，连嗓子都在瞬间变紧了，“什么？！”

声音太大，叶菱走过来问道：“怎么了？出什么事了？”

只见谢霜辰愣在原地，能听见电话里头女人的哭声。紧接着，谢霜辰挂断了电话，还是有点儿发愣。叶菱虽然不清楚什么状况，但他感觉到一定是出事了，上前碰了碰谢霜辰。

“说话啊。”他催促。

“大姐说，师父没了。”谢霜辰说出这句话的时候很平静，好像有点儿不太确定向叶菱询问的意思。可是就在尾音落下的一瞬间，他的眼泪就从眼眶里掉了下来……

“什……”消息太过震惊，来得也太突然，叶菱不敢相信。

谢霜辰的脑子是懵的，说不出话来，故作镇定地穿衣服，可是系错的扣子出卖了他的慌乱。他拿着车钥匙出门，却被叶菱一把夺过去：“你这个样子还怎么开车？打车去，走。”

叶菱拿好东西拉着谢霜辰出门，谢霜辰魂不守舍地任由叶菱摆布。叶菱牵着谢霜辰的手，仿佛都能从他的掌心感受到急速的心跳。

“别怕。”叶菱轻抚着谢霜辰的后背，他心里也很乱，不知道能说什么话安慰谢霜辰。他自打被谢霜辰带去与谢方弼相识也有小一年了，中间还有一段时间吃住都在谢方弼那里。他很崇敬这位相声前辈，虽然没能拜入师门，但有幸能跟在谢方弼身边学习这么久，已经是难能可贵了。

然而世事难料，前几日还开玩笑说要检查他俩功课的老爷子，今日怎么忽然就离开了他们。叶菱想到这里，悲痛更甚，不由得红了眼眶。

这到底是真的？还是假的？

叶菱连安慰自己的话都没有，拿什么去安慰别人？

叶菱见谢霜辰靠在车窗上，一只手捂着脸，看上去很冷静，可是呼吸是颤抖的。

车开到胡同口，他们就下了车。

两个人谁也没说话，就静默地向前走，一直到大门口，谢霜辰进去看见了谢欢，才忍不住“哇”的一声哭了出来，话也不知道说。

谢欢是当天上午来谢方弼家里，敲了半天门也没人应，自己按密码进去的。结果一进去就傻眼了，谢方弼倒在院中的小花坛旁边。谢欢赶紧打了急救电话，医生风风火火赶到后一看，是急性心梗，发现得太晚，人已经没了。

兴许是这样的场面见多了，对此，医生平静地劝谢欢节哀顺变。谢欢僵硬地站在原地，也不知道该怎么办。

在接下来的几个小时里，她自己都不清楚自己是怎么有条不紊地把后面这些事情料理好的，然后再挨个儿通知的。

直到给谢霜辰打电话时，她感受到了如洪水般袭来的巨大悲痛，才哭出了声。

接到消息的亲朋好友纷纷赶来，也来了不少媒体，但是谢欢一概不接待，只有官方媒体发出了讣告。

一向平静的小院忽然变得乱糟糟的。

谢方弼的徒弟除了谢霜辰之外都不在北京，只有亲属先匆忙赶了过来，谢欢红着眼睛向他们一一讲述当时的情况。来的大多是女眷，听完之后不由得悲痛哭泣。

谢方弼的律师也赶来了，他等谢欢说完话便凑上前去，先是安慰了一番谢欢，而后低声向谢欢说道：“欢姐，老人家早年就立了遗嘱，并嘱托我，在他百年后，葬礼不可大操大办，一切从简，不得惊扰……”

“知道了。”谢欢揉了揉眼睛，“就先说这些，遗嘱上的其他内容，等师兄弟们都回来了再说。”

律师点头。

“老五，老五呢？”谢欢满屋子找谢霜辰，终于在角落的沙发上找到了他。

谢霜辰半倚在沙发背上，眼睛压着手臂，叶菱陪在他身边，眼睛红肿，默不作声。谢欢走过去，看着谢霜辰这副模样，叹了一口气。

叶菱比着口型说道：“一直在哭。”

“我知道你心里难过。”谢欢疲倦地说道，“家里来这么多人，起来找点儿事情做，要不该哭懵了。”

叶菱碰了碰谢霜辰。谢霜辰这才坐起来，都快虚脱的不成人样了。

痛苦的情绪就是这么强大，强过任何乐观积极开朗，能在一瞬间就摧毁一个人。

谢欢见谢霜辰这样也不忍心疼，吸了吸鼻子，说道：“你去接待来的客人，我去嘱咐媒体那边。”

“嗯。”谢霜辰哑着嗓子应了一声，还是叶菱扶着他，他才能站起来。

自打讣告发出后，人流就没断过。李霜平是在晚饭时间赶过来的，他将近五十岁的人了，一路哭着赶来，进到主厅之后对着谢方弼的遗像“扑通”就跪下了。谢霜辰去拉他，他泣不成声，好半天也没对谢霜辰说出句完整的话来。

谢霜辰也是哭着跟李霜平讲师父怎么去世的，并叫李霜平保重身体。

郑霜奇半夜里才从外地赶过来，又是如此一番，只不过他稍微平静一些。

唯有杨霜林没有到场，他在国外，接到消息之后立刻赶去了机场，只不过路途遥远，怕当天是赶不回来了。

当天夜里，谢欢和他们几个师兄弟一起守灵，师兄们的家属都安排好去休息了，就他们几个人在灵堂。

传统师徒之间的关系如父子，师父去世，徒弟也应该跟家里的子女一样披麻戴孝为师父守灵。只不过现如今没有那些封建繁文缛节，只保持了一些基本的讲究，而且谢方弼生前要求不准大操大办，不准惊扰四邻，他们也就一切从简了。在家中布置了一个简单灵堂让亲人朋友前来吊唁，三天之后，在八宝山举行遗体告别仪式。

这三天其实是一个缓冲期，让他们慢慢地接受谢方弼已经离开的事实。

供桌上的蜡烛不能灭，谢欢就一直坐在旁边看着，这样就算半夜里有人赶过来也好接待。那哥仨也要在旁边待着，李霜平说道："这儿我年纪最大，虽然不是师父亲生，但师父待我胜过亲生，欢欢、老五，夜晚这里由我来看着吧，你们白天忙了那么久，去歇会儿吧。"

谢欢说道："从道理上讲，咱们都得在这儿，可是两位哥哥岁数也都不小了，还是我们小辈儿的在这里守着吧。"

"师哥，你俩上旁边的屋睡会儿吧，明天还有一堆事呢。"谢霜辰说道，"夜晚由我看着，我年轻，少睡几宿都没事。"

他们争来争去，只有郑霜奇爽快地说道："老五，那这儿就交给你了，我去睡会儿。"

谢霜辰"嗯"了一声，又和谢欢把李霜平撵走，灵堂里剩下了他俩和叶菱。

"叶老师,您也去睡吧。"谢霜辰说话都有气无力的,不似往常那般生龙活虎。

"不用。"叶菱简单地说道，"我就在这儿吧。"

谢霜辰说道："您没这个必要……"

叶菱说道："我也尊称老爷子一声'老师'，老爷子给我说过活，我怎么没这个必要？"

"算了，就在这儿吧。"谢欢说话了，谢霜辰才不跟叶菱争了。

三个人就这样安静地待着，虽是暮春初夏，但门窗都敞开着，还是会觉得有些寒意。谢霜辰去找了条薄毯子给谢欢披着，谢欢拢了拢，忽然问道："老五，我和老头子多久没说过话了？"

"光我记得的就有好些年了。"谢霜辰回忆道，"这两年愈演愈烈，您也不回来了。"

谢欢苦笑："不回来还能有个惦念，回来一次，没承想以后就再也见不到了，哎……可能老天爷都不想让我俩的关系能缓一缓吧。"

谢霜辰乖乖地听谢欢讲话，叶菱则是悄然无声地注视着这姐弟两个人，他们三个人各自的眼中都是一个世界。

叶菱不知道谢欢与谢方弼之间到底有怎样的隔阂，但是她既然能想到来这里看看，那么必然也是抱着缓和的心态。

一个久未归家的女儿打开家门时没有父亲的亲切迎接，也没有嫌弃痛骂，只有安静地倒在地上的模样。

叶菱也许无法对其他情感有很明显的共情，可是他也有父母，就算现在关系僵持，但那也只是生活中的一点点坎坷。

他一想到此处，便不敢再想下去了。

“哎。”谢欢轻叹，“我正经和他说过的最后一句话好像是‘凭什么我的自由要被干涉，凭什么我是你的女儿，我恨你’。得啦，现在恨也恨不着了，人都没了。”

谢霜辰说道：“师父嘴上不说，其实他心里一直很牵挂您。这么多年了，哪怕是您给我打电话说他不好，他都想听。这也是有其父必有其女，脾气都是一模一样的。”

“不提当初了。”谢欢眼眶有些湿润，连忙打断了谢霜辰，吸了一口气，朝叶菱说道，“小叶，明天早上吃饭？姐去做点儿？”

“不用了，姐。”叶菱回答道。

谢欢问他：“你在北京说相声，家里人不着急？”

“着急也没用。”叶菱知道谢欢就是想找他聊聊天，说说话，缓解一下情绪，总是陷入悲伤之中并不是一件好事。他看了看谢霜辰，谢霜辰虽然年轻，但是打击太大，这会儿都蔫了，一双原本漂亮的眼睛又红又肿。今天谢霜辰不知道哭了多少回，叶菱都怕他哭得脱水了。

谢霜辰失去了师父、父亲、前半生最大的依靠，对他最好的人。

男儿有泪不轻弹，只是未到伤心处。

“我当初就是跟老头子大吵了一架才离开家。你看他那么喜欢相声，但是却不准我入行。”谢欢径自说道，“他总说女人入不了这行，容易讨人嫌。我不信，他就四处阻拦。双方争执不下，就闹到了现在。”

叶菱本以为谢欢要说点儿后悔的话，没想到谢欢继续说道：“但我唯一的遗憾就是没能坚持自己的路，反倒坚持跟老头子冷战。顾此失彼，最后什么都没得到。”

叶菱张了张嘴，可那一瞬间也不知道能说些什么了，他隐约知道谢家父女的隔阂也是由相声而起。见到谢欢如今的模样，叶菱忽然想到过年时自己冲动离家后就再也没跟家里联系过，他心里起了涟漪，不过很快的，他就平静了下来。

变得更为坚定。

谢方弼的遗体告别仪式，三天后在八宝山举行，遵从老爷子的遗愿，一切从简。

早在讣告发出的当天，网上就有很多人讨论。大师的离去是一个时代的结束，大伙儿跟他告别，何尝不是跟一段记忆，一段时光告别呢？

谢霜辰熬了三天觉得自己的情绪已经稳定了，第一天时连口水都喝不下去，现在还能跟人聊上两句。可是当他进到里面，看到水晶棺里安详如睡着的谢方弼时，忽然就没有办法再控制自己了。

仪式的过程很快，家人站在一侧，叶菱站在后面的人群中。站在前面的是领导、前辈、各界名人，老爷子生前为人谦和，在艺术上有着卓越的成就，也爱提携后辈，帮助他人。漫长的一生就化为最后的几个字：先生千古。

叶菱越过人群，看了一眼一直在哭的谢霜辰。

待一切结束，家人不愿离开，杨霜林更是崩溃地扑向水晶棺，口中喊着：“我要师父。”

这是几近失态的表现，但在这样的场合与情感催动之下，失态又如何呢？

叶菱站在谢霜辰身边给他递了一张纸巾，哽咽地说道：“去看看吧，以后再也见不着了。”

谢霜辰背着身，哭道：“我不敢。”

“那就远远地看一眼。”

里面不宜久留，叶菱拉着谢霜辰往外走，直到门口的时候谢霜辰才回头，其实已经看不太真切了。谢霜辰赶紧把头扭了过去，害怕停留得太久，他心里又开无法接受这个现实了。

从今往后，再也没有人大清早的踹开他的房门检查他的功课了；再也没有人任由他撒泼打滚儿任性了；再也没有人笑呵呵地赶他去喂猫，喂鸟等他回来吃饭了。

什么都没有了。

人死如灯灭，静默如斯。

出了这道生死门，谢方弼轻巧拂袖而去，却不知身后一切由他而起，暗潮涌动。

第十四章

谢霜辰这几日浑浑噩噩，如同丢了魂儿一样昼夜颠倒，很少入睡。

一日，他穿好衣服拿着车钥匙准备出门，叶菱看他一副无精打采的模样问道："你上哪儿去？"

"大姐叫我。"谢霜辰说道，"上师父……院去，说律师来了，去处理一点儿家务事。"

叶菱听罢问道："要我陪你去？我看你状态不是很好。"

谢霜辰本想着家里的事没必要让叶菱去，可转念一想，叶菱也不是外人，谢霜辰自己又不想独处，就答应了。

两人打车去了谢方弼生前所居住的那处小院，谢欢以及李霜平师兄弟三人早就到了，李霜平和谢欢坐在客厅主坐上，杨霜林和郑霜奇坐在右手边，左手边坐了一个穿着正式的男人，正是谢方弼的律师。

"老五，来得够早的呀。"杨霜林先开口，揶揄谢霜辰耽误时间，"小叶也跟着来了？"

谢霜辰不想理会杨霜林话里有几个意思，闷头说道："我上哪儿叶老师就得跟着上哪儿，搭档之间如影随形，不对？"

杨霜林说道："今天是家务事，你可真是胡闹。"

"得了。"谢欢说道，"他爱做什么就做什么吧，你是他爹呀？管他这么多？"

"欢欢，你这话是什么意思？"杨霜林不悦。

“老五是大人了，咱们就甭操心了。”李霜平出来打圆场，“不过这话又说回来，今天确实是家务事，家务事哪儿有不烦琐冗杂的？就别让小叶看笑话了。”

说话间谢霜辰就已经坐下了，他叫叶菱坐在自己身边，说道：“不麻烦，有什么事就快些说吧。”

谢欢朝着律师抬了抬下巴，律师这才从公文包里取出一沓纸来。

“这是老爷子生前立的遗嘱。”律师说道，“既然一切已经尘埃落定，大伙儿都聚齐了，我就当着大伙儿的面公布遗嘱的内容。”

他们都不知道谢方弼早就立好了遗嘱，看着律师把纸展开，几个人的表情各有不同。

律师一字一句向他们解释了遗嘱里面的细则。

别看谢方弼一代大师，然而他这一辈子的风风浪浪，早就习惯了今朝有酒今朝醉，身边朋友又多，谁有个困难他都爱帮衬帮衬，所以名下的财产并不多，只有这一处小院，三百七十余万元存款，以及一些零碎的遗物。

其中，房产归女儿谢欢所有，两百万元整人民币以及谢方弼所留翡翠扳指一枚、金丝楠惊堂木一块、刻有“咏评社”字样门牌一块归养子谢霜辰所有，剩下一百七十多万元由李霜平、杨霜林、郑霜奇徒弟三人平分。

“哟呵，老爷子这一辈子的钱财散得够干净的。”郑霜奇说道，“挺好，生不带来死不带去，能花干净了最好。”

他是开两句玩笑，他们谁也不缺这点儿钱。

但是谢方弼把他那扳指还有咏评社的门牌留给谢霜辰，这意思可就太明显了。

李霜平叹了一口气，心里明白自己虽然是大徒弟，技艺上虽然扎实，可太过传统老旧，他无法成为师父心中继承衣钵的最佳人选，这是他早就看开了的事情。

只不过事到临头，难免略有伤感遗憾罢了。

郑霜奇就更不在乎这些了，他只爱财，衣钵这东西就是个名分而已。

唯有杨霜林表情大变，拍着桌子问道：“遗嘱里面真是这么写的？”

律师说道：“是这么写的，而且是公证过的，还有公证处的盖章呢。”

他拿着遗嘱指给杨霜林看，杨霜林逐字逐行看清楚之后，忽然变得无法镇定了，他愤愤地说道：“师父从来没提过遗嘱的事情，这……这怎么可能！”

“怎么不可能？”谢欢说道，“白纸黑字，您可是看清了的。”

“白纸黑字又如何？”杨霜林又接着说道，“你离家多少年了？这些年里你可曾尽到过子女孝道？还不是我们哥几个伺候老爷子？到头来老爷子还不是把这最值钱的房子给了你？你拿着心里就不亏？退一万步讲，钱是身外之物，咱们谁都不差这点儿，争这些也没意思，可是老爷子那扳指和门牌……”他转向谢霜辰，“老五，你担得起？”

简单几个字，掷地有声，愣是把谢霜辰给问住了。

“二师弟，你这话是什么意思？”李霜平不是问，而是提醒杨霜林注意分寸。

“我的意思很明白。”杨霜林说道，“钱，我一分不要。但是东西，你们谁也没资格跟我抢！”

“你疯了吧！”谢欢何止拍桌子，她甚至想踹桌子，“这是我爸遗嘱里面写清楚了的，你多大岁数了还给自己加戏？我是亲生的，老五是我爸养的，怎么？我俩论资排辈都得在您老人家后头？大哥还没说话呢，您演给谁看？也不怕让人看笑话！”

律师心想这场面他见多了。只不过他脸上冷漠，把自己当作隐形人，不掺和事罢了。

同样把自己当隐形人的还有叶菱。

谢欢是个火爆脾气，只不过随着年纪的增长收敛了一些。刚才杨霜林数落她时她就已经非常不高兴了，现在倒好，这一亩三分地都快容不下杨霜林了。

“女流之辈，我们师门的事，哪儿轮得到你插嘴？”杨霜林说道。

“放屁！”谢欢手里的茶杯顿时就摔在了地上，闹腾腾的大厅瞬间安静了下来。谢欢气得发抖，片刻之后，她脸上又露出阴恻恻的笑容，双手抱臂，走到杨霜林面前。她穿着高跟鞋也不及杨霜林的身高，可那股气势却不输在场的所有男人。

杨霜林冷冷笑道：“怎么，大小姐要发脾气了？”

“师门？我在这儿混的时候，你们还不知道在什么地方呢？我打小就听我爸说活，你们那点儿本事在我这里未必够看。”谢欢说道，“我只不过就是没你们那些虚头巴脑的名分，怎么，有个‘霜’字就想欺负到我头上了？”

“您还别说。”杨霜林说道，“这是祖师爷传下来的规矩，甭说差一个字了，差一点儿都不行！当初师父不让你入这行自然是为了你好！是你自己不依不饶不死不休，最后跟师父置气跑了出去！如今回来，你看看你都做了什么？师父最后一面我没见着，可年前的时候，他老人家明确跟我说过谢家这门得由我传下去。这中间有了什么岔子谁也不知道，如今遗嘱里全都给了老五，我看师父若不是老眼昏花，那这遗嘱……我看也是胡造的吧！”

“这……”律师连忙强调，“杨先生，这可是在公证处公证过的……”

杨霜林此时全然不顾自己的身份，大叫道：“我管你什么公证不公证！老五，我就要你一句话，你担不担得起？担不起不如让贤！”

所有人的目光都汇聚到谢霜辰身上，叶菱的手背蹭到了谢霜辰的手，能感觉到谢霜辰传来的阵阵寒意。

杨霜林跟谢欢的激烈对话他们都听进了耳朵里，李霜平想管可是又没有威信，郑霜奇一副看好戏的模样。叶菱知道谢霜辰很紧张，他也清楚谢霜辰在紧张什么，一个成天到晚没谱没六的年轻人，肩膀上忽然压了这么一副重担，谢霜辰自己也会产生怀疑，也会不由得跟着杨霜林一起质问自己。

你谢霜辰何德何能？

谢霜辰想：若是四师哥还活着就好了，今天便不会有这么多纷争。

忽然，谢霜辰感觉自己的手背被戳了一下，转头一看，是叶菱。

叶菱低声说道：“叫你说话呢。”

“说什么？”谢霜辰小声问道，“我还能说什么？”

叶菱想了想，淡然地说道：“说……你有这本事。”

谢霜辰一怔。

杨霜林说道：“你们两个还想继续编排什么？老五，别忘了你能活到现在靠的是谁？离了师父，离了我，你还能混得下去？团里的工作是师父给你找的，外面的商演是我给你找的，你倒是说说看，你还会什么？”

他毫不留情地羞辱谢霜辰，这个年纪最小的师弟在他眼中一文不值。谢方弼总说杨霜林是师兄弟几个人中混得最好的，言语之中想让杨霜林多多帮扶师兄弟们。这给杨霜林带来了很大的信心，他自信满满地以为这是师父给他的嘱托，便自发自觉扮演起了家长的角色。

杨霜林也曾对谢霜辰操过许多心，给谢霜辰安排各种演出，但他也不太想让谢霜辰过度活跃在大众面前。

杨霜林端着一副严厉兄长的模样，他觉得自己什么都有，他觉得自己有资格去指点一切，他觉得自己在师父心中是有地位的。

周霜雨英年早逝了啊！继承衣钵没别人了啊！

可直到这一刻他才清楚，师父最疼的还是谢霜辰。

也同样是在这一刻，他心中那些对于谢霜辰的羡慕与嫉妒全都狰狞地浮现了出来。

杨霜林在师兄弟五人中属于资质平平者，他比不过周霜雨，也比不过谢霜辰。单就凭着自身的一点儿圆滑，混得比谁都好。

可是学艺做艺，自古以来都是祖师爷肯赏饭，你才有得吃。

由此可见，谢方弼心中对于艺术的传承是怎样理解的了。

也许不仅仅是这么简单，但谢方弼已经去世了，已没有人能猜测到他的想法。

杨霜林不想去猜，他只觉得自己是受了欺骗，所以欺骗之下是巨大的愤怒。

“我……”谢霜辰站了起来，他比刚才冷静了许多。这一阵子他都没什么精气神，但这会儿，他仿佛被什么点醒了一样，恢复了往日的神采。他先是环顾众人，目光最后落在杨霜林的身上，然后微微仰起头，用眼角的余光去扫射杨霜林，有些吊儿郎当，又有些嚣张跋扈地说道：“小五爷怎么不成了？您倒是给我说说看？”

谢霜辰板起脸来有几分狠几分坏，他个子高，眼神中所透露的居高临下的气势更甚，百分百的京城小爷做派。他叫杨霜林说说，杨霜林顿时又说不上话来。

“没规矩！”杨霜林大吼道，“谢霜辰！你眼里还有我这个师哥么！”

“那您眼里还有我这个师弟？”谢霜辰脾气被激上来也是个不管不顾的主儿，“师父刚走几天？尸骨未寒您就在这儿大吵大闹，您心里还有师父么！”

杨霜林冷笑：“你小子可不要把师父搬出来压我。”

谢霜辰歪了歪脑袋，对谢欢说道：“大姐，麻烦您去师父房里把那扳指、惊堂木，还有那块门牌拿出来。我记得之前清点之后放在柜子里了。”

“行。”谢欢离开，很快就折返了回来，手里捧了一个盒子。她把盒子放桌上打开，里面是那三样东西。

谢霜辰上前看了看，手指一碰，盖子轻巧合上。他站在厅堂正中，面对着杨霜林说道：“二师哥，您要是觉得遗嘱有问题可以去查查。这些东西吧，师父要是不给我，我也不争，可是师父既然给我了，那就谁都别跟我抢。”

“老五，我就问你一句话！”杨霜林重复质问，“你担得起？”

“哟，我若是担不起，那这屋里还有谁能担得起呢？”谢霜辰略带轻佻笑意地问道。

“好啊，好啊。”杨霜林拍手说道，“你连其他两位师哥也一并不放在眼里了？”

郑霜奇赶忙摆手道：“这里面没我什么事，众位爷爱怎样就怎样。”

谢霜辰冷哼一声，说道：“大师哥为人敦厚，但是几时有大弟子应有的担当了？每次不是跟在二师哥身后和稀泥，就是标榜所谓的中庸之道。您就看着二师哥在这里发疯都不说一句？”

“你！”李霜平被谢霜辰戳中了痛处，气得说不出话来。

“三师哥只恋钱财怕麻烦，给师父守灵那晚，您甚至连装都不愿意装一下。”谢霜辰继续说道，“您也不管事，不过倒也好，您不闹事。只要有钱就行，您上的出洋相的节目还少吗？”

郑霜奇表情如常，用手指挖了挖耳朵，说道：“随你怎么讲。”

谢霜辰最后看向杨霜林，说道：“二师哥，这件事就您反应最大。您一再问我担不担得起师父的衣钵，我实话实说。担不担得起是一回事，师父传不传是另外一回事。您就甭羡慕嫉妒恨了，有用吗？这盒子里的东西能值几个钱，您要真想传，自己开枝散叶也能把师父的本事传下去。难道说缺了这几个死物件，您那本事也都没了？不应该啊。”

“这能一样？”杨霜林怒道，“这扳指和门牌都是师爷传下来的！你竟然说这是死物件……”

“不然呢！”谢霜辰一脸跟杨霜林说话费劲的表情。他从盒子里把那扳指取了出来，指了指说道，“这不是死物件是什么？上面还有一小豁口是我小时候给摔的呢！这要是能供起来的宝贝，师父早打死我了！不过您甭着急，就这破玩意儿……我还真不给您。”他说着又把那扳指收了起来，仿佛刚刚就是戏耍杨霜林一番。

看得谢欢大笑了出来。

杨霜林脸上一阵红一阵白：“我看你是活腻歪了！老五，长本事了是不是？那以后你别靠着团里，别靠着师哥给你的活计，我倒要看看你能不能活过三个月！”

“哎哟喂，我这爆脾气。”谢霜辰风凉地说道，“我有手有脚，一身家传绝学傍身，我怕您老哥儿几个？！您是真主上帝啊？感谢您赐予粮食！”他说着还对杨霜林比了个十字架的动作，“荣耀权柄归上帝，扳指和门牌归我，您哪儿凉快哪儿待着去吧。”

“放肆！太放肆了！”杨霜林怒道。

这会儿连李霜平都看不下去了，他站起身说道：“老五，你就少说两句吧！”

“我凭什么少说？刚刚二师哥咄咄逼人的时候您在干吗呢？您不就是怕二师哥手眼通天掀您的饭碗？”谢霜辰说道，“我不怕，我什么都不怕！今天就把话说明白喽，分家就分家！师父的本事不靠这几件死物件传承，靠的是人！二师哥您可真是越活越回去了，师父传了我本事，那就是我自己的了，跟你们有什么关系？我接下来想怎么做就怎么做，想说什么就说什么，也似乎跟你们没什么关系了吧？走了，走了，懒得跟你们贫嘴了。”他摆摆手，把盒子收入怀中。

“你这个……这个……”杨霜林气得够呛，扶着桌子说道，“你这是欺师灭祖，大逆不道！想走可以！把门牌留下！”

“您啊。”谢霜辰说道，“甭操心了！”

他一转身，拉着叶菱往外走，头也不回地大声说道：“爷不陪你们玩了！青山绿水，咱们江湖不见！”

身后是杨霜林的叫骂和李霜平“师门不幸”的叹气。

叶菱随着谢霜辰脚步轻快，他回头看了看，瞧见了笑到不行的谢欢。

“大姐再见！”叶菱笑着说了一句，“有空来找我们玩，听听正儿八经的相声，解解老男人的油腻。”

“好嘞！”谢欢答道。

谢霜辰出门时跟进门时完全不是一个状态，他神清气爽，似是扫去了身上的浊气，不过他还是叹道：“哎，感觉最近颓废太久了，损人功力还没有恢复。”

“是。”叶菱说道，“我觉得还可以再狠一点儿。”

“有机会的吧。”谢霜辰说道，“不过还是叶老师比较毒，最后跟大姐说的那句话真是往师哥们心里插刀啊。”

“也是即兴发挥。”叶菱说道，“我们接下来要做什么？”

“没想好。”谢霜辰说道，“我刚刚也是即兴发挥。”

叶菱很想翻白眼：“合着您这是光膀子逞英雄，光脚的硬踹穿鞋的啊？”

“帅就行了。”谢霜辰严肃地接过话茬儿。

第十五章

帅是可以当饭吃的，然而现阶段谢霜辰还没有太看重这一点。

他这是说相声的，又不是抛头露面卖笑的。

雄赳赳气昂昂地带着叶菱回家，对于未来，谢霜辰确实没有什么打算。谢霜辰是被赶鸭子上架硬逼出来了这么一个选择，他甚至不知道这选择是好是坏。

不过这不耽误点外卖。

谢霜辰晚上一边吃饭一边看着戴在自己拇指上的扳指，叶菱说道："别看了，再看眼珠子都掉出来了，有那么好看？"

"我上一次摸它的时候就把它弄出来一豁口，现在看看，我当时可真是浑。"谢霜辰说道，"这是我师父的师父，也就是师爷留给师父的。听师父说，师爷是当时享誉京津的名角儿，这个扳指是师爷用攒下的第一笔钱买的。他们那个年代的艺人都是当天挣的钱当天花完，金山银山也能花空，临终前身无长物，只有这么一枚扳指传给了师父。"

"那这么看起来，你们可真是挺像的。"叶菱对着谢霜辰说道，"你也是有个金山银山都能掏空了的败家子。"

谢霜辰笑道："以后可就不能这么糟践钱财了。"

他知道自己跨出那个小院大门的那一刻起，未来的路就绝不太平了。果不其然，接下来的几天里，他先后收到了曲艺团的批评通知，说他消极怠工，许久没有参加过团里的演出，而且还针对他换搭档一事大做了一通文章。

谢霜辰真的是无语了，他换搭档都换了快一年了，这反射弧是不是有点儿忒长？

重点是不是还有点儿错？

这一批评倒好，叫他待在家里好好反省。

原来谢霜辰有一些商演的机会，实话说，那些演出大多确实是杨霜林给他的。杨霜林放了狠话，谢霜辰自然不会天真地以为还会有那些免费的午餐。他有这个心理准备，可是当他半开玩笑着试图去联系一下人际关系时，看到对方那些或扭捏或意味深长的话语神态，多少心里都有些不爽。

可是这又能怎样？大伙儿都是出来混饭吃的，杨霜林的社会地位摆在那儿，没人为了跟谢霜辰讲义气而得罪了这么一位爷。

与此同时，关于谢家分家的事情也在文艺圈里传开了，流言蜚语自不必多说，谢霜辰完全不关心杨霜林要搞什么幺蛾子。

谢霜辰忙着呢。

夏天的太阳毒辣，叶菱被谢霜辰强行拖着在马路上走到想原地爆炸。

“咱们在这儿转悠了一天，你到底想干吗？”叶菱说道，“我是牲口啊？连口水都没喝上呢！”

谢霜辰拿手给叶菱扇了扇，说道：“哎呀，我这不是忙活忘了吗！叶老师您别生气！”他朝着旁边一指：“走走走，咱进去喝杯水解解暑。”

“小五爷阔气呀。”叶菱冷笑，也跟着往旁边一指，“京兆尹？您数数自己多少日子没开张了？”

“嘿，瞧您这话说的，我没有逛天上人间的钱，难道还没有喝杯水的钱？”谢霜辰拉着叶菱往里走，“卖身也能养活您，走吧。”

叶菱冷漠地说道：“也行，那你卖身去吧。”

谢霜辰点了一堆吃的，可是看上去有点儿心不在焉。叶菱问道：“你葫芦里到底卖的是什么药？”

“咱们从张自忠路转悠过来，我在想哪块儿地方好。”谢霜辰神神道道地说道。

叶菱顺口说道：“我觉得北新桥那块就很好，吃饭和玩的地方都很多，交通也方便，就是有点儿堵车，也不是特别好停车。”

“其实我一直特喜欢愚公移山那地儿，就是门口太秃了，吃饭的地儿也少。”

谢霜辰分析道，“北新桥吧……也不是不行。”

“你就直说，你要干吗，不就完事了？”叶菱最讨厌他这磨磨叽叽的模样。

谢霜辰狡黠一笑，凑上前去：“我想把师父那门牌给重新挂起来。”

“啊？”

“叶老师，你不是清华大学毕业的？怎么连我这些个意图都看不明白？”

“清华大学也不管算命啊。”

“……”谢霜辰只能说道，“以前的路是走不了了，我已经跟团里辞职了，想自己寻点儿出路。”

叶菱抬了抬下巴：“继续说。”

谢霜辰接着说道：“我想把师父留给我的咏评社给办起来，回小园子里演。二师哥顶多就是在文艺界里给我使一下绊子，说通俗一点儿就是封杀我。”他说着不禁骂了一声：“他以为他是谁？文联主席？我真不稀罕跟他较真儿。”

叶菱默默说道：“但你这会儿确实被他按得起不来了。”

谢霜辰强硬地说道：“这叫此处不留爷，自有留爷处。爷自己开茶馆说相声不成？他有本事就来砸我的场子。”

“得了，你别瞎扯这些有的没的了。”叶菱开始给他泼冷水，“您先说说具体怎么打算的吧。园子想要开在哪儿，场地租金装修这是大头。后面普通人力开销不说，演员怎么办？下午场和晚上场，一场怎么着也得有四五个节目吧？你能自己全说了？”

谢霜辰吊儿郎当地说道：“也不是不行。”

叶菱说道：“我抽死你！”

“不敢，不敢，我哪儿舍得辛苦咱们叶老师不是？”谢霜辰赔着笑脸，“这个我得好好想想，先把场地定下来。您喜欢北新桥一带是不是？那咱就在北新桥一带了。”

“您可真有钱啊小五爷。”叶菱揶揄，“卡地亚的戒指还舍得扔？”

谢霜辰说道：“给您当然是舍得了，这不，还有师父给留的两百万元。”

叶菱说道：“够你盘店面装修？我就问问。”

“……”谢霜辰说道，“我感觉我得向大姐借点儿。”

叶菱问道：“你自己这些年真没存下点儿钱来？”

“呃……”谢霜辰抬头看天花板。

“行吧。”叶菱知道这是什么意思了。

谢霜辰捂着脸佯装悲伤地说道：“哎，这可真是书到用时方恨少，钱到花时才觉穷，自古多情空留恨，卡地亚扔了就白扔了啊！”

叶菱说道：“你就甭念定场诗了！哪儿那么戏精？要不你问问京兆尹老板那儿缺不缺说相声的？”

“对了！”谢霜辰说道，“那个竹莲茶楼当初给你开多少钱一场？”

叶菱说道：“一百元。”

谢霜辰问道：“那您看我这样的能给多点儿？”

“你？”叶菱打量了谢霜辰一番，“多给你十元吧。”

“行吧……”谢霜辰说道，“那咱俩这一个节目就是两百一十元了，一个月按三十天算，天天去就是……”他念叨着掏出来手机，计算器还没打开呢，叶菱就说道：“六千三百元。”

“嚯。”谢霜辰说道，“连房钱都不够，也就比北京市最低工资标准高一点儿了。不行，看来还是得晚上出去接点活。”

叶菱说道：“我觉得你一宿怎么着也能有三五千元吧？”

“这分干什么怎么干，陪富婆还好点儿，陪富老爷们儿怎么着不得贵点儿？这个价钱啊我看……嘿！”谢霜辰住嘴，“我说这些干吗啊！”

叶菱笑道：“因为你嘴碎。”

两个人合计来合计去，就算谢霜辰的计划没什么大纰漏并且能顺利实施下来，最快开张也得到秋天去了，当务之急是这个夏天怎么过去。

以前谢方弼在的时候，家里有那么大个靠山，小五爷能混吃等死，走到哪儿都是光鲜亮丽的，谁不捧他一句？可如今靠山没了，还有杨霜林那么一个添堵的，小五爷就不好使了——至少是在这个圈子里不行了。

先前大伙儿捧他一声“小五爷”，是看在谢家老爷子的面子上，谢霜辰自己当初虚度光阴浪费青春，没闯出什么名堂来，背地里在人家的口中未必比扶不上墙的富二代、星二代强到哪儿去。

而这种离开保护伞就跌落凡间，穷困潦倒的戏码又是最令人喜闻乐见，再添油加醋四处传播，谢霜辰如今可真比小白菜还惨。

可谢霜辰自己却不这么觉得。

他是个行动派，上一秒想明白了下一秒就撒欢儿去做了。

关于咏评社重新启动的资金他算了算，自己手上的钱肯定是不够的，他向谢欢借了一部分，谢欢爽快地答应了，并说他开张的时候一定亲自去捧场。

谢霜辰心想：姐姐你可别来，出了事算谁的。

咏评社原来在鼓楼一带，因为周霜雨出了事，谢方弼悲痛之下停止了所有演出，那个旧园子也卖给了别人，如今早就不是当初模样了。

于是对于小园子的演出几乎成为谢霜辰很遥远的回忆。

他对于商业、电视媒体上的那些东西已经感到了厌倦，今时今日也算是一个契机。他很快敲定了北新桥附近的一个场子，大约能容纳一百五十人左右。敲定了场地之后便联系装修，按照记忆中模糊的样子复原咏评社。

他记得舞台正上方有一块很大的牌匾，出自一位老前辈之手，可是在那场大火中也一并烧毁了，只剩下了谢方弼留给他的那一块巴掌大的门牌。

就这么一瞬间，谢霜辰忽然感觉到自己身上的压力其实很大很大，只不过都被他那副混不吝的样子给遮掩住了。

也不想被叶菱瞧见。

花开两朵，各表一枝。

一边张罗着园子的事，而另一边，则是需要招募演员了。

起初谢霜辰盘算得还不错，然而事到临头了，他才看出来那么点人情冷暖来。平时商演结交的那些同行竟没一个肯应他的邀，个个都是一副爱莫能助的样子。

说来也是，谢霜辰曾经认识的人都是什么水平的？尽管有很多人辈分没他大，但也是活跃在荧屏上被观众所熟知的人物。抑或是从业很久，久到随便碰一下都呲油花的老油条。人家演出一场多少钱？在谢霜辰这儿说一场能给多少钱？

无论是身份问题还是钱的问题，人家就不可能答应谢霜辰。

更别说他们谢家现在四分五裂叫人看笑话的样子了，有杨霜林在的一天，谁还敢向谢霜辰伸出援手？

这下把谢霜辰气得够呛，只想给杨霜林扎小人。

“小五爷，知道生存艰辛人间疾苦了？”叶菱老神在在地问道。

“难啊！”谢霜辰穿着大褂往椅子上一靠，“真是世态炎凉人心不古啊！”

两个人在已经装修得差不多得园子里憧憬了一番后，谢霜辰还换上了大褂去台上试效果，可这愿是真的发不出来，演员凑不齐，难道真叫谢霜辰一个人站在台上吹拉弹唱成天成天地演？这不现实。

谢霜辰是希望能找点儿人来攒一攒人气，没承想就这都办不成。

“刘老师说可以来给我说开场的单口。”谢霜辰说道，“可是刘老师身体不太好，我不想总是麻烦他。”他说的是刘长义，就是曾经的搭档。当初是谢霜辰先甩手撇开人家的，如今反过头去求人家，人家还能顶着压力仗义相助，足见当初谢方弼为谢霜辰选搭档时对于人品的考量。

叶菱说道：“铮哥说也能来帮个忙。不过他工作真的很忙，今年又有要孩子的打算，我看……就当无事发生吧。”

“哎。”谢霜辰叹了一口气，说道：“铮哥也是仁义。”

“这都是远水解不了近渴。”叶菱说道，“招聘那块也没什么人来。”

早几年的时候小园子里的相声确实是红火过，北京城里大大小小的园子如雨后春笋般崛起。可是市场这个东西，有热就肯定会冷。随着移动互联网的逐年深入普及，观众能看到的世界越来越大，要求也越来越高。

以前一个段子能翻来覆去地说，现在你说过一次了，第二次再说观众就觉得没意思了。

一个相声演员说得还不如网友好笑，我干吗还要花这钱来听你的呢？

于是小园子里的相声在各行各业竞相前行的情况下，悄无声息地又没落了下去，那些大大小小的相声社团起高楼宴宾客，过后该塌还是得塌。

这些都是连锁反应，不挣钱，可不就是从业的越来越少吗。

谢霜辰长叹了一声，站起来看看那装修好的舞台，感慨道：“谢霜辰在这相声圈里可真不是个玩意儿啊！”

叶菱知道他在感叹什么，小五爷风光时大伙儿都爱凑过来，如今他没了师父，又有师哥为难，小五爷风光不再，脱了那层华丽的外衣，谢霜辰什么都不是。

叶菱察觉到了一点儿伤感，此时手机响起，是约好晚上来送桌椅板凳的，他就出去接了。

谢霜辰不知道叶菱出去了，他犹自沉浸在自己的感怀中，双手背在身后，忽然迈步走上台。

灯光都是开着的，台上亮堂，台下漆黑一片，没有人，看上去万分冷清。谢霜辰脑海中浮现起了当年咏评社演出时候的画面，像是存放已久的默片，吱吱呀呀的，但那热闹的场面却叫人心潮澎湃。

此情此景让一贯豁达的谢霜辰都不免伤感，又记起往日春风得意之时，如今对比，更是惨淡。

谢霜辰一捋大褂，缓缓唱道“海岛冰轮初转腾，见玉兔，玉兔又早东升……”

这是《贵妃醉酒》里的唱段，谢霜辰小时候学的，他站在台上不知怎的就想起了这出戏。这讲的是杨贵妃赴宴百花厅，结果没等来唐玄宗，反而得知唐玄宗已临幸其他妃子。杨贵妃心中万般风情难以排解，只得借酒消愁，回忆起自己当年盛宠之下的场景。

都是风光落魄的对比，谢霜辰就这么唱了出来。

“人生在世如春梦……”

谢霜辰是正经拜师学过京剧的，身段唱腔俱佳，只不过在后来的舞台表演上鲜少展示柳活，就算有，在京剧上也多是唱一些生角儿。

旦角儿的唱腔，谢霜辰几乎是没使过的。

叶菱接完电话回来看到的就是这一幕，他吓了一跳，不知道谢霜辰这发的是什么疯。但见谢霜辰完全沉浸在故事中，杨贵妃的美丽哀愁与醉后憨态学的是惟妙惟肖。谢霜辰本就样貌出众，平日里是坏帅，是勾引姑娘的那种浪劲儿，现在唱戏，那反差大得让叶菱有点儿说不上来话。

他手里攥着手机，鬼使神差般地就给谢霜辰全录下来了。

最后一个卧鱼观花，当真是一副美好的画面，

叶菱不禁拍手叫好，谢霜辰顿时回过神来，见叶菱站在门口，忽然羞愧地低下了头，好像被人瞧见了多么不好的事情一般。

“我光听过，还没见过你使这功夫。”叶菱走过去说道，“真是大开眼界。”

“得了。”谢霜辰回答道，“您就别寒碜我了。”

“哪儿是寒碜啊。”叶菱走到台前，仰头看向谢霜辰，“小五爷这身段唱腔，要放在民国可能也早就成角儿了，几千元一场我都觉得太便宜了。要不然咱别卖艺了，卖身吧？”

“哟呵，我卖身挣钱养您呀？”谢霜辰笑道，“真是瞎了心了！”

叶菱说道：“那不然呢？眼瞅着咱这院子还有不到一个星期就能正式开张了，这演员就咱俩，到时候能来观众？不卖身够咱俩吃饭？”

“你说得很有道理。”谢霜辰说道，“要饭和卖身，看来真得选一个。”

他俩开玩笑的话题很快就被送家具的工人打断了。

空荡荡的大厅里很快就被八仙桌和长桌堆满，有了那么几分园子的模样。可这家具一摆上，谢霜辰坐在台口看着感慨：“刚才没觉得有什么，桌椅板凳全活了，我倒真有点儿担心不上客可怎么办。”

“不是必然不上客？现在才晚上十点，你可别做梦了。”叶菱看了看时间，“还有最后那么几天，看看能不能招来什么人。哎，你说你名头这么大，辈分这么高，怎么就没人因为仰慕你而来呢？”

“可能我太帅了吧。”谢霜辰说道，“同行兼同性，不相轻才怪。”

叶菱本想嘲笑谢霜辰一番，他歪着头看向谢霜辰，眼睛忽然一亮，拍手说道：“我想到一个办法！”

“什么？”

“现在才十点。”叶菱说道，“走，我带你到街上拉客去。你这谢家有儿初成长养在深闺人未识的样子，不得到街上去让人摸摸看看，人家才知道你？”

“我很有名的好不好？！”谢霜辰叫道。

“那也是过气网红了。”叶菱拉他，“走吧。”

“我就算死！”谢霜辰刚要开口说话，叶菱一只手指向他说道，“闭嘴，撤回！”

第十六章

霓虹街道，车水马龙。

两个身着灰色大褂的年轻人穿梭其中，一个坦然，一个别扭。

“真的要这样？”谢霜辰手里抱着竹板问叶菱。

叶菱说道：“来都来了。”

从北新桥地铁站出来往东去能看到一条红彤彤的街道，无论冬夏的夜晚总有大批的食客前来造访，好不热闹。

“我当初为什么要听你的把园子开在簋街附近呢？”站在混乱的十字路口，看着人来人往的街道，谢霜辰第一次产生了迷茫，“我觉得全世界都在看我。”

“你长得好看，行了吧？”叶菱面无表情地说道，“把手机给我。”

“啊？”谢霜辰不知道叶菱要做什么，但还是把手机递给了他，顺便贴心解锁，“欸，我怎么感觉他们都认识我啊？”

“你自我感觉良好。”叶菱低头摆弄谢霜辰的手机，“群众的记忆热度连二十四小时都没有，承认自己是个过气网红就有那么难？你看你微博后台，发了招聘公告之后就没一个正经人来，连来表白的小姑娘都不如过年那会儿多了。小五爷，世态炎凉啊。”

他说话冷飕飕的，把一贯脸皮厚的谢霜辰都说得抬不起头来了。这事儿也不能怪谢霜辰，他是个特别现实的人，有时间吃喝玩乐干吗要在网上消磨时光？顶多就是玩一玩游戏，可玩游戏又不需要社交媒体。

当初姚笙给他点了一波火之后，谢霜辰确实短时间内吸引了一波新粉丝，基于他自身的原因以及杨霜林在那时对于他演艺道路的变相阻拦，等于说是在相当长一段时间里他是没有后续热度曝光的，那一波“颜粉”冷下来是自然而然的。

这不算什么，新粉和老粉还打架——不过这就是另外一回事了。

叶菱也不知道拿着谢霜辰的手机在摆弄什么，他低着头没理谢霜辰，谢霜辰在路人异样的目光中非常难受。

前后大约五分钟的时间，可能街尾的大姐都收到消息说街头有个大帅哥速来围观了。

“给你。”叶菱把手机扔给谢霜辰，指着前面饭馆等位置的人群，说道，“咱俩上哪儿演去。”

“啊？”谢霜辰吃惊，“演什么？怎么演？这也太尴尬了吧！万一有认识我的人怎么办？叶老师我可是老艺术家，我小时候上过春晚，我是有脸面的您不能这么对我！”

“别废话。”叶菱推着他往前走，“再废话踹你。”

“救命啊——”谢霜辰大喊道。

然后叶菱就真的踹了他一脚：“老艺术家都撂地过，我这是帮助你提升艺术阅历，不然等你四五十岁的时候上电视忆往昔峥嵘岁月说点儿啥？说自己二十多岁的时候天天打游戏？”

他俩这动静足以吸引路人的目光，都纷纷驻足好奇地看着他们。大褂在舞台上见不违和，可是在生活中忽然见到两个年轻帅气的青年穿着大褂走在街头，这就尤其抢眼了。

谢霜辰的紧张是那种很浮夸的外在表演，纯属戏多。叶菱看上去淡定，可心里也有点儿忐忑。说到底，他俩谁都没有在大马路上当街演出的经历。这在他们的行当里叫“撂地”，指的是旧社会艺人们在街头空地上卖艺演出挣钱。当代社会街头卖艺好多都是唱歌的，像他俩穿这么好的大褂跑出来，怎么看怎么都像是在拍综艺节目。

问题是他俩又不像是来挣今晚的夜宵钱的啊！

胡大门口不论几点都是人满为患，一个中分长发单眼皮的姑娘手里捧着一捧瓜子“啪嗒啪嗒”地跟旁边的女孩儿聊明星八卦聊得正欢，几个女孩儿围坐一团哈哈大笑着，这样小小一角，仿佛是人群中的一个缩影。

“姑娘。”她听见自己耳侧一道深沉的声音飘过来，“我给您说段相声，怎么样？”

那女孩儿一回头看见一帅哥弯着腰在跟自己说话，她脑子里的弯连转都没转过来，瓜子磕了一半就下意识“啊”了一声。

旁边的女孩儿反应快，一个瘦长脸留着空气刘海的女孩儿高兴地说道：“行啊，说吧，说吧，反正我们还得等一个小时位置呢，在这儿等着也无聊。少年，会说《卖布头》？”

谢霜辰一听这个，感觉可能是遇见听过相声的了，忙笑道：“会啊，当然会，想听《卖布头》是吧？”他把叶菱拉了过来说：“叶老师，您会？”

“我会不会好像不妨碍你表演吧？”叶菱说道，“我就是旁边站着看你表演的？”

谢霜辰说道：“别介啊，您得会吧？清华大学毕业的高才生啊。”

那个瘦长脸说道：“哟！清华大学毕业的啊？小哥儿可以啊！学什么专业的？”

“烧锅炉的。”谢霜辰抢答。

“哇哦——”不光几个女孩儿，连路人都发出了感慨。

旁边一个妹妹头戴眼镜的女孩儿拍了拍单眼皮女孩儿的大腿，说道：“你看看人家清华大学的都这么努力了，而你只能在这里吃小龙虾还在等位置！”

“我们霍格沃茨政法学院跟他们这种什么都教的综合类大学不一样！”单眼皮女孩儿强调，“我们只教正统的魔法！”

“不是政法？”妹妹头的女孩儿问道。

“都一样！”单眼皮说道，“都是‘法’！都能阿瓦达索命！”

“姐姐们。”谢霜辰看那几个女孩儿你一言我一语聊了起来，无奈地说道，“要不然您几个来跟我捧？我看都比这个清华大学毕业的好使。”

“你怎么回事？”叶菱拽了一下谢霜辰。

“这不，人家说得挺好的吗！”谢霜辰说道，“你又没在霍格沃茨进修过专业魔法是吧？”

叶菱说道：“说相声的要什么魔法？你学过，是吗？霍格沃茨教什么啊？”

“这教的可就多了。”谢霜辰掰着手指头说道，“就魔法啊，你知道这个霍格沃茨有四个学院吧？分别是格兰芬多、斯莱特林、赫奇帕奇以及那个拉……”他顿了一下，一拍手，“啦啦啦德玛西亚！”

几个女孩“扑哧”笑出了声，其他人也笑哈哈地围观。

“放屁！”叶菱恨铁不成钢地说道，“人家那是拉文克劳！鹰院！”

“哦对，您看我这记性。”谢霜辰又重复了一遍四大分院的名字，继续说道，“学生入学然后进到分院里来，就得学魔法了。老师们教的魔法有很多种，有这个魔咒课，还有黑魔法防御术，变形术，飞行术。光学实践也不行啊，也得有理论，所以得上魔法史啊，天文课啊，草药课啊，还有这个吆喝。说起吆喝啊那可真是九腔十八调……”

“等等。”叶菱拦住了谢霜辰，“没听说过学魔法还得学吆喝，你这是霍格沃茨魔法学院还是菜市场啊？”

“都一样。”谢霜辰强行忽略过去，“过去的人讲究吆喝啊……”他跟叶菱之前的聊天听着像是在互相拆台，但其实自打站在这里张嘴第一句起就已经进入了到了垫话的部分。在街头演出跟在小园子里就不一样，距离观众非常近，很可能就是需要以这样聊天的方式让观众加入进来。

垫话归垫话，怎么着都得进入正题。刚才那个瘦长脸所说的《卖布头》是一大长本，通常以接货吆喝开始，讲述各地卖菜或是卖糖葫芦等吆喝，进而讲到卖估衣的吆喝，最后才是卖布头的吆喝，体现当时市场上自卖自夸的滑稽现象，其中以卖布头大段连说带唱紧凑的表演最见功力，年纪太大，说这一段耗费体力，年纪太小，功夫不到，诠释上就缺点儿意思。所以现如今很多演员在表演时不演《卖布头》。

在传统相声中，有估衣有布头是《卖布头》，有估衣没布头就是《卖估衣》。

反正什么都卖，还卖点儿十三香、小韭菜、劳斯莱斯什么的。

谢霜辰心里很想吐槽那个瘦长脸的女孩儿，这口味得是多old school（老派）才能点出来这么一出《卖布头》。

谢霜辰把众人的目光都吸引了过来，正要继续讲下去，门口的店员就跑出来拦下了他，说他们门口不让摆摊卖艺挣钱，影响顾客，想把他俩轰走。

谢霜辰说道：“我也是顾客！现在立刻给我排个号！我等位等到无聊说两段相声解解闷怎么了？我不光说我还唱呢！”他当即从叶菱手里抄起两副快板“啪啪啪”地打了起来。

小五爷要脸的时候很体面，不要脸的时候也真是特不要脸，天王老子来了也没用。

店员面露难色，叶菱见状，拉住了谢霜辰，低声说道："他也管不了事，别为难人家。旁边的店关门了，门口是空地，咱上那儿去吧。"

谢霜辰把快板一收，"哼"了一声，转身就走。他动作干净利落，似是能起一阵风，大褂下摆都飞了起来。

只不过观众是不会跟他走的，人家还得等位吃饭呢。

旁边的店面要么不是饭馆，要么不开到这么晚，早就关门了。这一块除了路灯之外也没有别的光亮，看上去就不如饭馆门口热闹，行人也神色匆匆。

"突然变得好尴尬啊。"谢霜辰说道，"咱俩站在这里对着空气说？"

叶菱想了想，问道："谢先生都教给过你什么？"

谢霜辰说道："什么都教过啊，天上飞的水里游的……"

"不是这些！"叶菱说道，"没教过你怎么圆粘子？除了快板。"

"白沙撒字算吗？"谢霜辰说道，"但是我觉得那个非常没有用，还不如路边骂街吸引人的目光。"

"你这是什么比喻？"叶菱说道，"谢先生连白沙撒字这用不着的玩意儿也教你？"

谢霜辰唏嘘说道："可能是他老人家已经预感到我终有一天会流落街头吧……"

"你闭嘴吧。"叶菱说道，"你表演一个看看。"

"是不是有点儿太丢人了？"

"你刚才不是还挺来劲儿的？现在又知道丢人了？"

"我一直是个很内向的人，我跟您说。"谢霜辰开始讲道理，"我的表演和我本人的自我与本我是分开的，我并不是……"

叶菱的脸上没什么表情，可他的眼中透露出了不耐烦，他极其冰冷无情地说道："你要是再多说一句话，我就立刻发微博说你是个基佬，并且说你和姚笙有一腿，而且我会用你的微博发，我是有账号密码的。我不光发微博，我还会现在当场大喊大叫，你不是爱看骂街？是不是得骂街你才能入戏？我已经做过用户调研了，你的粉丝里百分之九十九点八都是女孩儿，且她们真的非常愿意相信你是个基佬的事实，虽然我根本不知道为什么。我觉得卖艺不如卖身，卖身不如卖你，把你卖了可能还够下辈子吃……"

“停！打住！别把我和浪味仙牵扯到一起！我不想看到与民国戏子混剪视频！我现在立刻当场表演一个白沙撒字！”谢霜辰一脸要为革命赴汤蹈火的坚决神情，可是他摸了摸身上之后，脸上又耷拉了下来，“问题是我用什么撒啊？”

叶菱说道：“我买点儿东西去，你就在此地，不要走动。”

谢霜辰乖乖点头。

很快叶菱就回来了，他大晚上的穿着大褂进便利店，差点儿把店员给吓晕过去。

他丢给谢霜辰一包东西，谢霜辰一看，是食用盐。

“将就一下用吧。”叶菱说道，“请开始你的表演。”

谢霜辰被逼无奈，捏了一把盐站在路边，他已经非常显眼了，表情却比吃了一包盐还纠结。

“唱啊。”叶菱催促道。

“唱什么啊？”谢霜辰说道，“太平歌词有人听？”

叶菱说道：“那你唱点儿大伙儿喜欢听的。”

谢霜辰跟上刑一样蹲下，手里抓了一把盐，往地上一撒，嘴上开唱道：“我们一起学猫叫，一起喵喵喵喵喵，在你面前撒个娇，哎哟喵喵喵喵喵……”手上跟着嘴上的词动作，白花花的盐细细落下。

魔音入耳，路人驻足观看，纷纷好奇这位帅哥这是想要做什么。

谢方弼曾给谢霜辰讲过，用这白沙撒字圆粘子，最难是一心三用。嘴里唱着，手里画着，还要闷头悄无声息地用眼睛细细观察周围有多少脚，大概推测来了多少人。等观众的数量一够，便可开始说相声。

这门看似简单的技艺杂糅了很多学问在里面，这才是民间艺术的精髓所在。

当然了，不包括当街唱《学猫叫》。

确实吸引了很多观众过来，还有一些是刚才他们在饭馆门口说的时候吸引来的，等位的时间太长，不如过来溜达溜达，看看帅哥养眼，其中包括那几个姑娘。

谢霜辰最后一笔收工，站了起来，说道：“大伙儿有事没事啊？是不是还没等上吃饭呢？我这边说的时间可长啊，别错过叫号。要是有闲得无聊的朋友就赶紧摇个微信叫过来，坐地铁从天通苑来我可能还没说完呢。我先给大伙儿做个简单的自我介绍吧，我叫谢霜辰，是一个相声演员。旁边这位是我的搭档。”

他的手一指，“反正就是个烧锅炉的你们可能也没有兴趣知道。”

“什么烧锅炉的！”叶菱质问，“哪儿来的烧锅炉的？你怎么回事？”

谢霜辰说道：“小点儿声，您那人家霍格沃茨魔法学院的学生看着您呢，小心被阿瓦达索命。”他说的是刚刚饭馆门口的那几个女孩儿。

他说着说着才发现自己事先没跟叶菱合计使哪个活，这都已经说上了也不太可能停下来商量。他看了叶菱一眼，想起了当初被叶菱不入活所制裁的恐惧，忽然一笑，起了坏心。

“那你也不能总说是烧锅炉的啊。”叶菱说道，“不干其他的事了啊？”

“干其他的事也没用啊。”谢霜辰说道，“大伙儿是来听相声的，不主要都是听我？您站旁边反正也没什么事干。”

他想说《论捧逗》，叶菱怎么可能听不出来。一般这个时候捧哏会反驳逗哏，强调自己在场上的作用，而叶菱说道：“我觉得大伙儿不是来听你的，可能就是想看看你。你可能闭着嘴比张着嘴好点儿。”

“那反正也是都为了我。”谢霜辰说道。

“那行，我走了。”叶菱一挥手。

谢霜辰还想着从叶菱身上占便宜呢，哪承想叶菱直接来个离线绝杀。

您不是能耐？人家不跟您玩了，看你还能怎么接上话茬儿。

“那您要是走了，我在这儿说得风生水起，可就坐实了捧哏真的就是个摆设了啊。”谢霜辰赶紧往回找摆，“三分逗七分捧，在我这儿可就十分逗零分捧了啊。”

叶菱回头看了他一眼，谢霜辰就差满脸写着“叶老师我错了你救救我”的表情。他把谢霜辰往这儿一撂确实不像话，便说道：“那老先生就是这么传下来的，你说改就改了？”

“可能人家是真爱吧。”谢霜辰说道。

“噫——”那几个女孩儿发出声音。

“是吗？”叶菱冷冷问道。

“不是吗？”谢霜辰反问道，“您就看咱俩站在这儿，我一个人嘚吧嘚吧地说。您就偶尔见缝插针‘嗯’一句‘啊’一句，顶多说一句‘别挨骂了’，然后再说一句‘没听说过’。你这四句话加起来一共就十个字，撑死了就占百分之零点零零一的分量，可能还没观众说得多呢。”

“你什么意思啊？”

“我的意思就是说，您看我们逗哏的，从小就是学这学那十八般武艺，我们这叫艺术和文化的修养 You Know？”

叶菱说道：“那我也写过快板学过太平歌词啊，贯口这不都是基本功？我还学过工程力学，工程热力学，流体力学，传热学，燃烧学呢，你学过？”

谢霜辰说道：“我学过魔法！阿瓦达索命！”他一边说着一边还竖起一根手指，指向叶菱。

叶菱差点儿给他戳了一指，愤愤地回答道：“没听说过！”

“您看，您学了那么多不就还是会说这一句？”谢霜辰把话给圆了回来。

旁边聚集的人越来越多，听他俩看似毫无章法地互相贫嘴逗乐。在很多人眼中，帅哥都是很高冷的生物，仿佛有趣的灵魂和精致的皮囊永远是不共生的。他们看谢霜辰与叶菱一唱一和一捧一逗，欢乐之余又很赏心悦目，于是乎纷纷拿起手机来录像。

一开手机不要紧，微博上铺天盖地都是谢霜辰唱《贵妃醉酒》的片段。

“我说怎么这么眼熟。”人群中开始有人议论，“原来是那个啊！”

那嗡嗡的声音逐渐变大，围观人群越来越多，都快把路给堵了。

谢霜辰和叶菱站在最中间，当然不知道此时此刻发生了什么，还自顾自地继续说着呢，而那段《贵妃醉酒》正像病毒一样飞快地在网络上蔓延发酵。

第十七章

始作俑者还是姚笙。

他晚上刚下飞机，结束了数月的巡回演出疲惫不堪。在机场等人的时候无意中刷到了谢霜辰微博上发送的一个小视频。打开一看，把姚老板都给笑醒了。

要说谢霜辰这个人吧，也是奇特。搞笑的时候能震撼灵魂，把嘴巴闭起来装严肃的时候又特能勾魂摄魄。他这《贵妃醉酒》功力了得，不过姚笙还是激情转发评论助力了一波谢霜辰。瞬间引来一群“好色之徒”，并且又再一次唤醒了广大女性同胞们对那个说相声的帅哥的回忆。

“哟，开园子了？哪天首演啊？”这是姚笙的转发内容。

不过后面的评论转发似乎有点儿崩坏的趋势，因为年轻人，特别是年纪小的孩子未必知道这里面有什么门道，顶多也就看过电影或者看看小说。写小说的人未必专业，但看客总能信以为真，然后就非常勇敢地问道：“小哥哥是演京剧的？在哪儿演出呀！”

姚笙心想：妹妹您哪只眼睛见过现在有穿大褂唱京剧的？旁边还有一张说相声的桌子呢！

“这个是梅派的唱腔，真好听！”

姚笙翻了个白眼：“什么梅派啊！妹妹您知道梅派是什么风格吗？就出来瞎胡说。”

“我觉得唱功上还欠一点儿火候，就一票友水平吧，真不知道怎么吹捧得这么高。”

姚笙的手已经快要点上删除并拉黑了。票友？人家可是正经拜师学习过的！合着您才是京剧表演老艺术家？国家一级演员？

“悄悄说一句，唱旦角虽然好看但是都好娘啊。”

姚笙决定动用自己大V的特权，立刻赐予这位无知的小可爱一个“三天禁言一丈红”惊喜大礼包。

“哟，角儿，怎么这么大脾气呀？看见什么了？”他的经纪人李欣然问道。

“没有。”姚笙板着一张脸，压了压自己的帽檐，佯装严肃霸道总裁，“只是忽然感觉自己身上继承发扬传统文化的担子很重。”

李欣然笑道：“你呀操心得够多了，咱们连着在国外演了这么久你还有工夫想这些？老艺术家，给我放个假吧？”

姚笙说道：“我真的特别讨厌别人在我面前班门弄斧，我也特别讨厌不懂装懂指点江山。而且我还无能为力！小学生会背‘床前明月光’是因为全宇宙会中文的都学过这首诗。京剧可是国粹啊，别说小学生了，连成年人能说出来的剧目就是一枚钢镚那么点儿，正面《贵妃醉酒》反面《霸王别姬》，然后还有一群小圈子自我欣赏，一瓶子不满半瓶子瞎晃荡的人成天到晚说这个唱得不好那个是票友水平，我是真的服气。”

“那也没办法，人人都有表达欲，你也不能拦着不让别人说话啊。”李欣然无奈地说道。

“但是我能给他们禁言，呵呵，跟我装？”姚笙说道，“等我哪天有空了我就去申请到中小学校开展课外兴趣培养，我亲自去！”

李欣然看角儿那一身的杀气，说道：“你可就别荼毒祖国的未来了！”

“谁让他们激怒了我？”姚笙冷酷地说道，“小学生必须接受我爱的洗礼！”

李欣然欲哭无泪：“小学生招谁惹谁了！”

“不说这个了，对了，小五儿好像要开园子了，这事儿他都没跟我说过。”姚笙说道，“这段时间我不出去了，在家休息休息。网上的事吧，我估计他俩未必弄得清楚，你帮我盯着点儿。”

“哎哟，我的角儿啊！您可真是心怀天下兼济四方，霸道总裁转世啊！”

姚笙扬了扬下巴，挑眉问道：“怕了？”

由于谢霜辰是个碎嘴，叶菱说什么他都接，接住了之后还会展开讨论，户外演出观众跟演员的互动又特别好，你一言我一语，一个活的时间就容易变长。

他们说完一段之后，众人还想再听，叶菱说道："我们在这附近有个园子，回头大伙儿还想听我俩说，就找一找咏评社。"他把微信二维码打开朝向众人："这个是谢霜辰的微信，大伙儿有什么问题或者想要交流探讨的都可以找他。"

"能发个红包把人带走？"有个女孩儿高声问道。

"那您发个大点儿的啊。"叶菱说话没有特别多的情感修饰，可正是这种口气，反倒会让人感觉他是认真的，特别诚恳地想要做这一单生意，"然后您还得把税算上啊，我们也是依法纳税啊。"

"那给税前税后？"人家又问，听进耳朵里，"税"和"睡"同音，也是常用的玩笑话。

"人家问你呢。"叶菱回头问谢霜辰，一双乌黑的眼睛看着他。

谢霜辰愣了愣，对那女孩儿说道："您好意思拆散我跟我们家叶老师？"

那女孩儿杏眼圆瞪，其余人也发出一声"噫"来。

"我跟你们说，我们家叶老师可是改嫁跟的我，别看他嘴上说这说那的，我要是真跟谁走了，他不得坐地上哭呀？"谢霜辰有鼻子有眼地说道，"他就是一个嘴上说不要身体很想要，嘴上说'你滚吧离我远点儿'心里却呜呜呜哭着说'你走了我可怎么办啊'的人，他说的话你们还真信啊？"

叶菱说道："谢霜辰你就编吧，再编我踹死你。"

"那好吧，我不编了。"谢霜辰转身小声对着叶菱说道，"反正都是真的。"

"你！"叶菱觉得真是绝了。

见叶菱被噎了一口，本来没什么情绪的脸忽然皱起了眉头，严肃归严肃，脸颊上还有红晕，也不知道是被谢霜辰气的还是当着这么多人的面害羞。

他以为自己对谢霜辰无耻的玩笑已经麻木了，然而现在时间场合围观人群都不一样，旁边还有一群人瞎起哄，就差让谢霜辰亲一个叶菱自证清白了。

叶菱往后退了一步，谢霜辰要是敢当场表演不要脸，他就敢当场表演发疯。

最后谢霜辰以"这是我俩的私事"为由糊弄了过去，让大伙儿加完了微信再加演了一段。

人群顿时全涌了过来，激动的少女难免开足火力往前冲，这一冲就容易造成磕磕绊绊，也不知道谁怎么着谁了，晚上还有喝完酒正在劲头上的，一来二去竟然打了起来。

场面瞬间失控，乱成了一锅粥。

也不知道是谁喊了一声“警察来了”，在静默了一秒钟之后大伙儿哄散而逃。

“说说吧，怎么回事？”

民警小张一脸严肃地问谢霜辰，小张负责这一片辖区，值夜班时接到群众报警电话，说有人打架，严重影响了社会治安，结果没想到抓回来两个说相声的，还有几个喝多了的醉汉。

小张真无奈，很想问问他们，到底是麻辣小龙虾不好吃还是烤鱼太腥了？听个相声还能听到打架？

这相声是有多难听啊？

“我……”谢霜辰也不知道该怎么形容这件奇葩事，如果他能够听到民警同志的心声，恐怕也会疯狂认同，“我就是和我的搭档一块儿在街上表演节目给大伙儿看，打架的事真的跟我们没关系啊。”

“他……他让我们扫……微信……”醉汉已经开始说话没有逻辑了，“然后就打起来了。”

“扫微信？”小张问，“他们给你打钱了？这位同志，在公共场合乞讨卖艺等行为如果扰乱秩序，是要做出相应的治安处罚的。”

“没打钱！就是加个微信而已！”谢霜辰说道，“不信您可以查！我真的不认识他们，这事儿跟我们没关系啊警察叔叔！”

“警察叔叔我们也不是故意打架的。”另外一拨大哥也附和道。

小张有些蒙了，他今年才刚刚毕业分配过来！为什么是个人都管他叫警察叔叔？那个年轻的小帅哥叫就算了，你们这些老大哥什么意思啊！

“要叫同志。”小张语重心长地说道。他还不是派出所里的老油条，见到的社会新闻和奇葩还没有那么多，只能强行压抑自己的吐槽。他瞄了谢霜辰一眼，问道：“我怎么觉得你有点儿眼熟？”

“啊？眼熟？”谢霜辰怕自己被认出来，赶紧低下了头，“可能我就是长得普通、大众，谁都像吧。”

小张刚刚压下的话，顿时就又冒了出来：“哥？您有事？长得普通？您到底是在羞辱谁啊？！”

叶菱都快听不下去了，说道：“那您看，这事儿怎么办？”

“给家属打电话，叫家属过来领人。”小张公事公办地说道。

这可坏了，他俩一个家属在天津，且最后一次是以离家出走的姿态分开的。另外一个家里就是活生生一出八点档伦理大戏，谁管谁啊？

叶菱正发愁这事儿怎么办呢，只听旁边一直低着头拉拢着肩膀的谢霜辰发出了啜泣的声音。叶菱惊恐地扭头看过去，不知道这是怎么了。

“我没有家，我是个孤儿。”谢霜辰一抬头，眼泪哗啦啦地就流下来了，抓着小张说道，“我从小就被我的老父亲收养，上面还有几个哥哥。老父亲去世之后，哥哥们把家产全拿走了，一分钱没给我剩下。我学历不高，没有文化，被逼无奈之下只能在街头卖艺……”

他倒是没说假话，叶菱无语地看着谢霜辰，心想“你这缎面大褂出卖了你啊少爷”。

“您看我这衣服！”谢霜辰说到了这儿，“我只买得起这种色丁缎面料子，我连棉布大褂都穿不起啊！”

行，叶菱心里给他捧了一句，你就演吧。

“我今年才二十二岁，为什么命运要这样对我？”谢霜辰已经开始问苍天了，就差来一首《命运交响曲》烘托一下气氛了。

“那……”小张还是阅历太少，心里有些松动，问叶菱，“那你亲属呢？”

叶菱很想说：关你什么事？

可叶菱心里再这么想，脸上还是那副模样，一双乌黑的眼睛望着小张，倒是楚楚可怜，无辜的可以。

“他……哎！”谢霜辰抹了抹眼泪，“这可真是小孩儿没娘说来话长啊，他比我也好不到哪儿去，有家回不去，跟我真是同病相怜……”

“不是，您家里什么情况啊？”小张多嘴问了一句。

叶菱淡定地看着谢霜辰，那表情仿佛在说：你接着编。

谢霜辰深吸了一口气，仿佛即将面对什么痛苦的回忆，但是迫于现实不得不说：“他为了跟我在一起离家出走……哎，是我没能力，都养不活他，再交不上房租就要被赶出来了，最后还搞出这样的事来……我们可真是一对儿苦命的鸳鸯啊！实在不行，我只能去卖身了！”他哭诉着把叶菱的手臂揽进了自己的怀里仿佛交代后事一样。

甭说叶菱了，小张和几位打架的大哥都陷入了沉默。

小张心里疯狂闪回。这可怎么办？赶上两个生活艰辛的青年就算了，结果没想到还是同志青年！刚才是不是不应该让他们管自己叫‘警察同志’？这种事要怎么处理？处理不好会不会被微博火葬？

不要啊！自己的职业生涯才刚刚开始呢！怎么能折在这两人身上！

还是两个这样的可怜货！再逼他们，他们都得去卖身了！

卖身是违法的！

民警小张在这个夜晚做出了一个非常重大的决定，他要和违法犯罪做斗争！

北京初秋的深夜，微风阵阵，消减了湿热暑气，令人心旷神怡。

周遭已经陷入了沉睡，唯有路灯树影和偶尔驶过的车辆伴随着夜归人。

“呼——”谢霜辰伸了个懒腰，“真是累死我了。”

“我听着也够累的。”叶菱评价，“鸡飞狗跳，鬼哭狼号。”

“那您看咱俩这不是平安出来了？”谢霜辰说道，“这叫来自人民群众的智慧。”

叶菱冷哼一声：“你这是泼皮无赖。”

“好使就行。”

“你自己爱怎么着就怎么着，以后演戏别拉着我。”叶菱说道，“你说你编的那都是什么剧情啊？万一传成真的了，你自己不要脸就算了，我还要呢。”

“什么，什么剧情？”谢霜辰笑着问道，“您说说。”

“就是……就是你说我俩……”猛然提起，叶菱变得有点儿支支吾吾的。若非开玩笑的话，天天把这事儿挂嘴边难免觉得有些奇怪。

“您不也占我便宜？”谢霜辰说道，“您还让我接客去呢，我还不乐意呢。”

“那我不说了。”叶菱这人容易较真儿，谢霜辰自己说不乐意，他以后就能绝口不提。

那一副严肃认真拿玩笑话都能当真话理解的君子模样，让谢霜辰心里一动，他很想调戏一下叶菱。只见他把手背了过去，悠然说道：“我觉得不是这么回事。”

“那是什么事？”叶菱问道。

“咱们就是甲和乙，说什么都行，因为说什么都不是自己。甭管是观众爱听还是谁爱听，乐呵乐呵不就完了？”谢霜辰说道，“怎么，叶老师，您既然什么都容易当真，干吗来混这一行呢？这一行啊，最怕当真，没劲儿透了。”

“我……”

“也不是呀，您是别人的事从来不当真，只有我说点什么事儿您都当真。”谢霜辰装作吃惊，“天啊，我可真没看出来，您藏得这么深呢？我天天在您跟前晃荡，您是不是觉得特碍眼啊？”

“你困疯了？”叶菱说道，“虽然是半夜，但没必要说梦话吧？”

“您才说梦话呢。”谢霜辰嘴角一勾，凑到叶菱耳边说道，“否认就是事实，您其实没有特别讨厌我吧？您对我多少也有点印象改观吧？”

叶菱说道：“我为什么要对你一个文盲所有改观？”

“嘿，您这话说的。”谢霜辰觉得叶菱非常没意思，不过没关系，他有意思就够了，“那您干吗陪着我去这儿去那儿的？我哭的时候您还安慰我？跟我从家里跑出来也挺干脆的？我已经不是原来那个人见人爱的小五爷了，现在没人捧我，我就是个落魄的混子，一穷二白什么都没有。您当初跟我做搭档的时候心里是不是不愿意？怎么现在还不跑？叶老师，叶先生，叶哥哥，您还不承认您其实特别欣赏我么？”

谢霜辰说笑着，朝叶菱扬了扬下巴。

第十八章

叶菱不动声色的往后退了一步，跟谢霜辰拉开了距离。

“我觉得你逻辑感爆棚。”叶菱冷淡地说道，“你对我的行为做出判断的基础条件是建立在你擅自默认我不会给你脸色，在这个基础条件上，你非常轻松地探讨我是不是欣赏你。虽然我不歧视傻子，但你的行为未免过于低级。以此反推回去，你轻松愉悦的状态印证了你默认‘欣赏’是你的首选选项，就像一个人在路上被野猫蹭了一下就觉得野猫很喜欢自己一样，这不就是简单的莫名其妙的人类自恋心理吗？而拥有这种心理的人，哪里值得欣赏呢？你的逻辑漏洞大到可以装下十条棉裤了。我想，你是不是自己把天聊死了？”

“……啊？”谢霜辰听完叶菱的话愣在原地。

“虽然我知识文化学平和学历确实你比高一点。”叶菱很是认真地对谢霜辰说道，“但是我不歧视你。”

他的态度真挚，谢霜辰听后眼睛瞪得更大了。等他的大脑完全消化并且理解了叶菱所谓的“逻辑”之后，脸“唰”地一下就红了。

什么叫搬起石头砸自己的脚？

什么叫当场翻车车毁人亡？

谢霜辰是不是有些飘了？不知道好文盲不跟学霸斗？

“叶老师您听我说。”他连忙解释，“我只是跟您开个玩笑，这不是刚从派出所出来咱们心情都比较低落么，开个玩笑缓解……”

叶菱说道：“我并没有感觉心情低落。”

“那就是我吃饱了撑的没事干。”谢霜辰一阵尴尬，“我对月亮发誓我就是瞎说，我童言无忌行不行？”

“哟。”叶菱说道，“月亮代表你的心啊？文盲还会这词儿呢啊？”

“您！”谢霜辰真是走投无路破罐子破摔，一步上前抓住了叶菱，叶菱显然也没想到谢

霜辰会突然袭击他，都来不及反应。

这一切来得太快了。

“哎……”叶菱吓傻了，只会瞪大双眼盯着谢霜辰，愣在原地没有任何动作。谢霜辰垂着眼睛也看向叶菱，他比叶菱高，可以强迫叶菱抬头。他微微一笑，沉声说道：“叶老师，我可是个彻头彻尾的大浑蛋，现在这里没人，您要是把我逼急了，我也不是不能坐实您的逻辑推理。您可是读书人，您觉得呢？”

与谢霜辰相处了一年多，叶菱怎么会不知道谢霜辰的脾气？他有心情闹的时候怎样都以，但是他一旦犯起浑来，也能上刀山下火海。谢霜辰的字典里没那么多弯弯绕绕，他就是个混不吝，没有什么代价是他付不起的。很多在别人眼中的莽撞行为，他做起来也绝不后悔。

因为他聪明，他也什么都不在乎。

这样云山雾绕的一个人，真的看不出是有心，还是无心。

“那就不说了。”叶菱的头被谢霜辰手掌禁锢着动不了，只能眼睛微微一动，斜向一方不看谢霜辰。他只要做这个表情，谢霜辰就知道他是妥协了，甭管心里是怎么想的。

谢霜辰就喜欢看叶菱这副不情不愿又没什么办法的样子。

两个人还未从僵持中解脱出来，只听到清冷无声的路边忽然传出来一声尖叫。

“鬼啊——！”

他俩转头一看，一个大哥撒腿就跑，也不知道看见了什么。

这三更半夜的，两个穿着明显不是这个时代服饰的人，动作还如此诡异，不是鬼是什么？

谢霜辰哈哈大笑起来，顺便撒了手，摇摇晃晃往前走去。

“叶老师，回家睡觉了。”他头也不回地说道。

谢霜辰一回到家就倒床上睡觉了，第二天中午睁眼的时候才看见微博上的

风浪。

也是这会儿，他才知道昨晚叶菱拿他的手机都干了些什么。

“叶老师！”谢霜辰趿拉着拖鞋从房间里出来，“叶老师！”

他叫了半天没人应，就听见卫生间里哗啦啦的水声，觉得叶菱可能在洗澡没听见，他就躺沙发上开始看自己微博爆炸的私信。

新来的又是一波舔颜吹彩虹屁的。

以前的听众，如今老泪纵横地说道：“哥哥你终于出来营业了。”

谢霜辰看着热门转发上姚笙的名字，干脆打电话过去。

“干吗？”姚笙估计是被谢霜辰的电话吵醒的，声音听起来模模糊糊的，语气也非常不好。

“角儿，还不起来吊嗓子啊？”谢霜辰打趣问道。

“把你吊起来好不好？”姚笙翻了个身，“有屁快放！”

谢霜辰说道：“您大老远回来了也不给我打个电话，提前转发微博通知？不用每次都给我这种惊喜吧？”

姚笙笑道：“哟，我还想问问你呢。我这段时间不在国内，你又发什么浪？怎么重拾旧艺唱起戏来了？说相声混不下去了？”

“偶尔也要休闲放松一下嘛。”谢霜辰说道，“师弟我要开园子了，师哥照顾一下生意？”

“你既然都这么低三下四求我了，那就非常好说了。”

“我哪儿低三下四了？”谢霜辰坐了起来，“我的意思是说你帮我寻摸一下看有没有合适说相声的啊，唱大鼓的啊……再不济唱戏没地儿去的那种也行，我这儿缺人。”

“我上哪儿帮你寻摸去。”姚笙说道，“说相声的我就认识你们一家子，你求你大姐去。”

谢霜辰说道：“我大姐也忙啊，再者说她这不是离咱们这圈更远了？”

“那你就听天由命吧。”姚笙说道。

“为什么我的师哥做人都这么绝？”谢霜辰不禁问道。

“你少把我跟那几个油腻的中年人混为一谈。”姚笙说道，“我顶多就是帮你买买热搜。”

“也行吧。”谢霜辰叹了一口气，“聊胜于无。”

姚笙说道：“你还长脸了是不是？要不要我现在就去你们家打你？”

“不用。”谢霜辰说道，“欸，叶老师出来了，我挂了啊！”

“喂！”姚笙大叫，然而谢霜辰已经把电话给挂断了。

叶菱穿着居家的T恤短裤从卫生间里走出来，他用毛巾擦着头发，没注意客厅里的动静，以至于一抬头看见谢霜辰躺沙发上有点儿意外。

“你醒了啊？”叶菱说道。

“嗯，叫您半天了。”谢霜辰回答道，“您大中午的洗澡，待会儿要出去？”

“不是啊，我也是刚起，洗个澡精神一点儿。”叶菱不知道谢霜辰刚起床哪儿来的这么多废话，“叫我干吗？你是饿了？”

“不饿，我刚刚就是想问您一件事。”谢霜辰掏出手机递给叶菱，“这是您昨晚干的？”

“是。”叶菱说道，“但是我不知道姚老板会转发。”

“这不重要。”谢霜辰说道，“今晚咱不上北新桥说了，咱上三里屯说去。”

“你还上瘾了？”叶菱问道。

“总不能辜负了叶老师和姚老板一番苦心吧。”谢霜辰笑了笑。

三里屯的人流量跟簋街不可同日而语。

最重要的是，三里屯什么妖魔鬼怪都有，出现两个撂地说相声的，完全不会显得多么诡异。

谢霜辰给咏评社创建好了各种社交账号，都印了二维码贴好，拉着叶菱在三里屯撂地。这是什么地方？前一秒在网上火的东西，下一秒大伙儿就全都能认出来。

纵然是在晚上，眼尖的群众都能认出来，这是这两天微博上满世界传的那个大帅哥。

围观自然不必多说，还有一唱一和调戏这两人的。

谢霜辰是个人来疯，人多了他反而无所谓，别人起哄他还来劲儿呢。叶菱得分人，姑娘调戏谢霜辰他倒是会帮腔，可是姑娘调戏他，调戏的话一多，他就实在不知道该怎么办了。

“好了，好了，你们别逗叶老师了。”谢霜辰笑着摆手，“叶老师皮儿薄，这会儿脸都红了。回头上我们园子去，想听什么点什么。”

“想听十八摸！”有人叫道。

“姐姐，您这光天化日之下也忒嚣张了吧？”谢霜辰对人群中的那个女孩儿说道，“男朋友跟来了？是不是没男朋友？”

那人又喊：“没有！叶老师跟我走吧！”

“不行！”谢霜辰拉住了叶菱，“我的！”

“不是唱十八摸？”有人提醒谢霜辰，“会不会？”

“怎么不会啊？今晚我就舍命陪君子！一会儿我要是让城管带走了，大伙儿可要记得去捞我啊！”谢霜辰清了清嗓子，唱道，“一呀伸手摸呀摸至在，哥哥的头发边呐啊……”他唱着当真伸手去摸叶菱，叶菱赶紧往后退，说道：“你摸你自己啊！”

谢霜辰对着观众说道：“你们看见了吧，叶老师不让摸，我不唱了。”

他转头又看向叶菱，嬉皮笑脸的。叶菱也不好发作，也只能看着他。

隔天他俩这一幕就被观众发送到了网上。

得说现在的手机拍夜间人像就是厉害，各种柔焦近实远虚还带滤镜的，细心少女还给他俩P了一下图，谢霜辰眼中含笑，叶菱严肃归严肃，但别有一种纵容谢霜辰的感觉。

关键是这种相声的搭档就是形影不离的关系，喜欢个明星还可能三天打鱼两天晒网的，在这种传统行当里，搭档比什么都重要，恨不得一天二十四个小时黏在一起，官方就是这么硬气。

主要还是两人都年轻，长相气质各有出众之处。

不撕心裂肺的萌一波简直都对不起自己的互联网生涯！

谢霜辰这人好闹腾，他又住在三里屯，尝到好处之后就差天天晚上拉着叶菱出去晃荡了。网上的视频段子满天飞，都有人慕名跑三里屯来围观现场了。

然而谢霜辰还是很发愁，观众可以去街上拉，但是演员呢？

他看着手上寥寥无几的简历，突然觉得其实一切都没有那么乐观。

“要不然都叫过来看看吧。”叶菱说道。

“只能这样了。”谢霜辰说道，“哎，我为什么没长八张嘴？”

“别啊。”叶菱说道，“你一张嘴都够受的了，八张嘴还让不让人活了？”

谢霜辰随手摸了叶菱一把，“叶老师说话够矫情的啊？”他意味深长地挑了下眉，“怎么，您哪儿受不了了？”

叶菱淡然说道："我看你这两天在外面浪野了，嘴上没个把门的，是吧？"

"您说……"谢霜辰往叶菱身边坐近了一点儿，"那群小女孩为什么喜欢看咱俩？"

叶菱偏过头去："我不知道。"

"您这么聪明怎么会不知道？"谢霜辰笑了笑，"清华大学毕业的呢。"

叶菱说道："我只会读书。"

"大概就是为了发泄无处安放的青春吧。"谢霜辰胳膊一伸，手臂自然地搭在叶菱身后的靠背上，故弄玄虚地说道，"叶老师，不如就如了她们的意了吧？"

"你什么意思？"叶菱的身体动了动，后背离谢霜辰的手臂有了些距离，他歪了歪头，看向谢霜辰。

"没劲儿。"谢霜辰一甩手，"叶老师，咱就玩玩，装装样子挣点儿钱不好？您说平时您不也得让我摸来揉去的？别这么矜持了，好不好？"他们甚至不需要像偶像明星那么刻意去营业，一切如常，只要叶菱别总是一言不合就翻脸就成。

叶菱还是看着谢霜辰，似乎是在思考。

谢霜辰说道："我是甲，您是乙，咱们都是剧本舞台上的人，您应该比我想得明白。"

"好。"叶菱爽快答应，"有时候舆论不是我们能把控的，只要你想清楚了，能玩得起。"

谢霜辰说道："这话应该我问您才对，我有什么玩不起的？"

叶菱五指并拢竖了起来："一言既出。"

"驷马难追！"谢霜辰手掌与他轻轻一碰，而后反应过来，"咱俩是桃园结义还是怎么着？至于这么正式？"

叶菱笑道："就是开个玩笑。"

第十九章

咏评社面试这天是周末，谢霜辰特别紧张，早上六点就起来晃荡了。

要知道面试可是在下午。

叶菱是被他给闹起来的，眼睛都没睁开，嘴里只能模模糊糊地说道："别闹了，我不想听……听你背贯口……"

"您说他们要是问我怎么办啊？"谢霜辰说道，"考我这个那个的。"

叶菱揉了揉眼睛："你不是班主么……考你干吗？"

"万一他们不服我，可怎么办？"谢霜辰嘟囔着说道，"其实好多人都觉得我什么都不会，就尽沾我师父的光了。"

"唔……"叶菱翻了个身，背对着谢霜辰，只想继续睡觉。

"叶老师！"谢霜辰的大长腿往床上一迈，上半身都压在叶菱身上了，凑在他耳边有点儿恼火又有点儿撒娇地说道，"哥——"

叶菱让他顿时就恶心醒了，推开他："不是，现在没观众，你不用带着戏吧？"

"人家这不是跟您亲嘛！"为了表示更深一步的亲切，谢霜辰的口音瞬间就切换成了天津话，"您别睡觉了，起来吧，我焦虑。"

"……"叶菱长叹一口气，"行吧。"

谢霜辰万分认真地在家里复习了好半天自己总结的相声史论，跟叶菱吃过中饭后就朝着小园子去了。叶菱没睡好，一直阴着一张脸，对谢霜辰的话也有点儿爱搭不理的。

他们这个小园子已经装修好了，就是空着流通一下空气。后台除了他俩没别人，真是两个光杆司令。

前来报名面试的还是有几个人的，都比较年轻，就两个看上去有点儿年纪。谢霜辰中午来时就烧好了热水，备好了瓜子茶叶。他把人都约到了同一段时间里，人一来，谢霜辰就招呼大伙儿入座，然后按照报名的时间先后，逐一上台表演。

这个面试也真是挺神的，弄得跟选秀似的。

“我觉得啊。”谢霜辰开始解释，“咱们不是公司那种职员，天天坐工位上干活就行了。咱们这一行靠的是本事，有没有，一上台就知道了，大伙儿也都看看，今天都别白来，也当作互相学习进步吧。”

人家都是来找工作的，能跟班主瞎说这些有的没的？

演员们挨个儿上台表演，谢霜辰和叶菱就坐在台下看，在身后架了一台机器在那儿录着像。

“你觉得这个怎么样？”谢霜辰小声问道。

“平。”叶菱说道，“节奏不好。”

“那这个呢？”

“好像比我还业余。”

“叶老师，您可是我师父正经教过的学生，别这么妄自菲薄好不好？”谢霜辰不乐意了。

叶菱说道：“但我始终是个无名无分的。”

“那要不然我收您为徒？”谢霜辰提议，“我们谢家可是名门……”

“你是瞎了心了吧？”叶菱说道，“怎么什么便宜都占？”

“哎呀，我这不是合理建议一下嘛？”谢霜辰说道，“您想要名分，我就给您一个名分。”

“嘘——别说话。”叶菱打断了他，“这个还不错。”

谢霜辰看向台上，是两个年轻人。他很快在自己手中的一沓纸里找到了这两个人的资料。

捧哏的那个叫蔡旬商，二十五岁，年纪不大，长得很甜，笑起来两个笑眼儿，还有一对浅浅的酒窝，仿佛天生就有讨人开心的本领。逗哏的那个叫陆旬瀚，二十六岁，虽然只比蔡旬商大一岁，但是那种苦大仇深的感觉可不是差了一星半点儿。实际上两个人长得挺帅的，但是只有在进入剧情的时候才笑一笑，笑起来也很好看，但是其他时候就满脸写着“笑不出来”四个字，特别丧。

丧帅丧帅的。

两人说了一段《论捧逗》，这种子母哏表演得好的话，能够体现出双方的特色。但同样的，这个传统活经典得不能再经典了，能演出新意来其实也不容易。

结束之后，谢霜辰觉得这两个人还不错，便问道：“你俩是师兄弟？”

“是。”蔡旬商点头，“我是师哥，我俩师从杜平川先生。”

年纪小辈分高，这在传统行当里很常见。谢霜辰回忆了一下，说道：“杜平川跟我同辈，你俩得叫我一声叔。”

叶菱在心里嘀咕，可他也认同这个说法。谢霜辰师从谢方弼，谢方弼本就辈分很高，谢霜辰虽然年纪小，也确实是个大长辈。蔡陆两人的师父杜平川今年得六十多岁了，算起来只能跟谢霜辰同辈，蔡陆两人确实是谢霜辰的小辈。

他俩比谢霜辰年龄大，谢霜辰让人家管他叫叔，合情合理又特别怪异。

依照谢霜辰的性格，叶菱大概能猜测他就是摆明了要占人家便宜。

没想到蔡陆两人倒是恭敬，抱拳鞠躬，一声“师叔”敬上。

“您看看人家多客气。”谢霜辰说道，“这就是传承。我收您做徒弟不好？辈分上也挺合乎情理啊。”

“醒醒吧。”若不是场合不对，叶菱早就一脚去踹谢霜辰了，“别做梦了。”

蔡旬商和陆旬瀚下台，没想到蔡旬商一脚踏空就扑了出去。还好陆旬瀚在他身边拽了一把，才不至于出洋相。

“没事吧！”谢霜辰看见了，站起身来关心地询问道。

“没事，没事！”蔡旬商摆手笑笑，“就是走路没站稳，还好有老瀚在。哎呀，我这人就是运气不好，出门踩狗屎抬头撞房梁那种，得亏身边有个锦鲤。”

“啊？”谢霜辰有些纳闷儿，看蔡旬商面相完全看不出来这人是个倒霉蛋。谢霜辰又看看陆旬瀚那张丧脸，不太确定地问道，“您是说您师弟……运气特好？”

“特别好。”蔡旬商竖起来大拇指，“吃个火锅都能中奖。您猜怎么着，人家说那活动一个多星期了，最后一天最后一桌客人，一伸手把大奖摸去了，说的就是老瀚。”

“老瀚？”谢霜辰想起陆旬瀚的名字，“陆旬瀚……得，六旬老汉。”

谢霜辰是开玩笑的，可没想到陆旬瀚特别紧张特别焦虑地说道：“我这名儿是不是不好？我就说了师父给名字的时候肯定没看皇历，我不会一会儿出门就被车撞死吧！”

谢霜辰和叶菱远远地看着陆旬瀚跟蔡旬商殚精竭虑地瞎扯皮，两人都是一脸懵懂的样子。

这个幸运儿为什么看上去这么乐观开朗，这个号称锦鲤的……未免也太容易焦虑了吧！

最后一对上台的，是全场年纪最大的。

两个人不像是常年混迹于小园子里的演员，态度很是谦和，风度翩翩。上台鞠躬之后说了一段《口吐莲花》，谢霜辰和叶菱就在台下听着。

捧哏的名叫杨启瑞，四十岁，公务员。

逗哏的名叫陈序，三十五岁，工程师。

两人台上表演得风生水起，谢霜辰却摇了摇头，说道：“不好。”

叶菱叹了一口气，小声说道：“两位大哥看起来工作都挺好的，人到中年也是事业的上升期，干吗要跑出来说相声。”

谢霜辰反问道：“这不是你自己最清楚？你好好的一个清华大学毕业的高才生，干吗来说相声？”

“我就自己一个人，没有组织自己的家庭，想做什么就做什么。”叶菱指了指谢霜辰手上的履历，“人家都结婚了。”

谢霜辰说道：“您这不是还有我？”

“别贫了。”叶菱说道。

“果然啊，《羊上树》《树没叶》《口吐莲花》是我认为最无聊的三个活。”谢霜辰说道，“真的怎么说都无聊。”

叶菱冷漠地说道：“纯粹是你自己不会说吧？”

“您这话说的，还能有我不会的？别说这些了，京评梆越我哪个不是拎起来就使？”谢霜辰说道，“《口吐莲花》那是得打搭档的，拿个扇子‘哐哐’敲您头，哎哟喂，我不心疼呀？”

“那你嘴上能少占两句便宜？”叶菱问道。

谢霜辰闭嘴。

台上演完了，谢霜辰问了几句有的没的，面试到此为止，外面的天也黑了。

来面试的人陆续离开，谢霜辰给自己沏了一壶茶，跷着二郎腿坐着，双手握着个茶杯按在膝盖上，面前是那几个人的履历。

他只把蔡旬商和陆旬瀚的履历放在左边，其他的都放在了右边。

叶菱也给自己倒了杯热茶，拉了把椅子坐下："只要这两个人？"

谢霜辰点了点头："这两人是学过的，底子不错，就是还没有舞台风格，不知道杜平川有没有教他们这些。"

"教了还用得着从南京跑到北京来北漂？"叶菱说道，"天桥三不管夫子庙，这自古以来就是艺人汇集的地方，北京好混还是怎么着？"

"肯定都不好混啊，杜平川这个人我不太熟，不过估摸着也是一个老顽固。"谢霜辰说道，"时代不一样了啊。"

叶菱说道："人家六十多岁了，你能不能别总是直呼人家的名字？"

谢霜辰说道："我跟他是平辈为什么不能？要真算起来，我还排在他前头呢！"

叶菱说道："那你可真是厉害。"

"辈分真的没法儿说。"谢霜辰说道，"要不您说为什么我师哥们千方百计阻拦师父收您？咱们都看得出来，师父是很喜欢您的。可是他真收了您，您就平地越级多少人？谁心里服气？他们会害您的。"

叶菱惊道："我……我以为你不知道这些，也不考虑这些……"

谢霜辰无奈笑道："您可真是要了亲命了。我能不知道？我不装作什么都不知道似的跟师父撒泼打滚儿，师父估计连这事儿提都不提了。他就是因为不能收您才当作补偿一样地教您，不然您可真什么都捞不着。"

"……"叶菱说不出话来，他没想到谢霜辰竟有如此细腻的心思，连自己的师父都往里算计。

"不过遗憾终究是遗憾。"谢霜辰叹道，"没法儿了。"

叶菱喝了一口水，说道："真的就要这两个人？我觉得那两位老大哥也……还行吧。"

"他俩只能周末来啊。"谢霜辰说道，"我一想到人到中年上有老下有小的，就总觉得不太稳。而且两位大哥吧……真的很大哥。您看这个陈序，我才看见，好嘛，还是您师哥呢！你们清华大学毕业的怎么回事？还搞不搞现代化建设了？怎么都跑来干这个？"

"人文关怀吧。"叶菱说道，"在做好现代化建设的同时也要兼顾历史文化的传承，弘扬传统文化行不行？”

“行。”谢霜辰说道，“你们都是学霸，我不跟你们争。”

叶菱想了想，说道：“我觉得……还是留下他俩吧。”

“不是同门情谊？”谢霜辰问道。

“哪儿来的同门情谊。”叶菱说道，“我都不认识人家好不好，差了多少届？”

谢霜辰说道：“那您求我。”

“……”叶菱坐着，一动不动。

谢霜辰伸手戳了戳叶菱：“快点儿，等着呢。”

叶菱把杯子放在了桌子上，默默地看着谢霜辰。他这副表情谢霜辰是很熟悉的，不乐意了呗。谢霜辰只想嘴上占便宜，刚想改口说点儿什么，只见叶菱将两根手指并拢，曲起来在桌面上一按，仿佛下跪。

“我求你，好吗？”叶菱偏过头去低声说道：“你是班主，你说了算。”

那说话的语气，让谢霜辰顿时感觉不妙。

“有您这样的么？”谢霜辰说道，“您当是过家家呢啊？太寒碜我了吧？好尴尬呀！”

叶菱立刻冷脸说道：“这不是你自己要求的？”

“对不起，我只是嘴上说说。”谢霜辰说道，“您能‘起来’了？我现在就给两位老大哥打电话，说他们亲爱的师弟不惜牺牲尊严也要力保他们进咏评社……”

叶菱问道：“你就非得过这个嘴瘾？”

“习惯了。”谢霜辰说道，“叶老师，别玩了，成吗？”

叶菱忽然笑了，手指轻轻一推谢霜辰，谢霜辰反推了回去。叶菱没坐稳似的要掉下去，失控情况下一把抓住了谢霜辰的肩膀，衣服差点儿被拽脱了，谢霜辰怕叶菱真的倒了，伸手去挽叶菱的腰。

“那个……”

一道声音传了进来，谢霜辰和叶菱保持着动作一起扭头看过去。

一个女孩儿站在门口愣住了，三个人同时静默。

最终还是那个女孩儿打破了尴尬，问道：“你们这儿是招服务员？”

叶菱缓了过来，赶紧从谢霜辰怀中逃出来站好，装作无事发生一样地说道：

“嗯对，我们……”

“没关系！”女孩儿打断了叶菱的话，脱口而出，“我不歧视你们！”

第二十章

咏评社将于本周六晚十九点三十分在北新桥某园子首演。

其实就是一个临街的铺子。

几天前宣传单就已经发出去了，谢霜辰的粉丝表现得很激动。终于可以买票看角儿了，而且角儿还演三个节目，大伙儿奔走相告，好不热闹。

其实谢霜辰也不想演三个节目，他还嫌累呢，可后台没人啊，他也没办法。

王铮本来说要来，但是临时加班。谢霜辰拜托刘长义过来演开场的快板书，这样蔡陆两人一个节目，杨陈两人一个节目，他与叶菱中间穿插三个节目，凑六个节目，首场也算是诚意满满了。

“票卖得好？”叶菱一边舔酸奶盖一边问谢霜辰。

谢霜辰撑着下巴坐在电脑前，晃荡着腿，说道：“马马虎虎吧。”

“那还行啊，我还以为一张都卖不出去呢。你的粉丝全国各地哪儿都有，又不是明星开演唱会能不远万里跑来看，这情况已经很好了。”叶菱说道，“怎么看你还一脸不太爽的样子？”

“因为我心里没底。”谢霜辰坦白说道。

叶菱从谢霜辰桌子上把写着节目单的那张纸抽出来，这是谢霜辰精心安排好的。第一个就是刘长义的快板书《玲珑塔》《酒迷》；第二个是他与谢霜辰的《汾河湾》；第三个是陈序与杨启瑞的《批三国》；第四个是他和谢霜辰的《买卖论》；第五个是陆旬瀚和蔡旬商的《戏迷》；第六个，也就是最后一个攒底的是他和谢霜辰的《戏剧与方言》。

倒是什么都有。

“明天去排一下？”叶菱问道。

“嗯，明天是周五，人家白天上班的没空，得晚上。”谢霜辰说道，“还是得招人，哎，要不然咱上戏校里看看去？”

叶菱说道：“别想了，先把眼前的对付过去吧。”

谢霜辰和叶菱两个人是在园子里吃的饭，东西还没收拾完呢，人就陆陆续续到了。

“哎哟，刘老师！”谢霜辰见刘长义进来，赶紧上前迎接，“我不是跟您说甭来了吗，这大晚上的。我们就是走个过场排练一下，我还不相信您的艺术造诣？”

“你小子可别贫了。”刘长义温和地笑道，“我也是好久没见着你了，过来看看。”他又望向叶菱，叶菱乖乖地说道：“刘老师好。”

“你好，你好。” 叶菱跟刘长义握手。

刘长义人很好，处事方式有着一种非常强烈的亲和力，叫叶菱想起了自己的好些老教授。

“你们这段时间怎么样？”刘长义问道。

“还那样呗。”辈分上而言，谢霜辰和刘长义是同辈，但是刘长义比谢霜辰大好多，又是看着谢霜辰长大的，谢霜辰对于刘长义的感情更像是一个家人长辈，说话难免带点儿孩子气，“您看我都落魄到撂地去了，这园子能开张真是我师父在天之灵保佑我。”谢霜辰说着还朝天凌空抱拳，以示尊敬。

“可我看你挺风生水起的呀。”刘长义说道，“在网上很红火。”

谢霜辰一挥手：“都是浮云，卖票才能见真章。”

两个人闲话家常又瞎聊了几句，聊到谢霜辰那几个师哥的时候，刘长义用眼睛瞥了一眼叶菱，谢霜辰意会，对叶菱说道“叶老师，您能帮我们去沏壶茶？”

叶菱点点头，起身离开了。

见叶菱走远，刘长义这才压低声音对谢霜辰说道：“你在外面折腾的事，你二师哥没少看在眼里。”

谢霜辰说道：“您知道什么就直说吧。”

刘长义看叶菱没有回来，就说道：“你二师哥你是了解的，对你他还能说出什么好话来？不外乎不务正业、不守规矩，给谢先生丢人，给祖师爷丢人。”

谢霜辰一脸“我就知道”的表情：“我真觉得二师哥也是吃了文化的亏，说来说去就是这么几个词，隔空喊话谁不会，有本事来我这园子里闹啊，谁丢人谁自己心里清楚。”

“哎，你何必跟他对着干呢？”刘长义叹道。

“刘老师，您这话说的，哪儿是我跟他对着干呀？”谢霜辰笑着说道，“分明是他不放过我，就靠着一张嘴尽瞎说我一些闲话，您看他怎么不跟我打架？那他也得打得过我啊！”

刘长义说道：“他确实是有不对的地方，可你要是规矩点儿，不让他挑出错来，他能跳这么高？”

谢霜辰说道：“是他欺负我在先，我没上他们家门口泼油漆，已经够仁至义尽了，我还有错？刘老师，您可真是不疼我了。”他前半句话已经有点儿不悦，只不过他想到刘长义这个人的性格，后面半句话就转变成了半开玩笑的性质。

大多数人都是在和稀泥办事，评判他人的遭遇时总爱各打五十大板以示公正。可谢霜辰不是这样，他师哥为难他，他就偏偏要跟师哥对着干。刘长义的话他听着不舒服，但他不怪罪刘长义，毕竟人家是用实际行动来支持他，在圈内同仁都碍于杨霜林而不搭理他的情况下，只有刘长义只身前来给自己撑场子。

他俩是有代沟的，谢霜辰尊敬刘长义，可惜两个人道不同。

谢霜辰明白刘长义是给他透个信儿提醒他一下，点到即止之后话题一转，开开玩笑，叶菱就回来了。

毕竟叶菱不能泡壶十几分钟的茶，等人到齐了，大伙儿互相认识了一下，彼此调整状态。谢霜辰以为只有自己很紧张，没想到其他的人比他更紧张。

“不是吧。”谢霜辰说道，“哥儿几个不是第一次上台吧？”

蔡旬商不好意思地说道：“有阵子没演了，生得很。”

陆旬瀚愁眉苦脸地说道：“我都快焦虑地睡不着觉了。”

谢霜辰扶额：“没事，甭焦虑。”

“是啊年轻人，多大点事。”杨启瑞已经端上了茶杯，茶水冒着热气，“想开点儿，就跟平时上班没什么区别。”

蔡旬商笑道：“您上班可真悠闲，当公务员多好呀，铁饭碗。”

“浪费青春养家糊口。”杨启瑞唏嘘道，“四十岁一事无成啊。”

蔡旬商说道：“别介呀，才四十岁。男人四十一枝花，您这岁数还能当优秀进步青年呢。”

一旁的陈序笑道：“你呀，倒是乐观。”他跟叶菱是同校同学，算起来也能是沾亲带故，在学问上，叶菱得叫他一声师哥。两个人在一起难免聊一些在学校读书时的事情，说一说哪个老师是技术大牛，吐槽一下哪个食堂的饭不好吃，再追忆一下这些年的变化。陈序毕业之后就参加了工作，三十五岁左右已是团队里的中流砥柱，事业更上一层楼的时候，叶菱有点儿好奇他怎么就跑来搞业余爱好了。

“可能还是我不够乐观。”陈序说道，“工作总有不顺心的时候，家庭固然是避风港，但也没办法把它当作全部的救命稻草。出来摆弄摆弄爱好，也能排解一下郁闷的心情，还好杨哥有时间跟着我一起瞎胡闹。”

杨启瑞听了这话只是微笑。

“那咱们就好好说。”谢霜辰站起来，大伙儿看他这架势，以为他要说什么豪言壮语，开个动员大会什么的，没想到他接着说道，“先把票钱挣到手！”

叶菱心里除了“行吧”两个字，真的没什么可说的了。

“哎哟！”蔡旬商吐了一口瓜子出来，整张脸都拧巴到一起了，“我今天怎么净吃到这坏的了。”

谢霜辰说道：“手壮呗。”

周六晚上七点半，咏评社相声大会准时开场。

谢霜辰从后台瞄了一眼，席位是满的，还卖了点加坐。这不是他原本想象的样子，如此火爆的场面得益于他的好师哥，好发小，好战友——姚笙同志突然决定莅临现场检查指导工作。

他转发了咏评社的宣传，毫无征兆地说自己要去登台献艺给师弟站台。

然后一瞬间，票就没了，甚至一度还出现了黄牛票。

谢霜辰看着乌泱泱的观众，心里很唏嘘。

姚笙今晚没装扮，不过为了表示尊重，他穿着西装，跷着二郎腿，双手十指交叉在一起，轻轻按在膝盖上。

他们这些老艺术家似乎都很喜欢这么坐着。

手里再握个保温杯就齐活了。

台上竹板打得啪啪作响，姚笙听了一会儿，问谢霜辰：“你怎么这么愁得慌？怎么了？”

“我以为我是有粉丝的。”谢霜辰转头看向他，“结果没想到还是得姚老板出马拉动内需，您快赶上偶像明星了吧？真是绝了，竟然还会有黄牛票！席位上坐的八成都是小女孩，您可真是角儿。”

“师哥还不是心疼你？”姚笙苦大仇深地说道，“不得给你讨个开门红？”

谢霜辰说道：“我怎么听着这么别扭？欸，浪味仙，你那点儿粉丝听得懂你唱戏？”

“坦白说。”姚笙说道，“应该听不太懂。”

谢霜辰点头：“行吧。你一会儿想唱什么？你还没跟我说呢。”

“《霸王别姬》？”姚笙说道，“感觉会很炸。”

姚笙立刻跑去叶菱身边了，叶菱穿着黑色的大褂，双手抄袖子里窝在沙发上听音乐放松呢，只觉得身边一沉，睁眼一看，把耳机摘了，问道：“姚老板，怎么了？”

“叶老师！”姚笙咋咋呼呼地说道，“谢霜辰那个王八羔子真的问题非常大！刚才点了一出《霸王别姬》要跟我一起唱！您说他是何居心？！”

叶菱淡定地说道：“不就是那什么了点儿？”

“我真的是被恶心到了！”姚笙说道。

谢霜辰大声喊道：“谁恶心谁啊！浪味仙你不要含血喷人！”

“我求求你们闭嘴吧。”叶菱说道，“我听着都头疼。”

史湘澄站在观众后排，现在没人要什么瓜子茶水，她还挺清闲的，就安安静静地看台上的演出。

虽然面试那天的开端有点儿戏剧化，不过等大伙儿整理好情绪后，还是进入了一个比较正式的状态。

“您做个自我介绍吧。”谢霜辰一本正经地问。

“我叫史湘澄……”

“什么？”谢霜辰吃惊地问道，“‘屎香肠’？您……您没开玩笑吧？您父母这口味可真是够重的啊！您……”

“人家叫史湘澄！”叶菱拍了谢霜辰一下，“别贫嘴！人家是个女孩儿！”

“没事，没事。”史湘澄非常淡定地说道，“这个外号已经伴随我多年，我习惯了。”

“您这是北京航空航天大学毕业的啊？学造飞机的啊？您这挺厉害的啊，干吗来当服务员？”谢霜辰看着史湘澄的简历就更吃惊了。怎么回事？怎么一个两个都是高才生，都来走基层？

那社会主义现代化建设可怎么办？

“那个是假的，瞎写的。”史湘澄解释，“我就初中毕业，来北京混。”

“哦哦。”

接下来的半个多小时里，史湘澄向谢霜辰充分展示了一个东北姑娘的幽默与热情，并且她还描述了一番自己的梦想。虽然文化水平低，但是史湘澄的谈吐倒是非常有条理，人也机灵，竟然能把谢霜辰说得有来有回。

叶菱仔细打量了一番史湘澄，觉得不简单。

兴许是聊得很投缘，谢霜辰爽快地收下了史湘澄，并且让她当后勤大队的大队长，主要负责除了演出、财务以外的所有琐事。

于是，史湘澄成了咏评社里第二个管理人员，负责管理另外一个兼职服务生大妈。

说白了就是一个保洁小妹。

台上是谢霜辰和叶菱演《汾河湾》，这本是一出京剧曲目，讲的是薛仁贵与柳银环的故事，相声演员则是通过模仿来制造笑料，是相声舞台上惯用的腿子活。

前面闲谈垫话完了，进入到了正活。

“《汾河湾》是几个人物啊？”谢霜辰问道。

“两个。”叶菱回答道，“一个薛仁贵，一个柳银环，两个人。”

谢霜辰问道：“您演谁，我演谁？”

叶菱回答道：“我来演薛仁贵吧，你演柳银环。”

谢霜辰背着手问道：“这两个人是什么关系？”

叶菱自然而然地说道：“夫妻关系呀！两口子，爱人，Couple（情侣）。”

“噢，我知道了，你演薛仁贵，我演柳银环。”谢霜辰说道，“柳银环是薛仁贵的……”

“媳妇儿。”叶菱还比画了一下，“你是我媳妇儿。”

“哎哟喂！”谢霜辰把桌子上的手帕抖落开遮住半张脸，“这可是您亲口说的啊。”

叶菱记得排节目的时候不是这样的，但到了台上他也只能顺着说道："啊，是我说的啊。"

谢霜辰的半边身子坐在了桌子上，扭着腰，笑着拍了拍桌子。 叶菱有些纳闷儿："干吗？"

"您靠近点。"谢霜辰催促。

"我……靠近干吗？"叶菱能猜出来谢霜辰没安好心，但又不是很想配合。

"表演节目啊。"谢霜辰整个人都快趴在桌子上了，伸手就去抓叶菱。叶菱都蒙了，听谢霜辰说道："咱们这不是演夫妻戏么？薛仁贵和柳银环啊！"

台下的"噫"声已经此起彼伏。

"你就别浪了！"叶菱一把将谢霜辰推下了桌子，"干吗呢！不是唱戏？怎么还带……"

谢霜辰强调说道："不是演夫妻的戏嘛！"

"那也不能动手动脚啊！"叶菱拍了拍桌子，"你还在桌子上坐着？你怎么不顺便再蒸个桑拿？"

"难道您喜欢在地上啊？"谢霜辰特别有理，"早说啊。"

"你也不看看你这样，谁要你啊？"叶菱说道。

"我怎么了？"谢霜辰指着叶菱说道："您这个始乱终弃的浑蛋！"

"行吧。"叶菱打算双手离开桌面，看谢霜辰还能翻出什么花样来，"那你先表个态吧，我是老爷你是夫人，老爷要看夫人当场表演。"

叶菱想：你跟我玩即兴发挥，那我就跟你玩到底。

观众跟着起哄，弄得谢霜辰还非常尴尬。但是话都说到这儿了，谁也没辙，谢霜辰只能一步三叹，表情哀痛，慢慢悠悠地暗自垂泪。

那副可怜兮兮的样子好像是叶菱要逼良为娼似的。

叶菱有点儿受不住了，拦了一下："你就别摆身段儿了！不想演就别吊观众的胃口了！"

"哦，那我不演了。"谢霜辰一秒恢复正常，笑着对观众说道，"真是美的你们。"

"你就甭废话了，怎么着，还嘚瑟上了？"叶菱说道，"欸，怎么着你不听话是不是？老爷想让夫人……"

观众见叶菱不想让这茬儿过去了，那热情的浪潮又翻腾了起来。

谢霜辰要是死，也是死于话多。

“啊——”谢霜辰顺着桌子就坐了下去，把桌布往上一撸，抱着桌子腿大哭道，“小尼姑我年方二八！正青春美貌被叶菱羞辱占霸！我本是良家女孩儿！又不是……”

“滚滚滚！”叶菱干脆把谢霜辰踹一边去了，谢霜辰“哎呀，哎呀”自己翻了几个跟头滚台下去了。

“给我滚回来！”叶菱叫了一声，谢霜辰又“哎呀，哎呀”滚了回来。叶菱都被谢霜辰气笑了，朝向众，“别人的柳银环哪儿找来的不知道，我这个柳银环之前可能是在胡同里开过洗头房，广场上耍过人肉风火轮的。”他又朝着谢霜辰一挥手，“滚回来了是吧？那你就别说废话了啊，咱这就开始了。”

两个人把桌子往后面挪了挪空出舞台来，谢霜辰因为演旦角，所以需要装扮一下，叶菱就在前面介绍了一下剧情，填补空白时间。

相声演员的装扮就是扮丑，谢霜辰拿着一块白色的方巾折成三角裹了块头巾，扭捏的走上前来，问叶菱：“您媳妇儿漂亮吗？”

“差不多得了。”叶菱淡定地说道，“你这都快赶上《地道游击战》偷地雷的了。”

谢霜辰还弓着腰鬼鬼祟祟地学了个鬼子进村。

逗得观众哈哈大笑。

史湘澄在后面也想嗑会儿瓜子，这两个人在台上简直就是无法无天了，尤其是谢霜辰更是捉摸不透，像是雾里看花水中望月。这人啊，一旦把事做到极致了，往往让人傻傻分不清楚 是真是假，是黑是白。

她心中默默感慨，觉得在咏评社当保洁小妹是个很有前途的工作。

最后一台节目还是谢霜辰和叶菱的，结束之后观众情绪还很高涨，两个人返了一次场，闲扯讲了一个小段儿，这时候本该是再表演一些小节目，但后面还有一个姚笙，谢霜辰就借由戏曲将姚笙引了出来。

好些观众等了一宿终于等到角儿了。

“谢谢，谢谢。”姚笙穿着西装风度翩翩地上台，抱拳向大伙儿致谢。叶菱自觉站到了一边，谢霜辰还是站在自己的位置上，让姚笙站在中间。

“这是我师哥。”谢霜辰一上来就跟人套关系，“我俩原来住一块儿，打小一起学戏……”他后面的还没说完呢，台下就已经嗷嗷叫唤了，让台上的角儿唱一个。

“我今天就是来给师弟捧个场。”姚笙笑道，“来之前他还问我，师哥咱唱什么啊？我说你自己选吧……您说这人心得脏成什么样啊，他点了一出《霸王别姬》，我说你唱谁，我唱谁呀？他说……”姚笙学着谢霜辰的语调吊儿郎当地说道，“‘他说，那我就唱姬吧’。”

场下爆笑，连叶菱都忍不住扶额。

“别别别！师哥！净化舞台！”谢霜辰赶紧拦住姚笙，“我可不敢跟您抢姬！”

姚笙这个人三俗起来也非常四平八稳，脸不红心不跳地说道：“那你唱霸王，我唱虞姬？”

“行，好久没唱了，今天就献丑了！”谢霜辰碎碎念，“反正我也好久没见过这么高个儿的虞姬了。”

姚笙说道：“怎么着，要不然咱直接唱‘乌江自刎’？”

“我就不能多活两秒？！”谢霜辰说道，“那也是你先死啊！”

姚笙都没搭理谢霜辰，也不给谢霜辰任何准备的时间，一清嗓子，念道：“大王——”声音立刻从一个儒雅风流的男人变成了一个千娇百媚的女子。

眼波流转，颠倒众生。

可问题是这出戏里，虞姬叫“大王”没个几百次也有个几十次了，谢霜辰哪儿知道姚笙这是要唱哪一出，心里一想，愉快地决定要不然就接虞姬帐中自杀那段吧！

小五爷喜滋滋地说道：“妃子——”

叶菱就站在旁边安静地看着这两个人在台上互相作死。不过以一个懂戏曲的人的角度来看，这两个人的配合以及唱腔都是上乘，听着很是享受。唯一的遗憾可能是谢霜辰年轻，声音条件也不够粗犷，当个小霸王还行，唱不了力拔山河的项羽。

可是观众哪儿在乎这个，热闹开心，视觉和听觉都有极大的享受就可以了。

叶菱看着也觉得很好，甚至觉得谢霜辰唱戏的时候是有点儿帅的。

与往常都不同。

首演在热烈的掌声中结束，所有演员上台谢幕，谢霜辰和叶菱站在中间，姚笙站在谢霜辰一侧，姚笙这边是蔡旬商和陆旬瀚，另外那头是陈序、杨启瑞和刘长义。

谢霜辰说了几句总结以及感谢的场面话，观众奉以掌声，谢霜辰一直忐忑的心终于平静了下来。

今晚算是圆满了。

可没想到下台的时候，蔡旬商一脚踩到了自己大褂的下摆，一个没站稳就扑到了前面的人身上。

前面那个人没防备，竟然被蔡旬商给扑倒了，压在了身下。

台上的演员和台下的观众都大吃一惊。

这都谢幕了还能搞这么一出舞台事故？这也太惨了吧？

最惨的是，被蔡旬商扑倒的那个人是姚笙。

“哎哟喂！师哥！我受不了你这个！”谢霜辰转头看见趴在自己面前的人，吃惊地用手捂住脸，唯独眼睛那里开了条指缝，“不行，不行！这么个大礼啊！我真看不下去了！”

“谢霜辰你给我去死！”姚笙叫道。

结果第二天这事儿传到网上就变味儿了，姚笙的粉丝非常护短，这个不知道哪里来的野鸡竟然把她们的角儿按地上了？受伤了怎么办？伤到脸了可怎么办？他承担得起么！这可是国宝级的人物！

群情激愤之下她们想把蔡旬商微博火葬，结果都没找着人。

蔡旬商比姚笙矮半个头，大伙儿争来争去，这事儿就成了野鸡压凤凰，想上位也不看看自己什么德行。

真是令人唏嘘。

“惨，真是太惨了。”谢霜辰在后台刷完微博忍不住想笑，对蔡旬商说道，“你哪怕撞倒的是别人呢？就姚老板粉丝的爆炸脾气，少年啊，我都不忍心看了，悲惨啊！除非逆天改命了！”

蔡旬商强颜欢笑地说道：“我觉得我……还能再抢救一下……”

“怎么办啊？你会不会被‘人肉’啊？会不会被逼退出舞台啊？会不会被人套麻袋啊？”陆旬瀚焦虑地走来走去，被害妄想症爆发，就差原地爆炸了。

“不至于吧。”谢霜辰说道，“应该一会儿就过去了。”

等到他们周日的演出结束，那阵风波确实已经烟消云散了。

为什么呢？

因为姚笙觉得很麻烦，干脆花钱把谢霜辰和叶菱送上了热搜，毕竟谢霜辰都那么努力地在营业了，得给他个面子，转移一下火力。

网上流出来的视频是谢霜辰跟叶菱的《汾河湾》，路人还以为是哪家演艺公司的偶像明星在表演节目呢，闹了半天既然不是。难道相声行业的竞争也如此激烈了？这么拼的？不禁让人讨论起传统艺术在当下的出路。

折腾得这么欢，杨霜林自然也是看得见的。

隔天他就发了条意味不明、隔空喊话的微博。

“伤风败俗，有辱师门。”

第二十一章

谢霜辰拿着手机，一脸严肃。

叶菱一边吃饭一边抬眼看他，谢霜辰面前的饭碗就没动过，叶菱提醒他：“看什么呢？这么认真，不吃饭啊？都快凉了。”

“杨霜林这个老匹夫！”谢霜辰终于说道，“我在想怎么骂他。”

叶菱问道：“你骂他干吗啊？”

“我咽不下去这口气，心里膈应。”谢霜辰说道，“阴阳怪气给谁看呢，哎哟，我看看他下面那评论也真是……”他把屏幕翻给叶菱，“知道什么叫‘狗腿’？”

“欸，不都这样？”叶菱笑道，“你发个微博下面都已经不是‘狗腿’了，得叫‘舔狗’。”

谢霜辰摇摇手指：“但是本人并没有被这种一时的热度而冲昏头脑，虚荣膨胀。”

叶菱想了想，说道：“确实没见过你怎么嘚瑟。”

谢霜辰放下手机，刚扒拉了几口饭，又把手机拿起来：“不行，我得报复一下我二师哥。”

叶菱说道：“你逗他，万一再把他惹恼了可怎么办？你就让他忘了你吧，眼不见心不烦。你呢，就安安心心想一想演员的事，咱现在就这么几个兵，只能开得起周末场，周一到周五可全都没戏，园子在那儿空着烧钱呢？”

“演员的事着急也没用，慢慢招吧，咱们现在一穷二白什么都没有，很难说。”谢霜辰说道，“但是二师哥这个事，您没发现他之前都很平静？我总觉得他不是个会善罢甘休的人。”

“你真搭理他啊？”叶菱眼看着谢霜辰打开了杨霜林的微博不知道写了些什么。

叶菱自己掏手机去看，评论中夹杂着谢霜辰的问候。

“哟，二师哥，谁惹您不痛快了？”

他们闹不和分家的事只有圈内人知道，这个圈子很小，同时也很闭塞，行业壁垒太高。大众喜欢看明星艺人俊男美女的八卦，这些个说相声的老大哥的家长里短，大伙儿都懒得去留意。

所以谢霜辰混在里面并不会招惹太多外界议论，反而让杨霜林非常不爽。

这个不爽杨霜林又没法公然发泄出来。

杨霜林能说什么？说我就是在针对你这个小师弟？他万万不能这么直白，有损他大家的风范和脸面。最尴尬的还不是这个，而是同行们前脚私下里来问过他怎么回事，他痛骂谢霜辰糟践祖宗留下来的东西，师父根本没教过写谢霜辰去跟男人扒拉衣服。

大伙儿“啧啧”一番，都很含蓄地说道：“小五爷，您玩得有些过了。”等他们说完，小五爷谢霜辰就亲自上台，不咸不淡仿佛无事发生地问候了大伙儿一句，别人不知道，同行们还能不知道？就等着看杨霜林怎么对付呢。

这话杨霜林怎么说都不合适，最后只能打落牙齿往肚子里咽。

“你真是嘴欠得慌。”叶菱无可奈何地摇摇头，“他非得再记你一笔不可。”

谢霜辰只要自己心里爽了，哪儿管得了这么多，他悠然地说道：“他记我的还少？叶老师，您怎么了？这不是您的风格啊？咱们上一次从那儿离开的时候，可是您最后一句话给我师哥们补的刀啊，那会儿多狠啊，这会儿改素食主义了？”

叶菱笑道：“我不喜欢跟人在网上耍嘴皮子，因为不会给对方造成实质性的伤害。在大众面前当然是得饶人处且饶人，现实中么……”

这话听得谢霜辰一个激灵，作势打了个寒战，说道：“您这么说，我可真是有些害怕，万一我哪天惹您不痛快了，您再把我一刀剁了。”

“我就是说说而已。”叶菱耸耸肩，“你紧张什么？”

“能不紧张？”谢霜辰说道，“叶老师您在我心里可是‘十步一杀人，千里不留行’，我是很尊敬您的。”

“尊敬？”叶菱的眉毛挑了一下，“你别玩得太过就是对我最大的尊敬了。”

谢霜辰反问道：“叶老师，到底是谁玩得比较过啊？我可没坐您大腿上？”

“我是私下里，当然不能算。”叶菱这一次表现得很有理。

但是谢霜辰比他还有理：“我没有对您造成实质性的接触，更不能算了。而且腿子活里的夫妻戏差不多都是逗哏的演旦角，我牺牲很大的好不好？”

叶菱认真地说道：“你可以站在桌子后头当捧哏啊。”

谢霜辰说道：“那咱下周演《论捧逗》吧，您站桌子外头。”他的手搭在叶菱的胳膊上，叶菱轻轻地甩开他，说道：“你说话归说话，不要总是动手动脚。”

“可我就是喜欢动手动脚勾肩搭背。”谢霜辰还顺势把椅子往叶菱身边一挪，胳膊都搭在叶菱的肩膀上了，“叶老师，您是不是特别不喜欢跟人有肢体上的接触啊？这您还真得习惯，您知道吗？且不说有一个我这么烦人的玩意儿，您要是以后有了女朋友怎么办，也不让碰啊？”

叶菱说道：“你管这么宽干吗？”

“我就是事多啊，难道您没发现？”谢霜辰有点儿意外，“我如果不来说相声，最适合做的职业就是男妇女主任。”

道理是这么个道理，但是这话讲出来未免也太简单粗暴了吧。叶菱突然发觉自己对谢霜辰可能了解的还不够深入。

“叶老师。”谢霜辰又来凑近乎，“您谈过恋爱吗？”

“……”叶菱说道，“你这话题也太突然了吧？”

“因为我事多嘴碎啊。”谢霜辰说道，“我们好像从来没怎么聊过私生活上的事。”他想了想，一拍手，“还真是！我就知道您叫叶菱，清华大学毕业，烧锅炉的，天津人，别的一概不知。反观我呢，我们家那点儿破事您都亲眼见着了，我两个师父您都见过。”

叶菱说道：“我又没见过你爸妈。”

谢霜辰说道：“我也没见过。”

叶菱无语。

“哎呀，您就说说吧，反正吃饭也是无聊。”谢霜辰开始哼唧，“我这蓬勃的求知欲啊——”不是他的求知欲打败了叶菱，而是谢霜辰又要上手了。

叶菱在这点儿上真是服了谢霜辰，只能妥协说道：“上中学的时候有一个女同学吧，每天一起放学一起写作业一起上自习。”

“……”谢霜辰无语，“您这是谈恋爱？您这是互帮互助学习小组吧？是不是高三毕业之后就分了？”

叶菱问道：“你怎么知道？”

谢霜辰说道：“这还用问？您都考上清华大学了还需要什么学习小组啊？您接着说吧，上大学呢？”

叶菱说道：“上大学就太忙了，没时间，而且我们学院女生本来就很少，哪儿有女孩儿轮得到我。”

“噢——”谢霜辰意味深长地说道，“没女朋友你就不能找个男朋友？”

“我有病啊？”叶菱真的纳闷儿谢霜辰这个脑回路，“我就不能好好学习？怎么着，你什么意思啊？”他手指朝着谢霜辰的脑袋弹了一下，“疯狂暗示让我找你？”

谢霜辰抱紧了自己：“我没有。”

叶菱说道：“你真是吃饱了撑的。”

“哎呀，一想到我们家叶老师清清白白的一块宝玉，竟然有点儿小带感呢。”谢霜辰凑上来说道，“您是不是连女孩儿的手都没牵过？”

叶菱说道：“你再说我踹你了啊！”

“没事，叶老师，这一点儿都不可耻。”谢霜辰说道，“比起那些玩弄女性同胞感情的无耻浑蛋，您真的已经赢在了道德的起跑线上了！”

叶菱扶额：“我为什么听着一点儿开心的感觉都没有。”

“啊？您不开心啊？”谢霜辰说道，“您早说啊，走走走，下午带您出去玩去。”

“干吗？”叶菱说道，“你这儿的园子星期一到星期五干烧钱，周末演出撑死收支平衡，你还想着出去玩？怎么着，干烧钱好玩啊？”

谢霜辰说道：“一码归一码，园子的事您甭操心了，操心也没用。”

今天天气特别好，北京的天空蓝成这样就有点儿假。谢霜辰之前忙活首演的事有段时间没跑出来玩了，正好借着这个机会出来放松一下。

“我觉得您这样可不行。”谢霜辰跟叶菱并肩走在街上，“你的爱好太单一了，女孩儿喜欢您顶多就是拜倒在您的美色之下，但是相处久了，多好看的脸也会腻歪的，关键还是要有一个有趣的灵魂。反观只喜欢女孩儿的男人的灵魂都是很无聊的。”

“我这个人就是很无聊，我也不想变得有意思。”叶菱冷漠地说道，“也没听说谁家的女孩儿喜欢女孩儿的啊？”

“您不要抬杠！”谢霜辰说道，“鄙人虽然不才，我呢，今天就带您设身处地的感受一下如何追女孩儿，希望您能认真学习，并能用在日后的实践中。要记住，我是非常关心您的个人生活的。”

叶菱拒绝：“我觉得你还是别关心了吧。”

谢霜辰不依不饶：“不不不，搭档就得渗透到彼此的生活当中去。”

反正论讲理，这世间还真没几个人能讲过谢霜辰。叶菱听谢霜辰一直在耳根旁瞎叨叨，听得自己都快无欲无求了。

他俩从家里出来慢慢溜达，三里屯常年人多，特别是天气好的时候。叶菱看着满大街的人有点儿眼晕，问道：“我们去哪儿？”

“我想想啊。”谢霜辰思虑许久。叶菱肯定是不喜欢逛商场买东西的，这就少了很多购物的乐趣，以及付款那一瞬间的快感。谢霜辰的脑中闪过了很多地方，最终打了个响指：“您跟我走吧！”

叶菱满头雾水地跟着谢霜辰。

自三里屯东去就进入了使馆区，无论外面的世界多么热闹，这里永远是与世隔绝的。幽静的街道两旁坐落着各国大使馆，被婆娑的树影遮挡着。

在这里，秋天是金色的。

“这里还有这么多银杏树啊。”叶菱感叹道，看着满眼金灿灿的世界，风一吹仿佛下过一场绚烂的黄金雨。

“您来北京上学这么多年不知道？”谢霜辰倒是有点儿意外。

“还真不知道。”叶菱说道，“没时间来这种地方。”

“那您可真是一心只读圣贤书了。”谢霜辰说道，“这里有很多外国馆子，可惜咱俩吃了饭出来的，要不然我带您去吃德国大肘子。”

“啊？”

“就前面有一家德国馆子啊，吃大香肠的。”谢霜辰开玩笑地说道，“只不过我习惯叫大肘子了。”

“土。”叶菱说道。

谢霜辰一秒切换天津口音："您咋回事？"

"天津话又不土！"叶菱说道，"有本事你说保定话！"

"欸，这个太难了。"谢霜辰说道，"我学保定话学不好总有唐山味儿。"他还在努力回忆自己从保定火车站出来的时候不绝于耳的"打车么"的音调，他忽然问道，"我干吗要说保定话？"

"我怎么知道。"叶菱说道，"是你自己突然一惊一乍的。"

"哎呀，不说了！"谢霜辰推着叶菱走进一旁的咖啡馆，"喝点儿东西去，晚上再带您在这儿吃饭。"

工作日没什么人，谢霜辰找了一张靠落地窗的桌子坐下。他是很随意的，坐下就瘫在了座位上，叶菱看了看四周，小声说道："你不觉得来这种地方很奇怪？"

"哪里奇怪？"谢霜辰反问道。

"我觉得只有女孩儿喜欢来这里。"叶菱补充，"还有就是来谈工作的，两个男人的话……"

谢霜辰笑着说道："我是带您来体验生活的啊。您看，您自己也知道女孩儿喜欢来这种地方，那万一您以后有了女朋友不就知道该去哪儿了？"

叶菱刚想反驳他，谢霜辰点的东西就送来了。

"我记得您不是很喜欢吃甜食，那就吃点儿水果吧。"谢霜辰说道，"您也不喝咖啡对不对？"

"嗯。"叶菱点头，"你怎么知道？"

谢霜辰说道："您喝豆浆不放糖你自己没意识？而且您点外卖一直都是回避江浙沪菜系的啊。"

"有吗？"叶菱自己是真的没注意过，他也没想到谢霜辰竟然连这些微不足道的小事都观察到了。他不禁好奇，在谢霜辰的视角里，自己是一个怎样的存在呢？

大概会很无趣吧，学历固然不低，但是也没有到令人炫目。他的学历在社会生活中起不到一丁点儿作用，连修电路可能都没有专门的电工师父来得快，真修锅炉……他也未必会。

他除了相声之外没有其他的爱好，不喜欢出去混也不喜欢玩游戏，性格也不够外向。他自己都觉得自己是一个很无聊的人，何况谢霜辰这么一个闲不住的主儿呢？

在谢霜辰向他询问关于私人情感问题之前，叶菱甚至没有在自己的大脑区域中为这个信息建立一个档案。似乎在叶菱过去的二十几年，他的精力全都放在了学习和唯一的爱好上，这些东西就是他的精神寄托，他也不需要什么别的来填补空虚。

谢霜辰的手机一直反扣着放在一边，也不管有没有人来找他，全都不理会。他是个非常能聊天的人，抓着叶菱聊天气都能聊上好久，叶菱只能被迫说话。谢霜辰聊累了，就伸了个懒腰往桌子上一趴，阳光透过玻璃轻轻洒在他的身上，勾勒出一层淡淡金色边缘。

谢霜辰像是大型猫科动物，平日里总爱追赶漂亮的蝴蝶，可是安静晒太阳的时候，又有一点儿慵懒的可爱，能让人忘记他的另一面。

才二十二岁啊，换成普通人可能刚刚大学毕业，从象牙塔里走出来懵懂地面对这个世界。而谢霜辰早早就经历了生离死别，经历了兄弟阋墙，他义无反顾地走了出来，只能一个人面对以后的路，一个人扛所有的生活压力。

但是谢霜辰一句埋怨的话都没说过，他永远一副嘻嘻哈哈的样子，他生来就只会把快乐带给别人。

“嗯？”谢霜辰抬起头，看见叶菱的手掌贴着自己的头发。他问道，“怎么了？”

“有东西。”叶菱胡乱地说道，“现在好了。”

谢霜辰说道：“我决定晚上还是去吃德国大肘子吧。”

“……”叶菱说道，“你还真是想一出是一出。”

天黑的时候，两个人才去到饭馆，饭馆里的人不多，外面的桌子是空的，其中一张位置最好的桌子上面放了一个便签。

上面用德语写着：Stammtisch（留座）。

“您嫌外面冷？”谢霜辰说道，“要是不喜欢外面我们可以去里面。”

叶菱看着那张便签问道：“你留位置了？”

“您认识啊？”谢霜辰反问道。

“我在学校学习成绩挺好的。”叶菱说道，“也学过几门外语，简单单词还是认识的。”

谢霜辰抓了抓头发，笑道：“我就是喜欢吃肉，这里离家又近。店里面太黑了，我喜欢坐外面，就留了外面的桌子。”

“那就坐外面吧。”叶菱先坐下，“今晚的空气真好。”

后面点什么吃什么都是谢霜辰张罗，上菜的时候两个人正在聊传统相声。叶菱只有聊到这个话题的时候话才多一些，谢霜辰附和着，手中拿着刀叉在那里切肉。

等叶菱说完了，谢霜辰也全切完了，根本不需要叶菱动手再做什么。

“吃吧。”谢霜辰还给叶菱分好了。

“你不用这样。”叶菱说道，“我又不是没长手。”

“可我觉得人都是需要被照顾的。”谢霜辰看向叶菱，忽然用一种很正式的口气说道，“您愿意让我照顾您吗？”

叶菱的手停在半空中，呆呆地看向谢霜辰。

“叶老师，您脸红了。”谢霜辰说道。

第二十二章

这句话惊醒了叶菱，他不自然地动了动，下意识地说道：“没有。”

“就是红了！”谢霜辰强调。

“冻的！”叶菱也强调。

“现在又不是演《林海雪原》！”谢霜辰啐了一口，“不对，《林海雪原》是精神焕发。”

叶菱说道：“你就别自己给自己捧哏了，无聊不无聊？”他不是很想继续刚才那个话题，便想要随便说点儿什么把话题岔开，然而谢霜辰根本不给他这个机会，不依不饶地问道：“叶老师，我对您好吗？”

叶菱一时间哑然。

“说话啊！”

“你这个问题问的……让我怎么回答？”

“哦。”谢霜辰二郎腿一跷，“那就是不好。”

“我不是这个意思。”

“那您是什么意思？”

“我……”叶菱觉得这简直就是一片泥潭，为什么谢霜辰总是有这么多问题问他？还偏偏都不是他擅长的那些。

为什么不让叶菱简述热力设备与系统安全性分析故障状态维修与设备管理？

其实不是谢霜辰不想，而是这道题谢霜辰根本就不会。

“哎……”谢霜辰有点儿沮丧地说道，“我这么做是不是挺蠢的？我只是想对您好，让您开心，结果没想到，您连一句话都不肯说。我倒是希望您能像在台上那样，至少我能明白您的意思。”

叶菱不知道谢霜辰是真的低落还是假装的低落，不过谢霜辰的话没说错。叶菱台上台下确实是判若两人，台上他很容易抛弃自己的身份，他就是一个“乙”，是逗哏与观众之间的桥梁，他是能放开的。可是到了台下，他是叶菱，他的面子里子都薄得不行，也没有特别多激烈的情感，有些话他就是说不出来。

“我……”叶菱低头，很努力地说道，“你挺好的。”

叶菱是有羞耻心的，此刻他觉得自己尴尬得无以复加，恨不能钻到桌子底下去。他明白谢霜辰是个爱玩闹的性格，谢霜辰到底是用什么心态来问自己的，叶菱也拿不准。这话在这样的场合说略微有些诡异，只可惜叶菱并不想说假话。

所以这个答案出来的时候，叶菱也不知道该怎么回答了。

“有那么难回答？好像要您上刑似的。”谢霜辰刚想把话说得再严重一点儿，但借着灯光，他看见叶菱垂着头，连耳垂都红了。谢霜辰心中那股劲儿上来，脱口而出：“叶老师，您的脸更红了。”

“你别说了。”叶菱羞愤难当。

“叶老师。”谢霜辰趴在桌子上，上身前倾，凑向叶菱，既认真又小声地问道，“叶老师，要是真有个人跟您说喜欢您，要跟您发展成为恋人关系，您怎么着啊？”

叶菱的双手按在自己的膝盖上，微微握住了拳头，似乎在爆发的边缘。谢霜辰瞥见了，赶紧说道：“哎呀，您这样不行啊！万一我是个女孩儿，这还没说两句话呢，您就脸红娇羞的，谁追谁啊？不行，重来！嗯，让我想想……就从‘您愿意让我照顾您吗’那段开始，这次换您问我，我当场给您演示一遍标准答案。”

“你……”叶菱愣了好一会儿才反应过来，心下了然，原来人家就是闹着玩呢。他只能红着脸说道：“我觉得你无聊，你自己演吧，精分两个角色，我看着。”

谢霜辰笑笑：“我可真是能耐。”他一笑，气氛就轻松了许多。这笑容的背后，是他心里的忐忑。差一点儿就又给叶菱点着爆炸了，真的非常惊险。谢霜辰知道自己不是个性格很好的人，开玩笑总是开得有些过分。他原来不吝这些，然而在叶菱身上，他就总是担惊受怕的。

也许就是出于对一个高级知识分子的崇敬与畏惧，这样谢霜辰自己就给两人划出了阶级差异。他嘴欠，又不敢把叶菱惹急了，于是只能在试探的边缘反复权衡。眼看着这天没法聊下去了，只能东拉西扯瞎找些理由把话给圆回来。

当作无事发生。

这顿饭两个人吃得是各怀心事，然后都吃多了。

他们顺着路往回溜达，途径一个甜品店，谢霜辰要进去看看，叶菱跟在后面。这时候店里的人不是很多，谢霜辰就趴在柜台上挨个儿看。这家店做的小点心都很精致，方方正正一小块，上面点缀着各式花样。最靠边的一个柜子里是巧克力做的小动物，都非常可爱。谢霜辰指着一组小青蛙叫叶菱："叶老师您过来看，有一只小青蛙跟其他的不一样！"

叶菱也趴在柜台上看，不过看了半天也没看出来有什么区别。

"哎呀，您看啊。"谢霜辰指着最后一个，"其他的都是普通的，只有这个眼睛是弯的，好像在笑。"

叶菱又仔细看了看，可不是么，其他的小青蛙眼睛就一黑点儿，谢霜辰指着的那个是弧线。

"叶老师我想吃这个。"谢霜辰扭过头来看叶菱，"给我买。"

叶菱面对着谢霜辰真是无语。

"我想吃嘛！"谢霜辰抓着叶菱的衣服就开始摇了起来。

"行行行……"叶菱快受不了他的娇气了，叶菱如果再不表示一下的话，谢霜辰当场能在地上打滚儿。

店员的眼神中已经露出了奇怪的神情！

叶菱掏钱给谢霜辰买了那个微笑的小青蛙，为表诚意，他顺便还买了旁边的一只小猪和小兔子。

谢霜辰一边走路一边在袋子里翻腾，拿出那个小青蛙跟叶菱比画了一下，路上黑，叶菱也懒得看，他敷衍地说道："嗯，挺好的。"

"我觉得特别可爱。"谢霜辰说完就把小青蛙巧克力塞进嘴里了。

"你就直接吃了啊？"叶菱有些吃惊。刚刚不是说很可爱？下一秒就往嘴里塞？这是什么脑回路？

"买了不就是为了吃？"谢霜辰对于叶菱的反应更意外，"您不是不喜欢吃甜的？要不这只小兔子给您吃？”

“我不吃。”叶菱心很累，“你自个儿吃吧。”

“怎么着，难道您也喜欢小青蛙？可是我都吃了啊。”谢霜辰想了想，“要不我喂给您吃？”他噘着嘴就往叶菱面前凑。

谢霜辰知道自己欠揍，可有时候就是忍不住。

“你就别顺杆儿爬了！”叶菱很想用脚去踹谢霜辰，“看你那德行！”

谢霜辰说道：“您还真别害羞，您媳妇儿亲您，您也得这样？”

“那能一样？你是个男的！”叶菱说道。

谢霜辰说道：“台上不是您媳妇儿？我不是柳银环？”

叶菱大叫，“你杀了我吧！”他气得大踏步往前走，谢霜辰跟在后面哈哈大笑，追着他说道：“叶老师我开玩笑的，您别这样好不好？真的，我就是贱得慌，您可别当真，咱哥儿俩谁跟谁啊？”

“你给我滚！”叶菱很愤怒。

“别别别。”谢霜辰拉着他说道，“我带您出去玩好不好？咱们出门旅行去，我掏钱，您真的别生气了！我给您跪下了！”

他说着，一只手的食指和中指并拢一弯，压在了另一只手的掌心上，面对叶菱，就像跪下的两条腿。

叶菱扶额。

一般来说，“旅行”是一个很有距离感的词，意味着从自己待腻了的地方跑去别人待腻了的地方，试图寻找灵魂上的慰藉与洗涤。

可当叶菱一大早被谢霜辰拽到北京南站，取了车票之后看着上面“天津站”三个大字的时候，他质问谢霜辰：“你说的去旅行就是去天津？”

“是啊。”谢霜辰理直气壮。

“我，一个从小生活在海河边的高贵冷艳的天津人，现在要去天津旅行？”叶菱继续质问道。

“没错啊。”谢霜辰毫不畏惧。

“是我脑子有病还是你脑子有病？”

“哎呀，这不是天津离着近？”谢霜辰开始胡搅蛮缠，“而且我虽然去过很多次天津，但是我都是去演出，真的没在天津玩过，您就跟我去玩一玩嘛。

我还买了两张听相声的票，闲得无聊去听听人家说相声嘛！”

最终叶菱是被谢霜辰拽上高铁的，叶菱真的快要窒息了。

天津站的前广场面朝海河，那里没有北京的火车站多，也没那么乱。

这是叶菱最熟悉不过的场景，他面无表情地问谢霜辰：“你要去哪儿？”

“不知道欸，我哪儿都没去过。”谢霜辰说道，“您说去哪儿就去哪儿？”

叶菱看了看时间，早上八点，不知道为什么，虽然是在天津，但是他心中特别茫然，只能说道：“先去吃点儿东西吧……”

“我知道！”谢霜辰抢答，“去大福来是不是？”

叶菱心想：我就想买煎饼果子吃。

谢霜辰是有从天津站去最近的大福来经验的，之前他追着叶菱后面跑的时候，就是一大早坐高铁去天津，再去大福来买了早饭送回北京的。

谢霜辰自己都没来得及吃一口。

“我要吃这个。”谢霜辰站在档口前，又抓着叶菱说道，“这个，这个还有这个。”

叶菱说道：“你怎么连煮方便面都吃？在哪儿吃不着啊？”

“总得吃些汤食吧？”谢霜辰说道，“要不然我这两个鸡蛋果子加一个烧饼夹牛肉怎么吃完？”

叶菱说道：“你就不能少吃点儿？一大早又是鸡蛋又是肉的你也不怕吃撑了？中午还能吃得下啊？”

谢霜辰说道：“我就是吃得多啊，我就是特别喜欢吃鸡蛋和肉啊。叶老师您是不是没带钱啊？那我来付吧。”

叶菱长叹一口气，彻底放弃了：“你全点一遍也没多少钱，我是怕你吃撑着了。”他跟谢霜辰住了一年多了，也是自打这两天起他才发觉自己似乎真的没有留心过这个室友的生活习惯。仔细回想一下，谢霜辰确实偏爱肉食。

但是谢霜辰吃得多又不长肉这事儿就很丧尽天良了。

难道二十多岁了还能拿长身体来当借口？

“叶老师您关心我啊？”谢霜辰凑叶菱跟前笑着问。

叶菱波澜不惊地说道：“一边待着去。”然后一扭头用天津话跟档口的大姐点餐。

乡音难改，自然而然。

谢霜辰倒是不辱使命地把自己点的东西全吃完了，出门的时候还连蹦带跳的。叶菱表情复杂地看着谢霜辰，生怕他一张嘴全吐出来。

“咱上哪儿玩去啊？”谢霜辰不知多少次提出了这个问题。

“我真不知道。”叶菱说道，“天津没什么好玩的地方。”

谢霜辰说道：“这是您家啊，您都不知道什么有意思的地方？”

叶菱反问道：“你知道你们家门口二里地之外的地儿？”

这话还真把谢霜给辰问住了。

北京人出了名的只认识自己家门口，要问他们北京哪儿好玩还真未必能问出个所以然来。谢霜辰长这么大就去过一次故宫，还是上学的时候去参加课外活动。如果没有那一次的话，他估计连故宫哪个门卖票都不知道。

这就是人与家乡的关系，那些风景名胜可以变成文字写进书里，仿佛多么严肃端庄不可亲近。可是对于当地人而言，它就是生活的一部分，不经意时都不会提起。

可是它就在那里，经历日月星辰风雨百年，最终变为一个家的符号。

叶菱勉强说了几个地方，谢霜辰强烈要求去五大道看小洋楼。叶菱真的不知道那几栋房子有什么好看的。

“北京没有啊。”谢霜辰再一次讲理。

“行吧……”叶菱服气。

他们一路走走停停，起风时枯黄的树叶被吹落，一片一片的，谢霜辰伸手去追赶落叶，好像扑蝴蝶的猫，与这些古朴的建筑融为一体。

好像很开心的样子。

到了下午，两人一路溜达去谢霜辰所预定的茶馆听相声。

茶馆很古朴，不是很好找。刚进去的时候两个人都有点儿紧张，叶菱看着谢霜辰那一脸严肃，话又突然变少的样子，问道：“怎么了？”

“说真的我还真没来过。”谢霜辰说道，“原来师父来天津演出都是很大的场子，他说他小时候在天津的茶楼里说过，不知道是不是这样的。”

叶菱说道：“天津有很多好演员的。”

“可是你叫普罗大众说名字，他们能说出来几个？”谢霜辰问道，“有几个是现如今名字响当当的角儿？”

叶菱沉默。

“听听看吧。”谢霜辰自言自语道。

这一台节目就六个节目，跟谢霜辰在台上废话满天飞的德行不同，这几位演员的制式都很规整，从垫话到正活都非常精确。

倒也能把观众逗得哈哈大笑，但是喜欢了谢霜辰各种放飞的自由发挥，再让叶菱听这种就觉得很没意思了。

倒二出来两个年轻人，说了一出《拴娃娃》，还挺活泛的，叶菱觉得不错，转头一看谢霜辰，见他也眼睛发亮。

散场的时候观众散得很快，只留下几个演员在打扫卫生，老先生坐在门口抽着烟跟观众聊天。谢霜辰拉着叶菱就往里凑，看见那两个年轻人在台口附近扫地。

“少年，我看你相声说得不错，要不要跟我去北京说？”谢霜辰“唰”地一下从口袋里摸出了一张名片递给其中一个。

那两人看傻子一样地看着谢霜辰。

“你俩是学生还是职业演员？”谢霜辰又问道。

“戏校毕业的。”其中一个说道。

谢霜辰说道：“哦哦，那你们应该认识我，就算不认识，也应该知道我师父。”

年轻人看了一眼名片上的字，惊讶地问道：“你姓谢？”

谢霜辰说道：“正是在下。”

年轻人摇头：“不认识。”

谢霜辰被一句话噎住了没说上来。

两个人灰溜溜地从茶馆里走出来，叶菱平静地问道：“你怎么还有名片？”

“出门的时候门口快印的。”谢霜辰从口袋里还掏出来几张，“还给您印了些。”

叶菱看着那张粗制滥造的名片，自己的名字后面还加了个“COO”，他问道：“你知道是什么意思？”

“爱什么意思什么意思。”谢霜辰耸肩，“瞎写的，就这个吧。您觉得那两个戏校的学生怎么样？”

叶菱说道：“还不错，合着你来天津就是来实地考察加挖人的？”

谢霜辰笑道：“我就是来观光旅游的，走走走，晚上去坐‘天津之眼’。”

叶菱真的不知道为什么要跟谢霜辰一起坐“天津之眼”，他也不知道谢霜辰脑子里在想什么。

为什么会有摩天轮这种设定？

叶菱不想上去，可谢霜辰死拉硬拽非得把他给弄上去不可。

“天津之眼”转一圈时间，可不短。谢霜辰饶有兴致地四处张望，据说在抵达顶端的时候可以俯瞰整个天津夜景。

“欸，叶老师……”谢霜辰站起来往叶菱那头去。

叶菱很紧张地叫了一声：“你别过来！歪了！”

“没歪啊。”谢霜辰还跺了跺脚，“您想什么呢？”

“你老老实实坐着不要动！”叶菱警告，“不准跳也不准跺脚！”

“不至于吧？”谢霜辰察觉到叶菱的状态跟在地上的时候不太一样，“欸，您看，快到最高的地方了，天津的夜景还挺好看的。”他抓着叶菱往外看，“您看啊，是不是？”

“我不想看！”叶菱这会儿都没劲儿了，闭着眼睛扭头。

谢霜辰笑道：“叶老师，您是不是恐高啊？”

叶菱不说话。

“您不说啊？那我开门了啊。”谢霜辰开始恐吓叶菱，“掉下去大概会摔得稀碎吧。”

这话一听就是假的，这门哪能你说打开就打开啊。但是叶菱确实有点儿害怕，随着高度的攀升，他觉得自己的心脏都快掉出来了，眼前漆黑一片，只想往中间坐，远离窗户。

在往后就挨着谢霜辰的胸口了，叶菱闭着眼胡乱凑了过去，小声求饶一样地说道：“我恐高，这儿太高了。”

他无助的样子很可怜，与平时冷漠强势的模样截然不同。谢霜辰没见过这样的叶菱，也不知该如何是好，只得摸了摸叶菱的头发，拍拍他的后背安慰道：“好了，叶老师，我逗您玩的。也没有很高，我在这儿呢，不会有事的。您看，外面真的很美啊。”

叶菱闭着眼睛大叫：“放我下去！”

第二十三章

脚接触到地面的时候，叶菱还处在灵魂出窍的状态中。

“叶老师，到地上了，醒醒啊。”谢霜辰扶着他笑道，“那么害怕？来，我搂着您就不怕了。”

“你滚吧！”叶菱抬腿就往谢霜辰身上踹，不再是那副要死的模样了，“滚一边去！”

“哎呀，叶老师我这不是不知道您恐高？”谢霜辰死皮赖脸地说道，“我赔礼道歉，给您跪下了！咱不生气了啊，真不至于啊！叶老师最可爱，脾气最好了！欸，叶菱仙儿！”

“你闭嘴！”叶菱被谢霜辰吵得头都快炸了，“我要回北京！”

“行啊回北京。”谢霜辰掏出手机，“我看看票。”

叶菱问道：“合着你还没买回北京的票啊？”

“京津城际列车不是很快？我寻思着什么时候走，什么时候再买……”谢霜辰刷了一圈，抬头苦笑道，“不过现在好像没票了？”

叶菱说道：“站票都没了？才三十分钟，站回去也可以。”

谢霜辰说道：“这会儿的没有了，再有就是晚上十点之后的了。”他还把手机给叶菱看，只剩下末班几趟车有票。

“那要不然就晚点儿再回去吧。”叶菱说道。

“好麻烦啊，那现在干吗啊？咱俩大眼瞪小眼？”谢霜辰问道。

叶菱说道：“干点儿什么不能消磨时间？”

谢霜辰说道："要不然咱今晚住天津吧？叶老师您回家吗？"

"……不回。"叶菱不愿意提及这个话题。

谢霜辰想了想，说道："那我去开间房，今晚甭回去了，大晚上的还得瞎折腾怪累的，咱俩还能夜游海河。"

叶菱不知道谢霜辰葫芦里卖的是什么药，可他本能地觉得谢霜辰没安什么好心，于是自己掏出手机来打算买票："你嫌麻烦就自己在天津待着吧，我要回北……"他正按屏幕呢，手里一滑，手机就飞了出去。他的目光往上一抬，谢霜辰早就抢走了他的手机跑远了。

"谢霜辰你干什么！"叶菱喊道，"把手机还给我！"

"不还！"谢霜辰也喊道，"我买煎饼果子去了！"

叶菱觉得自己是疯了，才会跟着谢霜辰大半夜地排队买煎饼果子吃。

谢霜辰美其名曰闲着也是闲着，叶菱问他为什么不能早上买？谢霜辰说早上不想起早床。

两个人排队排到凌晨一点半，叶菱合理怀疑谢霜辰就是为了吃煎饼果子而强行留在天津过夜。谢霜辰要给他买一个，叶菱心情很糟糕，坚决不吃。

煎饼果子刚出锅太烫，谢霜辰左手倒右手，吹了好半天才咬了一口，嘴里呼哧呼哧地冒着白气。

"好吃吗？"叶菱忍不住问道。

"您尝尝？"谢霜辰换了一边自己没咬过的递到叶菱嘴边，叶菱晚上没怎么吃饭，扛到现在也有点儿饿了，就张嘴咬了一口。

"怎么样？"谢霜辰问道。

"还行。"叶菱评价道，"但是排队排到凌晨就为了买个煎饼果子就不太值当了，还不如我家门口的。"

谢霜辰说道："我又不知道您家门口在哪儿。"

叶菱说道："没必要知道。"

谢霜辰捧着他的煎饼果子，一边吃一边追着叶菱问东问西，叶菱都有些困了，打着哈欠不想说话。谢霜辰把一个热腾腾的煎饼果子吃完了，肚子里暖洋洋的，很满足地打了个饱嗝，拉着叶菱扭头就进了一家酒店。

很快他们拿到了房卡，叶菱困到不行，一进房间就直接趴在了床上。谢霜辰洗了个澡，出来的时候看见叶菱似乎已经睡着了。

他悄悄地上了叶菱的床，双手撑在叶菱的身边。叶菱闭着眼睛没有动，仿佛对于睡梦中之外的世界毫无防备。谢霜辰头发上的水滑落在了叶菱的脸上，叶菱“唰”地一下睁开眼睛，模糊的视线中一团肉色，等完全聚焦之后，才看清谢霜辰光着膀子撑在自己上方。

“你——”叶菱吓了一跳，连忙往后缩，结果一个不小心就“扑通”一声翻下了床。

谢霜辰起身哈哈大笑：“叶老师您这么大动静干吗？我又没怎么着您？”

叶菱扶着床站起来，说道：“你睡觉的时候别人靠你这么近你没反应？”

“别这么提防嘛。”谢霜辰进卫生间去吹头发，叶菱既然醒了，谢霜辰也就无所谓噪声大不大了，开着房门喊道，“我又不会拍您的床照出去卖钱！”

叶菱说道：“我又不是明星，能卖什么钱？”

谢霜辰从卫生间里走出来，一屁股坐在叶菱床上，像无赖一样地笑着说道：“少爷，小广告随便发一发，还能辅导高中物理。”

叶菱把谢霜辰的手挥开，认真地说道：“高中物理太简单了，我至少是竞赛物理起步。”

谢霜辰一个没绷住倒在叶菱的床上大笑出声。

叶菱说道：“你才像个少爷。”

叶菱长叹一口气，这会儿被谢霜辰折腾得睡意全无，脑子也清醒了，见谢霜辰还玩这一套，便俯下身去，居高临下地用手指在谢霜辰的脑门儿上弹了一下，问道：“你说你是不是贱得慌？说话嘴上没个把门儿的，惹一堆麻烦自己又收拾不了，烦不烦？无聊不无聊？你多大了？”

“不，这次我绝对不可能输。”谢霜辰不要脸归不要脸，但是多少得好几分面子。他确实觉得调戏叶菱很好玩，但是叶菱也不是次次都落在下风，偶有几次反击尖锐地能让谢霜辰当场投降。叶菱这句话说得没错，谢霜辰就是贱嗖嗖的，玩性重，一玩起来就无法无天。

他让叶菱戳了软肋，顿时觉得面子上有点儿挂不住，他小五爷何许人也？那可是北京城排得上号的主儿——当然仅限于他们家那条胡同的范围内。不过这并不影响谢霜辰的自我认知。

谁认真谁先输，这一次，谢霜辰绝对不会低这个头。

他抬起上身，直视叶菱，正要憋着使坏，结果鼻子一痒，没忍住，一个惊天喷嚏全喷在了叶菱脸上。

叶菱愣了，谢霜辰傻了。

静！

谢霜辰心想：这下完蛋了，这真是要多尴尬有多尴尬。便急中生智，赶紧说道："叶老师晚安。"紧接着把被子往头上一蒙，当场下线。

叶菱呆愣着站在原地，大脑在空白了几秒钟之后才缓缓回过神来。泥人也有三分土性，他回想这一整天被谢霜辰欺负的遭遇，顿时感觉肺都要气炸了。

真的特别委屈，谢霜辰就是故意的！

他一脚踹到谢霜辰床上，掀开被子把谢霜辰拽起来："谢霜辰你有病吧！有你这么玩的?!我招你惹你了还是欠你钱？你给我滚吧！"

"叶……叶……叶老师息怒！"谢霜辰知道自己这是点着了鞭炮了，但他真不是故意的，赶紧求饶道，"大晚上的不要惊动邻居！"

"哪儿来的邻居！"叶菱把谢霜辰往外面撵，开门就要把谢霜辰给轰出去。谢霜辰死活挤在门框那里苦苦哀求："您好歹给我件衣服吧！"

"没有！滚！"叶菱又踹了谢霜辰一脚，谢霜辰下意识地撒手，门就"哐当"一声关上了。

他裹着一条浴巾，惨兮兮地站在走廊上，很无助。

"叶老师我知道错了！我以后再也不惹您了！我要是惹您我就是小狗！"谢霜辰趴在门缝上冲着里面小声地喊，"我真的没有别的意思！我不是故意的！我真的是没忍住！虽然确实有点儿不卫生，但是您也不能这么爆炸吧！咱们就当无事发生吧，您看外面怪冷的，我再这样下去就该上社会新闻了，某男子半夜跪在酒店走廊上苦苦哀求为哪般……"

他自己站在门口说了一整段单口相声，叶菱就是无动于衷。最后谢霜辰都把自己给说渴了，才想起来还能去前台求助。只得灰溜溜地跑下去，在前台工作人员淡定又复杂的表情中成功获救。

自打这一出之后，叶菱有一个星期没搭理谢霜辰。当然叶菱也不是一句话不说，只是玩一玩冷暴力。

谢霜辰定了周末要演出的节目去找叶菱商量，叶菱瞥了他一眼，不管谢霜辰安排什么，就轻飘飘一句："行吧。"

等到了台上，可就不是这样了。

这是周六的下午场，人不是很多，台下稀稀落落的，谢霜辰和叶菱在台上说的是《学评戏》。

这个活顾名思义，就是以《学评戏》为主，中间有着大量的评戏穿插。这种活捧哏的都没什么存在感，桌子后面一站，看着逗哏的在桌子前面唱就行了。

然而叶菱不想放过谢霜辰。

“那你要不唱一段《秦香莲》？”叶菱问道。

谢霜辰唱了几句《秦香莲》。

“我觉得《花为媒》也挺不错的。”叶菱说道，“要不你给观众唱一段吧？”

谢霜辰就得把《花为媒》唱了。

叶菱又说道：“还有那个《玉堂春》……”

谢霜辰又开始吭哧吭哧地唱《玉堂春》。

评戏这个东西通俗易懂，没有京剧那么费劲儿，但是不给喘气地唱这么久也能累得够呛。叶菱一出一出地点，谢霜辰只能一出一出地唱，他每每想要进入下一个部分，叶菱都能再想出来下一出。

可谢霜辰能说什么呢？在台上他也不能发脾气啊！

“要不然再唱一段《人面桃花》吧……”这一茬儿在叶菱这里看来是真的过不去了。

“这个《人面桃花》啊……”谢霜辰都唱累了，一只手稍稍撑着桌沿，他顺嘴说话，可说到一半就愣住了，他学过这出吗？

谢霜辰心想：这下完了，叶菱点了一出他不会唱的。

叶菱也很冤，他是瞎猫碰上死耗子，完全不知道谢霜辰不会唱，他看谢霜辰那痛苦纠结的样子还以为他在装蒜，问道：“京评梆越你不是样样精通？给大伙儿来一段啊。”

台下就那么寥寥几个观众都不忘起哄。

“这个《人面桃花》啊，讲的是崔护的故事。他不是写了首诗？叫《题都城南庄》，人面桃花相映红嘛……”谢霜辰脸上风轻云淡地说着这个典故，心里早就有些慌了。这首诗总共就四句，一个字一个字地解释也扯不出个花儿来，说完了他还能说点儿什么？在台上大眼瞪小眼？

叶菱看出来有点儿不对了，但是他不吱声，他倒是要看看谢霜辰能掰扯到什么程度。

“大伙儿知道我是正经拜过师父学过京剧的，这个评戏啊……”谢霜辰继续扯东扯西，脸上是笑着的，可心里却在暗暗叫苦。

书到用时方恨少，戏到唱时不嫌多。

前一句是上了古书的话，后一句是谢霜辰现编的，他觉得自己编得很有道理，并且决定下台后写下来裱上。

上书“谢氏金句”。

他正浮想联翩呢，只听台下一道脆生生的声音传来。

“会不会唱啊！不会就赶紧说啊！”

观众都出来抬杠了，谢霜辰的眼睛向下一扫，锁定了声音来源——第一排的一个少年，大马金刀地坐着，一双亮晶晶的猫眼直勾勾地盯着台上。

“我都唱了这么多了还有什么不会唱的？”谢霜辰也是闲的，跟一小孩儿抬杠，“我唱之前不得给其他观众交代一下剧情？您看您这一打岔，我就忘词儿了，会唱都变成不会唱的了。”

少年“切”了一声，高声说道：“你明明就是不会唱！我在这儿都听半天了，你唱的《玉堂春》也不好，你是个外行！”

“我一说相声的唱评戏本来就是外行啊。”谢霜辰说道，“那您既然这么会说肯定会唱，要不然您教教我《人面桃花》怎么唱？”

叶菱看着两人都快打起来了，对谢霜辰说道：“你多大出息跟观众叫板？能耐了啊？”

谢霜辰说道：“我这叫不耻下问。”

叶菱刚要说话，少年又说道：“我还童言无忌呢，唱就唱！”

叶菱扶额，心想：这位少年，合着你是花钱来捧哏的？是作业太少还是课外班不够多？你家长不管管你啊？

少年气势汹汹“腾”地一下就站了起来，个儿倒是不矮，浑身上下都散发着轻狂的气息。

“三春杨柳黄莺唱，碧蝶黄蜂采花香。日暖风和观麦浪，碧森森和风吹过……”

外行看热闹内行看门道，其他几个观众都觉得这个少年唱功不错，齐声叫“好”，园子里顿时响起了雷鸣般的掌声。谢霜辰和叶菱算是半拉子内行，叶菱看看谢霜辰，谢霜辰脸色如常，心里早就疯了。

怎么回事？现在的观众戏曲素质这么高呢？随便一个小孩儿站出来都唱得这么好的？怕不是来踢场子的吧？

咏评社已经火到有专业人士来找茬儿的地步了？

当然没有，谢霜辰在被害妄想中。

少年唱罢，得意扬扬地看着台上。观众也是坏心眼儿，起哄想看谢霜辰的笑话，等着谢霜辰的后文。

谢霜辰凌空一抱拳，说道："爸爸！"

观众爆笑。

少年叉着腰，尾巴都要翘天上去了，说道："知道厉害就好。"

叶菱有些不忍心地说道："小朋友，他爸爸早死了，不知道谁占谁便宜呢，甭乐了。"

少年听了这话，脸"唰"地一下就红了，气鼓鼓地"你你你"了好半天。

园子里的观众要笑趴下了，谢霜辰学着那个少年叉腰的动作，晃晃荡荡的无比流氓，心想：少年，你还嫩了点儿。

整台演出结束之后，就没几个观众，场子散得也快。

那个少年刚要走，一个茶水壶立在了自己桌子上，见一个女孩儿叉着腰站在面前，说道："少侠留步，我们班主请您喝杯水再走。"

"你有病吧？"少年对着女孩儿嘴上也不留情，"我想走想走。"

"哎哟，您先别走呢，班主真有话要跟您说。"陆旬瀚愁眉苦脸地小跑出来，他后面跟着蔡旬商。蔡旬商走路不长眼，让板凳绊了一跤，陆旬瀚听见了动静，又折返回去扶蔡旬商。

"没事，没事。"蔡旬商笑道，"小场面。"

两个男人加一个女孩儿围在那个少年面前，少年双手抱臂坐在椅子上，骂骂咧咧地说道："怎么着？要打击报复啊？我跟你们说我可未成年，法律会保护我的！你们敢动我一下试试？我打个电话就能叫来一百多个警察和五百多个记者为我伸张正义！"

"甭扯淡了。"谢霜辰撩开后台的门帘走出来。他还穿着大褂，千层底儿的布鞋，下了台口渴水还没喝够，所以一只手还端着他的茶杯。他迈着四方步，拉了把椅子对着那少年坐下，茶杯一放，二郎腿一跷，蔡旬商和陆旬瀚还有史湘澄都自觉站在了他身后。

这架势，不知道的还以为是道上哪家的太子爷呢。

“说说吧。”谢霜辰不急不慢地开口道，“怎么回事啊？”

少年也不惧谢霜辰，坐直了腰板儿说道：“什么怎么回事？”

“小孩儿，评戏唱得可以啊！”谢霜辰笑道，“大周末的不写作业跑我这儿来找茬儿？能耐不小啊？你叫什么？要不要叫你家长来领你？”

少年说道：“你还不叫我家长来你这破地方。”

“哎哟喂！还破地方啊！”谢霜辰抬高音量，阴阳怪气矫揉造作地说道，“破地方您来个什么劲儿啊！”

“你别这个腔调。”少年嫌弃地说道，“跟个太监似的。”

叶菱换完衣服出来正巧听到这一出，他愣了一会儿，见谢霜辰脸都黑了，心中忍不住想笑。谢霜辰一老北京，那口音浓的，阴阳怪气起来可不就跟清宫大太监似的？

对于能让谢霜辰吃瘪的人，叶菱还是可以给予好感的。

初生牛犊不怕虎，可以啊这小孩儿。

“我跟你说小孩儿，我们这咏评社不是你想来就来想走就走的！想砸场子是吧？行，我让你在这儿唱个够！”谢霜辰恐吓小孩儿，一副坏人嘴脸，“叫你们家长过来领人！要不然别走了！不管饭！饿上三天！我这儿就是百年黑店！”

“你别吓唬我！”少年站起来嚷嚷，“我姓凤！你找我家长去吧！”

“你姓凤？我还姓龙呢！”后面的史湘澄脱口而出。

谢霜辰手掌凌空点了点，示意史湘澄别说话。他仔细打量着眼前这个少年，说的话是保定口音，评剧造诣了得，姓凤……

“我曾有幸见过评剧大师凤朝山先生。”谢霜辰说道，“你跟他老人家是什么关系？”

少年神气地说道：“那是我爷爷！”

“你是凤七？”谢霜辰疑惑地说道，“不对啊，凤七应该比我年纪大才对啊，而且他不唱评剧啊。你到底是谁？别跟我装，再装我修理你！”

“凤七是我大哥凤飞鸾。”少年说道，“我是凤飞霏。”

几个人都好奇地看着凤飞霏，凤飞霏有些恼了，站在板凳上说道：“怎么？我没面子的？”

好半天之后，谢霜辰仰着头说道：“名字挺可爱的。赶紧下来吧，你蹦得再高也没人认识你。我就知道你那个叛逆的大哥，你下来，管我叫声叔，我就放了你。”

“凭什么？你谁啊，就占我便宜？”凤飞霏叫道，“你是哪儿来的小饼干？！”

“你这小崽子怎么没大没小？”谢霜辰说道，“我师父是谢方弼，跟你爷爷是一辈人，你说你不管我叫叔能叫什么？你再跳就算破坏公物！我给你们家打电话了啊！”

凤飞霏从椅子上下来：“你敢打！”

“哎呀，我有什么不敢的？”谢霜辰一伸手，“来人啊！把老夫的手机拿过来！”

史湘澄赶紧跑去后台拿手机递到谢霜辰手上。凤飞霏看谢霜辰真的在拨号码，立刻说道：“你别打电话！你要是打，我就……我就一头磕死在这里！”

“你以为我吓大的啊？”谢霜辰说道。

“我！我！”凤飞霏见谢霜辰不为所动，只能弱了下来，说道，“我从家里跑出来的。”

“哦，离家出走啊？”谢霜辰笑着把手机收了起来，其实他根本不认识凤家的人，也就凤飞霏小屁孩一个好骗。他站起来看了看被凤飞霏踩过的凳子，上面有一个鞋印，他突然说道：“你看看你把我这凳子踩的！以后还怎么坐人？”

凤飞霏惊了：“这不好好的？”

“它被你玷污了！”谢霜辰说道，“你得负责！”

“你瞎说什么？”凤飞霏爆怒道。

“我不管，反正你今天是惹祸了。我这儿可都是上好的红木家具，一张板凳都万儿八千的，你这踩了以后客人还怎么坐？”谢霜辰开始睁眼说瞎话，“赔钱！”

“我没钱！”凤飞霏叫道。

“没钱？那就卖身还账！”黑心老板谢霜辰如是说道。

第二十四章

所谓的“卖身还账”，倒不是真的让凤飞霏接客，而是谢霜辰把凤飞霏扣下来当演员。

“你还会什么？”谢霜辰继续问道。

“凭什么告诉你？”凤飞霏说道。

“那行。”谢霜辰像是教导主任一样又拿起了手机，“叫家长了啊。”

“你少威胁我！”凤飞霏气鼓鼓地说道。

谢霜辰无所谓地笑道：“你人都被我扣下了，我还威胁你做什么？我只是想给你家里人打个电话，告诉他们你在我这儿挺好的。我师父跟你爷爷也算有几分交情，说不定你家里人干脆就把你留在我这儿了呢？”

凤飞霏到底年纪小，看不明白谢霜辰的把戏。凤飞霏想的是，若是老老实实糊弄一下谢霜辰，说不定还有跑路的机会。可若是被谢霜辰找到了自己家里，那可就真的不好说了。

思来想去，凤飞霏决定跟谢霜辰坦白：“我还会打快板，还会一点点京剧。”

“成年了吗？”谢霜辰问。

“……”凤飞霏叹了一口气，“刚过十八岁生日。”

“那就行。”谢霜辰站正，他自己个儿就很高，凤飞霏只比他矮一点点，两个人的年纪也差不了太多。可谢霜辰就是仰仗着自己的辈分，强行装一波德高望重的长辈，摸了摸凤飞霏的头，说道，“打今天起，就跟叔叔混吧。”

凤飞霏斜愣着眼看谢霜辰，其他人看着也很想翻白眼。

凤飞霏今天是第一天离开家，闲来无事跑去听相声，没想到一脚踏进了这家黑店。

谢霜辰见这个小孩儿没地方住，就先把他拽到了自己家。凤飞霏也是仗着自己年轻，艺高不高不知道，人倒是挺胆大，跟着这个扣押了自己人身自由的黑心老板就去了他家里，没两分钟就鸠占鹊巢，当起了大少爷。

“少爷。”谢霜辰指了指凤飞霏的腿，“您屈尊把腿从我茶几上挪下去，成不？”

凤飞霏一边打游戏一边说道：“叫二爷。”

“二爷？”谢霜辰满脑袋问号。

“我在家里行二。”凤飞霏抬头，“我上面有个大哥，你不叫我二爷叫什么？”

“你赶紧给我起来！”谢霜辰用脚踹凤飞霏，凤飞霏满屋子乱跑，两个人折腾得比闹猫还乱。

“你们两个能不能安静一点儿？”叶菱终于忍不住了，“再大声说话就都给我滚出去！”

谢霜辰不敢惹叶菱，见叶菱发火了，赶紧老实地坐在一边。凤飞霏不知道叶菱什么来历，但凤飞霏也不傻，叶菱身上那种冷冽的气息感受不到才怪呢。凤飞霏看似随意地晃荡了两圈，然后也找地方坐下了。

叶菱深吸一口气，坐在两个人中间，对凤飞霏说道：“白天还没来得及问你，你什么情况？跑出来家里人不担心？为什么要跑出来？”

凤飞霏是敢跟谢霜辰撑脸的，面对叶菱这张没有任何表情的脸以及平淡的语气，凤飞霏反而不敢造次。可能是学霸对学渣有天然的压制力，在纠结一番要不要讲实话之后，凤飞霏还是说了出来。

“不跑出来怎么办？留家里继承家业？”凤飞霏说道，“我大哥甩给我一个烂摊子，凭什么我就得接着啊。”

叶菱和谢霜辰互相看看对方，等着下文。

凤飞霏说道：“总之你们别多问了，我也是为了我的自由而奋斗。我在你们这个破园子里混一混也可以，反正现在我也没有别的事情可以做。你们给发工资吧？攒够了钱我就走。哦，对了，记得叫我二爷。”

“滚！”谢霜辰说道，“我在我们家行五才五爷，还叫你二爷？你怎么那么大辈分啊？”

叶菱用胳膊肘捅了捅他：“前面还有一个小字呢，五爷是谢先生。”

“啊对！”谢霜辰说道，“我混了这么多年才是一个小五爷，你哪儿来的勇气叫二爷？我跟你说，我最讨厌行二的。”他师哥杨霜林就行二，他看见这个数字就烦。

“叫名字不可以吗？”叶菱说道，“叫飞霏也不错啊。”

“等回头我有空了给你想个艺名。”谢霜辰说道，“但是你要叫我小五爷，听见了没有？”

“没有！”凤飞霏说道。

叶菱听他俩吵架都头疼，拿着手机叫外卖：“先吃饭吧。”

平时都是两个人一张桌子，叶菱几天不想搭理谢霜辰，所以饭桌上这几天格外冷清。多了一个凤飞霏就不一样了。这小孩儿看着顶天立地年少轻狂，可没想到却是个娇生惯养的少爷，吃饭还挑食。这个不吃那个不吃，最后嫌弃外卖不好吃。叶菱对此无感，他不关心的事情就是不关心，就算旁边山呼海啸了，他都能淡定吃饭。

谢霜辰不行啊，在凤飞霏疯狂往外面夹胡萝卜的时候，谢霜辰终于原地爆炸了。

“你怎么回事？！”谢霜辰叫道，“怎么还挑食？多大个人了？”

凤飞霏说道：“可是我就是不喜欢吃胡萝卜啊，这个跟多大年纪没关系吧？难道你二十岁的时候喜欢女人，到了四十岁就能变成喜欢男人了？”

有理有据！谢霜辰竟然不知道从什么角度反驳。

“你怎么知道他不会呢？”叶菱对着凤飞霏意味深长地笑了笑，“今晚就你俩睡吧，顺便也能验证你的设想。我们实践型学科是很讲究实践依据的。”

“我才不要跟这个小鬼一起睡！”谢霜辰反驳道。

“你以为谁要跟你睡一起啊！”凤飞霏奓毛，“你是大胸软妹？”

叶菱为难地说道：“可是家里只有两张床，你们谁要睡沙发？”

“他！”谢霜辰和凤飞霏互相指着对方。

晚上，叶菱洗完澡一进自己房间就看见床上坐着个谢霜辰。

“你干吗？”叶菱问道。

“叶老师，求收留啊。”谢霜辰说道，“那个小兔崽子趁我洗澡的时候霸占了我的床，他那么大个儿一人我还能给他拽下来？好男不跟小孩儿斗，我让着他还不行？”

叶菱说道：“那你睡沙发不就行了？”

“那要我也得睡得下啊？”

“那就睡地板。”

“硌死我算了。”

“……”叶菱深吸了一口气，打算再给谢霜辰找个地方。谢霜辰说道，“叶老师，我们都是男人，为什么不可以让我跟您睡一张床？您不会真的对我有什么想法吧？如果可以的话……”他一副豁出去的表情，“您也可以跟我说，我也不是不能……”

“我求求你，不要给自己加戏了好不好？”叶菱很无奈，一无奈起来天津口音就憋不住地往外跑，双手合十对着谢霜辰鞠躬，“我服了你了！真的！”

“好吧，那我不说了。”谢霜辰说道，“睡觉吧，晚安啊，叶老师。”

他非常自觉主动地躺在了床上，不给叶菱说话的机会。

谢霜辰的睡眠一向很好，可今晚不知道怎么回事，就是毫无困意。叶菱躺在一侧背对着他，一动也不动，连呼吸的声音都很小，如果谢霜辰不扭头看一眼，都感受不到这个人的存在。

“叶老师？”谢霜辰小声说道，“睡着了？”

“……嗯。”叶菱模模糊糊地出声。

“胡说。”谢霜辰说道，“睡着了怎么还会应声？”

叶菱说道：“我睡觉浅，被你吵醒的。”

谢霜辰说道：“好像是啊，在天津的时候，你也是很容易就醒了。”

“嗯。”叶菱说道，“别说话，别吵我睡觉。”

谢霜辰没出声，翻身动了动，面朝着叶菱的后背：“可是我睡不着啊。”

“睡不着出去跑圈去。”叶菱说道，“要不然去折磨那个小孩儿。”

谢霜辰叹了一口气，说道：“我没想到这个小孩儿这么娇气的啊，跟个大小姐似的。刚才他还问我被面床单是不是埃及棉的，要不然他睡着不舒服。我可真是服了，我就应该让他睡塑料布。”

叶菱被谢霜辰叨叨得没了睡意，干脆平躺过来，说道：“小孩儿啊，被家里惯着可不就这样了。”

“老凤家怎么回事？”谢霜辰吐槽，“是不是儿子太多腻歪了？想闺女想疯了吧。”

“没准儿。”叶菱说道，“你以后可以管他叫二小姐了。”

谢霜辰被叶菱逗笑了，说道：“这个可以，哈哈哈。”

房间里用的是遮光窗帘，漆黑一片，谢霜辰伸手时没有在黑暗中把握好距离，不小心碰到了叶菱。

“干吗？”叶菱问道。

“没什么。”谢霜辰吸了一口气，“叶老师……明天我们说什么？”

叶菱说道：“你自己想吧。”

谢霜辰说道：“那就来《珍珠衫》吧。”

叶菱想了想，嗤笑一声，说道：“你可真是意难平。”

他说谢霜辰意难平是因为《珍珠衫》取材于评剧，也是评剧皇后白玉霜的经典唱段。这个活里唱的分量非常重，对于逗哏演员的戏曲功底要求极高。谢霜辰在把凤飞霏扣下之后演这出，大约也是想找回一点儿面子。

谢霜辰的评剧学得再好也是学人家的，怎么能跟家传的比？

叶菱这样揣测谢霜辰，可是谢霜辰的目的并非单纯如此。

毕竟《珍珠衫》也是一出夫妻戏。

台上一张桌子两个人，台下零零散散，生意冷冷清清。

谢霜辰在《珍珠衫》这出戏里可忙活得不行，裹着块头巾分饰夫人和丫鬟两个角色，自己在那儿精分地跑来跑去，叶菱站在一边冷嘲热讽。

按照剧情的安排，叶菱所饰演的老爷端坐在椅子上，谢霜辰饰演的夫人跪在地上一边哭一边向老爷求情，此处有大段的唱戏。

然后就不得了了，谢霜辰一开始是抱着叶菱的大腿唱，然后又开始抓着叶菱的手一边晃荡一边唱，哭哭啼啼的，好不可怜。

史湘澄正看得津津有味，就见门口一个穿着风衣的高个儿男人走了进来。

“哟，姚老板来啦！”史湘澄上前迎接。姚笙跟她点了点头，一看台上，表情立刻就变成了嫌弃，问道，“第几个活了？”

史湘澄说道：“最后了。”

“叫什么？”姚笙问道。

“《珍珠衫》。”史湘澄回答道，“姚老板您先坐吧，我给您沏壶茶去。”

她说着从口袋里掏出来一张卡片，“这是二维码，一共是八十元，您扫一下。”

“啊？”姚笙说道，“还跟我要钱啊？我能掏张票钱进来就不错了！你这儿也忒贵了吧？黑店啊？”

史湘澄说道：“那没办法啊，班主特意嘱咐的，说姚老板来了要伺候最好的，还得收姚老板的钱。”

“一边待着去。”姚笙说道，“不喝了，渴着！”

“欸！”史湘澄说道，“那您有事叫我啊。”说完就跑一边儿待着去了。

姚笙今天是没什么事干，下午起来之后出来晃荡晃荡，顺便看看最近谢霜辰过得怎么样。不过看看周围，大周末的就坐了两排人，看样子是不怎么样。

活该不怎么样！还敢跟他要茶水钱，穷疯了吧！

再看台上，谢霜辰还跪地上哭哭啼啼呢，早就偏离了原本的内容，唱完之后还不起来，跪在地上抱着叶菱扯东扯西。

叶菱很想踹他，并且心里默默打定主意从今往后再也不跟谢霜辰演夫妻戏。

“老爷……”谢霜辰握着叶菱的手佯装给自己擦眼泪，那叫一个楚楚可怜，“哎——”

叶菱反手摸摸谢霜辰的脸：“你接着唱啊。”

“我忘词了。”谢霜辰说道。

“去你的。”叶菱终于能踹谢霜辰了，他毫不留情，谢霜辰就软趴趴地跌倒在一边，这一出到此结束。

两个人鞠躬下台，因为是最后一个节目了，所以还会有一个小返场。一般来说都是观众强烈要求。可这会儿台下坐着没几个人，还走了一半，只剩下几个姑娘和姚笙在那儿拍手叫好。这返场返得实在没有什么滋味。

本来没有就没有，可是凤飞霏冒充主持人跑上来拦了他俩一下，不想返也得返了。

“刚刚演的是一出《珍珠衫》。”谢霜辰站在话筒前开始唠家常，“取自评剧，是白派的经典曲目，欸，我是不是学白玉霜学得还挺像的？这个身段儿，这个唱腔……”

他是冲着叶菱问的，叶菱低头摆弄着桌子上的扇子手绢，默默地回答道：“嗯，性别也挺像的。”

“噫——”姚笙大叫道。他前面的几个女孩儿“嘿嘿”地坐在那儿笑。

谢霜辰一眼就看见了台下的姚笙，指着姚笙对叶菱说道：“他才最像。”

叶菱说道：“嗯，你们姐俩都挺优秀的。”

姚笙大声说道：“叶老师下台来玩呀！”

叶菱一抱拳：“不用了。”

姚笙佯装生气，谢霜辰一脸纠结地问叶菱：“那我怎么办？”

叶菱心里怎么想是一回事，但站在这个台上了，他始终都能镇定自若地进入一个表演状态。只要在这里，他时时刻刻都能记得住自己只是一个“乙”，说什么都是不用负责任的。

而谢霜辰跟他不一样，是那个“甲”，所做的一切就是给观众呈现笑料。

舞台是一个冷漠的地方，不必倾注演员本人真正的情感在里面。

“你能一样？”叶菱面带微笑地对谢霜辰说道，“你当然不一样。”

谢霜辰愣了一会儿，不过那是一个极短的瞬间，他很快便换上了他那副贱嗖嗖的模样，说道：“哎呀，这种事情您还这么堂而皇之地说出来，人家可是会害羞的。”

叶菱点头：“那就晚上回屋再说吧。”

那几个女孩儿已经有点儿情难自禁了。

“我觉得这么说仿佛更羞耻了。”谢霜辰说道。

“有吗？”叶菱装傻，“仁者见仁吧。”

他们两个人在台上你来我往，姚笙一开始本来还会起哄，但是后面实在太直白了，他甚至开始有点儿冷漠。那个几个女孩儿叽叽喳喳的，谢霜辰冲着他们说道：“你们聊什么呢？一起聊会儿？”

其中一个说道：“没什么，别问了。”

谢霜辰说道：“我就要问！”

另一个说道：“知道了对你们不好，请不要过多干涉粉丝的生活！”

谢霜辰惊讶地说道：“我怎么干涉你们的生活了？不行，求知欲！快点儿告诉我！”

“你真要知道？”她们问。

叶菱很无奈地说道：“他想知道你们就告诉他吧，要不然今晚你们都别走了，保不齐还给你们扣下来当保洁小妹。开场打快板的那个就是被这么扣下的。”

听了这话，那几个女孩儿又开始疯狂地讨论起来。

“大点儿声嘛！”谢霜辰原地撒娇，叶菱在旁边扶额。

“你真的要听？那你可别后悔啊。”一个女孩儿特别平静地说道，“那我真说了啊！”

谢霜辰催促道：“赶紧着！”

女孩儿还是很平静：“只是想讨论一下你和叶老师的营业关系问题。”她说完 又补充了一句，“是你逼我说的啊，可不是我自己要说的，不要回头扣一顶影响你们正常生活的帽子给我们，这个锅我们可不背。”

谢霜辰和叶菱看看彼此，叶菱真的不知道该说什么了，他只能赖谢霜辰。谢霜辰也思考了一下这个问题，然后借助着桌子稍微弯腰，问道：“这个问题，很重要吗？”

叶菱这下一头雾水了，他很想敲开谢霜辰的脑子看看里面到底是什么东西。这个重点错得也太离谱了吧？你不知道怎么回答沉默不就好了？为什么要突然问人家一句是不是重要？这根本就不重要好吧！

姚笙在下面托腮看好戏，史湘澄凑了过来，悄悄地问道：“姚老板，您怎么看？”

“我？”姚笙说道，“我当然是坐着看啊！怎么着，还要我躺着看？”

“不是啦。”史湘澄干脆也拉了把椅子坐下，“我是说台上两位……”她两根食指往一块儿一并，笑着说道，“您知道吧？”

“他俩？”姚笙说道，“搭档不都是这样吗？”

史湘澄说道：“那他俩确实挺拼命的，亲生搭档不过如此了。”说完她还“啧啧”两声。

姚笙忽然问道：“我怎么感觉你好像还挺开心的？”

“没有。”史湘澄义正词严地说道，“我非常正直。”

谢霜辰那个问题抛出来，台下的几个女孩儿一句话都没说出来。他站起身看着叶菱，自言自语地说道：“都是为了生活啊。”

“……你别说话了。”叶菱扶额。

“哎呀，这不重要。”一个女孩儿摆手，“你不要再顾左右而言他了，你自己不觉得尴尬？我都替你尴尬。”

谢霜辰不仅不觉得尴尬，按住了叶菱，挑眉说道：“叶老师你别动。”然后他又对着台下的几个女孩儿说道，“我们没有在营业，我们是很真情实感的。”

台下几个人茫然地点头。

“真是过分啊……”史湘澄说道，“换成偶像艺人的话，粉丝估计就原地爆炸了吧？”

姚笙摇着头说道：“不是很懂。”

整个园子里一共也没多少人，最尴尬的还是叶菱。

他真是进也不是退也不是，他的内心是崩溃的。他觉得不能用正常人的思维去揣测谢霜辰，因为谢霜辰根本不按常理出牌。

这个人没有底线，叶菱想。

可玩归玩，闹归闹，演出总有结束的时候，谢霜辰成功地糊弄了那几个女孩儿，让她们没事就来园子里听相声，再之后就散场了。

等观众都走完了，谢霜辰干脆从台上跳下去，对着姚笙提着嗓门儿说道：“哟，师哥来了啊？怎么着，请我们吃夜宵？”

姚笙说道：“你这个‘师哥’两字出来就没好事。”

“那你看我们跟这儿卖力气耍把式的，不得犒劳一下我们？”谢霜辰扭头叫道，“叶老师，您还愣那儿干吗呢？”

叶菱抬头看了谢霜辰一眼，慢吞吞地动了动，没往谢霜辰这边来，反而去了后台。

“叶老师脸皮儿薄。”谢霜辰跟姚笙解释道，“这你是知道的。”

姚笙说道：“谁让你这么欺负还不生气的？玩得有些过了吧？叶老师脸都红了。”

“那你是没看见他欺负我的时候。”谢霜辰说道。

姚笙说道：“那是你活该。”

“天地良心，我冤啊！不过叶老师脸红的时候你不觉得很可爱？”谢霜辰问道。

姚笙说道：“你这个思想很危险啊少年。”

谢霜辰没接话茬儿，说道：“走吧，别在这儿待着了，不要打扰湘澄女士打扫卫生。”

史湘澄说道：“是你说让他们一起出来打扫卫生，再走的啊！”

“行吧。”谢霜辰去后台叫人，大伙儿一窝蜂都出来了。其他几个人姚笙见过，特别是那个把自己绊倒了的蔡旬商，姚笙觉得还是很愧对他的。

“干吗要打扫卫生啊！”一道声音传了过来，姚笙顺着声音看过去，见一个少年毛手毛脚地拿着扫帚乱挥，不是碰到椅子就是撞到桌子，叮当咣啷乱响一通，不知道的还以为是在拆家呢。

凤飞霏特别怨，为什么演员还要来收拾残局啊，这种事情不是应该交给那个保洁小妹做？

谢霜辰似乎看穿了凤飞霏的想法，戳了戳他的脑门儿，说道：“自力更生丰衣足食，你是来卖身还债的，不是来当大少爷的。怎么着，你还以为你还是家里的二爷呢？”

“那这也太落魄了吧！”凤飞霏大叫道，“为什么连吸尘器都没有！”

谢霜辰说道：“因为穷！”他看姚笙在一边像没事人一样地站着，说道：“浪味仙你也搭把手吧，收拾完了去吃夜宵。”谢霜辰说到这里，又对着大伙儿喊道，“一会儿姚老板请大伙儿吃夜宵啊！随便点！”

大伙儿拍手称赞，姚笙能怎么办？

“那可以吃小龙虾吗？”凤飞霏突然说道，“这里挨着簋街呢。”

姚笙问道：“少年你是哪位？”

第二十五章

“你管我哪位？”凤飞霏撇嘴说道。

“问问都不行？”姚笙拍了拍谢霜辰的肩膀，“你这儿怎么回事啊？怎么还有小孩儿？”

谢霜辰还没来得及说话，凤飞霏就叫道：“叫二爷！”

“得了吧！”谢霜辰说道，“就你那娇生惯养的样，叫你二小姐还差不多！赶紧扫地去，要不然今晚你没得吃啊！”

凤飞霏暴躁如雷，想拿扫帚去打谢霜辰。但是迫于饿肚子的威胁，凤飞霏只能吐吐舌头装装样子，然后非常不情愿地去干活。

谢霜辰转过身对着姚笙说道：“唱评剧凤家的小孩儿。”

姚笙想了想，说道：“噢，我知道了，他大哥凤七是不是跑路了？”

“听说是。”谢霜辰说道，“我查了一下，真叫人唏嘘。他们家里里外外按辈分和人数排，他哥占第七，他占第八。他哥要是跑路，他估计就是凤七了，不过我看这小孩儿的意思，估摸着也是不想继承家业。”

“谁年纪轻轻的时候不希望花天酒地游戏人间呢？”姚笙忽然问道，“你十几岁的时候想说相声？”

谢霜辰摇头：“不想，我只想天天玩，学艺太苦。”

姚笙叹了一口气，说道：“我也不想啊……”

他们的身世有太多的相似之处，都生长在这样一个家庭里，没有皇位没有矿，有的仅仅是一门手艺和一个名头。这些东西太古老了，让年纪轻轻的他们与这个世界显得那么的格格不入，也无法去过一个普通年轻人该有的生活。

世家荣耀的背后，往往都是这些无奈。

“不过我觉得现在这样挺好的。”谢霜辰说道，“能有一技之长养活自己，养活叶老师。”

“你还养活叶老师呢？”姚笙环顾这个清冷的园子，问道，“你确定？”

谢霜辰笑了笑，没有回答。

一行人溜达出门，杨启瑞和陈序是有家庭的人，得早点儿回去，便不跟他们一起吃夜宵了。余下七个人朝着簋街行进，途径胡大门口，谢霜辰想起了前段时间在这里撂地演出的情景，不禁有点儿唏嘘。姚笙看他这样，打趣地说道：“怎么？忆往昔峥嵘岁月？要不就在这儿吃？”

“人这么多，还得等位子。”谢霜辰说道，“提姚老板名儿顶用？”

姚笙摇头：“不顶用，你滚吧。”

凤飞霏嘟囔着说道：“你们无聊不无聊，吃个饭也要扯东扯西的。”

谢霜辰弹了一下凤飞霏的脑门儿：“闭嘴，待会儿撑死你这个小屁孩。”

“这才哪儿到哪儿？”姚笙笑道。

很快，姚笙就知道自己错了，真的错了。

为什么七个人能吃大几百只小龙虾？

他看着大伙儿面前的虾壳有点儿怀疑人生。最近生意这么苦？你们这是多久没吃饭了？

特别是那个凤飞霏，是被谢霜辰虐待过？面前的虾壳都要堆成山了！

“叶老师您怎么不吃啊？”谢霜辰对叶菱说道，“不要给浪味仙省钱，他有的是钱。”

“我没什么胃口。”叶菱说道，“剥小龙虾太麻烦了。”

谢霜辰说道：“那我给您剥。”

“不用。”叶菱拒绝。

“哎呀，咱俩谁跟谁啊。”谢霜辰说道。

叶菱当着这么多人的面不好发作，他觉得全桌的人都在看自己，非常不自在。叶菱对于谢霜辰这样的亲近也越来越感觉不自在，但说不上来是为什么。

谢霜辰闷头给叶菱剥虾壳，然后把虾肉放在叶菱面前的盘子上。叶菱双眼发直地盯着盘子发呆，谢霜辰摘下手套，在叶菱脸上一划，说道：“吃啊。”

谢霜辰手上有油，在叶菱的脸上留下了痕迹，叶菱不耐烦地别过头去擦了擦，说道：“你别胡闹了。”

“欺负一下你，怎么了？”谢霜辰笑着在叶菱耳边小声说道，顺势抽了张纸巾给他擦干净。

“你们两个真的好恶心啊！”凤飞霏一边吃饭一边说道，“说相声的都这么恶心？”

“并不是。”陆旬瀚摆手说道，“我们就很清新。”

蔡旬商挑牙说道：“对啊，可能班主跟叶老师关系真的很好吧。”他手一滑，牙签折了，把牙龈刮出了血来。

“看你那副模样。”谢霜辰说道，“就都别给自己加戏了。”

他们互相开着玩笑，叶菱始终低垂着头，不知道在想什么。

凤飞霏清了自己面前的小龙虾壳，砸吧着嘴，说道：“我还想再吃份蛋炒饭。”

姚笙惊了：“你还能吃得下去？”

“不行吗？我才十八岁！你以为都跟你们一样？”凤飞霏有点儿窘迫，企图用大喊大叫来掩盖。半大小子吃死老子，青春期男孩儿的胃仿佛就是个无底洞，怎么吃都能消化得一干二净。

谢霜辰阴阳怪气地说道：“姚老板不会连一碗蛋炒饭都买不起吧？我们家二姑娘想吃一碗蛋炒饭怎么了？”

“什么二姑娘！”凤飞霏说道，“姓谢的，你瞎胡说些什么！”

谢霜辰说道：“那就二小姐吧。”

“你给我闭嘴！”凤飞霏真的生气了。

姚笙用手指着谢霜辰说道：“我觉得你就是贱得慌，招惹完叶老师又来招惹这个……”姚笙说着朝凤飞霏一指，后半段还没说呢，凤飞霏就“啪”的一声，拍了一下姚笙的手。

“别指着我。”他说道。

姚笙惊了，他什么身份地位？什么时候让一个小屁孩对自己如此这般过？

“哎哟喂！怎么回事？”姚笙也开始阴阳怪气起来，“指你怎么了？你都让人扣下卖身还债了，现在还吃着我的饭，我指你怎么了？你有人权？”

“我们家没人敢对我这样！”凤飞霏说道，“我哥都不这么跟我说话！”

“那有本事找你哥去，我又不是你哥。”姚笙站起来说道，“在这儿没人惯你这臭毛病！”

凤飞霏也站了起来，但是他没有姚笙高，再怎么凶也比不得姚笙霸王一样的气势。输人输阵，凤飞霏非常不爽。

“得了，你俩斗鸡呢？”谢霜辰看似轻飘飘地说道，“蛋炒饭还吃不吃了？”

“吃！”凤飞霏说道，“再给我来份牛蛙！”

谢霜辰喝了一口酒，觉得凤飞霏真的很幼稚。

一顿夜宵他们吃到了凌晨，凤飞霏吃到想吐。因为消费金额高，离开的时候还能抽一次奖。蔡旬商跃跃欲试，史湘澄把他轰走了，让陆旬瀚过来。

“我？不好吧……”陆旬瀚说道，“我不想折寿啊，这个世界上能量都是守恒的，我……”

史湘澄说道：“老瀚你能不能不要废话了？”

陆旬瀚不说话，伸出手去摸奖。

锦鲤大神在这一刻又护佑了陆旬瀚，奖券摸出来一看，中了一张两千元的代金券。服务员都惊了，这大半夜的是不是闹鬼？里面几千张奖券都能把这张抽出来？这是什么运啊！

陆旬瀚看着手里的大奖，愁眉苦脸地说道：“完了，我感觉我没得好了，你们谁要啊，我不要。”

姚笙笑着把代金券接过去，转手就塞给了凤飞霏，说道：“下次再来吃两千元的吧，你不是能吃？”

“别再说吃了。”凤飞霏面色难看地说道，“我要吐了！”

大伙儿一脸嫌恶的表情。

谢霜辰喝了酒就没开车，三个人打车回的家。凤飞霏坐在副驾驶座位上，嘴就没闲下来过，念叨的全是什么“好撑”“好饱”“好想吐”……听得他们哭笑不得。

叶菱靠着车窗看外面的霓虹街景发呆，浑然没有发觉谢霜辰一直在看他。

其实谢霜辰一直都知道叶菱这顿饭吃得心气儿不高，但是谢霜辰不知道是不是因为自己玩得有些过的原因。叶菱私底下沉默的时候完全没有任何存在感，眉头微蹙着，仿佛有天大的心事一般。

“叶老师。”谢霜辰碰了碰叶菱，上身前倾，下巴压在了叶菱的肩膀上，“想什么呢？”

“别靠我这么近。”叶菱说道，“你身上有酒味儿。”

“我没喝多啊。”谢霜辰说道，“不至于吧？”

叶菱说道：“喝多了就不是这样了，把你扔在大街上，不准回去。”

“舍得？”谢霜辰笑着问道。

叶菱转过头去，面对着窗外倒退的光影，没说话。

叶菱的心里不像他表面这么平静，而是升起了一种他抓不住的感觉。他有些遗憾为什么自己是一个理科生，只会面对种种数字和符号，坚信所有的东西都是可以精准计算出来的。可惜并不然，叶菱不想搭理谢霜辰，顺手就推开了他。

谢霜辰哪儿知道叶菱内心的这些波澜？只以为自己又招他烦了，闷声坐在一边，思考着自己今晚能睡在哪儿。

叶菱回家给凤飞霏找了点助消化的药吃，其他的也没多说。谢霜辰快速地洗了个澡就往床上一躺。

“今晚这么乖？”叶菱有点儿意外，谢霜辰一晚上都没折腾。

“今晚好像惹叶老师不开心了。”谢霜辰老老实实地说道，“我不是故意的，您不要生气。”

叶菱说道：“我没有生气，之前答应过你的，只不过有时候会不太适应，我觉得……”

“觉得什么？”谢霜辰打断了他。

“觉得……”叶菱摇摇头，“算了，这不重要。”

“您是不是觉得不习惯或者放不开？”谢霜辰问道，“没事，都是假的，习惯就好。得，我伺候您睡觉吧，累一天了。”

凤飞霏是个不安生的主儿。

昨晚吃撑了，还得找健胃消食片来吃，一大早起来就又觉得空虚。他打着哈欠习惯性地去推隔壁的房门，没想到门没锁，门一推就开了。

“今天吃什么啊。”凤飞霏一脚踏进去叫唤，“你们……”

话还没说完，整个人就僵在了门口。

与此同时，叶菱被他的话给惊醒了，睁开眼的时候脑子还是蒙的，顺手把谢霜辰的手推了下去，谢霜辰动了动，翻了个身。

“怎么了？”叶菱边揉眼睛边问凤飞霏，“饿了？”叶菱的自然源自于自己毫无察觉，意识不够清晰。但这一切在凤飞霏眼里就全变了味儿。

此时此刻，凤飞霏的心中轰鸣起了悲壮的《命运交响曲》。

惊涛骇浪，卷起千堆雪。

叶菱慢慢走到凤飞霏面前，撵他出去，顺手把门一带，说道："以后进门之前要先敲门，你爸妈没教过你？"

"我……我忘了。"凤飞霏对叶菱本身就有一点儿天然弱势，不太敢跟他对着干，这会儿更是不敢直视了，平时说话中气十足跟个小狮子似的，雄赳赳气昂昂的，现在却蔫了。

"下次记着点儿。"叶菱说道，"这是基本的礼貌。"

"好。"凤飞霏回了一嗓子，稍微垂着头，却忍不住悄悄抬头瞥了一眼叶菱。

他都不尴尬的么！凤飞霏心中疯狂咆哮。

这事儿一直盘踞在凤飞霏的心头，导致他看叶菱和谢霜辰怎么看怎么不对劲。

谢霜辰是个特黏糊的人，总爱跟叶菱凑一块儿。吃饭的时候还经常会问叶菱要不要吃这个，要不要吃那个，他觉得好吃的就夹给叶菱。可叶菱对谢霜辰却很冷淡，别看台上在怎么样都行，下了台，他对谢霜辰就有点儿爱搭不理了。

这是什么组合啊？凤飞霏已经看不明白了。

咏评社原本只有周末场，长久下去也不是个事。谢霜辰跟大伙儿商量了一下，决定还是开放工作日的晚场。社里就这么几个兵，平日里还得求朋友来演两场。不管当天上座率怎么样，谢霜辰都是按照市价给钱。

哪怕只有一个观众也这样。

其实谢霜辰是有粉丝的，可问题在于喜欢他的大部分都是还在上学的小女孩儿，天南海北哪儿的都有。他最开始在小园子里说相声的时候，周末能有过来捧场的，但总不能次次都来吧，时间成本和金钱成本都摆在这儿，零星的粉丝经济终究不能长久。

网红变现个一两次是正常操作，但是天天都变现的，那操作可就不是常人所能搞定的了。

所以终于在某个周三的晚上，一张票也没卖出去。

凤飞霏每次都是第一个来开场，他看没有观众，就问道："怎么着啊，还开不开啊？"

谢霜辰问史湘澄：湘澄，网上的票，卖了？"

史湘澄摆弄了一阵，摇头说道："没有啊。"

谢霜辰摆手说道：“那就散了吧，今晚不开了。”

史湘澄走过去，低声问谢霜辰：“那你请来的那两对演员呢？”

谢霜辰说道：“照常结工钱。”

“这……”史湘澄有点儿为难。她压根儿就不懂谢霜辰这个逻辑，明明来了就没干活啊。她问道，“给一半行吗？”

谢霜辰说道：“哪儿有给一半的道理，以后还做不做人了？”

史湘澄说道：“你这真是打肿脸充胖子。”

谢霜辰说道：“你不懂。”

“我怎么……”史湘澄想要反驳一句，叶菱走过来说道，“你就按照他说的做吧，给人家早点儿结了工钱，大伙儿好回家。”他看了看时间，“正好还能吃顿晚饭。”

“行吧，行吧。”史湘澄甩手就走了。

这条街上他们平日里都吃得差不多了，逛游了好几圈，看见一家新开的，卖驴肉火烧的店，谢霜辰一指：“就这儿吧。”

凤飞霏说道：“我不想吃。”

谢霜辰说道：“不想吃就饿着。”

凤飞霏闭嘴。

几个人围坐在一张小桌前，挤得满满当当的，凤飞霏看着自己面前狭长的驴肉火烧，不满地说道：“这是什么东西，这不是驴肉火烧。”

蔡旬商和陆旬瀚哥俩从南方来，火烧和烧饼有什么区别都未必清楚，压根儿不懂凤飞霏在斤斤计较个什么劲儿。

“不是挺好吃的？”陆旬瀚说道。

“好吃个什么？”凤飞霏怒道，“这种长的都是野鸡驴肉火烧！纯血驴肉火烧是圆的！火烧外焦里嫩，一口咬下去是酥脆的。还有这个驴肉，多柴啊！应该得留油才对！原来你们每天就吃这种冒牌货？”

大伙儿一起茫然地看着凤飞霏一个人在那里跳脚。

“这种东西简直就是玷污我大驴火帝国的脸面！”凤飞霏一脸嫌弃地说道。

“我去过保定啊。”谢霜辰有些匪夷所思，努力在自己的记忆中抓取关于驴肉火烧的线索，“有你说得这么邪乎？”

“你是不是在连锁店吃的？”凤飞霏敲桌子，强调重点，“连锁店都不行，最正宗的驴火，你得往那些个小摊小贩那里吃。就是街边儿搭个棚子，风一刮就能倒的那种，然后烤火烧的炉子得是那种大油漆桶，就是用了好几百年，炉灰都在汽油桶外面围了好几层的那种，黑不溜秋的。旁边支几张桌子，桌面上得有擦不掉的老油。老板得是那种中年大叔大妈，操一口正宗的保定话，旁边还得坐一两桌老保定人，说话都是‘喃们一块儿滴’‘我次儿了白’这味儿的。”

陆旬瀚问道：“不脏啊？”

“你懂什么？”凤飞霏说道，“这是江湖的味道。”

谢霜辰一言难尽地嚼着饼，问道：“那哪儿才有吃啊？”

“我小学同学她妈原来就在保定商场后边的牌楼那里切墩儿，大慈阁后边也有好多。”凤飞霏说道，“不过我印象比较深刻的还是在土桥那里，但是那儿太远了，简直就是穷乡僻壤，我爸带我去过一次。”

“多远？”谢霜辰问道。

凤飞霏想了想：“应该有五公里吧。”

大伙儿顿时无语。

史湘澄说道：“那似乎还没从咱们这儿到惠新西街远吧？”

凤飞霏回答道：“我毕竟是一个生活在护城河里边的高贵冷艳的老保定人，去哪儿都很远。”

“也是保定小王子了。”蔡旬商笑道。

“什么小王子？”谢霜辰说道，“保定府二小姐。”

“你去死吧！”凤飞霏揉了一团卫生纸去丢谢霜辰。

伴随着拧瓶盖的声音，陆旬瀚看着瓶盖说道：“再来一瓶。”

众人沉默，谢霜辰和凤飞霏都不打架了，谢霜辰握着陆旬瀚的手，语重心长地说道：“老瀚啊，一会儿咱们出去买彩票吧？”

陆旬瀚惆怅地说道：“叔，我还是想多活两年的。”

“你叔我穷两年不算什么。”谢霜辰更加语重心长，并且还转身去把叶菱拉过来，“你婶儿可咋整？”

史湘澄也揉了一个纸团丢谢霜辰：“别学我们东北话！”

叶菱把手抽了出来，冷漠地说道：“玩去吧。”

史湘澄愤怒：“也不要说天津话！推广普通话有那么难吗！”

众人异口同声地说道：“东北人闭嘴！”

谢霜辰结账的时候，摸索了半天，发现自己没带手机，他看了看叶菱，叶菱说道：“我去结吧。”

吃顿驴肉火烧也用不上多少钱。

“我的手机可能落园子里了。”谢霜辰说道，“叶老师，您跟我回去拿一趟吧。”

叶菱不想去：“让二小姐跟你去。”

“我才不去！”凤飞霏说道，“不准叫我二小姐！叫二爷！”

“行吧，二小姐。”叶菱说道。

谢霜辰摆手：“你以为我乐意要你跟我去？不行，叶老师跟我去吧，完事了咱俩一块儿回家。”

“那我呢？”凤飞霏又问道，“我上哪儿去？”

谢霜辰说道：“自己上网吧打游戏去。”

他终究是没带着凤飞霏，拉着叶菱就出门了。

一进去，园子里乌漆抹黑的，谢霜辰去开灯，叶菱就孤零零地站在中间。

这原本应当是一个充满着欢声笑语的地方，但人潮散去，比任何一个场合都要静默。叶菱一想到这一整天的遭遇，心里的情感就愈发复杂起来。

五味杂陈，难以言说。

他不是个很会表达感情的人，只会独自在一处落寞。头顶的灯忽然亮起，谢霜辰边走边说道：“我上后台找了一圈没找着，不会是丢了吧，叶老师您给我打个电话？欸……不用了，不用了！在外面桌子上呢，叶老师……”

他抬眼看见叶菱，叶菱回头看他，很平静。

“想什么呢？”谢霜辰问道，“我打扰您了？”

“没有。”叶菱摇头，“什么都没想。”

谢霜辰上前问道：“我觉得您这段时间好像都不太开心的样子，不会又是因为我吧？”

叶菱脸上的表情一滞，分不清谢霜辰说的得是对还是错。叶菱回避了这个问题，背对着谢霜辰，说道：“可能是冬天到了，天气冷，阳光又不充足，心情就不怎么轻松吧。”

“叶老师。”谢霜辰走到叶菱的面前，半开玩笑地问道，“您是不是担心我没能耐，养不活您啊？”

叶菱垂下头：“你养我有什么用？这一大家子不得靠你养？我又没有什么特殊的。”

“不一样。”谢霜辰说道，“搭档如夫妻……”

“这里又没别人。”叶菱打断了他，“你就别酸了。”

“好吧。”谢霜辰说道，“您别太担心。演员不够可以招，最不济我自己一个人都能演一下午。生意不好可以想办法，人生总有起起落落。我觉得信心是最重要的东西，虽然我这个人看上去是有些不靠谱儿……但我还是希望，您能相信我。”

“你自己相信自己吗？”叶菱问道。

谢霜辰说道：“一开始不太相信，可能是师父刚去世那阵儿的时候，经历的人间百味比较多，我就总觉得自己一直笼罩在师父的光环下，师父没了，我就什么都不是了。说到底，现在我仍然对自己有所怀疑，这话我不敢跟别人讲，我只敢跟您说。我什么都不怕，最次，大不了就当个小流氓，我在北京城还混不下去？可是我有您了，当初千方百计才得到了您，我总不能说不干就不干了吧。只要您说一句您相信我，不会离开我，我就……”

叶菱问道：“你是害怕我走？”

谢霜辰先是点点头，再摇摇头：“哎呀，我也不知道该怎么说，怎么说都奇怪。”

可叶菱心想：原来谢霜辰这么腻腻歪歪地成天跟他捆绑在一起，是怕他甩手不干了。叶菱知道自己是个很木讷的人，也自觉在情绪上不是很敏感，可这会儿，他不知怎么就陷入了低沉。

“哎……”叶菱叹了一口气，拍了拍谢霜辰的肩膀，转身走上舞台，看了一眼头顶的大灯，幽幽地说道：“这几个灯不够亮，有钱了换个亮点儿的吧，我喜欢亮的。”

谢霜辰一听到叶菱说的话，点头笑道：“好嘞！”

叶菱也对他笑了笑。

第二十六章

周日的场次观众多一点儿。

开场之前，史湘澄拿着个手机支架放在中间最好的位置那儿摆弄，谢霜辰溜了过来，问道："你干吗呢？"

"开直播。"史湘澄说道。

"啊？"谢霜辰问道，"开什么直播？有什么用？"

史湘澄说道："反正也没什么人来园子里看，不如就在网上直播吧，搞不好还能赚赚人气和流量什么的。"

谢霜辰想了想，说道："那我要不要发个微博？哪个平台啊，直播间的号码是多少？"

史湘澄本以为谢霜辰会觉得园子里听相声是卖票的，她这样免费传送到网上去会惹谢霜辰不高兴。没想到谢霜辰还挺赞同她的做法，并且主动要求宣传。

"你不怕别人都在网上看，就不来你这儿了？"史湘澄犹豫地问道，"我只是突发奇想，如果影响不好就算了。"

"你这个问题问得很好。"谢霜辰笑道，"我师父他们那代人吧……不，准确点儿说，是包括我师哥他们在内的这些人，都非常忌讳这东西。在他们看来，本事就是饭碗，是让别人掏钱的手艺，没有免费给别人看的道理。可你看看咱们现在这副惨样，人家都不知道你是谁，凭什么给你花钱？现在的年轻人，宅男喜欢看漂亮女孩儿，漂亮女孩儿喜欢看帅气的男孩儿，谁闲得没事干跑来听相声啊？我觉得不是因为相声不好听，而是大伙儿都没什么机会了解它。很多人对它的印象还保留在电视相声的那个阶段，那时候我自己都觉得无聊，早几年我也是他们其中的一员，我不知道自己是在干吗。从小到大学了一身的本事，就是为了站在那儿，情绪饱满亢奋地说些有的没的？”

史湘澄问道：“那你现在觉得有什么不同？”

“我现在穷得叮当响，裤子都快买不起了，这算不算最大的不同？”谢霜辰敲了一下史湘澄的脑袋，“赶紧弄你的！我还等着发微博上网冲浪呢！我的粉丝一天到晚在微博上叫唤‘角儿，您什么时候能到哪儿，哪儿，哪儿来演出啊’，去什么去，怎么你们不来北京看我！揭不开锅了都！”

史湘澄说道：“角儿，甭生气了，你这好歹还有点儿粉丝呢。就是路途遥远，没法来北京孝敬您。”

“这才哪儿到哪儿。”谢霜辰说道，“要形成人民战争的汪洋大海啊。”

史湘澄眉头一皱，拍了拍谢霜辰的肩膀，说道：“不是，你这句话似乎用得不太对吧？”

“你懂什么？”谢霜辰说道，“文盲不要给文盲挑错。”

“我？”史湘澄指了一下自己，随后叹了一口气说道，“好吧，我也是文盲。”

谢霜辰问道：“欸，你那个北航的假证多少钱办的啊？”

史湘澄回答道：“两百多元吧？不记得了。”

谢霜辰说道：“回头给我办个清华大学的。”

“你有毛病吧？”史湘澄惊呼道，“吃饱了撑的啊？你以为你是叶老师啊？”

“凭什么叶老师能是清华大学的，我就不行？”谢霜辰问道。

史湘澄无语：“大哥，人家那是货真价实的啊！而且人家有两个证啊，一个本科一个硕士研究生的，你在比什么啊？人比人气死人知不知道？”

谢霜辰说道：“我乐意。”

“哟——”史湘澄眼睛一转，语调就变了，“哎，老实说，要不要我给你俩弄个后援会什么的？微博上开个超话。我最近暗中观察，发现还是有点儿粉丝在默默关注你俩的。”

“用得着你说？”谢霜辰一脸“少女你太天真了”的表情看向史湘澄，“人家还跟我讨论过半天的问题呢，现在的小女孩啊，啧啧……”

“甭说别的，肯花钱什么都好使。”史湘澄说道，“你老实跟我说，你跟叶老师到底……”

“你这么问就没意思了吧？”谢霜辰打断史湘澄，“知道什么叫雾里看花水中望月，最是朦胧之美？”

“不知道。”史湘澄冷漠地说道，“我只想知道你们是真是假。”

谢霜辰戳了一下史湘澄的脑门儿：“庸俗！”

“你高雅你别开门营业啊！”史湘澄说道。

凤飞霏从后台一蹦一跳地出来，他无论走到哪儿，只要一出现，绝对是毛躁地打破所有安静氛围，就跟水花溅油锅里一样。

“你俩站这儿干吗呢？”他问道。

史湘澄说道：“讨论班主和叶老师……”

凤飞霏左右看了看，快步上前，凑到史湘澄面前说道：“湘澄姐，我深入敌后，觉得这个戏路应该是这样的……”

“欸，我说你俩！”谢霜辰有些不耐烦了，“有当着人家面这样编排的？”凤飞霏理直气壮地说道：“我没编排，是我亲眼看见的！当然了，你二爷我是见过世面的，你们这点儿小场面，我向来是微微一笑绝不抽搐的。”

“二小姐可以呀。”史湘澄说道，“如此理直气壮，未来可期！”

“那是！”凤飞霏突然转口说道，“叫二爷！”

史湘澄压根儿就不搭理凤飞霏，对谢霜辰说道：“实锤了！”

“锤你个锤子啊！”谢霜辰哭笑不得，“你们也就只能跟我说说，可千万别让叶老师听见。叶老师可是很严肃的，你们这么说，他肯定不开心了。他不开心你们都别好过！最惨的还是我，跟着受罪，我招谁惹谁了？都是逢场作戏！都是为了生活啊！”

“哎哟喂——啧啧啧！”史湘澄矫揉造作地叫唤，“就你为了生活啊？你生活怎么那么难？”

谢霜辰坦然地说道：“我怎么知道？”

史湘澄和凤飞霏互相对视了一眼，史湘澄说道：“那你好好找找原因吧。”

谢霜辰笑道：“别瞎操心了，赶紧该干吗，干吗去。我现在只是为了生活疯狂营业，要是再不行……嘿嘿，赚钱的事情刑法里不是写的清清楚楚么？”他拂袖转身而去，留下凤飞霏和史湘澄站在原地。凤飞霏这才特别认真地问史湘澄：“他说真的？”

“谁知道真相到底是真是假。”史湘澄说道。

凤飞霏忧愁地说道：“那我住他们家会不会特别不安全？我才十八岁，我甚至还没有驾照！我的人生还很长啊！”

史湘澄说道：“那你看看这后台谁能收留你吧，或者实时跟我汇报一下他俩的动态，我帮你看看是不是真的需要搬出去住。”

天真单纯，但并不弱小且能吃的凤飞霏很爽快地就答应了。

晚场一般是七点开始，到攒底节目的时候，得九点半后去了。这个时间段对于现实生活而言，不是在外面浪得正开心就是已经躺家里开始看剧了。但是对于互联网而言，却是渐渐开始走向一天之中流量的高峰。

园子里听相声的就三五桌，但是看直播的竟然有个万儿八千的。

台上的人不清楚这些，只顾卖力表演。

谢霜辰说了这一宿，嗓子都要冒烟了，结束之后返场，这时候通常都是跟观众闲聊，说点儿轻松好玩的话题。史湘澄看着直播的弹幕和留言，替他们喊道：“角儿，唱一个吧！”

“唱什么啊？”谢霜辰听见了，顺势接了一句。

其他观众说什么的都有，最多的还是《十八摸》。这是谢霜辰的保留曲目，当年在三里屯一唱成名。

“总唱一出就没意思了，我唱其他的也很好的。”谢霜辰打趣道。

“没见过你这么要脸的时候。”叶菱冷不丁地说了一句。

“我什么时候都是很要脸的！”谢霜辰说道，“我想想啊，要不然今晚给大伙儿唱一段京剧吧，《定军山》怎么样？听没听过？”

底下的观众都摇头。

谢霜辰说道：“中国第一部电影就是京剧《定军山》，主演就是号称伶界大王的谭鑫培先生，演的是黄忠的戏。黄忠你们都知道吧？没看过三国怎么着也得玩过《三国杀》啊，技能是烈弓，每次发动都‘嗖’的一声，然后还说台词。”他学道，“百步穿杨，中！”

观众笑了出来。

“还有《王者荣耀》里也有这个英雄，一出场就‘强者恒强’。”谢霜辰特意压低了声音学人物的台词，“ADC满场胡乱杀人的那种。”

年轻观众似乎都很有共鸣，连弹幕都多了许多。

“当然这出戏的年代有点儿久远啊，这个《定军山》讲的是黄忠向诸葛亮请命，先是击退张合，再斩曹军大将夏侯渊，最后夺取定军山的故事。其中有一段非常经典，我给大伙儿学学，你们听一听我这个老生云遮月的Feel（范儿）。”谢霜辰已经提了一口气拿捏起身段了，叶菱突然说道，“你不是学旦角儿的？哪儿来的老生？”

谢霜辰不为所动地说道：“我是京剧百晓生。”

“……行吧。”叶菱说道，“你唱吧。”

谢霜辰站直了身子，唱道：“这一封书信来得巧，天助黄忠成功劳。站立在营门传令号，大小儿郎听根苗。头通鼓，战饭造。二通鼓，紧战袍。三通鼓，刀出鞘。四通鼓，把兵交。上前个个俱有赏，退后难免吃一刀。三军与爷归营号，到明天，午时三刻，要成功劳。”

最后一个字千回百转，转了好几个音，谢霜辰一收手说道：“此处应有叫好声。”

但是观众不知道啊，而且就那么几个人，大伙儿都觉得别人会叫好的，自己就暗中观察。

这一会儿没人叫好，顿时就冷场了，谢霜辰自己都觉得气氛很诡异。

自己唱得不差吧？

谢霜辰正纳闷儿开始怀疑人生时，只听自己左手边传来一道清亮的声音。

“好！”

谢霜辰转头看去，叶菱面对着他拍手鼓掌。

有人带头了，观众这才清醒了过来，也都鼓掌叫“好”。

“吓死我了。”谢霜辰说道，“我还以为怎么着了呢。”

叶菱说道：“没有，唱得特别好。”

史湘澄看弹幕上各种“京剧八级表演艺术家”吐槽谢霜辰这个那个的，非常冷漠地就屏蔽拉黑了那些人，只挑好的留着，她说道：“让叶老师也唱一个吧！”

“这个可以有。”谢霜辰终于有了起哄别人的机会，肯定不会放过，“叶老师好像还真没唱过，今晚就唱一个吧？”

“我就不唱了吧。”叶菱后退一步，“我唱什么都不专业啊。大伙儿都是来听角儿的，我往旁边站着鼓掌就行了。”

谢霜辰说道：“您可不就是我的角儿？”他刚要像往常一样伸手去摸叶菱，叶菱一边说“你闭嘴吧”一边拍掉了谢霜辰朝他伸过来的手。

现场的观众也想听叶菱唱歌，跟着叫了几嗓子。观众是衣食父母，台上的演员应当尽力满足观众的要求，叶菱不好意思拒绝，不然就太不识抬举了。

“那我给大伙儿唱首歌吧。”叶菱歪了歪头，思考了片刻，说道，“就唱宇多田光的*Stay Gold*（保持金色）吧。”

“啊？”谢霜辰愣住了，“日语您也会呀？”

“上学的时候学过不少。”叶菱说道，“但是我不是日语专业的啊，可能唱得不是很好。我也不会弹琴，清唱两句，大伙儿就凑合听听吧。”

甭说观众了，连谢霜辰都特别期待。他好像还真没怎么听过叶菱唱歌，外语歌就更别说了。

谢霜辰背起手来，洗耳恭听。

叶菱轻轻唱了起来，他微微仰起头，声音不大，原本一首热情洋溢的歌被他唱得清清淡淡的，但是真诚的感觉是不会骗人的。

在场没人会日语，观众还可以搜一下歌词，谢霜辰就只能干听着。

反正也听不懂，唱完了叫好就是了。

叶菱唱完，朝着谢霜辰笑了笑，很轻很淡，不易被察觉。

当天晚上，就有观众把直播视频录了下来，将叶菱唱*Stay Gold*（保持金色）的那段单独截了出来，还特意打上字幕发在了网上。

这一切本就这样过去了，但有人悄悄发私信给了谢霜辰，用特别真情实感的语气给谢霜辰写了一段小作文，中心思想就是“叶老师虽然看上去很高冷，但是他是真的非常关心您啊，两位角儿不要气馁，一定要坚持走下去啊，我们会一直支持你们的”。

然后还打了一连串的“呜呜呜……”。

当时谢霜辰一个人在园子里的后台算账，本来看着那一行行数字就很头疼，突然间看到这样一封私信更是一头雾水，他打开视频连接，出现的是以观众视角拍到的叶菱。

他永远是那副清淡的模样，唱着歌，屏幕下方是字幕翻译。

在你眼中藏着一个少年，不断诱惑着我的本能。

不管怎样就让它继续吧，祝一切好运。

悲伤的事情可能不断发生在我们之间。

只因我很爱你，所以你不用担心。

亲爱的，请好好在一起吧。

就请这样天真无邪地微笑着，直到永远……

谢霜辰听着听着，不知怎的眼泪就掉了下来。他总开叶菱的玩笑说人都是喜欢被照顾的，然后佯装一个成熟的大人那样去关照叶菱。可是他比叶菱要小很多，嬉笑怒骂的背后，谢霜辰才是那个小孩子。只不过谢霜辰经历的太多，总是可以掩盖诸多情绪，用桀骜不驯去一笔带过。

他不想让人知道他难，他也不想给别人带来太大的压力和负面情绪。

然而当真正有一个人对他说，请不要担心，希望你能天真无邪的时候。那是一种什么感觉呢？

被谢霜辰有意忽视的压力也好，烦躁也好，懦弱也好，矫情也好，在这一刻都如同洪水决堤一般涌了过来。

他无法控制地哭了出来。

上一次大哭是谢方弼去世时，那会儿他身边没有别人，只有叶菱。叶菱什么都没说，只是默默地守在他身边。

这一次大哭，却是因为叶菱。

来得太普通，太平淡了。可人就是这样，在一瞬间被理解、被关爱、被呵护，在一瞬间放下所有坚强的铠甲和伪装，在一瞬间释放，甘心当一个懦弱的人。

前一秒大笑，后一秒大哭。

这根本就不需要任何理由。

“我以为你早走了，没想到还在，给你打电话也不接，你……”叶菱走了进来，看见谢霜辰在那儿哭，有点儿意外，忙问道，“怎么了？出什么事了？”

谢霜辰哭着说道：“叶老师，我肯定好好说相声。”

叶菱一脸茫然又一言难尽地问谢霜辰：“你……是不是中邪了？”

第二十七章

谢霜辰的头被叶菱拽了起来，眼带泪光犹如星落静湖，叶菱虽然心中费解，但看他这副模样，也不知道该说点儿什么才好，只能换一种口气，问道：“说说吧，怎么回事？为什么平白无故在这里哭？谁又惹你了？”

“我……”谢霜辰是情之所至，但让他自己整理语言说出个所以然来，他也语塞。他眨眼看看叶菱，抹了一把眼泪，耸了耸鼻子，说道，“没什么，可能是这段时间有的没的想太多了吧，我没事。”

叶菱说道：“你要是不痛快，可以跟我说。”

“那样您也会不开心的。”谢霜辰说道，“没必要。”

叶菱沉默片刻，犹豫着说道：“有句话我不知道该不该说。之前我一直没有问过你咏评社的经营状况，你跟我说句实话，还撑得住？卡里还剩多少钱？”

谢霜辰见他问到了命门上，支支吾吾地说道：“还行吧。”

“说实话。”叶菱很严肃地说道。

“就……”谢霜辰说道，“还有个十几万吧。”

叶菱一听到这里就有点儿着急，这些钱在北京还不够买个厕所，难道谢霜辰还指望靠这点儿钱养活这几张嘴？他也不想质问谢霜辰，当务之急是赶紧想办法度过难关。

“要不去求大姐或者姚老板帮帮忙？”叶菱试探性地问道，“他们的关系比较多，兴许能有办法呢？”

谢霜辰说道：“其实我一开始也想过，只不过转头再想想，有点儿不知道该怎么张嘴。浪味仙帮我太多了，一开始就是他来帮我捧场。大姐那边我还欠着她一笔钱呢，虽然她也压根儿不缺这些钱，但是我都这么大了，自己没能耐靠着她，我自己都觉得说不过去。”

“那要不然我出去找份工作好了。”叶菱说道，“白天上班，晚上和周末过来说相声。我的学历……应该还能找份不错的工作吧，至少吃饭不用发愁。”

叶菱自己一个人最苦的时候都没想过要出去找工作，但是跟了谢霜辰后竟然萌生了这样的想法。谢霜辰心里不是滋味，既感动又懊恼，有一种强迫叶菱去工作养家的感觉，他赶忙拒绝道：“不用，暂时还犯不着。”

“那总不能等着饿肚子吧？”叶菱说道。

“我不会让您饿肚子的。”谢霜辰说道，“以后咱们吃香的，喝辣的。”

叶菱莞尔，无奈地说道：“梦里什么都有。”

梦是愿望的达成，而一切都在现实中。

咏评社每天都有相声场次，周二至周五开晚场，周六日开下午场和晚场。谢霜辰这段时间活动了不少地方，姚笙工作室里有谙熟互联网的工作人员给谢霜辰指点。先是给各种同城社交平台送票，还有各种兑换体验奖励，没人来空着也是空着，不如拿出去做点儿事情。

他们每场都开着直播，颜值即正义，而且谢霜辰还有粉丝基础，渐渐地，看直播的人越来越多，竟然每天还能有点儿礼物打赏。直播的视频被人翻录下来传到网上，逐渐散播开，一来二去，倒是有点儿水花。

网友们的记忆空间是有限的，他们在每天的网络生活中都会看到那种爆红的事件，谢霜辰之前在电视上也好，在外面撂地也好，这样的东西在网上出现的热度都是昙花一现，能够吸引一拨人。但是若要有持续性的效益，靠的是持续不断地输出。

要经常出现在大伙儿的眼前，网上随便刷一刷都有他的段子，起初觉得没什么，但是被动接受久了，说不定就会想买张票来看看。

周末场次的观众渐渐多了起来，还有那种扎堆坐的粉丝小团体，起初是一两桌，后来就变成三五桌，甚至七八桌了。

谢霜辰第一次收到观众送的礼物，就是在一个周六的下午。前面的演员下去，他和叶菱上台，一个坐在第一排的女孩儿跑过来，手里举着一个纸袋子。上前一步弯腰靠近，女孩儿说道：“送给您和叶老师的。”

“哟，这什么啊？”谢霜辰笑着问道。

“是我从天津带来的豆根糖。”女孩儿说道，“叶老师是天津人，一定很喜欢。”

“您从天津来？”叶菱走过去问道。

“嗯，一会儿再坐城际列车回去。”

“谢谢，谢谢您。”叶菱双手合十，与谢霜辰一起向女孩儿鞠躬致谢。

“加油啊！”女孩儿握拳，给他俩打气。

虽是一幕小小的插曲，但是谢霜辰与叶菱两人心中都很感动。天津离北京近，没有千里万里，也得是百里迢迢地过来，就为了看他俩在这儿说几十分钟的相声，这得是多大的爱啊。

关键是还能记着叶菱是天津人，捎带来一份家乡的特产。就为这个，返场的时候谢霜辰特意问那个女孩儿想听什么，专门给那个姑娘唱了一首最爱的《富士山下》。

也是赶巧了谢霜辰粤语学得还不错。

“要是以后有好多好多观众来给你送礼物呢？”散场之后，叶菱忽然问了谢霜辰这么一个问题，“你都要满足他们的要求？”

谢霜辰说道：“如果我有能力的话，能满足的尽量都会满足。”

叶菱问道：“为什么呢？”

“因为观众是我的衣食父母啊。”谢霜辰想都没想就回答道，“你说地球上有几十亿人，为什么不喜欢别人喜欢我呢？我觉得被人喜欢是一件特别难得的事，我又没什么别的能耐，是吧？”

“也是。”叶菱也很自然地接了一句。

“哎哎哎！我自己说说就算了，怎么您什么都接啊？”谢霜辰说道，“您甭说我了，人家今天可是冲着您来的。”他拿捏着嗓子学那个女孩儿说话，“叶老师是天津人，肯定喜欢。”学完之后又换成了自己说话的语气，酸溜溜地说道：“哎哟喂！我真的是……”

“怎么？”叶菱质问，“许别人喜欢你，就不许人家喜欢我了？”

“当然不许。”谢霜辰说道，“只能我喜欢您，谁都不能跟我抢。”

坐在车后座的凤飞霏大叫道，“让我下车！”

博物馆周一不开门，咏评社的周一也不上班。辛辛苦苦干了一个星期，大伙儿都指着这一天休息，在家里闷头睡大觉。

死一般寂静的中午，有人“哐哐哐”砸门。

最先一个被吵醒的是叶菱，他迷迷糊糊地下床，对着门口喊道：“您先放门口的架子上吧！”

“不是快递！也不是外卖！”门外的人大喊道，“我！”

叶菱没听出来：“你谁啊？”

“你爹！”

“……”叶菱从猫眼里看了看，姚笙提着两个袋子站在门口，他赶紧把门打开，“姚老板？”

姚笙见来开门的是叶菱也有点儿意外，随即想到自己刚才的话，不太好意思地说道：“叶老师啊，对不住，对不住，我还以为是谢霜辰呢。”

“没事。”叶菱把门关上，问道，“你手上拿的是什么啊？”

“牛肉和羊肉。”姚笙往叶菱眼前提了提，“我朋友给我送来的，我自己一个人在家吃也没什么意思，你们这儿人多，我们中午涮肉得了。哦，还有这兜是菜和作料什么的，我都买齐了，你支个锅就行。”

说话间，谢霜辰睡眼惺忪地从里屋走出来，懒洋洋地说道：“你一大早催命呢？”

“早？”姚笙嫌弃道，“你是不是睡晕了？都中午了，还早呢？”

隔壁房间凤飞霏也往外走，眼都没睁开：“谁啊，这是？”

“滚一边去！”姚笙说道，“都给我滚！”

“这里是我家！”谢霜辰强调，“我才是一家之主！”

平日里谢霜辰和凤飞霏两人吵嘴，叶菱都头疼得不行，再加一个姚笙，这是要干吗呢？仨人比谁的嗓门儿大，谁会的江湖春典多？

烦不烦啊。

“你们在这儿看会儿电视吧。”叶菱决定逃离战场，“我去刷锅切菜。”

“要我和你一起吗？”谢霜辰赶紧问道。

“你可离我远点儿吧。”叶菱说道，“你们仨玩吧，乖啊。”

“我已经是幼儿园大班了，为什么要跟两个小班的小崽儿一块儿玩？”谢霜辰撒娇说道，“不嘛，不嘛！”

姚笙从后面踹了谢霜辰一脚：“我命令你现在立刻消失！”

“浪味仙你踹到我的腰了！”谢霜辰捂着自己的后腰宛如一个中枪濒死的壮士，“我后半辈子的幸福生活你负责啊？”

“叶老师负责。”姚笙用下巴指了指叶菱，坏笑道，“哪儿轮得着我啊？我不会刷锅更不会做饭。”

叶菱“嗖嗖”两步就进了厨房，逃避现场。

这种事听多了虽然会麻木，但是不代表不会觉得尴尬，叶菱也不知道该如何应对。

这顿饭注定吃得也不太平。

凤飞霏挑三拣四的臭毛病又犯了，让谢霜辰一顿数落，姚笙就在中间左右摇摆见缝插针，两个唱戏的和一个说相声的，比封箱都热闹，叶菱头都大了。

没吃到胃疼都算叶菱消化能力好。

所以在吃完之后，叶菱主动承担起了洗碗的重任，谢霜辰哪儿能让叶菱一个人劳动？很是自觉地跟着去洗碗。

他不知道叶菱是想清静一会儿，还神神道道地在叶菱耳边说着自己也嫌凤飞霏和姚笙烦人。叶菱心中默默叫苦，真不知道谁该嫌弃谁。还好，谢霜辰虽然是个少爷脾气，但是干活还算利落，稍稍消减了叶菱一些头痛的感觉。

“姚老板。”饭桌上就剩下凤飞霏跟姚笙了，两人不是很熟但也不是陌生人，好歹有过一碗蛋炒饭和百十来只小龙虾的交情。凤飞霏见谢霜辰和叶菱两个人去了厨房，就凑到姚笙身边问道：“你是不是一个人住啊？”

姚笙说道：“是啊。”

凤飞霏问道：“那你家房子大吗？”

姚笙回答道：“还行吧。”

凤飞霏继续问：“那你……”

姚笙打断了凤飞霏：“你问这么多干吗？”

“你能答应我件事吗？”凤飞霏忽然话风一转。

“啊？”姚笙莫名其妙，“你不先说是什么事，我能答应你？”

“也不是什么大事。”凤飞霏说道，“对你来说，可能都不叫事。”

“那你也得先说啊。”姚笙说道，“甭费劲了好不好？”

凤飞霏想了想，有点儿为难地说道：“你能收留我吗？”

“啊？”姚笙更看不明白这是什么戏了，“你住这儿不挺好的？谢霜辰是短你吃，短你穿，还是短你住了？”

“都没有！哎呀你说什么呢！说正经的呢！”凤飞霏说道，“虽然我是一个从小就生活在护城河里边高贵冷艳见过世面的老保定人，但是你知道他俩有多腻歪？不分时间不分场合！我是个直男啊！我才十八岁啊！成天到晚跟他俩在一块儿，我感觉都影响我的身心健康！”

“不至于吧……”姚笙有点儿尴尬。

“怎么不至于！”凤飞霏声泪俱下地握住了姚笙的手，“救救孩子吧！”

姚笙心想：这演的是哪一出啊？这小孩儿前两天还天不怕地不怕呢？今天就被魂穿了？

“你答应我吧！”凤飞霏又说道。

“你先撒手。”姚笙说道，“撒手我就答应你。”他想先让凤飞霏远离自己。

“不！你先答应我！”凤飞霏说道，“答应我，我就撒手！”

“你先撒手！”

“你先答应！”

两个人鸡生蛋、蛋生鸡地互相推搡了半天，谁也没执拗过谁。叶菱刷完碗出来见两人手握着手，站在那儿愣了好一会儿，好像是自己跑错了片场，站在原地不太确信地问道：“你俩……干吗呢？”

谢霜辰也从厨房里走出来，拎着凤飞霏的领子把他提溜到了一边：“你压着我手机呢。”

“我撒手了啊！”凤飞霏对姚笙大喊，“那你可答应我了啊！”

“我答应你什么了，我答应！”姚笙惊了。

“我不管！”凤飞霏说道，“今晚我就跟你回家！你不能丢下我一个人不管！”

谢霜辰满脸疑惑地看着这两个人，又看向叶菱，叶菱耸肩摇头：“别看我，我什么都不知道。”

“可能……”谢霜辰强行找了个理由说道，“女孩儿大了学会想男人了吧，真是不检点，败坏门风！”

姚笙简直要疯了。

凤飞霏是个行动派，撒手后立刻就去收拾了自己的行李准备跟姚笙走。

姚笙见他兴冲冲地攥着一个大塑料袋出来，问道：“这就是你的行李？”

“啊！”凤飞霏点头。

姚笙从凤飞霏手中拿过那个塑料袋，两根手指捏着提到与视线平行，努力分辨着里面的东西，嘀咕道：“三条内裤，五双袜子……你的衣服呢？”

“我没带衣服啊……”凤飞霏说道。

“那你这几天光着身子过的啊？”姚笙说道，“别瞎说了。”

谢霜辰说道：“他穿我的啊，没看袖子长半截？”

姚笙盯着凤飞霏又看了一圈，凤飞霏一米八的个儿着实不矮，理论上穿谢霜辰的衣服问题不大。但谢霜辰四肢长，凤飞霏就只能将就着穿了，他双手缩在袖口里，看上去有些不伦不类。

“我还以为你喜欢穿 over size（大号）。”姚笙恍然大悟地说道，“闹了半天是腿短啊。”

“你才腿短！”凤飞霏拿袖子抽姚笙，挥起来都快赶上水袖了。

“我不短啊。”姚笙还勒着自己的衣服比画了一下腰线的位置，“你看，脖子以下就是腿。”

叶菱在一旁看着，觉得眼前这仨人心理年龄加起来可能不超过十岁。

可玩归玩，闹归闹，最终姚笙还是迫不得已带着凤飞霏回了自己家。

姚笙家住在东三环，那地方高楼林立，没站在二三十层高，不要说自己俯瞰（CBD)。凤飞霏看着姚笙把车开进一个小区里，好奇地问道：“姚老板，你家是哪栋啊？”

“前面那栋矮的。”姚笙随手一指。

凤飞霏望了过去，灰不溜秋的，几乎是这一片里最矮的一栋，撑死十层出头，很不起眼。他心中有点儿失望，说道：“我还以为你家的是大别墅呢。”

“你放心。”姚笙说道，“够你撒欢儿的。”

两人从车库的电梯上去，当姚笙打开家门的时候，凤飞霏惊呆了。原本失望的情绪被眼前开阔的场景带来的震撼一扫而空。他像是刚看见了新环境的小狗一样东看看西看看，关键是他手里还攥着个塑料袋，随着他的走动发出沙沙的响声。

“姚老板。”凤飞霏叫道，“你家好大啊！平时就你一个人住？”

“不然呢？”姚笙反问道，“我这么大岁数跟爹妈一块儿住不合适吧？”

“真好。”凤飞霏感慨，“我要是能一个人住，估计也不会天天被我爸念叨了。”

姚笙对别人的家务事不感兴趣，喝了杯水后就带着凤飞霏参观房间。

“这间没事你别进来啊……”姚笙说着推开门，凤飞霏“啊”的一声惊呼出来。

姚笙皱眉：“你叫什么叫？”

“你，你……”凤飞霏指着里面，“你干吗把戏服都给假人穿着！这么多！不瘆得慌啊！你有病吧！”

那间屋子是最大的一个房间，里面整整齐齐地陈列着一排一排的人体模特，穿着各式各样的戏服，无比华丽，但是怎么看怎么诡异。

“我这都一套一套配好的，放柜子里好麻烦，还有可能找不着。”姚笙说道。

凤飞霏说道：“你是蓝胡子？”

“是啊。”姚笙很坦然，他走到凤飞霏面前，颔首微笑，“如果你不听话的话，我就把你也做成人台放进去，给你扮成小红娘的行头好不好？”

小孩儿禁不住恐吓，明显有那么一瞬间是想要爆发的，然而人在屋檐下不得不低头，他只能气哼哼地说道：“那我就天天晚上叫张生，吓死你！”

姚笙哈哈大笑。

凤飞霏又转了几圈，忽然说道：“我发现了一个问题。”

“你讲。”

“你们家……”凤飞霏看向姚笙，“怎么只有一张床？”

姚笙耸肩：“我说过了啊，只有我一个人住，当然就只有一张床。”

凤飞霏指着自己：“那我睡哪儿？”

第二十八章

“除了我的床，你爱睡哪儿睡哪儿。”姚笙说道，“随便啊，客厅沙发，书房的小榻，如果你乐意你甚至可以睡卫生间的浴缸。”

“你无聊不无聊！”凤飞霏跺脚。

“我确实很无聊啊。”姚笙波澜不惊地说道，“你才发现？”

“你！”

“我什么我？”

“你和谢霜辰真的很适合做朋友。”凤飞霏说道，“都是‘辣鸡’！”

“你得管他叫班主，人家论辈分是你长辈，我比你年纪大，得称呼‘您’，知道了？”姚笙说道。

凤飞霏说道：“你们北京人就爱您，您的。”

“这是礼貌。”姚笙懒得再逗小孩儿，掏出手机来一阵摆弄，“我现在给你买床，估计晚上就能送到，剩下的你自己看着办。只要不去我放行头的那屋，爱去哪儿去哪儿。”

凤飞霏问道：“你的行头很贵？”

姚笙说道：“都是真金白银，你觉得呢？”

“……好吧。”

姚笙家离北新桥的园子不算远，凤飞霏每天下午坐地铁去园子里，反正都是他开场，时间也非常固定。

咏评社的生意不能说很好，但是也不至于到赔钱的地步。谢霜辰的卡里还是那么点儿钱，每天的收入能持平就不错，除了固定班底的工资，还有就是给过来兼职的演员发工钱。

日子过得紧巴巴的，凑合着过。

他们的节目单是当天确定的，因为人少，说不准有什么突发状况没办法兑现，不如干脆就不公布。最近这段时间的观众都是冲着谢霜辰来的，谢霜辰为了表示对观众的尊敬，一场五六个节目，他通常会演倒三和攒底，既满足了观众需求，也省去了演员的工钱。

看似比一场演三个节目要轻松，可是当初他们只开周末的场次，现在工作日也有了，工作量反而增加，纵然是谢霜辰这等精力旺盛的人，时间久了也有点儿扛不住。

演出结束，打扫园子完后就十点多了，再回家洗漱完怎么着也得十一二点了，在舞台上说了一宿的话，两个人回到家都不愿意再开口说话了。

北京的冬天空气很不好，谢霜辰有些闹嗓子，他没太在意，还在台上一如既往的说唱着，没过两天就发起了高烧，大半夜的叶菱把他送去了医院。

晚上的医院堪比菜市场，冬天又是呼吸疾病的多发期，输液室都没地方可待了，叶菱找了好一会儿才在过道的休息区找到了一个座位，让谢霜辰坐下，他自己只能在旁边站着。谢霜辰烧得意识都有些模糊了，坐在椅子上都歪七扭八的，叶菱靠椅子站着，让谢霜辰的头靠在自己身上，让他不至于太难受。

谢霜辰动了动，叶菱问道："怎么了？"

"冷。"谢霜辰小声嘟囔着。叶菱伸手摸了摸谢霜辰的额头，又摸了摸他的脖子，温度还是很高，可谢霜辰像是受了什么刺激似的缩了缩，说道，"别摸了，冷。"

"你发烧呢，肯定冷。"叶菱把自己的大衣脱了给谢霜辰盖上，"现在呢？"

谢霜辰不说话，半合着眼睛。

叶菱说道："你睡会儿吧，等输完液我叫你。"就算没他这句话，谢霜辰现在也没力气跟叶菱闲聊。谢霜辰很安静，呈现出与往日截然相反的姿态，因为发烧的缘故，脸颊微红，看上去楚楚可怜的样子，好像怎么摆弄他，他都不会有任何怨言。

不过叶菱可没心情摆弄他，他看着医院里的人来人往，忽然感慨万千。他今年二十七岁，眼瞅着这一年都要过完了，时间带着他疯狂地朝着二十八岁跑过去。仔细算算，刨去身体衰老之后无法随心所欲的最后几站，人生最好的年华真的就快过去了。他以前从未思考过这些，但在这一刻，心中仿佛多了几分惆怅和茫然。

坐在谢霜辰旁边的人走了，叶菱走过去坐下。站久了腿有点儿僵，一时间有些不舒服。谢霜辰那瓶液还有三分之一，他换了个姿势靠在叶菱的身上，含糊地说道："叶老师……"

"嗯？"叶菱应声。

"……没什么。"谢霜辰像是在自言自语。

"还冷？"叶菱摸了摸谢霜辰插着针头的那只手，毫无温度的液体从这里进入到谢霜辰的血管里，他又好长时间没动，此刻，他的手已经是冰凉的了。

"快输完了。"他安慰谢霜辰说道，"完事咱们就回家。"

"我们说会儿话吧。"谢霜辰无精打采地说道。

叶菱浅浅笑道："你这会儿就好了？还能说话啊？"

"我怕您无聊。"谢霜辰解释道，"我可能真的是个拖油瓶，要是把您给折腾走了，我可怎么办呀？"

"人都会生病的。"叶菱说道，"我只是照顾你一宿，你就开始担心这些了？"

谢霜辰说道："生病的人可是很敏感的。"

叶菱有认真想过自己为人处世的方式，他说道："我虽然情商不是很高，但也没低到那么令人发指的地步吧？我没那么丧良心吧？我们生活和工作都在一起，不就是应该互相帮扶？"

谢霜辰闷了一阵，头又向叶菱的颈窝里拱了拱，好像在寻找一个更加舒服的姿势，然后小声说道："这不一样。"他还发着烧，连呼出的气息都是灼热的，轻轻喷在叶菱的脖子上，那股热气瞬间就渗透了叶菱皮肤表面，钻进了血管里，这让叶菱极不自在。

"有什么不一样？"叶菱稍微偏头，垂眼看向谢霜辰。他这个角度只能看到谢霜辰的睫毛和鼻尖。

"我想为您遮风挡雨的。"谢霜辰慢吞吞地用只有叶菱能听见的音量说道，"您跟我在一起也没过上几天好日子，我觉得自己特别对不起您，好像在浪费您的人生一样。"

“只要我想，有一万种方式能比现在过得好，但是我觉得那样的生活太没劲了。”叶菱接过谢霜辰的话说道，“每个人定义人生价值的标准不一样，有的人认为挣很多钱就是成功，有的人认为实现自我追求才是成功。其实我也不知道哪种才是正确的答案，但至少我觉得我可以试一试……我现在又没沦落到街头去要饭，我自己觉得也还不错呢，至少不会一个观众都没有。我的职业生涯才刚刚起步，怎么就被你说得那么惨啊？”

“那……”谢霜辰哼哼唧唧地说道，“那您会不会觉得我烦人？觉得我啥事都做不好？”

“你只要成天别跟小孩儿一样我就不烦你。”叶菱说道，“你会的东西比我多。在说相声上，你的能力胜过太多人了，在生活中……说起来我之前一直在学校里，只会读书，没有什么社会关系，出了什么事也帮不上什么忙。你看，你还能从警察那儿把咱俩捞出来，不是挺有本事的？”

他说的是当初撂地时被卷进街头斗殴那档子事。

“我知道你其实很努力，虽然咱俩演出时是一样的，但是我不用说那么多话，还可以偷懒。你就不一样，你只能站在桌子前卖力演出。你松懈了，观众一眼就能看出来，所以你付出的比我多太多了，都累病了。”叶菱继续说道，“所以啊，你远比你自己想象中的自己要优秀得多。你才二十来岁，同龄人也不过刚刚踏出大学校门进入社会，一切都刚开始，着什么急？”

“您越是这么说，我就越……哎。”谢霜辰叹了一口气说道。

“怎么，你这么脸皮厚的人也会因为别人夸你几句就引起生理不适？”叶菱开玩笑地问道。

谢霜辰说道：“别人我肯定不在乎。您这么说，我就特别不好意思，真的跟脸皮没关系，对别人，我豁得出去。”

叶菱轻笑：“这不像你的风格啊，什么别人，跟女朋友也豁得出去？这么大一个小伙子了还这样，以后谁跟你？”他本意是随便开个玩笑，但是不知怎的就说出了这句话，说出来之后他自己也觉得不太合适，忽然就不想听谢霜辰回答他了。

谢霜辰说道：“您跟我就成了，我不求别的。”

叶菱顿了顿，说道：“说什么胡话，烧坏脑子了？”

“嗯。”谢霜辰还真的答应了叶菱，“是烧坏脑子了。”他抬起了没有扎针的那只手去摸了摸叶菱的脸颊，“欸，叶老师，您的脸好热。”

“是你的手烫。”叶菱快速地挥开了谢霜辰的手，“医院里这么多人，别玩了。”叶菱只是脸颊微红，但是态度却很冷淡，没有一般人被捉弄之后的窘迫，仿佛对于谢霜辰的玩笑已经有了很强大的免疫力。

叶菱确实认为这是谢霜辰惯有的玩笑，只不过发着高烧，脑子有些模糊不清，就更加肆意妄为了而已。他又不傻，谢霜辰几斤几两他能不清楚？跟谢霜辰认真，那真是自找没趣。

谢霜辰仰头看了看叶菱：“我没玩啊。”

“你可歇会儿吧。”叶菱说道，“安安静静把最后这点儿液输完，别说话了行不行？”

“我觉得自己现在好点儿了。”谢霜辰说道。

“我说你这个人真是逻辑有问题。”叶菱说道，“刚才说自己烧糊涂了，现在又说自己好了，前后连一分钟都没有，你到底想干吗？”他说话的语气没什么变化，还是那副冷淡的样子，只不过他的话让谢霜辰有点儿蒙。

两个人相处久了，对彼此的脾气多少都有了一些了解，叶菱一这样，谢霜辰就知道他是有些不耐烦了。

有些问题他也想过一些，今晚他发高烧，叶菱带他去医院，忙前忙后好生照顾着他，嘴里没有一句怨言。谢霜辰迷糊地在这里坐着，间歇性地回忆起这段生活中的点点滴滴，那些画面一幕一幕地出现在他的脑海中，他的开心与烦恼，人生的大起大落，每一个瞬间都有那么一个沉默的影子相伴。

谢霜辰的心里很乱，直到有人轻轻扶着他的头，让他有一个依靠。他说冷，那个人就会把衣服脱下来给他盖着取暖。他眼眶发热，不想闭着眼睛睡觉，只想说点儿废话分散注意力，那个人竟然很认真地在开解他。

他的脑海中忽然冒出对于自己的质问——自己何德何能？

他谢霜辰何德何能，让那么优秀的一个人陪他过如此狼狈的生活。

他忽觉惶恐与不安，脆弱敏感的情绪趁着他生病攻占了他的神经。他从来没有像现在这样患得患失过，一个人一旦习惯了依靠和关怀，就很难从舒适的空间里走出来。

谢霜辰长这么大，亲近的人就那么几个。他不知道自己的亲生父母是谁，也不知道他们为什么就不要自己了。家人于他而言就是谢方弼、谢欢与周霜雨。

他的幼年时代充满了种种疑问，为什么别人都有父母，而他只有师父和师哥？谢方弼从来没有隐瞒过他，打他知事的那天起就告诉了他来龙去脉，这样谢霜辰一直觉得自己仿佛缺失了一点儿什么。

但他不知道那究竟是什么。

谢方弼虽然宠爱他，但在教他学艺这方面却非常严苛，谢霜辰撒娇归撒娇，心底对谢方弼更多的还是敬重。无论是父子与师徒，拂去表面上的嬉笑怒骂，他们之间的感情其实是浓重而静默的。

而对于周霜雨和谢欢，谢霜辰是纯粹的哥哥与姐姐的认知。

周霜雨离开太久了，记忆的点滴在谢霜辰心中变成了温情的细流，他会在偶尔想起周霜雨的英年早逝时感到些许的遗憾，更多的却是释怀。谢欢因为与谢方弼的矛盾早早离开了家，谢霜辰与她姐弟俩的关系虽然仍旧亲近，可谢霜辰总希望自己在姐姐面前不再是个毛头小伙子，而是一个顶天立地的男子汉。

他很倔强，不肯向任何人示弱，却会在叶菱面前掉眼泪，让叶菱看尽自己不堪的模样。

他也很孤单，在这个世界上，疼他的人相继离开了他，纵然人与人的告别都是早晚的事，可他还太年轻，还不足以真正的承受这些。

如果没有叶菱，他能从孤独的痛苦中走出来？

谢霜辰渐渐发现，自己缺失的是这人世间的牵挂，是一种与亲情完全不同的情感分类，是人与人之间平等尊重的互相扶持。

是极为深沉的羁绊。

“醒醒。”叶菱拍了拍谢霜辰的脸，“我叫护士来给你拔针，你清醒一点儿，该回家了。”

“……哦。”谢霜辰睁开眼睛。

医院晚上的病人虽然多，但值班的护士却没几个，还好叶菱提前去找，才没耽误拔针的时间。来医院的时候谢霜辰烧得浑身都是软的，叶菱扛着他打车都费劲儿。一瓶液输下去，虽然做不到药到病除，但谢霜辰好歹能自己活动了。

到底还是年轻，就是头还有点儿蒙，走路有点儿轻飘飘的。

两个人从医院里出来，叶菱一边用手机叫车，一边站在路边观望有没有路过的出租车。谢霜辰一只手的手背上贴着止血的棉花，另一只手拎着一袋药，安静地站在叶菱身边。

“你冷吗？”叶菱问道，“大半夜的，不好叫车。”

“您有驾照吗？”谢霜辰答非所问，“下回可以开我的车，就不用在外面冻着了。”

叶菱说道：“有是有，不过我觉得很多人把车当作唯一属于自己的私人空间，平日里坐一坐也就算了，换成给别人开可就……”

“我没有那种想法。”谢霜辰说道，“再说了，您也不是别人。”

“那我是什么人？”叶菱随便问了一句，没抱什么期待。

谢霜辰想了想，说道：“我特别喜欢您。”

“嗯，是。”叶菱说道，“换个其他的词吧。”听着就像是假的，他自己也会疲软，觉得很无聊。

谢霜辰这会儿脑子转的没那么快，正思考着，叶菱指着前面说道：“那儿过来一辆空车！快些走吧！”

“哎呀，您别跑！我是病人！”

“我拉着你。”叶菱一只手抓着谢霜辰，一只手朝前面挥舞，“出租车！”

到家之后谢霜辰洗了把脸就回了房间，叶菱给他吃了药，帮他把被角掖好。谢霜辰嫌热，叶菱说道：“你现在不冷了？盖着发发汗好得快，别那么事多。”

“……哦。”谢霜辰老老实实地躺着。

“睡觉吧。”叶菱说道，“要是还不舒服就叫我。”

谢霜辰点头答应，叶菱起身关灯出了门。

门锁一落，房间里就陷入了黑暗与幽静，谢霜辰打了个哈欠，还没有太多困意，给他留有时间去想一些事情。

仅一墙之隔的另外一间卧室里，叶菱早就过了困劲儿，躺在床上对着天花板发呆。

他也说不上来自己现在是什么心情，似乎对上谢霜辰之后，他大多数时候都呈现着一种茫然的状态，不确定，也不够自信。

他忽然很怀念学生时代，学习只需要认准了一个目标不断向前就好，而面临的所有困惑与难题，仅仅只是知识的匮乏造成的，真理永远摆在前方。

但感情不是，它没有办法被量化。

叶菱很烦躁，躺在床上翻来覆去直叹气，最终还是觉得自己不要给自己平白制造压力。他不想把自己和谢霜辰的关系处得那么复杂，他从理性上觉得，两个配合默契的人如果其中一方产生了什么问题，大约对另外一方来说也是一种烦恼吧。

特别是谢霜辰这样的一个人，他会怎么看自己呢？

叶菱不希望被谢霜辰公开处刑，他不希望自己变成一个异类，一个被特殊看待的存在。

他在心底里希望跟谢霜辰共同走下去，除开那些莫名其妙的情感因素，单单只是在说相声这条路上，叶菱与谢霜辰磨合了这么久，无论是表演风格还是默契程度，都逐渐让他进入到一个舒适的区域里。他很喜欢这种状态，能够自由自在地做自己喜欢的事情。

他不会放弃，也不想放弃。

第二十九章

叶菱听见外面有动静的时候就醒了。

“你干吗啊？”叶菱揉了揉眼睛，对谢霜辰说道，“病好了？这么早就起来了？”

“我想洗个澡。”谢霜辰说道，“昨晚出了一身汗，难受，洗个澡待会儿还得去演出呢。”

叶菱说道：“你都这样了还演出？想什么呢？今晚别去了，在家里休息吧。”

“我不去人手不够啊。”谢霜辰掰着手指头给叶菱数，“您看啊，今天是工作日，杨启瑞和陈序两位老大哥肯定是不会来的，陈序还得在家奶孩子呢。咱们今天就排五个活，二小姐一个开场，第二个和第三个是兼职的，第四个是老蔡跟老瀚，最后咱俩。我要不去，您还能上台去表演个单口还是怎么着？”

叶菱说道：“……我单口不是不在行。”

“那不就成了。”谢霜辰说道，“或者让老蔡跟您再搭一个？”虽然是他自己提出来的建设性提议，但说完之后他自己立刻就否定了，“那不行，我不乐意。”

叶菱无语：“那别演了，就四个节目。”

“那更不行了啊。”谢霜辰说道，“观众买票进来就是为了捧场，总不能人家花钱了，你给人家缺斤少两吧？我师父教给我一个道理，你拿多少本事多少诚意去面对观众，观众就会回馈给你多少。反正只要我还有一口气，这种事情就不能发生。”

“行吧，你改名叫‘常有理’算了。”叶菱放弃和他讲道理，“你爱说就说去吧，不是能说？今晚说个《大保镖》，你开心了吧？”

“……”这回换谢霜辰无语了。

有句俗话是这么说的，文怕《文章会》，武怕《大保镖》。一文一武，表演上的技巧放在一边不提，更重要的是在于“学得像”。前者是学文人的文气，后者是学武夫的身段。这种感知上的东西对于普通观众来说稍纵即逝，但对于相声演员来说，是需要下苦功夫研究的。

在台上吟诗作对，演员身上若是一身流氓痞气，演出来的效果就不好看，没办法让观众带入情景，那么后边的“包袱”也就不好笑。同理，你演一个学武之人，耍出来的把式不伦不类，也就没有什么说服力了。

谢霜辰一板一眼地说着大道理，把叶菱说烦了，直接让谢霜辰到台上卖力气去。

你不是能耐？

当晚的演出，园子里坐了大约半场，台上演着，谢霜辰坐在后台猛喝水。

“小五爷紧张了？”叶菱挑眉问道。

“没有，就是渴了。”谢霜辰说话还带着鼻音，“这不是嗓子没好吗，怕在台上出洋相。”

叶菱说道：“那赖谁？”

谢霜辰反问道：“咱们临时改个《论捧逗》，您看行吗？”

叶菱说道：“你㞞什么？”

“行吧。”谢霜辰说道，“那我就舍命陪君子！”

“谁要你的命了。”叶菱说道，“你可别给自己脸上贴金。”

谢霜辰笑着说道：“不就是您要了我的命？”他说话的语气很暧昧，叶菱翻了个白眼，偏过头去不理睬他。

凤飞霏坐在另外一边说道：“你俩简直就是有伤风化。”

谢霜辰说道：“那你还跟湘澄学？”

“她让我告诉她的。”凤飞霏说道，“怎么了，你俩这难道还是什么秘密？”

“当然不是。”谢霜辰说道，“那你回头让湘澄在微博上炒炒 CP 什么的，福利图发一发，她不是就爱摆弄这个？声势弄得越浩大越好啊，山无棱天地合那种……”

他还在那儿比画着呢，叶菱“腾”地一下就站了起来，谢霜辰手里的茶碗没拿稳，茶水泼出去了一些，他茫然地问道：“怎么了？”

叶菱说道：“你可真嫌不够热闹。”

“不好？”谢霜辰问道。

叶菱都不知道自己是该生气还是不生气好，只能说道：“你想干吗就干吗吧。”说完他就掀门帘出去了。

谢霜辰转头就对凤飞霏说道：“一定要跟湘澄姐说，我们都是认真的。”

“不是，重点好像不太对……”凤飞霏还没说完呢，谢霜辰就按下他的手抢着说道：“哪儿不太对？不够伉俪情深？”

又来了，最是瑰丽的伦理哏玩笑话。

“不是……”凤飞霏还在挣扎。

谢霜辰继续打断他道：“哪儿那么多不是？就是！”

“哎呀！怎么跟你说话这么费劲！”凤飞霏很想打烂谢霜辰的嘴，“我是说你，为什么不自己告诉湘澄姐！”

“因为越传才能越真。”谢霜辰说道，“我要是直接跟她说，她肯定觉得我有病。但是你跟她说，她就觉得是件真事了。”

“……”凤飞霏对传播学大师谢霜辰的话表示不可理喻。

叶菱想到后门去透透风，迎面就看见陈序穿着羽绒服闷头抄手走了过来。叶菱一愣，问道：“师哥？您怎么来了？”

陈序没注意，一抬头看见叶菱穿着深色的大褂站在门口，问道：“你穿这么点儿，站在外面不冷啊？”

“不冷。”叶菱摇头，“就待一小会儿。甭说我了，今晚你不是说要陪孩子？”

“欸，别提了。”陈序摆摆手，“本来想得挺好，可是跟媳妇儿聊了两句孩子上幼儿园的事就吵起来了，我出来避避风头。”

叶菱不喜欢打探别人的家事，也就是平时在后台的时候大伙儿闲聊时听一听。他知道杨启瑞虽然四十岁了，但是夫妻俩完全没有要孩子的打算，家里一猫一狗还挺热闹的。陈序则不同，三十五岁在北京这座城市还算年轻，可他却早早结婚，这会儿孩子都会说话了。叶菱当初知道这些的时候还有点儿惊讶，陈序解释说是和媳妇儿高中到大学就在一起了，谈了这么多年，大学一毕业就结婚了。

这样看来，陈序的人生才是大众意义上的在什么年龄该做什么事，按部就班，规规矩矩。

家庭和睦事业有成，陈序几乎完成了他所能完成的一切。

可是他身上并没有春风得意马蹄疾的感觉。

“中年危机。”陈序笑了笑，“挺平常的。”

叶菱说道：“是啊，人生就是每个阶段有每个阶段的烦恼。”

陈序笑着问道：“你又烦什么呢？”

“瞎烦。”叶菱转移话题，“你要不，到里面听相声去？”

陈序问：“今晚演什么？”

叶菱说道：“攒底是《大保镖》。”

陈序说道：“嚯，他不是病着呢？还这么能蹦跶？”

叶菱有些嫌弃地说道：“管他呢。”

陈序推开门：“进去吧，甭在外面冻着了，我进去喝杯水。”

叶菱跟在陈序的身后走进园子，问道：“师哥，你每周都跑出来说相声，家里人知道吗？”

陈序回答道：“不知道啊。”

“嫂子不担心？”

“说一点儿不担心那是不可能的，可是两个人既然决定组织家庭在一起生活了，多少还是要相信彼此吧。再说了，我又没去干坏事。”陈序说道，“就算她知道了又能怎样呢？顶多就是吵架的时候多给我算一笔账。”

叶菱说道：“既然会吵架，那为什么还要在一起？”

“你跟小五爷也吵架，还不是在一块儿生活和工作？”陈序反问道。

“这跟你们夫妻又不一样。”叶菱辩解道，“我们只是……”

陈序说道：“人跟人之间的相处就是这么回事，分得太清楚反而没意思。”

叶菱沉默。

“你赶紧上后台去吧。”陈序说道，“我还等着看你怎么折腾小五爷呢。”

“我怎么是折腾他呢？”叶菱小声嘀咕着，“我哪儿敢。”

嘴上这么说，事实上他是真的敢。准确点说，整个咏评社也就他一个人敢。

此时台上正是攒底的节目。

“你们别看我，看上去文质彬彬的像一个文人……”谢霜辰还没说完，叶菱就打断他：“没人说你像，你别自我感觉良好。”

谢霜辰挑眉看了叶菱一眼，故意问道：“您说什么？那您说我像什么？”

“臭流氓！”台下有女孩儿笑着大喊了一声。

谢霜辰看向人群，观众起哄大笑，叶菱抱拳向那位女孩儿致谢。

“那我也是个学过武艺的臭流氓！”谢霜辰说道，“我是个练家子！”

叶菱平淡地问道：“练过《辟邪剑谱》吧？”

谢霜辰顺嘴问：“那我是练……”

叶菱打断他，自言自语地说：“反正我觉得内在外在你都练了。”

“我无聊不无聊？欸！我问您这个干吗？”谢霜辰这才把话收了回去，“那什么刀枪剑戟，斧钺钩叉，镗棍槊棒，鞭锏锤抓，拐子流星。什么带尖儿的，带刺儿的，带棱的，带刃的，带绒绳的，带锁链儿的，带倒齿钩，带峨嵋刺儿的，十八般兵刃我是样样精通。”

他挨个儿数了一遍，清晰流利，叶菱打断他问道：“都会吗？”

谢霜辰摇头：“都不会。”

叶菱说道：“那你费这么大劲儿干吗？”

谢霜辰说道：“我就是随便说一说。我师父厉害，家住京西虎岭。”

叶菱说道：“啊，那地我知道，净是卖粽子的。”

“您这阅读量够大的啊？”谢霜辰叉着腰说道，“一会儿《辟邪剑谱》，一会儿《盗墓笔记》的。”

“怎么还《盗墓笔记》了？”

“粽子啊。”谢霜辰说道，“还有他的小伙伴尸鳖啊、黑飞子啊什么的。”

“你这不是京西吧？”叶菱说道，“怎么着，你师父秦岭古树开荒成首杀成就？”

“这都哪儿跟哪儿啊！说远了！”谢霜辰拿着手绢挥叶菱，“您累死我得了。”

叶菱顺嘴说道：“只有累死的牛，没有耕坏的地。”

谢霜辰站台上不知道该怎么接话茬儿，台下观众倒是热闹，“噫”声此起彼伏。叶菱意识到自己说了什么之后，也觉得有点儿尴尬，赶紧摆摆手说道：“哦，我不是说你是牛，你没那么牛。”

谢霜辰故意说：“我不牛么？”完事儿他还抛了个媚眼。

叶菱刚要张嘴说话，好像想起什么似的，嘴立刻又闭上了。就这么一个停顿的功夫，观众就“噫”了起来。

谢霜辰说：“都别闹啊！别闹！”

史湘澄刚给陈序续完热水就听见这句，她转过身看了一眼台上，说道：“我真没见过这么卖力的。”

“年轻人嘛。”陈序说道，“投其所好。”

这终归是一场游戏一场梦咏评社社内公认的玩笑啊！

凤飞霏从后台往前台看了一会儿，然后忧心忡忡地跑到蔡旬商和陆旬瀚身边，用非常难以启齿的口气问道：“哎，你俩不会也……”

“也什么？”蔡旬商笑着问。

凤飞霏手指比了比：“你们说相声的都好恐怖啊，真是怕了你们。”

蔡旬商说道：“我和老瀚就是师兄弟，哥儿俩。你记不记得小五爷一开始就怎么称呼叶老师的？”叔叔婶婶是谢霜辰极度偏爱的伦理哏，占便宜就指望这些了。

“我倒不是针对他俩。”凤飞霏说道，“我是担心贵社这情况还让不让我活了。”

蔡旬商说道：“你放心，我的愿望是能够拥有一个普通人守恒的运气能量，在此基础上就是能发财当地主。”

“你的愿望还真是朴素呢。”凤飞霏冷笑道，“那你干脆改名叫‘财主’好了，念着多顺耳？而且我觉得吧，其实你的运气是真的守恒，只不过没有体现在你身上，体现在了你和老瀚的身上。你倒霉他走运，加在一块儿多平衡啊。”

蔡旬商笑道：“那也不能总是我倒霉吧！”他说话的时候往后一仰，没控制好力道，直接栽倒在了地上。

陆旬瀚跑过来扶他：“你没事吧？有没有摔坏哪儿？要不要去医院看看？万一有什么问题可怎么办？你还年轻……”

“你打住！”蔡旬商制止了陆旬瀚漫无目的地发问，“我没事！”

凤飞霏感慨：“你俩绝了，出道吧。”

叶菱下台后去换衣服，期间一直没跟谢霜辰说话。谢霜辰忙忙叨叨地跟大伙儿一起收拾，完事后叫叶菱一起回家。

谢霜辰边开车边问道："叶老师，您饿？我们去吃夜宵？"

"吃吗？您想吃什么啊？我顺道去买？"

谢霜辰连着问了好几句，叶菱都没有搭话，他扭头看了看叶菱："叶老师？"

叶菱靠在车窗边，稍微偏头看着窗外，鼻子里"哼"了一声当作是回答谢霜辰。

"说话啊。"

"不想说话。"叶菱说道。

谢霜辰觉得有些莫名其妙，平日里叶菱都好端端的，怎么今晚突然就这样？谢霜辰思前想后，觉出大概是今晚在台上的事。以前叶菱只是嘴上偶尔说他两句，不会沉默抗议，谢霜辰觉得无奈，也有点儿不爽。

他闷头开车回家，上楼后跟在叶菱身后进门。房间里漆黑一片，叶菱刚要开灯，忽然身后一股力量把他按在了墙上。

"你干吗？"叶菱惊诧地问道。

"我有个问题特别想问您。"谢霜辰自顾自地说道，"我开玩笑没轻没重，您要是觉得这样不好就直说，为什么总是不说话不理人？还是说，咱们搭档磨合了这么久，您其实根本就没走心，您就是懒得理我？"

"你……你胡说八道些什么……"问题一个接着一个蹦出来，角度一个比一个刁钻，叶菱真不知道该怎么应对，只能强装镇定。

"哎呀，您怎么老是这几句？"谢霜辰反问道，"台上怼我那叫一个才思敏捷，到了台下就不会翻花样了？"

叶菱回答道："台上是台上，台下是台下。所以你也不要把台上的玩笑开到台下来？"

"这不还是我刚才的问题？"谢霜辰问道，"您觉得合适？"

"你为什么总提这事儿？"叶菱反问道。

"因为这个是重点啊！"谢霜辰说道，"怎么着，叶老师难道只想做台上的演员，不想跟搭档把台下的关系处好了？"

"这不都得慢慢来？我们才合作了多久？你……你……你不要来烦我了。"叶菱趁着谢霜辰松懈的时候推开了他，"你真是特烦。"他逃一样地跑回了自己的房间，饶是谢霜辰在外面说什么话都没用。

叶菱蜷缩在床上，用被子蒙着头，他用这种缺氧的状态来掩盖自己的失态。

还好刚才没开灯，要不然谢霜辰一定又会抓着他好一顿取笑。

谢霜辰挺不开心的，一方面是受挫感；另一方面是这种说东往西模式，让他抓不住方向感。叶菱的态度捉摸不定，他也不好说两个人是有默契的。真正的默契是台上开个玩笑，台下也能随意化解，不像叶菱这样，一会儿能开玩笑，一会儿又不能开了。

这让人很难受。

谢霜辰只是想开个玩笑，还得在顾忌叶菱情绪的边缘反复权衡。

想那么多有的没的根本没用，搭档之间的磨合并非一朝一夕，起初叶菱觉得他俩不合适，是谢霜辰死乞白赖强行要跟叶菱做搭档。这是谢霜辰自己选的，不能说放就放。他真要是琢磨清楚了叶菱的态度，那么一切就都不是事。

只要叶菱真的能豁出去，他谢霜辰敢在台上做任何事。

谢霜辰胡闹归胡闹，他也是个很果断的人，他敢蹲在路边用白盐画猫头，也敢跟自己二师哥对着干，要是放在以前，他这种行为就是大逆不道。

他跟谢方弼学过仁、义、礼、智、信，但他根本不在乎这些。

谢霜辰暗自盘算着以后的事情，猛然想起来自己今晚好像还没吃药。

他不是个病人？为什么还在这儿发闷？

第三十章

天气越来越冷，园子里的生意倒是好了许多，不知道是不是因为年底大伙儿的压力都比较大，需要找一些开心放松的事情做。其中很多人都慕名来看谢霜辰和叶菱，虽然只是些小打小闹，但多少都有点儿来捧角儿的意思。

下过一场大雪后，谢霜辰开始琢磨两件事：一是明年固定演员班底；二是年底放假。前者还有点儿远，后者近在眼前。他想提前一个星期结束演出，那时候已经有人陆陆续续离开北京了，应该不会再有人跑来听相声。

谢霜辰、叶菱还有史湘澄周一趁着大伙儿休息，聚在园子里算账。

“绝了。”谢霜辰说道，“刨除各种杂费和演出费，咱们今年年底竟然还有三千五百元的结余！”

史湘澄冷漠地说道：“这还得靠直播平台打赏，我说，要不咱别开园子了，去做直播吧。”

“别介啊。”谢霜辰说道，“贵社班主夫人脸皮薄，可能干不了这个。”

史湘澄阴阳怪气：“哟——”

叶菱说道：“你俩给我闭嘴！”

“反正就只有三千五百元，也没几个钱，我再贴点儿给大伙儿发了过年吧。”谢霜辰说这话的时候自己都觉得寒碜，别人公司年终都是发十三薪十五薪，还有各种福利年终奖，他这儿倒好，凑合着给每人发到手的可能就一千元。

也真是亏了哥儿几个是真的喜欢说相声，能坚持做这事儿。这小一年也让谢霜辰尝尽了世间冷暖，成长了不少。他嘴上说笑着，心中却暗暗坚定关于未来的期许。

“有这么件事。”史湘澄说道，“贵社超话里有人问年底有没有节目。”

谢霜辰问道：“什么啊？新春联欢会？”

“俗。”史湘澄说道。

叶菱说道：“可能是放假之前最后一次演出吧？咱们有封箱这一说？”

“没有吧？”谢霜辰说道，“浪味仙他们有封箱，主要是人家有行头啊，装起来真是一箱子一箱子的，年底放假前贴张‘封箱大吉’的封条，拜过祖师爷就完事了。不过现在他们都不弄这些了，春节真是他最忙的时候，封个屁啊。我们这说相声的拿什么封？就一身大褂，连个包袱都没有。”

史湘澄不知道这各个行当里头还有这些个规矩，便问道：“我还以为你们和唱戏的都一样呢，原来不一样？”

“当然不一样，人家是戏曲，我们是曲艺。”谢霜辰说道，“人家唱戏的多高贵冷艳啊，在戏园子里唱。我们这些穷苦曲艺人大部分是在庙会上说，逢年过节时大伙儿可能不怎么往戏园子里去，但是肯定得逛庙会，这不正是挣钱的好机会嘛？哎呀，说白了还不是我们说相声的没行头，东西少，没东西封，不如继续挣钱。”

“你敢对着你那一柜子大褂说你没行头？”叶菱问道。

谢霜辰说道：“我那一柜子就顶浪味仙一件！”

叶菱说道：“你少来。”

“真的，不骗您！”谢霜辰说道，“要不你去问问小孟，就浪味仙那个杨贵妃的蟒袍，当时是他亲自去苏州找师父绣的！还有那把泥金折扇，是金箔做的，纯金的！那顶凤冠上的珠宝也全是真的！而这仅仅只是冰山一角！他们家还有一套祖传的点翠头面呢！”

“……”叶菱知道姚笙浮夸，但是没想到竟然到了这种程度。好半天不知如何评价，只能说道，“姚老板也不嫌真材实料，戴在头上沉。”

谢霜辰说道：“这是他自己的事，他爱怎么着都行。”

“别说这个了！”史湘澄说道，“还是说说咱们的事吧，甭管是叫封箱，开箱还是快递箱，你们要不要办啊？我看大伙儿的呼声还蛮高的。”

“这事儿我得好好合计合计。”谢霜辰说道，“关键是演什么。”

史湘澄说道：“欸，要不然你把二小姐押上台唱评戏？”

“那可真赶上庙会了。”谢霜辰笑着说道。

“我觉得还是开吧。”叶菱说道，“一年到头有始有终，等演完了一起吃顿饭，开开心心回家过年，这不挺好的？”

谢霜辰问道：“要是没观众来呢？”

叶菱想了想，说道：“又不是没经历过，若是没人来就当是我们的年会了。”

“行，那就听你的吧。”谢霜辰很爽快地就答应了。史湘澄心里默默鄙视了一下谢霜辰，刚才还说合计合计，叶菱一开口，立刻就答应了。

真的非常没有原则。

“那这次就甭叫外人了。”谢霜辰说道，“还按着我们首演那次的人请，节目安排的话……我有一个想法。”

叶菱说道：“你说。”

“咱们准备三个活，第一个传统活，第二个由传统活改编，第三个咱们写一个原创。”谢霜辰说道，“至于是腿子活，子母哏还是贯口什么的，到时候再说。”

叶菱说道：“离着放假还有几天啊？能写出原创来？”

“事在人为嘛。”谢霜辰说道，“当初您给我师父和我写的那段太平歌词可是信手拈来的，您是清华大学的高才生，认识的标点符号都比我认识的字多。”

叶菱说道：“我就是一学烧锅炉的，不是学中文的。学中文你找北大的去，我们都是理工科宅男。再说了，我半路出家，不专业，写不了那么一板一眼的东西。”

谢霜辰说道，“当初新中国成立的时候，侯大师等人为了革新相声亲自去请老舍先生执笔，将传统相声取其精华去其糟粕，创作出了一大批优秀的作品并传承至今。老舍先生也不是说相声的啊，但是人家有创作能力，就是能写。说相声的有文化的很少，很多所谓的创作都是从生活中而来。我觉得这二者之间没有孰高孰低，也没有所谓的专业不专业，在保留一些基本结构和立意之下，只要观众认可，那就是好的。”

“你等等。”叶菱打断谢霜辰的话，“别说那么多废话，人家是老舍！人民艺术家！”

“哎呀，都是文化人嘛。”谢霜辰笑着拍了拍叶菱的肩膀，“要时刻谨记我师父说的那句话，数风流人物，还看今朝！”

叶菱无语："这句话也不是你师父说的好不好？"

"您领会一下精神。"谢霜辰还在糊补丁。

史湘澄对谢霜辰说道："我觉得你继'讲道理世界冠军'之后又解锁了一个新成就。"

谢霜辰问道："什么？"

"国家一级碰瓷运动员。"史湘澄回答道。

"不。"叶菱说道，"世界级的。"

三个人插科打诨了几句，关于咏评社春节联欢晚会的事，就这么毫无筹备地定了下来。

谢霜辰当即在微信群里给大伙儿发布了这个消息，他发的是语音，说话的语气嗲里嗲气的。

没人理会他。

谢霜辰追加了一个红包。

还是没人理他。

"人生最大的尴尬，莫过于发嗲的时候没人理，生病的时候没人陪吧。"谢霜辰感慨，就看见史湘澄默默地领了红包。"喂喂喂！你就在我跟前你领什么红包！"谢霜辰大叫道。

"为什么不能领？"史湘澄反问道，"你没说不能领啊！"

叶菱对着谢霜辰说道："你可别瞎说啊，你发高烧的时候谁带你去的医院啊？"

"知道您心疼我。"谢霜辰顺着杆儿爬，"我就是开个玩笑。"

史湘澄说道："我就应该给你俩录下来，发网上去当入学教材。"

"什么？"叶菱问道。

"没什么。"谢霜辰说道，"甭搭理'屎香肠'。"

"滚。"史湘澄踹了一脚谢霜辰的椅子。

微信群终于在他们算完账之后有人活跃了起来，大伙儿对年底这一次盛大的联欢会表示赞同，红包也被瓜分得一干二净。

不出意料，锦鲤陆旬瀚当选了手气王。

谢霜辰不管别人想要演什么节目，他四处通知之后，就专注于自己跟叶菱的原创节目。两个人晚上得到园子里去演出，原来可以睡到中午才起床，但是为了保证创作周期，叶菱强行早上七点把谢霜辰给揪起来。

两人在客厅的茶几上放一台笔记本电脑，叶菱嫌桌子矮坐沙发上太窝得慌，干脆就坐在了地上，背靠着沙发，谢霜辰躺在他身后的沙发上，稍微高出来一点儿，目光刚好越过叶菱的肩膀看向电脑屏幕。

家里的暖气开得很足，叶菱穿着件宽松的T恤，抱膝坐着的时候还能看到锁骨窝。

“写什么啊？”谢霜辰打着哈欠问道。

“我哪儿知道？”叶菱回答道，“是少爷你的主意，难道不应该早就决定好，写什么？”

“我发现自己真是书到用时方恨少。”谢霜辰说道，“您读书多，您有什么想法？”

“没有。”叶菱冷漠拒绝。

谢霜辰无奈地说道：“那我决定上台表演‘玩叶老师’，演四十分钟。”

叶菱扭头问他：“谁玩谁啊，小伙子？”

“那怎么办呢？”谢霜辰佯装愁眉苦脸，“要不我们在台上说四十分钟二师哥的坏话？我估摸着四十分钟有点儿少，我能说一场电影那么久。”

“你这点儿戏都够演一场电影了。”叶菱说道，“能不能不要说废话？说正事呢！”

“好，说正经的。”谢霜辰坐了起来，“其实我想写那种反应年轻人生活的节目，当初跟我师父合作的那个《网友的一天》有些那个意思，但是现在想想还是有点儿不够成熟。”

叶菱说道：“那你干脆写写你自己的生活好了。”

“我的生活就两点一线，要么是在去说相声的路上，要么是在说相声。”谢霜辰说道，“除此之外真的没别的了。”

叶菱说道：“那你有什么愿望？”

“想挣钱。”谢霜辰说道，“想挣钱想疯了，有了钱给您买大金镏子。”

“那你出道当明星不是更快？”叶菱说道，“我觉得你这张脸还是可以的。”

谢霜辰问道：“那您喜欢我这张脸？”

“小女孩喜欢不就得了？为你发疯为你狂，为你哐哐撞大墙。”叶菱看着谢霜辰的脸有点儿出神，谢霜辰也盯着叶菱的眼睛，此时气氛有些许暧昧，谢霜辰说道：“叶老师……”

“我知道了！”叶菱眼中忽然一亮，“我知道写什么了！”

“啊？”

叶菱已经打开了文档：“我们就写一出跟偶像文化有关的节目。”他的手指放在键盘上敲出了这个节目的名字——《C位出道》。

咏评社放出今年最后一场的演出消息之后，票房成绩竟然出乎意料得不错，没两天时间，票就卖出了八九成。谢霜辰感叹，这当代都市白领丽人工作压力是有多大，竟然都跑来听相声了。

关于他们这场特别演出的名字，大伙儿都纷纷给出了宝贵的意见。

史湘澄：“不然就叫封箱吧，讲究那么多干吗？反正大伙儿都跟我一样是外行。”

凤飞霏：“封箱是我戏曲圈的，麻烦贵圈不要乱用。”

蔡旬商：“我觉得也不是乱用吧，就……谁会计较这些个啊？”

陆旬瀚：“附议。”

杨启瑞：“你们商量着办吧，我这个中老年人就不参与意见了，叫什么都行。”

陈序：“我在家带孩子。”

史湘澄：“那就这么决定了，叫封箱了啊。”

谢霜辰：“我们真没箱子能封，撑死就封个包袱皮。”

叶菱看他们拿不定主意，最后一个冒出来：“那就叫‘封包袱’相声大会吧。”

看到叶菱给出的意见，大伙儿纷纷表示无语。。

只有谢霜辰跳出来一行字：“‘封包袱’好，就叫‘封包袱’吧。”

众人惊呼：“这也太土了吧！”

“我们又不是什么洋气的团体？”谢霜辰说道，“就这样吧，不干不净吃了没病。”

于是乎，别说全北京城了，哪怕全国都找不出第二个年底演出叫“封包袱”的团体了。顿时透露出了一股难言的乡土瞎胡闹的气息。

史湘澄扶额，真的还会有人来听？

事实是还真的有，在演出开始的那天，票竟然全都卖完了。这可是咏评社除了首演姚笙来捧过场之后，第一次座位售罄。

真是值得放鞭炮。

史湘澄在台底下端茶倒水忙不过来，演员们在后台竟然都有点儿紧张。谢霜辰在上台门那儿挑开门帘稍微看了一眼，除了第一排是送票的亲朋好友，其余的全是女孩儿，有几个他甚至都已经很熟悉了。

最耀眼的还得数姚笙，谢霜辰给他送票的时候姚笙原本不想来，公众人物总是出现在这种地方不太合适。不过后来姚笙又想了想，还是得给谢霜辰来捧个场，就低调地过来了。来听相声的观众都比较淡定，倒也不会拿姚笙怎么样，偶尔有想过来合影签名的，他都含笑婉拒，说今晚他是捧角儿的观众，不是舞台上的角儿。

以往出来报幕的都是凤飞霏，今晚不同，由蔡旬商出来报幕。他下台后，没人走上台，而是响起了鼓点。

一道好听的女声传来："绣罢了绿线绣红线，香罗帕银针上下穿……"

上台门的帘子一掀开，一个扮相甜美的少女轻飘飘地就上了台。

观众有点儿惊讶，买的不是说相声的票？怎么改唱戏了？而且这个人是不是以前一直打快板的那个少年？

凤飞霏在台上唱着评剧《花为媒》的唱段，后台的人早就笑开了，因为他们知道凤飞霏心里肯定在骂街。

不光后台疯狂大笑，连台下的姚笙都忍不住想笑。

这事儿还得往前追溯。

谢霜辰想着这都"封包袱"演出了，总不能开场还继续让凤飞霏打快板吧，怪无聊的。想来想去，他就想到了凤飞霏家传的手艺。然后他严肃认真地向凤飞霏下达了演出指示，让凤飞霏第一个节目表演评剧。

结果就遭到了凤飞霏的强烈抵抗。

结果是抵抗无效，被谢霜辰以过年不发工资并把他扭送回家为由强行要挟。

凤飞霏无奈："唱可以，但是我没行头，只能这么上去唱了。而且没乐队啊，干唱？"

"到网上下个伴奏。"谢霜辰说道，"欸，对了，行头找浪味仙借啊！"

凤飞霏"噌"地一下就怒了："姚笙是唱旦角的！他那里都是女装！"

“那你也可以唱旦角啊！”谢霜辰说道，“这个问题不就解决了？”

凤飞霏说道：“我又不会！”

“哎呀，要相信自己！”谢霜辰开始鼓励年轻人，“要多挖掘一下自己的潜能嘛！需不需要一点儿绝境的压迫力才能激发你？要不我给你家打个电话？”

“滚吧你！” 凤飞霏愤愤地说道。

戏曲舞台上的这些东西，凤飞霏靠着恶补复习凑合着也能上台，一身行头都是管姚笙借的。每件单品都很贵，可东拼西凑就是有点儿不伦不类了，毕竟姚笙是唱京剧的，跟评剧多少还是有点儿区别的。

还好扮相不错，得到了姚老板的赞扬：“是个伶俐的小姐模样。”

姚笙比凤飞霏的个儿高一些，衣服全是按照他的身材定做的，差一点儿都是差着，导致凤飞霏穿着的裙子有点儿拖地，往上提了不少才将就着能穿。

“你可小心点儿啊，我这料子全是进口的，要是踩坏了我就把你砍了！”临出门前，姚笙威胁了好半天凤飞霏。

凤飞霏觉得自己比小白菜还惨，工作上被谢恶霸打压，生活中被姚恶霸欺凌，弱小可怜又无助。

但是凤飞霏他能吃。

舞台上的表演还在继续，谢霜辰在后台一边看一边感慨。

“哎呀，要是真有这么个女儿感觉也不错。”他故作拈须，“真是有模有样，就是个儿太高了，不够娇小可爱，不讨老父亲欢心。”

叶菱问道：“你到底在意淫什么……”

谢霜辰说道：“您说他是不是跟浪味仙很有共同话题？”

“啊？”叶菱开始不理解谢霜辰的逻辑了。

“一个女装大佬和一个女装小佬。”谢霜辰摸着下巴，“嗯，姐妹情深。”

叶菱扶额：“这都哪儿跟哪儿，姚老板知道了不得打死你？”

谢霜辰笑道：“所以您可千万别让他知道。得，他这出快完了，咱俩该上台了。”

他们安排了三个节目，第一个是《黄鹤楼》，非常传统的腿子活，讲的是刘备过江至黄鹤楼赴宴的故事。两个人吭哧吭哧地在台上唱了半天，结束后换陈序和杨启瑞上台，两个人合演了一出《地理图》，再接着把谢霜辰和叶菱换上去，表演的是改编过的《学外语》。

这个活的结构非常简单，就是逗哏的说自己外语特别好，要教捧哏的学，学来学去才发现逗哏的什么都不会。

至于为什么选这个活，其中还有一些故事。谢霜辰本来想选《八大改行》，他觉得这个活有讽刺有立意，改起来也比较容易一些。可是叶菱不同意，觉得有可能跟后面的节目有重合，毕竟这里面得学唱。叶菱想改《托妻献子》，谢霜辰又不同意，因为这个改完之后时间特别长，纵然其中有“一贵一贱，交情乃见；一死一生，乃见交情；穿房过屋，妻子不避”此等立意，但是这个有点儿重，放在中间演，后面的节目要是高度不够，整场演出容易头尾失重。

两个人讨论来讨论去，最后，谢霜辰决定用《学外语》，理由很简单，纯粹是因为叶菱会的外语比较多，里面可以玩的花样就多。

他其实就是想让叶菱显摆一下他的学问。

这个节目效果很好。原本传统的段落里，最后的底是揭穿逗哏不会外语这个事实，这两个人延长了后续内容，增加了捧哏原来会外语的反转，叶菱还朗诵表演了一首英文诗——《当你老了》。

他的声音清澈冷淡，语音纯正，听他读诗有种非常享受的感觉。排练时谢霜辰就听过叶菱选读的其他诗歌，但最终叶菱自己选择了这一首。站在台下看着叶菱的嘴唇上下开合，声音被轻轻送出，谢霜辰心中产生了一种别样的情感。

叶菱是学霸这件事不是秘密，但这是他第一次在舞台上展示自己曾经学习过的知识。别人总是羡慕学霸，仿佛智慧是与生俱来的，可叶菱也并非天生就十八般武艺样样精通。他的学生时代也是从一个又一个背单词的清晨走过来的，若说与其他人有区别，可能就是结束考试之后，他清晨的背单词时间会改成背贯口。

《学外语》在观众的掌声中结束，接下来是蔡旬商与陆旬瀚上台，演的是《规矩论》，也博得了观众的一致好评。

这一番轮场之后，终于迎来了攒底的节目，这也是谢霜辰与叶菱合作的第一个原创节目。

两个人都换了一身黑色的大褂上台，还有观众跑上台来送礼物，都是一些不贵的小玩意儿，重在心意。

送给谢霜辰的比较多，他弯着腰站在台子的前沿收，叶菱站在桌子后面冷漠地看着。

姚笙忽然起了坏心，把西装上的领花摘下来往台上丢，丢给了叶菱，完事后还抛了个飞吻给他。

“干吗呢，你想干吗呢！”谢霜辰眼尖，指着姚笙说道，“我们角儿是你能调戏的？”

第三十一章

“是拇们角儿！”姚笙说道，“会不会说北京话？”

“不会！”谢霜辰说道，“你给我闭嘴！我跟你说我们咏评社从来都是提倡说普通话的……”

“行吧。”一直在旁边没吭声的叶菱忽然用天津话碎碎念，“你回来吧，差不多得了。”

当场打脸最为致命，观众喜闻乐见。

谢霜辰收完礼物，把东西都放回了后台，台上收拾得干干净净的，这才开始演出。前面跟观众套了两句近乎，规规矩矩地做自我介绍。一般这个时候逗哏的都会故意不介绍捧哏的，或者抄几句便宜。谢霜辰可没这么干，他的手往叶菱那儿一指：“这位就是我们人见人爱花见花开，像冬日里白雪枝丫下的松柏，永远尖锐但也永远有着生机的叶菱叶老师！”

“你这话还不如不说。”叶菱很想打谢霜辰，“哪儿学来的彩虹屁？”

谢霜辰笑道：“哟，您还知道彩虹屁呢？”

“我们家有网。”叶菱冷漠地说道，“我网上冲浪经验十几年了，跟你不一样。”

谢霜辰撇嘴看了看叶菱，低头玩着手指说道：“本来人家今晚是有件事要宣布的……”

叶菱问道：“怎么着？”

“我跟您说啊，我最近呢看了很多综艺节目，读了很多书，研究了很多中西方的文化，我决定！”谢霜辰一脸兴奋又坏笑地扫视了一圈观众，最终将目光落在了叶菱身上。叶菱不耐烦地说道，“你决定干吗啊？别摆谱了。”

“决定出道！”谢霜辰终于公布答案。

“什么？”叶菱有点儿疑惑，“你说给我听听，你一个说相声的能怎么出道？欸，不对啊，你这不是已经出道说相声了？”

谢霜辰说道：“我干吗还说相声啊？我要是以偶像艺人出道，你们以后在这个台上就看不到我了，若是想见我，就得上鸟巢那儿去了。参加那些个握手会，拍手会都得买好几张专辑抽票，大长队从这儿排到西直门……”

“别。”叶菱赶紧拦住了他，“排到西直门怕是要把人给弄丢啰。”

谢霜辰说道：“那您不认路我也没办法啊。”

叶菱说道：“西直门那个路况，你就是带张高德地图去，都得把人给丢了。”

谢霜辰说道：“丢就丢啊，那我还能管得着你？我那时都是当红偶像了，我哪儿还有那闲工夫？”

“那行吧。”叶菱言归正传，“你想怎么实施你的出道计划？”

谢霜辰说道：“现在不是有那些个选秀综艺节目？我寻思着我才艺不错，我去参加那个去。”

叶菱说道：“那具体参加哪个呢？”

谢霜辰一拍胸膛：“偶像补习生！”他那个得意的劲儿非常夸张，引得台下笑声一片。

叶菱拍拍他的肩膀：“人家那是偶像练习生！”

谢霜辰无所谓地说道：“补习和练习都差不多，反正最后都得高考，考不过就是偶像复读生。”

叶菱说道：“你这是还离不开九年义务教育了。”

谢霜辰纠正：“义务教育只上到初中，不包括高中。”

叶菱说道：“你倒是有经验。”

观众：“噫——”

谢霜辰故作尴尬地说道：“不带揭人短儿的啊，就您上过大学？”

“不然呢？”叶菱还挺惊讶，“我那个证书是真的，不是两百元买来的。”

“我上那么多学干吗？耽误我出道。”谢霜辰说道，“人家现在都是小鲜肉，十七八岁都能当前辈了，我这得抓紧。”

叶菱无奈地说道："你说什么是什么吧。"

谢霜辰说道："然后我就参加了那个节目的海选。上来不是得表演才艺然后给分班？我看大伙儿都唱歌跳舞的，我得突出我的特殊啊，我表演个什么节目呢？"他摸着下巴琢磨着。

叶菱问道："什么啊？"

"有了！"谢霜辰说道，"我表演一个solo（独唱）个人单曲《劝人方》！"

"这是太平歌词啊！"叶菱说道。

"有什么问题？"谢霜辰说道，"是不是有调儿？是不是一个人唱？这不就solo单曲？您家不是有网吗，怎么连这个都不知道？"

叶菱说道："没听说过。"

"然后我就往台上一站，演出服一穿，发胶抹的头发平平整整的，还画了眼妆。"谢霜辰两只手指往自己眼皮上一笔画，"得斜飞入鬓那种！"

"你可别出来吓人。"叶菱说道，"人家那是形容剑眉斜飞入鬓，说的不是眼线。"

"反正不管是什么吧。"谢霜辰把身子站直，"台上就我一个人，台下是导师，我说我要solo单曲《劝人方》……"

叶菱小声打断："太平歌词。"

谢霜辰没理他，看着台下的观众说道："你们热烈地鼓鼓掌，让我开始自己的表演。"

叶菱比画着说道："请开始你的表演。"

"行，我给大伙儿表演。"谢霜辰清了清嗓子，凌空一指，"music！"

"你就别找音乐了！"叶菱说道，"太平歌词哪儿有music？你就干唱吧。"

"行。"谢霜辰清清嗓子，拿起了桌上的御子板，打拍子唱道，"那庄公闲游出趟城西，瞧见了他人骑马我骑着驴。扭项回头瞅见一个推小车的汉，要比上不足也比下有余……"

一曲唱罢，谢霜辰问道："我唱得怎么样？是不是味道比较浓？"

叶菱说道："是挺呛得慌的，一听就是刚从土里扒拉出来的。"

"您这话说的。"

这一段主要讲偶像选秀的经历，谢霜辰在上面又唱又跳，在这个故事情景中，别的小艺人会Rap（说唱）会Vocal（声乐）什么的，而谢霜辰什么都不会，好像掉入了一个异次元空间，最终总决选因为跑错了片场而痛失出道机会。他很不服，于是打算再接再厉。

“此处不留爷自有留爷处，我干点儿什么不能出道呢？”谢霜辰进入下一个故事情景中，“我就天天在网上关注各种综艺节目的报名，果不其然，让我等到了一个特别适合我的！真的是绝了，尤其能凸显我的艺术气质。”

“什么啊？”叶菱问道。

“中国没嘻哈！”谢霜辰说道。

“没嘻哈你参加个什么劲儿啊？有病吧？”叶菱纠正，“人家那叫中国有嘻哈！”

“嗯……你说有就有吧。”

“什么叫我说有？”叶菱很无奈，“怎么这个节目又适合你了？人家是说唱节目，你一个说相声的跟人家能有什么共鸣？”

谢霜辰说道：“我研究过啊，西方近现代艺术史！通过我的研究，我发现中国的相声基本等同于美国的说唱。”

“……你说数来宝我都觉得沾点边。”叶菱说道。

“您看啊，说唱是不是从美国的底层人民生活中而来？相声是不是从中国的底层人民生活中而来？这都是源自于人民的艺术啊。”谢霜辰开始列举，“说唱是不是得有说有唱？相声是不是也得有说有唱？说唱您得讲究押韵吧，什么单押韵双押韵，贯口不也讲究这些？我看好些个说唱选手都说自己是玩地下的，哎哟喂！我都忍不住笑，谁不是玩地下的啊？我天天在这个小园子里说相声，正经的 underground（地下）！他们还玩什么是 solo，什么 battle（对战），我们一百多年前就这么玩的啊，这不就是单口和对口？”

“人家 battle 是说唱互相攻击，对口相声哪儿来的互相攻击？”叶菱问道。

谢霜辰说道：“那是因为我不敢攻击您，您攻击的我还少？你我之间就是单方面的您 diss（批评）我！”

叶菱一脸无语地看着谢霜辰，台下的观众哈哈大笑。

“我委屈啊！”谢霜辰大叫道，这句原本没有台词，是他的即兴说词。

“滚！”叶菱顺势踹了他一脚。

“是不是啊？”谢霜辰掸了掸大褂，等观众笑完了之后回归正传，“还有什么街头文化，这个我都不稀罕嘲笑他们，我当初在外面撂地演出的时候，就在北新桥的十字路口三里屯的soho广场，这才是正经的街头。他们在街上唱过吗？”谢霜辰大言不惭地说道，“所以啊，这个节目如果不请我参加，那绝对是不够专业。”

叶菱说道：“请你参加似乎就更不专业了。”

“我不管。”谢霜辰说道，“我去参加海选的时候，好多人在一个体育馆里，我寻思着导师看见我的模样，听见我的大名，不得直接给我发大金链子？没想到竟然还要我表演。”

叶菱问道：“那你演的是什么啊？”

“这些导师真是有眼不识泰山，我脾气上来了，当即就使出了我的绝活，我要吓死他们！”谢霜辰说道，“我掏出快板，来了一段《杨志卖刀》！”

“你这杀气够重的啊？”叶菱说道，“这是要砍死谁啊？”

“一看您就不懂得欣赏，我给大伙儿学学。”谢霜辰从桌子上抄起了快板，随便打了两下，对叶菱说道，“听听这个flow（段落）。”

叶菱扶额。

谢霜辰表演了一段《杨志卖刀》，快板打得飞起，吐字清晰，节奏越来越快，但是字字都能准确地送入观众们的耳中，观众们连连叫好。

“然后导师给你发大金链子了？”叶菱问道。

谢霜辰想了想，说道：“没有。”

叶菱说道：“我一点儿都不意外。”

谢霜辰狡辩道：“那是他们不懂得欣赏！民族的就是世界的！他们会什么啊！我委屈我不服，我要到网上骂他们去！”

“你可别。”叶菱说道，“人家都是大明星，你骂得过人家？人家粉丝一人一口吐沫都把你给淹了。”

“你说得很有道理。”谢霜辰眼睛一转，“那就等我成了大明星之后再骂他们。”

叶菱说道：“你这还真是没完没了了，参加了选秀节目都没法出道，你还怎么成明星？”

“要不怎么说皇天不负有心人呢？”谢霜辰说道，“有个星探找上了我，说要斥资千万元包装我！”

“哟，千万元啊？”

“美刀！”

“……行吧。”叶菱说道，“怎么包装啊，是当演员还是当歌手啊？”

“影、视、歌全方位发展！”谢霜辰说道，“光老师就给我找了好多个呢，包括这个说学逗唱啊……”

“你等等，你等等。”叶菱拦住谢霜辰，“我听着怎么还是像说相声的？”

“怎么的呢？”

“说学逗唱不是说相声的基本功课？”

“我说这四个字了？”谢霜辰说道，“我说的是唱歌啊，跳舞啊，表演啊这些。”

叶菱说道：“那你继续吧。”

这个节目大体上分为两个部分，前半部分是参加选秀综艺，主要是结合时下的热点，快速地将观众带入到故事中来，制造笑料的同时去展现相声中一些学唱的技巧。后半部分讲的是谢霜辰在培训班的经历，这里除了表演流行歌曲之外，加入了许多经典影视剧的片段表演，使得内容更加丰富饱满，也尽可能地在有限的时间里让观众获得足够多的快乐。

相声这门艺术往小里说是源自于生活的创作，往大里说，它是一种讽刺荒诞的喜剧。在相声所表述的故事中，所有的人物故事都是非常夸张的，情绪永远饱满亢奋，他们抖机灵占便宜，制造各种笑点，但细细想来，无一不是失败的小人物。

在这个故事中，那个追求名利的“谢霜辰”无所不用其极地想要出道，想要出名，想要成功，但是他根本不懂所谓娱乐圈的生态，只会想当然，从而造成了各种“翻车”现场。但是他又不气馁，还是很努力地挣扎着，像极了这个浮躁社会中的每一个人。

“我的出道时间定在了一月一日，到时候我将披星戴月横空出世，成为新现象级优质偶像！”谢霜辰这一通表演，已经到了要将出道进行到底的部分。

叶菱说道：“披星戴月似乎不是这个意思吧？”

“我说的是什么意思就是什么意思，我要成角儿了啊，我要C位出道了啊！”谢霜辰说道，“过去那些看不起我的人，给我找麻烦的人，我可都记了小黑本了。”他嘿嘿地笑了笑，手指啐了口唾沫开始翻旧账，“张三李四王二麻子，都以为自己红是吧？我开十几个微博小号去黑他们，骂他们，出出气！”

叶菱说道："瞧你这点儿出息。"

"我怎么了？"谢霜辰继续说道，"我黑他们开心！他们一个个都挡我前头，他们go die（去世）我不就独一份了？我今天爆料张三和某女星月下私会，明天爆料李四竟然隐婚多年，后天爆料王二麻子欺压新人。我就是要爆料啊……"

"你这可是污蔑啊！"叶菱说道，"人家不得去告你？"

"爱告就告，我是匿名发言！"谢霜辰说道。

叶菱说道："合着你才是第一天上网啊，现在互联网都是实名制，你们这种散播谣言的人，根本就不好使了。"

"是吗？"谢霜辰疑惑地说道，"我不管，反正到时候再说吧。我得把他们都给压下去，这样我才好C位出道啊！就看一月一日那天，我的个人出道发布会，真是人山人海，网上也特别热闹，我的名字都上热搜了，新浪网当天因为服务器崩溃股价直接跌停！"

"合着你作孽，还挺高兴是不是？"

"大老远我就听见一群人在喊我的名字。"谢霜辰开始学，"举着各种手扶啊，牌子啊！嚯，这一眼望过去都看不到头！上面写着我们要送谢霜辰C位……欸，后边看不见了，我挪一挪。"

叶菱问："C位出道？"

"C位出殡！"

"活该！"叶菱一撣袖子，两个人双双鞠躬，这个节目到此结束。

台下掌声雷动。

凤飞霏在后台卸了妆，看他们表演完了，对蔡旬商说道："一会儿我上台给他们返场。"

蔡旬商知道凤飞霏要报仇，看热闹不嫌事多地说道："行啊，你去当主持人吧。"

凤飞霏上台，谢霜辰和叶菱正好走到下台门边，凤飞霏抬了抬手，两个人这才回到台上进行返场内容。

"刚才那个节目是叶老师在前段时间为了我们这个'封包袱'演出特别创作的，时间紧任务重，压力也很大，在这儿呢，我希望大伙儿能给叶老师鼓鼓掌。"谢霜辰带头鼓掌，观众也跟着鼓掌叫"好"，叶菱鞠躬向大伙儿致谢。

谢霜辰继续说道：“我们在台上主要就是逗大伙儿乐一乐，开玩笑，内容都是编的。我俩是说相声的小学生，年纪轻轻没什么能耐，有不足的地方还请各位衣食父母多多担待。”说罢，他和叶菱又是对着观众一鞠躬。再起身时，谢霜辰和叶菱讲了一个小段儿逗大伙儿开心，这个小返场就算结束了。

两个人下台，观众还在鼓掌，凤飞霏出来拦，两个人回到台上返第二场。

谢霜辰先是讲了个段子，然后说道：“今晚是个挺开心的日子，我的师父是谢方弼先生，是大伙儿非常喜爱的老艺术家。我自小跟着师父学艺，但是长这么大还从来没有靠自己的能力攒一台节目来演出，这主要还得靠观众来捧场，我愧不敢当。这样吧，我现在给大伙儿唱一出《定军山》。”

他原来唱过这一段，不知怎的，此时此刻脑海中又浮现了它。

兴许谢霜辰的心中也如唱词所讲一般激昂澎湃，意气勃发，准备大干一场建功立业。

“三军与爷归营号，到明天，午时三刻，要成功劳……”谢霜辰唱罢，坐在第一排的姚笙带头叫“好”。

又是一阵雷鸣般的掌声。

在返完第三场之后，谢霜辰和叶菱要下台，凤飞霏比他们更快一步蹿了上来拦住他们，要他们继续返。观众看这意思更是撒欢儿鼓掌，一张百十来元的票得看个够本。

一般来说，相声舞台上的返场不会超过三次。但是在凤飞霏恶意阻拦和观众掌声的挽留中，谢霜辰和叶菱的返场节目从十点半演到了十一点半，谢霜辰都快说不出话来了。

“你们都没有家吗？”谢霜辰哭诉，“快回家吧！”

观众大喊：“没地铁了！”

谢霜辰说道：“我们这儿也不留住宿啊！”

叶菱说道：“得亏明天是周末。”

“回头想听啊，随时都可以来听。”谢霜辰说道，“我一年三百六十五天，除了休息日，风里雨里在这儿等你们。我们后台也有好些个不错的演员，我把他们请上来吧。”

他说的好些个，其实就只有五个人，稀稀拉拉地上到台上来，连一溜都站不满。

谢霜辰一一给大伙儿做介绍，最后一个轮到凤飞霏，谢霜辰说道："二小姐给大伙儿唱首歌吧？乖，听话。"凤飞霏折腾他，他也要报复回去。他们这些艺人，只要是观众要求的，几乎都不会拒绝。凤飞霏再怎么不愿意也懂这个道理，观众都鼓掌了，他还能怎么办？

他只能瞪谢霜辰一眼，然后唱了一首《听妈妈的话》。

"挺好。"谢霜辰笑着说道，"下回记得唱《以父之名》。"他本想顺手摸一下叶菱，但是叶菱早就看见了他的动作，往后面一退，没让谢霜辰摸着。

谢霜辰扭头看了看叶菱，没说话，伸着胳膊上前一步。

叶菱再往后退了退。

谢霜辰继续上前伸着胳膊。

叶菱干脆拔腿就跑，谢霜辰蹭蹭在后面追，抱着叶菱的腰把他拖回了桌子后面。

"噫——"观众喜闻乐见地起哄。

"好了，不闹了啊，叶老师我们还没下班啊，要不然您就是早退。"谢霜辰说道，"再闹我可能就死台上了。眼瞅着时间快到十二点了，我再给大伙儿唱一首北京小曲儿《盼情郎》吧。"

他一边唱着，一边还对着一旁的叶菱眉飞色舞。

"哪朵鲜花恋住了你，撇下了小奴家。"谢霜辰拿着帕子把自己一挡。

叶菱说道："你还是死吧。"

台下哄堂大笑，台上众演员向观众鞠躬，演出到此结束。

第三十二章

冬季的深夜，咏评社的园子往外散人。观众走得差不多了，服务员才开始打扫卫生，后台的演员也出来帮忙，将近凌晨一点钟，大伙儿才得以离开。

众人刚刚都经历了极为热烈的场面，此时都还处于兴奋之中，仿佛疲倦困顿根本就不能影响什么。谢霜辰提议去吃顿收工饭，大伙儿庆祝一下，明天就彻底放假了。众人叫“好”，连一贯不参与夜间活动的杨启瑞与陈序都兴致勃勃地答应了下来，姚笙也同他们一起。

簋街上的饭馆通宵营业，但可选择的无非就是小龙虾和火锅。这次是谢霜辰请客，有了上次的小龙虾一役，他自己就拍板决定吃火锅，这要是一人吃他个百十来只小龙虾，不得把他吃到倾家荡产？

他可不像姚姓土豪那样阔气。

掰着手指头算算，咏评社一共八个人，加上姚笙九个人，正好围坐一个圆桌。冬天凌晨的饭馆生意平平，突然来了这么一拨客人还是比较显眼的。

“你们明天有什么事？”谢霜辰看着菜单问道，“要不要喝两杯庆祝一下？”

其他人没什么意见，谢霜辰特意问了问杨启瑞与陈序：“两位老哥可以不？要不点一些饮料也行。”对于有家室的人，谢霜辰会格外照顾。谢霜辰不是那种死乞白赖一定要灌别人喝酒的人，干杯随意，各自尽兴就好。

“今晚高兴，多喝几杯也没关系。”杨启瑞说道，“人生得意须尽欢，不醉不归！”

陈序笑道：“是啊，一年估计也没几次，我回家他们娘儿俩都睡了，咱们痛快喝吧。”

“那行。”谢霜辰干脆要了几瓶白酒，度数不高，喝多了也不会上头，适合这种纯粹欢聚的场合。

他挨个儿给大伙儿倒酒，轮到凤飞霏，他给了他一杯豆奶，凤飞霏不解地看着他，谢霜辰笑道：“小朋友不要喝酒。”

“谁是小朋友啊！”凤飞霏暴怒道，“我成年了！我是有身份证的人！”

谢霜辰嫌弃地说道：“那你酒量行不行啊？万一喝多了当街脱衣服可怎么办啊？先说好了，我们可不管你啊。”

凤飞霏叫道：“你说什么啊！我怎么可能会喝多！我千杯不醉好不好！”

谢霜辰看了一眼姚笙，姚笙耸耸肩说道：“反正我不喝，我开车来的。但是我要声明一下，如果他喝多了我可不负责善后啊。”

“你看看你的监护人都不管你。”谢霜辰对凤飞霏说道。

“放屁！”凤飞霏愤愤地说道。

小孩子发脾气只会惹得大人哄堂大笑，还是最为年长的杨启瑞给凤飞霏倒了一杯酒，说道：“飞霏是男子汉了，得要学会喝酒。你们啊，就别逗他了。”

“就是，就是。”蔡旬商附和道。

谢霜辰调戏完了凤飞霏，下一个对象就是史湘澄。他给史湘澄递酒杯，说道：“湘澄姐，你可要捍卫东北人最后的尊严啊！”

“你闭嘴！”史湘澄说道，“谁规定东北人就要特别能喝了？”

谢霜辰说道：“我管是谁啊？反正不是我。”

“小样儿，看老姐今晚不喝死你。”史湘澄东北话一飙出来，众人顿时就感受到了来自国产战斗种族可怕的压迫力。

一桌人的座位都是随便坐的，只有谢霜辰坐在那个结账的位置，他叫叶菱坐自己旁边，等到给大伙儿都满上酒之后，就还剩下一个瓶底，他问叶菱：“叶老师，您来一杯？”

叶菱不是很能喝，可这种场面他实在不好意思扫大伙儿的兴，就轻轻点了点头。

谢霜辰没给他多倒，就一个杯底。而后他站起来举杯说道：“众位爱卿……”

“滚！”大伙儿齐声回应。

“哎，哎。”谢霜辰笑着低下头点了点，放低姿态说道，“众位哥哥、姐姐、大叔、大爷，这回行了吧？”

“叫奶奶！”史湘澄高喊道。

谢霜辰指着她说道：“你给我闭嘴！”

“那我现在就到微博上发你的内部黑料去！”史湘澄掏出了手机。

谢霜辰说道：“奶奶你听我说，我错了。”

众人大笑。

“说归说，闹归闹，可别拿班主开玩笑啊。”谢霜辰说道，“说正经的呢，今晚我其实没想到能来这么多观众，咏评社开张这小半年以来过得不算好，即便是这么不好，大伙儿也都坚持了下来，当然了，这中间肯定也有被我个人魅力所吸引的部分……”

“噫——”大伙儿异口同声地打断了谢霜辰的发言，凤飞霏举手说道：“我可以问你一个问题吗？”

“这位同学你说吧。”谢霜辰说道。

凤飞霏问道：“请问为什么一个人可以这么不要脸？”

“因为这个人比你多吃了好几年的饭。”谢霜辰笑道，“我就是开个玩笑啊，我这个人又不适合讲那种严肃认真催泪又富有情怀的话，我还能说什么呢？我只能说，既然大伙儿都这么喜欢相声，而且今晚的演出，证明了我们其实是可以的，那来年大伙儿都接着干吧！我师父直到去世，都特别担心我没办法养活自己，其实我的动机很单纯，我就是想证明给他老人家看看，我不光能养活我自己，我还能养活我的搭档，养活我们这班子人。我真的希望不论通过什么方式，大伙儿都能多挣钱，能够靠说相声吃饱饭，才能没有后顾之忧地去投入，我也希望明天的自己比今天更努力。往小里说，相声就是个饭碗；往大里说，我们确实在为这个行业做贡献……算了，不说太大了，吃饭最重要，我就祝福大伙儿来年数钱数到手软吧！干杯！”

谢霜辰上身往前一倾，杯子举在了中间，其他人也纷纷站起来，几个玻璃杯碰撞在一起发出清脆的响声，仿佛是对来年最美好的祝福。

“干杯！”

“干杯！”

“祝谢老板生日快乐！”只有蔡旬商跟其他人喊得不一样。

“你说什么？”谢霜辰问道。

“哦，我瞎说的。”蔡旬商说道，“为什么你们都这么正儿八经的干杯？

难道不应该还有诸如新年快乐，高考顺利啊这种祝词？”

谢霜辰说道：“那先干了这杯再说高考的事吧。”

一杯下去之后，史湘澄说道：“你是不是应该和叶老师来一个？叶老师可是你的亲搭档啊，你不表示一下？”

谢霜辰歪着脑袋问叶菱：“怎么办？”

叶菱说道：“我没什么可让你表示的，你别再惹事就行了。”

“今晚，您是不是又不高兴了？”谢霜辰给自己倒酒，“那是我罪过了，我先自罚三杯。”

他们用的是喝酒的小口杯，谢霜辰连端了三杯，仿佛无事发生。他又给自己倒上了第四杯，站起来对叶菱说道：“尊敬的叶菱老师，非常感谢您对我这一年多以来的关心与照顾。希望我们能够在生活上互相扶持，事业上共同进步，一起开创美好的未来！”

叶菱压根儿就不知道谢霜辰这是哪一出，怎么还带获奖感言的？说到底他是个腼腆的人，很不喜欢在大庭广众之下成为焦点，特别是谢霜辰又说这样的话，一时间让他有些不知所措。

不过再怎么不知所措，叶菱脸上还是很镇定的，仿佛并没有被谢霜辰的一番表白所触动。

一个人心里茫然，另一个人心里则是犯嘀咕。谢霜辰看了一眼叶菱，杯子往前凑了凑，说道：“叶老师，我都自罚过了，您别再罚我了，喝一杯吧？”

“好……”叶菱也站了起来，大伙儿的目光让他觉得不适应，很放不开。

两个人正要碰杯的时候，史湘澄忽然说道：“你们不是应该喝交杯酒？”

此话一出，大伙儿静默了两秒钟。谢霜辰和叶菱都看向史湘澄，叶菱的脸上看不出什么表情，谢霜辰则满脸写着“你疯了吧”。

“那你们要喝大交杯酒，还是小交杯酒？”凤飞霏也开始起哄。

“你个小兔崽子脑子里成天都在想些什么？”谢霜辰惊道。

对于这种事情，观众都喜闻乐见，大伙儿开始起哄让他俩喝交杯酒，谢霜辰其实是无所谓的，这种场面他吃得开。叶菱就不行了，他明明知道大伙儿只是开玩笑，甚至没什么恶意，可面子上就是过不去。

“君子有成人之美。”谢霜辰举着酒杯对叶菱说道，“叶老师，喝一杯吧？”

叶菱还呆愣在原地，谢霜辰就先一步抱住了叶菱，下巴压在叶菱的肩膀上，胳膊绕过叶菱的脖子，是个大交杯的姿势，酒杯往嘴唇边一放，一饮而尽。他不着痕迹地拍了拍叶菱，似是在安慰叶菱，让他不要那么尴尬。

叶菱抬起酒杯缓缓地把酒给喝了，众人齐齐叫“好”，搭档就是这样，再怎么亲密别人也不觉得过分，史湘澄还用手机把全程给录了下来。

她的超话终于又有新料可以发了。

这顿饭大伙儿吃得很开心，一开始都还有点儿兜着，到后来没有了顾虑，都不在自己的座位上坐着了，满桌子乱串，开心地闲聊。这种状态不是喝多，而是喝到尽兴，酒精无限放大了那种兴奋的感觉，让人可以忘记很多忧愁，眼前只有无限的自由。几位老哥儿烟都点上了，还递给了谢霜辰一根，谢霜辰会抽，但是没烟瘾，顺手接过来叼在嘴里。

谢霜辰稍微斜愣地坐着，转头看向一旁的叶菱，叶菱被灌的有点儿多，眼神都有些发直了，坐在那儿一言不发。

“叶老师？”谢霜辰一口烟雾吹向叶菱，“喝多了？”

叶菱木讷地转头看向谢霜辰，脸颊酡红，那样子一看就是酒上了头，可叶菱偏偏嘴硬，摇头说自己没喝多。

“叶老师，您舌头都捋不直了。”谢霜辰道。

谢霜辰把椅子朝着叶菱拉了拉，低声说道：“那一会儿咱回家。”

“你身上……太呛了……”叶菱蹙眉，小声抱怨。他如果清醒着，会直接叫谢霜辰滚。

谢霜辰没喝多，就是有点儿兴奋，想借着这股劲儿多调戏两句叶菱。谢霜辰刚要张嘴，只听蔡旬商说道：“老板，我觉得这顿饭你应该在老莫儿那儿请我们。”

“你闭嘴！”谢霜辰说道，“卖了我都不够！”

“来年再说嘛！”蔡旬商笑道。

陆旬瀚问道：“‘老莫儿’是什么？”

姚笙解释道：“‘老莫儿’就是莫斯科餐厅，在北京展览馆那块儿。可能现在北京城里什么人都有，有钱人吃过见过不喜欢提这些。可是在老北京人心里，在老莫儿吃饭是一种仪式，你放现在说，在老莫儿吃饭一点儿都不贵，我觉得饭也就那样，还不如涮锅子好吃，可这就是一种文化，你没在那儿吃过，你就不是一个顽主。当然，现在的小孩儿不兴这套了。”

“原来如此！”江南人士陆旬瀚恍然大悟，“学习了！”

“我觉得，老板……”蔡旬商刚说出口，谢霜辰就“呸”了一声，“叫叔！”

“行吧，谢师叔。”蔡旬商也是喝得开心，由着谢霜辰来，立刻改口，“年纪轻轻，但是刚刚往那儿一坐那个劲儿，我看这姿势得值一顿老莫儿。”他这话说得不假，谢霜辰自小在胡同里长大，他不是那个年代春风得意的大院子弟。纵然是新时代的新青年，可有些老派的东西就是骨子里带出来的。

“瞧你这点儿追求！”谢霜辰夹着烟的手指贴着自己的下巴划了出去，“就到这儿了。”

蔡旬商扶额。

谢霜辰觉得自己肩膀一重，原来是叶菱趴下了，头倒在自己旁边。他没晕，眼睛还睁着，可反应就是慢了半拍。

“叶老师？”谢霜辰把叶菱扶了起来，“要不咱俩回家吧？”

旁人也看见了叶菱的状况，看着时间也不早了，也是该散的时候了。谢霜辰出去结账，回来给叶菱穿好衣服，扶着他走到门口。

姚笙没喝酒，给大伙儿叫车，一一安排好之后，看见叶菱靠在谢霜辰身上，有点儿担忧地问道：“没事吧？叶老师酒量这么差？”

“我不知道啊。”谢霜辰说道，“没往多里灌啊？”

凤飞霏说道：“你跟陈叔叔聊天的时候，财主、老瀚还有湘澄姐跟他喝来着，你是不是没看见？”

“这几个人……”谢霜辰无语了，他是真不知道。而且这几个人跟叶菱喝酒，叶菱肯定是不会拒绝的。

“你车就扔这儿吧，也甭打车了，我先送你俩回家吧。”姚笙建议。

“行吧。”谢霜辰回应道。

一路上叶菱都乖乖地靠着谢霜辰，两个人在后座上谁都没说话。姚笙专心开车，凤飞霏则偶尔通过后视镜观察后排的情况。

车里播放着午夜电台，但是四个人仿佛都不在同一个频道里。

姚笙把车开进了谢霜辰他家的地下车库里，谢霜辰先下车，叶菱死活不出来。谢霜辰一拽，叶菱就软趴趴地跪在了地上。

“叶老师，您别玩我呀。”谢霜辰把叶菱架了起来，姚笙下车帮他搭了把手，让谢霜辰背着叶菱。姚笙拍了拍谢霜辰的肩膀，问道，“你一个人伺候的了？”

“问题不大，他喝多了不闹，就睡觉。”谢霜辰说道，“你俩回去吧。”

“行。”姚笙说道，“要是有事你给我打电话。”

“回见。”

谢霜辰背着叶菱坐电梯上楼，叶菱嘴里一直嘟嘟囔囔的，谢霜辰听不清他在说什么。进了家门打开客厅的灯，谢霜辰直接背着叶菱去了卧室。谢霜辰往后一倒，叶菱平躺到了床上，可叶菱的手没撒开，把谢霜辰也给拽倒了，压在了自己身上。

“哎哟，叶老师，闹这么大动静啊？”叶菱是个男人，背他可不比背一个女孩儿那么省劲儿。再加上谢霜辰自己喝得酒也不少，被叶菱这么一折腾也晕头转向的，“我先去开灯。”

“不要……”叶菱说道，“不想开灯……”

“不开灯多黑啊，什么都看不见。”谢霜辰哄着他说道，“开灯把衣服脱了再睡觉。”

“就是不开。”叶菱躺着不动。

谢霜辰无奈：“行吧，您是大爷，我伺候您行了吧？”家里热，他这一顿折腾出了一身汗，先把自己外衣脱了放一边，再跪在床上帮叶菱脱衣服。

叶菱拉了他一下，好像有话要说。

“又怎么啦？”谢霜辰问道。昏暗中，他只能看到叶菱的嘴在动，听不见声音，他便凑近了一点儿，耳朵贴着叶菱的嘴。“叶老师，您真喝多了吧？”

“我不知道。”叶菱摇头，“我……”他的手指按在了自己衬衣的扣子上，很努力地想去解开，怎奈手指不受控制，不得其法。

“得了，您甭折腾了。”谢霜辰叹气，“我伺候您吧。”

“谢霜辰。”叶菱朦胧地喊了一声，“我今天其实……很开心。但是又很迷茫，不……不知道以后的路要怎么走了。”

谢霜辰说道：“直着走。”

“是吗？”叶菱摇了摇头，一台演出的成功似乎给他带来的是更多的疑问与困惑，“咱俩，合适？你会不会红了，就不说了？”

谢霜辰不语。

这一晚，注定不安稳。

第三十三章

清晨，城市在深冬雾霭蒙蒙的光亮中苏醒过来，清冷的街道和火车站匆忙的人群预示着春节的脚步一天一天临近。多少人把春节当作自己与这座城市告别，与一段生活告别。

谢霜辰在被窝里蜷缩了好久才伸展了一个懒腰，被子被踹开，阳光洒在了他的身上。酒精挥发带来的副作用是头晕眼花，即便他昨晚没喝多，但多少也是有些影响的。

他没睁开眼，伸着胳膊在床上摸索了几下，嘴里嘟囔着："叶老师……"

没人搭理他。

他不信邪，还是朝着那半边床继续摸索着，身体都快横过去了，可什么都没摸着。

谢霜辰睁开眼抬起头，被阳光晒得暖洋洋的房间里只有他一个人。他愣了两三秒钟，紧接着一个鲤鱼打挺爬了起来，光着脚跑到客厅里。

"叶老师？"他叫道，"叶菱？！人呢？"

就这么几间房间，谢霜辰把厕所都找了一遍，还是没看见叶菱。墙上的时钟显示此时是中午十二点三十分，谢霜辰抓起手机就给叶菱打电话。

结果无人接听，发信息也没人回。

谢霜辰顿时就蒙了，不知道昨晚醉那么厉害的叶菱怎么就忽然消失了。

就在谢霜辰脑补各种离奇故事的时候，手机屏幕亮了一下，叶菱回他的信息了。

“怎么了？”叶菱问道。

“您跑哪儿去了？？？”谢霜辰加了一连串的问号，还发了一只猫呲牙尖叫的表情。

“回家。”叶菱言简意赅地回答。

“回家？”谢霜辰快疯了，疯狂地编辑着文字，“您回哪个家？”

“天津。”叶菱还是言简意赅。

“天津？您不是跟您爸妈吵架跑出来的？您怎么又回去啊？”谢霜辰编辑了一大段文字，编辑完之后却发现离题万里，立刻又转了回来，“您一大早就跑了，几个意思？为什么不跟我说一声？您想干什么？”

导航栏一直显示“对方正在输入”的字样，谢霜辰一直盯着，叶菱输入了好几分钟，谢霜辰感觉自己的耐心都快磨没了，才看见对方发过来几个字。

“我不知道。”

你不知道？谢霜辰“腾”地一下就站了起来，一个电话给叶菱打过去。

“你干吗……”叶菱接听了电话，声音很小，几乎快要被嘈杂的环境音所掩盖。听他那毫无生气的调调，谢霜辰再大的脾气也撒不出来了，只能压着声音问道，“什么叫您不知道？”

“字面意思。”叶菱犹豫着说道，“我觉得自己有点儿迷……哎，你别太在意。”

“什么叫我别太在意？您是我搭档！”谢霜辰觉得在电话里跟叶菱说话都费劲，“您家在天津哪儿？我现在买票过去找您。”

“你别过来了，费这劲儿干吗？”叶菱拒绝，“我现在不想看见你，你在北京好好过年吧，有什么事年后再说。”

“喂！”谢霜辰大叫道，叶菱干脆把电话给挂断了。

谢霜辰是个不依不饶的主儿，他当时一瞬间真的想穿衣服去北京南站奔着天津去，可转念一想，天津那么大，他上哪儿找叶菱去？满世界用大喇叭喊？这太不现实了。

他只能再给叶菱打电话，结果叶菱直接把手机给关机了。

谢霜辰很颓败地坐在沙发上，他尽量让自己保持冷静和理智，仔细梳理过去二十四小时内发生的事情。

白天大伙儿在对“封包袱”演出做最后的准备，晚上正式演出，凌晨去吃夜宵，大伙儿都喝了酒，散伙之后他带着叶菱回家。

回家之后，一切正常。

然后他就想起叶菱最后对他说的那番话。

叶菱是不是自己感觉“中年危机”了！明明一切挺好的啊！他是不是有被害妄想症？

谢霜辰这儿正春风得意马蹄疾呢，结果搭档来了一句“我迷茫”。

凉水也没这么泼的吧？

谢霜辰一腔郁闷无处抒发，满屋子转了半天，干脆给姚笙打了个电话，确定姚笙在家，他开车过去串门了。

“你是不是闲得慌？”姚笙把谢霜辰迎进家门，见谢霜辰黑着一张脸就知道没好事。不过姚笙嘴也是欠，非得来这么一句才过瘾，“跑我们家来干吗？”

“我……”谢霜辰刚一张嘴，瞧见了旁边正叼着酸奶，瞪着大眼睛一脸好奇看过来的凤飞霏，他就止住了，对凤飞霏说道，“你，一边去。”

凤飞霏吃惊地咽下去一口酸奶：“你哪位？你是在对我说话？”

“行啊你，住了没两天拿这儿当自己的窝了？”谢霜辰心情低落都不影响斗嘴，“我在这儿撒尿的时候，你还不知道在哪儿当胚胎！”

这句话连姚笙都有点儿听不下去了，扶额说道：“净化舞台！”

谢霜辰问道：“你们家是舞台？”

姚笙说道：“有我在的地方就是舞台，心有多大舞台就有多大。”

谢霜辰和凤飞霏异口同声地说道：“你这个戏精！”

姚笙撩了一下凤飞霏的头：“你这个兔崽子！吃里爬外！”

凤飞霏抱着头跑到一边去了：“你俩说什么国家机密啊，还不让我听！”

“不太适合未成年听。”谢霜辰随便说了个理由。

“我成年了！”凤飞霏反驳道。

谢霜辰已经有点儿耐不住性子了，姚笙也看出来了，怕这俩人在自己家里打架，便从钱包里掏出几百元给凤飞霏：“你上路口的水果店去买些水果，想吃什么就买什么，剩下的你自己买零食，去吧。”

凤飞霏又不是真的蠢，见姚笙给了他个台阶，他就顺着下了，接过钱穿好衣服就出了门。

等凤飞霏一走，姚笙松了一口气，给自己沏了杯茶，慢悠悠地坐在沙发上，吹了吹茶水：“你说吧，什么事儿？”

谢霜辰把叶菱回天津的事，一五一十地跟姚笙讲了一遍，最后说道：“我是真不知道他怎么想的，竟然还会怀疑我俩到底合不合适？是不是有点儿晚了？”

姚笙说道：“也许人家跟我们不一样，清华大学的学霸，不沉浸于一时的胜利，比较有危机感。”

“那也没有忽然跑路这一说啊！”谢霜辰说道。

姚笙说道：“这能怎么着？等等看吧，我建议你别去搭茬儿，有些问题还得自己仔细想清楚了才行。不过说真的，我也好奇叶菱的想法，他呀……也真是个神人。”

“谁说不是呢。”谢霜辰小声嘀咕。

此时凤飞霏回来了，拎着两个大袋子，他看看客厅里的两个人，说道：“我尽力了，真的没什么好逛的，外面还冷。”

“行吧。”姚笙说道，“你买了些什么？”

“榴梿。”凤飞霏把两个榴梿放在了桌子上，那个味儿顿时让姚笙和谢霜辰露出了生无可恋的表情。

“我觉得这是报复。”谢霜辰说道。

“我也觉得。”姚笙说道，“你今晚给我打扫卫生，要不然我饶不了你。”

凤飞霏惊讶道：“你要死啊？你知道你们家多大？榴梿怎么了！榴梿不好吃？”

“那晚上我们就炖榴梿吃。”姚笙对谢霜辰说道，“你也留下来吃饭吧。”

“不了吧……”谢霜辰拒绝道。

凤飞霏喊道：“我才不要吃炖榴梿！”

谢霜辰根本不想在姚笙家吃饭，但是姚笙本着“来都来了”的原则，强行把他给留下了，接受炖榴梿的洗礼。

姚老板虽说略通厨艺，但是身为一个北方人，炖榴梿也是开天辟地头一遭。两个榴梿放在面前仿佛两个大鱼雷，散发出来的味儿把姚笙家里填充得满满当当的。姚笙对着食谱把榴梿给炖了，凤飞霏和谢霜辰被他威逼利诱，非得把两个炖榴梿吃光了才肯罢休。

谢霜辰觉得凤飞霏就是活该，惹谁不好惹姚笙？可为什么自己无端也要被殃及？

他很愤恨，吃完饭后糟蹋了不少姚笙的高级茶叶——用来洗胃。姚笙差点儿没把他打死。

热闹总归是那么一瞬间的事，谢霜辰独自回到家，面对着清冷的空气，忽然有点儿不太适应。

人与人在一起生活久了就是这样，在一起的时候没什么感觉，一旦分开了，仿佛连房间里的温度都低下去了几度。自己一个人吃饭睡觉玩游戏，都会变得索然无味。

姚笙让谢霜辰尊重叶菱的意见，让彼此冷静一段时间，然而这才没过去几个小时，冷静和克制就变成了无端的空虚。

想些有的没的，不如闷头睡大觉。

可哪儿睡得着啊，谢霜辰在床上翻来覆去折腾到了凌晨三点，才勉强睡了过去。

叶菱一路上都很平静，到了天津之后他也没有回家，而是去了自己以前就读的中学附近，开了间房住了下来。每天早上出门买个煎饼果子，然后坐车去图书馆。这一段路不长，他看着两边的街景，总觉得自己仿佛又回到了懵懂无知的年代。

那时候他总是跑去图书馆看书，关于相声的很多东西，网上是找不到的。这是一门靠着师徒纽带口传心授的技艺，它在有情的时光中辉煌过，也在无情的岁月里沉寂过。它在漫漫时间长河中鲜少留下文献资料，纵然现在是网络时代，在网上只有想不到的没有找不到的，可是这样一门被冷落的学科也仅仅是互联网上一小段无人搜索的字节。

叶菱是在图书馆里找到了许多陈年旧本，它们躲在角落中，等着这样一个年轻人掸落时光的蒙尘。

不过这几天叶菱倒是没有温书，而是闷头写作。

他是个理科生，写作这件事只存在于中学时代写作文，以及上大学之后的各种论文。那些都是理性地陈述，不是像现在这般肆意飞扬地创作。

不得不说，最后一晚的成功演出虽然给了叶菱很多困惑，但同样也给了他很多启发。他本是被谢霜辰逼得没有办法了才动笔写了那个本子，他没有全本创作经验，凭借着感觉写，写完之后也不知道是好是坏，甚至做好了被观众喝倒彩的准备。

没想到观众是接受他们的。

叶菱戴着耳机用手机刷了刷微博，那天的视频已经被粉丝传到了网上，大伙儿热情转发，因为太具有话题性，很快就在网上传播开来，引发了一场巨大的讨论。

有哈哈大笑的，也有侮辱谩骂的。

有被他们逗得前仰后合的，也有说他们糟蹋传统艺术的。

说什么的都有，一时间这个段子就上了热搜。

叶菱都一概略过不看，因为那会让他想起北京，还有在北京发生的那些事。他现在很平静，但是这种平静就像是凉油下的热水，表面上没有波澜，可底下谁都不知道它何时会烫伤人。

叶菱的“平静”是挣扎苦闷的，他只能借由创作来抒发。但得承认的是，大部分的喜剧往往从悲剧中诞生，谁也不知道那些引人发笑的句子和情节的背后，承载着多少个孤独的灵魂。

与谢霜辰凄凄惨惨戚戚的现实生活相比，他的名字在网上倒是挺有热度的。总而言之就是流出来的视频被编成了网络段子，谢霜辰这种人又不缺话题性，粉丝又舍得卖力推荐，大伙儿自然喜闻乐见。

铺天盖地的信息冲刷进来，连他八百年没什么消息的师哥都有了动静。

“老五可以呀。”三师哥郑霜奇在微信上问他，“最近混得不错啊，是不是要发财了？”

谢霜辰看着这几个字就头晕，还好文字没有语气，他不用强装什么：“还行吧，勉强度日。”

“跟三哥也掖着藏着？”

“您这话说的。”谢霜辰发了个笑脸，“我犯得着？”

郑霜奇过了一会儿又说道：“年底各种活动很多，你不出去走动走动？”

谢霜辰回道：“我无名小卒一个，想走动人家也不要我呀。”

郑霜奇：“你可不是无名小卒，你红得很。”

谢霜辰：“小打小闹，登不上台面，跟几位师哥老艺术家比不了。”

郑霜奇发了一个中老年表情包过来，紧接着说道：“二师哥才是老艺术家，这不今年又上联欢晚会了，风光呀。”

要不是谢霜辰知道郑霜奇眼里只有一个“钱”字，否则真以为郑霜奇这是在说杨霜林的风凉话。谢霜辰脑子里多绕了几个弯，回复道:“那可真是恭喜了。”

郑霜奇说道：“甭恭喜啦，你别叫他挤兑了就不错。”

谢霜辰就知道没好事，打个哈哈就过去了。

这个春节是谢霜辰第一次一个人过，他师父去世了，亲密的搭档也不在身边，倍感凄凉。凄凉到他这会儿才发现竟然没有外卖可以叫，只能在家里煮了一包方便面看联欢晚会。

节目一年比一年无聊，等看到杨霜林上台的时候，谢霜辰差点儿就睡着了。

老哥儿还是穿着西装，不管是不是真的春风得意，至少脸上笑容堆到发光，谢霜辰觉得杨霜林应该去当一个演员而不是去说相声，说相声有点儿屈才。不过跳脱开原来学艺生活的环境，谢霜辰对杨霜林的态度竟然有一些惋惜。谢霜辰最喜欢四师哥，对于其他几位师哥仅仅只是表面亲密而已，那时大伙儿都跟着谢方弼认真学艺，没有人混日子，可为什么现在的结果却大不相同?

真是令人唏嘘不已。

大年初一，谢霜辰早早起来去姚家拜年，这天是他的生日。

这天过生日的容易被忽略，全国人民都忙着互相串门子，哪儿有空吃蛋糕?谢霜辰也在初一的例行公事中忘记了这些。

去姚家难免又是那一套，姚笙到了之后，谢霜辰看了看他身后，问道：“二小姐呢？”

“怎么了？”姚笙反问道。

谢霜辰说道：“他没跟你来？”

“他跟我来干吗？”姚笙觉得谢霜辰脑子不好使，“吃饱了撑的？”

“你太冷血了吧！”谢霜辰叫道，“你叫一个小孩儿大过年的一个人待在家里，多孤独寂寞冷啊？”

姚笙冷言说道:“我看是你自己觉得孤独寂寞冷吧？他巴不得我不在家呢。再说了，我把他带来有什么理由？让我家里人知道我弄了个小孩儿回来？而且这个小孩儿还有点儿家世，保不齐我爷爷打个电话就叫他们家人过来了。”

谢霜辰说道：“费劲，弄得跟敌后武工队一样。”

姚笙说道：“不过我觉得吧，他们家也该来人抓他了。”

“怎么了？”谢霜辰问道，“你什么时候学会占星了？”

姚笙翻了个白眼：“贵社最近的视频在网上传得那么红火，他家里人能不知道？”

“你说这个啊。”谢霜辰在沙发上伸了个懒腰，“天要下雨娘要嫁人，我也管不着啊！”

“你管叶菱了？”姚笙忽然问道。

“没有。”谢霜辰说道，“我今天过生日都忍住没给他发消息，哎，这一天天的，越活越回去了。咱哥们儿什么时候受过这种屈？”

“别哥们儿，哥们儿的。”姚笙说道，“叫师哥，没大没小。”

“行行行，今天在师父家，你说什么都行。”谢霜辰摆摆手，“要不是你爸没入行，你得管我叫师叔。”他这话也不假，当初他拜了姚笙的爷爷姚复祥为师，姚复祥跟谢方弼是一辈人，按理说谢霜辰的辈分比姚笙大。可问题在于姚笙他爸没有入行，姚复祥说姚笙他爸吃不了这碗饭，然而姚笙是个好苗子，老爷子亲自带大的，这才有了此等辈分关系。

姚笙是凭着自己的家世险胜谢霜辰一筹，要不然谢霜辰这个走哪儿都压死人的辈分真是谁都治不了。

“我没时间跟你贫嘴，今天下午有个首都文艺界的活动。”姚笙说道，“我这个老艺术家理解不了你们网红圈了！”

谢霜辰“啧啧”说道：“你坐一堆老艺术家当中不觉得羞愧？”

姚笙说道：“不觉得啊，我从艺二十多年了好不好？难道我不是老资历？”

谢霜辰说道：“你爱怎么着就怎么着吧。”

“对了，今天你二师哥也去。”姚笙提了一嘴。

“他？”谢霜辰说道，“哦对，首都老艺术家聚会嘛。”

姚笙说道：“你这是什么口气？”

“大师哥没去？”谢霜辰问道。

“没有。”姚笙说道，“你们家不向来是老二爱活动？”

谢霜辰自言自语地嘀咕道：“也是，大师哥还韬光养晦呢，我看也是心有余而力不足吧。”

姚笙叹道：“真是一出《金枝欲孽》。”

其实姚笙不是很喜欢参加这种无聊的活动，身边都是德艺双馨的大爷大妈，年龄上的代沟造成了除了艺术之外无法交流的鸿沟，姚笙就夹在其中，脸上佯装微笑，内心却无比悲伤。

结束之后有一个小型的记者招待会，大致上就是聊一聊这次文艺座谈会的心得体会。姚笙是真的没有心情去体会，他只想躲一边去睡觉。可是似乎别人的体会都很深，侃侃而谈，尤其是杨霜林，俨然一副首都文艺界代表的模样在跟记者交流。

"请问杨老师，您最近在网上看了您师弟在小园子里的表演吗？"记者忽然问道，"您对此有什么看法？"

杨霜林稍微顿了顿，这一个细微动作已经说明了一切，只不过他还是特意反问道："你说的，是哪一个师弟？"

"谢霜辰。"记者指名道姓地回答道。

"噢——你说他呀。"杨霜林笑眯眯地说道，"我简单地看过一些。"

记者问道："他的视频在网络上很火爆，有人说这是相声在互联网时代之下的必然产物，也有人说这是违背了传统艺术的创作与传承，请问您是怎么看的呢？"

大伙儿都看向了杨霜林，似乎很期待他的回答，这其中看热闹的成分不知有多少。杨霜林沉吟片刻，说道："年轻人固然有年轻人的想法，创新也是件好事，但是……"

这两个字从他嘴里说出来，这帮老滑头知道要说到重点了，连姚笙都打起了精神，准备看好戏。

杨霜林清了清嗓子，接着说道："但是凡事要讲究一个规矩，不能想当然，也不能胡来。相声是一门传统艺术，不是出洋相也不是耍滑稽，总是想着要投机倒把是干不好的。对于我师弟的行为，我只能说如果他叫谢霜辰，这件事情我就也没什么好评价的了。"

记者似乎还想继续追问，杨霜林却不打算再作答，这段对话截止在了这个暧昧的位置。

姚笙默默翻了几个白眼，回去后就开始跟谢霜辰疯狂吐槽。谢霜辰没当一回事，觉得他二师哥的人物设定从来就没崩过——阴阳怪气，笑里藏刀。

谢霜辰的两句评价还没放热乎，次日的新闻就出来了。记者的笔杆子不会放过任何一个人，就算是谢家两位弟子之间的恩怨，到了他们那里俨然就是新旧势力的巨大碰撞。

接下来的几天，谢霜辰接到了许多记者的采访邀请。都想让他谈谈，对于杨霜林的言论，他有什么看法。

他能有什么看法？不是躺着看，就是坐着看呗。

他是不想大过年的去搭理杨霜林，可他的粉丝不乐意，直接把杨霜林的微博给爆破了。杨霜林可能这辈子都没遭受过什么网络霸凌，此时的老艺术家沉不住气了，大半夜发微博拐弯抹角地指责谢霜辰忘本，有辱师门。

谢霜辰觉得自己很冤，这两天听手机铃声听得心烦，这时突然又响了一下，他扫了一眼，没想到是叶菱发送来的消息，只有简单的一句话。

“我初七回来。”

第三十四章

光说回来，可是叶菱没告诉谢霜辰坐哪趟车，谢霜辰无奈，初七那天他压根儿就没出门，在家里等着。

叶菱大约是中午两点左右到的家，谢霜辰一听门口有动静就赶紧过去迎了。两人一个门里一个门外打了个照面，四目相对，谁也没说话。

因为谁也不知道话从那儿说起。

“回来了？”谢霜辰先开口说道，“吃了吗？”

“嗯。”叶菱点点头，“车站等车的时候买了个面包吃。”

谢霜辰说道：“吃面包哪行啊？您等着啊，我给你做碗炸酱面去。”他着急忙慌地往厨房里走，进去才想起冰箱里什么都没有，又转出来拎着衣服说道，“家里没东西了，我出去买点儿，您等着啊，我很快就回来。”

“你别费劲了。”叶菱说道，“忙忙叨叨的还不够麻烦呢，就你那个炸酱面是想齁死谁啊？”

以前谢霜辰在家里做炸酱面，一不小心放了两回盐，结果叶菱喝了一天的水，从此这个梗就过不去了。

一句话瞬间就将还处在尴尬阶段的两个人拉回了柴米油盐酱醋茶的烟火生活中，隔阂散去了许多。叶菱把外衣脱了，搓了搓手，他从外面回来，鼻尖都冻红了。谢霜辰跟在叶菱身后嘀咕道：“回头让凤飞霏捎两袋保定面酱回来。”

叶菱转头问道：“正月十五日过后开工？”

“嗯。”谢霜辰回答道，“本来想早点儿开工，不过我打算换一下台上的大灯，就晚几天。”

“换灯？”叶菱莫名道，“好端端地换什么灯？”

“噢，您看，我忘了跟您说了。”谢霜辰拍了拍脑门儿，“我记得早些时候您嫌台上的的灯不够亮，我寻思着这不过年回来了嘛，新年新气象，手里有点儿闲钱，不如就换了。”

叶菱叹了一口气，垂头低声说道：“闲的。”

两个人又是陷入了沉默，谢霜辰上前一步，说道：“我……特想您。”

“想什么？”叶菱抬头问道。

“您还好吗？”谢霜辰说道。

“还行。”

谢霜辰说道：“那您忽然回来……”

叶菱说道：“听见你二师哥说的话了，觉得不太爽。”

“您关心我？”谢霜辰说道，“他奈何不了我。”

叶菱觉得心很累，不知道谢霜辰为什么能这么轻松：“他已经指名道姓的骂你了，你要怎么办？”

“您先承认您关心我，我就告诉您。”谢霜辰说道。

“我不关心你。”叶菱说完又补充道，“我关心我的饭碗。”

谢霜辰笑了笑，说道：“行吧，我二师哥那个老匹夫我还不了解他？无非就是会扇阴风点鬼火，站在自以为的道德主流制高点上指点江山。先声明，我可没骂他，我从头到尾没说过一句他的坏话，就我那些爱闲聊的衣食父母跑去吐了吐槽他就受不了了，要真轮到我，他不得气得心脏病发作才怪呢？我可是主张和气生财的，绝不杀人诛心。”

“你是土匪？”叶菱觉得自己会被谢霜辰气死，“怎么总喜欢把杀人、放火这些词放在嘴边？”

谢霜辰说道：“对啊，我就是土匪啊，他可千万别惹我，惹我就跟他对喷。我手里可是有师父亲传衣钵的，谁摘谁的字啊！”

叶菱说道：“他的关系那么多，要是为难你怎么办？”

谢霜辰回答道：“那我就上他们家拆房去。”

叶菱无奈道：“你就不能有点儿正行？”

谢霜辰笑了笑，卖了个关子：“这您甭担心了，山人自有妙计。时代不同了，他想跟我玩？还嫩点儿。”

他一个二十多岁的人，说岁数大出他许多的人嫩，也真是口出狂言。

咏评社正月十五日后正式开张，谢霜辰提前一周叫人来换灯，史湘澄也早早从东北回来，身为咏评社的高级人力总监、后勤部部长兼保洁小妹，她得帮着谢霜辰安排好一些事情。

主要是谢霜辰数学不好，她怕这少爷把账给算错了。

史湘澄是不知道放假之后谢霜辰与叶菱之间发生的故事的，放假期间她一直沉浸在自己剪辑视频的事业当中，超话和粉丝社群里那些视频有很多是出自她的手笔。关键是她悄悄地把叶菱和谢霜辰那个大交杯酒的小视频也传了上去。

这种程度的正主发糖吃起来都噎得慌，一顿吃不完还得吃好几顿。

不誓死捍卫正主说相声和搞事情的权利简直就不是一个合格的粉丝，然后他们就把杨霜林的微博给沉到了谷底。

这个春节假期对于咏评社而言，意义是深刻的。以至于春节过后的首场演出，票竟然卖空了，众人非常惊讶。

“倒也是新年新气象。”谢霜辰说道，“我觉得没准儿今年咱们就发了。”

“今年都还没开张呢，你别瞎叨叨了。”史湘澄指着头顶上亮到闪瞎眼的一排大灯说道，“你们看这个灯装得怎么样？没问题就这个了啊。”

谢霜辰和叶菱抬头看了看，咏评社园子的面积和挑高基本与传统戏园子没有什么太大的差异，换了一整排的顶灯之后台上亮堂了不少，人站上去仿佛都在闪闪发光。

“夏天不得热死？”叶菱问道。

“不知道，到夏天再说吧。”谢霜辰指着头顶固定灯的灯架，“要不要在那后面开个风口给它降降温？”

叶菱说道：“不用了吧。”

谢霜辰笑了笑，背着手说道：“我觉得挺好的，台上亮堂了，这些个风水气运也就正了。”

叶菱早就习惯了谢霜辰不说人话的行为，叶菱坐在台下，此时门口进来一个人，谢霜辰先看见，叶菱顺着他转头看过去，竟然是姚笙。

“哟，哪阵风把您给吹来了？”谢霜辰笑着问道。

姚笙也笑着回答：“自是叶老师。”

叶菱不屑在他们两人这种无聊玩笑上多费口舌，说道：“是我请姚老板来的。”

谢霜辰从台上走下来：“找他来干吗？”

“商量一些事情。”叶菱把包里的IPad掏了出来，“我过年的时候写了几个本子，有长有短，各自侧重展示的部分也不一样。京剧的调儿是通用的，但是韵是自己的，观众听得其实是韵。传统相声谁都会说，熟悉相声的观众甚至能够倒背如流，也许演员的演绎方式会有不同，可是总听也腻歪，要不怎么观众最喜欢即兴发挥呢？我们可以在传统节目的基础上多增加一些原创节目，我觉得这才是我们与众不同的关键性因素。”

“这倒是。”谢霜辰点点头，“生书熟戏，差不多就是这个意思。可是这跟找浪味仙来也没什么关系吧？有什么事您不能跟我说？”

叶菱说道：“戏曲和曲艺最早大多是源自于下里巴人，都是从群众中走出来的，虽然现在的生存状态略有不同，但是我觉得多少都有些共通的地方。京剧的发展历史中经历了几次很重要的改革创新才成就现在的京剧，然而相声呢？我印象中比较大的似乎只有新中国成立后的一次相声革新，提升了相声的艺术涵养，但是也没有形成非常系统的理论。随着电视小品的兴起，相声几乎都要被人们遗忘了，一直到近些年来的互联网文化兴起，才又有了一些回转，这种现象其实是很值得深思的。”

谢霜辰和姚笙都很赞成叶菱的说法，叶菱继续说道：“说这些有点儿远，今天只是想简单讨论一下新作品，姚老板见多识广，不如给我们指点一二吧。”

“他？”谢霜辰说道，“他又不是文化人。”

“我上过大学。”姚笙一点儿都不生气，“不像某些人，能算清楚外卖账单就挺不错了。”

此时史湘澄接过话茬儿说道：“可是外卖账单真的很难算啊，要算店铺折扣还有红包免减，平摊到每个人身上得多少钱。天啊，真是当代数学难题。”

谢霜辰想起了被制裁的恐惧，说道：“你闭嘴。”

“不过没关系。”史湘澄说道，“我做了一个公式，以后套公式算就可以了，而且非常简单，就是文盲都学得会的程度。”说到“文盲”那两个字的时候，她还看了谢霜辰一眼。

谢霜辰不满地说道：“公式？你文凭不是买的？装什么大尾巴狼？”

史湘澄说道：“我乐意！”

叶菱已经打开了文档，叫谢霜辰跟自己坐一块儿顺本子，姚笙和史湘澄坐旁边听着，八仙桌上摆了瓜子茶水，茶水上浮着些许白雾，四个人进入状态认真地讨论着。

几个本子长短不一，叶菱用中心思想为它们简单命名。文字写出来的东西跟对话说出来的东西感觉不一样，一边说着觉得哪里不对，叶菱就顺手删改。某些保留传统戏曲部分的段落，姚笙也会提出自己的意见和想法，指导叶菱怎样运用会更准确。史湘澄提供的大多是网络上的新鲜玩意儿，各种亚文化思潮。

谢霜辰则是最后那个修订，他会的东西很多很杂，他的大脑就像是一个巨大的仓库，很多生冷偏僻到连国家图书馆都没有文献可查的东西，他都知道。没办法，他的生活环境就是这样，师门传承就是他最大的宝库。

“你能记得住也挺不容易的。”史湘澄感慨。

“因为记不住就要挨打啊。”谢霜辰说道。

“啊？”史湘澄惊讶道，“体罚？你竟然能接受别人打你？我爸妈都没打过我，老师就更不用说了，而且挨打怎么可能记得住啊，要我早就烦死了，死都不学。”

姚笙笑道：“没办法，要是想学艺，就得挨打，这在我们行当里叫‘打戏’。我小时候学虎跳，我爷爷拿棍子在我的胳膊和腿上打，就是想让我记住。很多老先生七八十岁上台，身段上完全看不出来，动作干净利落，就是因为长此以往的记忆训练。因为做不好唱不对就要挨打，挨过打下次就不会出错了。”

史湘澄耸着肩惊愕：“连你也挨打？”

“不然呢？”姚笙说道，“我像是没吃过苦的人？”他指着谢霜辰说道，“我在我们家挨得打可比他多多了。”

“这倒是真的，他们家里的扫帚抽他就抽断了好几把，后来换成不锈钢的了。”谢霜辰说道，“京剧最难学。”

“我爸因为这事儿差点儿跟我爷爷决裂。”姚笙说道，“他是接受过高等教育的文化人，看不惯这种传统教育。”

史湘澄想了想，问道：“那你爷爷不心疼你？他下得去手啊？”

“这个问题很难回答。”姚笙回答道，“只能说小时候不理解，现在理解了一些。”

两个世家子弟回忆着自己年少时期学艺的痛苦经历，无一例外都是挨打挨过来的。这让叶菱想起了曾经在谢家见到谢方弼责罚谢霜辰的一幕，谢方弼那么疼爱谢霜辰，但还是会因为谢霜辰在台上犯了错而打他。谢霜辰一个二十多岁的大小伙子面对这样的惩罚不仅没有反抗，还得感谢师父打得好，这对任何一个接受过现代教育的人来说都是不可理喻的，也难怪史湘澄露出了看异次元人类的表情。

这种传统的家长式教育，似乎在普通家庭生活中已成为需要摒弃的陋习，但是在这样的曲艺世家里，却很难说是对是错。

“只能说都是时代的产物吧。”叶菱忽然开口说道，“很多传统的东西一直沿用至今，不知道对与不对，那就只能交付给时代去检验了。”

姚笙说道：“是的。”

“我突然想到了一件事情。”叶菱说道，“我年前离开北京的那天是坐地铁去的火车站，因为时间很早，地铁上的人不多。不久，走过来一个卖报纸的大爷，他没有吆喝卖报纸，而是有点儿像在地铁上挨个儿加微信的微商一样，四处跟乘客说‘帮帮忙’吧，不过收获甚微，一份报纸也没卖出去。然后他就有点儿抱怨地说道‘真难啊，怎么这么难，到现在一份报纸都没卖出去，我都不知道为什么，怎么会这样’。他絮絮叨叨地说了好一会儿，又开始哀求乘客买报纸，给多少钱都可以。当他走到我的面前时，我没有办法装睡或者直接无视，动了一些恻隐之心。”

“我们家叶老师就是人美心善。”谢霜辰插嘴道。

姚笙和史湘澄一脸无语表情。

“没有，我没有买报纸，因为我身上没有现金。”叶菱说道，“那一刻忽然有一个很强烈的想法占据了我的大脑。那个大爷一直在说不知道为什么会变成这样，若换做我们这样的年轻人其实很容易想到原因。现在大伙儿都在手机上看新闻，还可以随意筛选自己喜欢的内容，谁还会去买报纸呢？而且我甚至都没有办法买报纸，我身上没有现金，我连想同情他一下都做不到。我忽然间觉得，被时代所抛弃是一件非常可怕的事情，就好比没人看报纸了，也没人用现金了，然而你却浑然不知。这就像是一个巨大的洪流，顺者昌，逆者亡。”

众人沉默。

史湘澄忽然打破宁静：“你当初为什么没报考北大？思想过程这么复杂，

坐地铁买报纸都这么多感悟，不像清华理工宅男的作风呀。”

“人家这叫细心观察生活。”谢霜辰说道，“优秀的创作都是这么来的。”

史湘澄白了他一眼：“没让你发言。”

“除了顺应时代，还有这里。”姚笙用食指轻轻地指了指脑袋，“知识和文化。以前学戏的大多没什么文化，师父口传心授徒弟死记硬背。后来新的思想和新的教育模式涌了进来，大伙儿才开始认字学知识，再加上知识分子融入到京剧整体的创作和传播中来，几经革新，这才逐步有了现在的京剧。”

“那谢老板完了。”史湘澄说道，“你率先被抛弃了。”

谢霜辰说道：“那你得跟着我一起。”

姚笙说道：“没关系，这不是还有叶老师？师弟提供想法和基础，叶老师可以把它转化为表达形式，一面传统一面新潮，这就是一个很好的搭配。”

史湘澄说道：“也是，夫妻搭配干活不累。”

这句话让谢霜辰与叶菱两个人都有一些尴尬，叶菱手托着腮帮子扭过头去佯装改稿，谢霜辰忽然拉着叶菱站起来：“甭坐这儿改了，咱到台上去看看效果。湘澄，开顶灯去。”

“好嘞。”史湘澄起身去开顶灯。

他们各自拿着手机上去对本子，台上没摆桌，活动更自由一些。姚笙和史湘澄充当看客，临时给一些观众视角的建议。

此时表演的段落中，逗哏的需要学一段京剧，谢霜辰唱了两句，目光朝向叶菱，向上一抬，忽然就不动了。

叶菱打量着谢霜辰：“怎么了？”

台下的两个人也不知道谢霜辰抬着头发什么愣，便跟着谢霜辰一起往上看。

“小心——”

一声巨响掩过了尖叫，叶菱回过神时自己已经坐在了台上，挨着自己脚边的位置，是掉落下来的巨大灯架，灯架上冒着烟雾，叶菱眼看着台上缓缓渗出红色的液体。

“啊——！”史湘澄尖叫了一声，姚笙直接翻上舞台，“师弟！”

谢霜辰被压在了灯架下面，不省人事。

第三十五章

急救车在夜幕中的街道上呼啸而过。

叶菱、姚笙和史湘澄等在手术室的走廊上，刚才一阵慌乱，现在三个人身上都还带着血，姚笙都不知道自己怎么那么冷静地给谢欢打了电话，又几方奔波搞定了谢霜辰手术的事。史湘澄快吓傻了，叶菱弯着腰，双手撑着额头，看不见他脸上的表情。

他一闭上眼睛，满脑子都是刺目的红色。

“应该不会有什么问题。”姚笙忽然说道。

“嗯。”叶菱回答道，“大姐呢？”

“欢姐在外地拍戏，连夜赶回来。”姚笙说道，“我听她那声音也慌了。”

叶菱揉了一把脸，深深叹息：“我……我不知道怎么办了……”

“祸害遗千年。”姚笙安慰他说道，“没事。”

“对，肯定会没事的。”史湘澄也紧张地说道。

叶菱不知道该说些什么，他脑子里嗡嗡作响，耳旁全是轰鸣声。他有些恍惚，喃喃地说道：“我要是今天没有留下来对本子就好了，或者……或者当初没有随口提一句想要更大更亮的灯，他就不会心心念念换一个了，也就不会发生今天这样的事。他要真有个三长两短，我怎么……怎么对得起他……”

姚笙说道：“刚刚不是说过了，他不会有事的？你怎么又念叨起三长两短来了？”

“他被砸到头了。”叶菱说道，“还流了那么多血。”

姚笙说道："你要是真觉得对不起他，等他出来之后，你以身相许就是了。"

史湘澄说道："你怎么还有心情开玩笑？"

"要不然怎么着？"姚笙说道，"我就算在这儿念经也没什么用吧？大夫还在手术室里竭力抢救呢，我又不是大罗金仙。"

"只要他没事……"叶菱小声说道，后半句就没了声音。

也不知道在外面等了多久，手术室的灯灭了，不一会儿医生出来，三个人围了过去，医生简单地向他们说明了一下情况，谢霜辰暂时还没有脱离危险，需要进ICU(重症监护室)。叶菱听了这话当时腿就软了，要不是姚笙站在他旁边，兴许就跪在了地上。

姚笙扶住叶菱，说道："人还没死呢。"

"可是他也没醒啊！"叶菱叫道。

姚笙愣了一下，没见过叶菱如此失态的大声吼叫，史湘澄拍了拍叶菱的手臂，尽量温柔地说道："叶老师，别担心。人出来就没事了，咱们再观察一下。"

"对不起。"叶菱又进入到沮丧懊恼的情绪里，"我……我……"

转眼间，谢霜辰被推了出来，叶菱稍微动了一步，目光黏上了病床上的谢霜辰。他双眼紧闭，身上插满了各种管子，一向充满生气，活蹦乱跳的一个人此时静默无声地躺在那儿，让叶菱感到无尽的惶恐。

他想到了很多很可怕的事情，世事无常的落差让他无法自已。

这一晚没少折腾，天蒙蒙亮时，谢欢从外地匆匆赶了过来，她穿着黑色的羽绒服，把自己裹得严严实实地就走进了医院，身边只跟了助理和司机，悄无声息没有引起任何人的注意。

"怎么样了？"谢欢与他们会合之后，拉着叶菱问道，"没事吧？"

叶菱刚要说话，姚笙抢着说道："需要再观察一下，我觉得问题不大。"

谢欢点了点头，问道："你们是不是在这儿待了一宿？哎，都回去休息吧，别他在里面没事，你们再出点儿什么问题。我一会儿还得回片场，这里我叫人看着。"

"不用。"叶菱说道，"我在这儿吧，我不是很困。"

"你看看你眼里的血丝还有黑眼圈！"谢欢指着叶菱说道，"我这大半年没见着你，你看着怎么这么憔悴？老五虐待你了？他要是对你不好，你就跟姐说，姐治他！"

“没有。”叶菱无奈地惨淡一笑，“不过他确实欠治，等他出来了，您好好治治他吧。”

姚笙看了看叶菱，这才发觉叶菱确实在一夜之间状态颓废了许多，像是连续很长时间的疲惫压抑才能造成的那种憔悴不堪。戏文里常有“一夜白头”的故事，但是他从来没在现实生活中见到过，此时的叶菱仿佛正在诠释着这四个字。

他只当谢霜辰单方面对叶菱有依赖，没想到叶菱竟然如此牵挂谢霜辰。那种害怕失去，战战兢兢的样子不是装出来的，这一整夜里，叶菱无数次的陷入自责的情绪中，他很痛苦，竭力地在控制自己的情绪，但都无济于事。

叶菱嘴上嫌弃谢霜辰，但在生死关头，他没有办法隐藏自己的真实想法。

手术室外是最能看出人情冷暖的地方，盼他死还是盼他活，一个呼吸就出卖了全部的内心活动。

“你俩都回去休息吧，去睡一会儿觉。”叶菱对姚笙跟史湘澄说道，“姚老板你那么忙，别因为这些事给耽误了。湘澄，你回去带人把园子收拾好，那个灯到底是什么问题找安装的人问清楚，这还有几天就开业了，别到时候园子里还乱糟糟的。”

“知道了。”史湘澄担忧地问道，“那节目怎么办？大伙儿都是冲着角儿来的，现在生死未卜……”

“什么生死未卜？”叶菱纠正史湘澄的话，“他……他会没事的，至于演出，到时候再说吧。”

“行。”史湘澄点点头。

姚笙揉了揉自己的太阳穴，感觉快看不下去这种虐恋情深的戏码了。谢霜辰在 ICU 病房里老老实实地躺着，他从手术室里被推出来的时候，即便医生说还在危险期，姚笙心里的石头就已经落下去了大半。对姚笙而言，只要没当下厥过去，那就有回转的余地。

他相信谢霜辰吉人自有天相，能逢凶化吉。因为自己手头上还有演出方面的事情要去处理，他便带着史湘澄先回去了。

医院里只留下了叶菱和谢欢。

“大姐，您留到下午吗？”叶菱问道，“下午有一小会儿的探病时间。”

“探什么探，有什么好探的？”谢欢说道，“小兔崽子躺床上装死，谁稀罕看他？”

“那您……”

“我待不了多久，一会儿就走。”谢欢忽然笑了笑，说道，“你会不会觉得我很无情？长年累月不着家，老爹说不要就不要了，弟弟在里面躺着，我还能跑出去工作。”

叶菱说道：“大伙儿都不容易，总有身不由己的时候。”

“我……”谢欢顿了顿，说道，“我其实挺害怕的，总担心自己走了之后，他又有什么不测。我这人可能看上去风风火火的，实际上也是㞞。我们家老爷子那个事我特别难以释怀，我走了害怕，在这儿待着更害怕，怕真看见老五有个什么不好的事情，我不知道该怎么面对。哎，你看我这嘴……你懂那种直接面对和间接听到噩耗的区别？”

“我理解您。”叶菱本想安慰性地拍一拍谢欢的肩膀，但又觉得似乎不太好，手悬浮在半空中硬生生地收了回来，“晚上我坐在这里也特别害怕，他如果有个三长两短，我真不知道该怎么办了。也许人在晚上的时候心理活动会比白天多，天亮了之后我似乎镇定了一点儿。大姐您放心吧，这里有我呢。”

谢欢露出了一个淡淡的微笑。

她在午后离开了北京，医院里留了人帮忙照顾叶菱。叶菱也不知道谢霜辰什么时候能醒，ICU 病房有专门的团队陪护，他也帮不上什么忙，到了晚上史湘澄和凤飞霏过来探望，然后一起离开的。

谢霜辰在 ICU 病房里住了两天，各项指标均已恢复正常，今天如果不出什么特殊情况，就会被转入普通病房。

叶菱在 ICU 病房外面守了两天，终于在医生的授意之下进入了 ICU 探病，但只有短短的十几分钟。

他看着谢霜辰躺在医疗器械的包围之中，心中五味杂陈，眼泪忽然就掉了下来。

“你为什么还不醒啊？”叶菱小声哽咽，“平时不是挺能蹦跶的？这会儿怎么不成了？”

谢霜辰闭着眼睛，没有任何反应。

叶菱在那里数落了谢霜辰好半天，叶菱又忍不住去想那些令人恐惧的事情，想碰碰谢霜辰，又不太敢，最后只得靠在谢霜辰的床头啜泣。

“你要是醒了，我什么都听你的，我觉得我俩搭档挺合适的，咱好好说相声，成吗？你醒醒吧……”

突然，一直平稳发出“滴滴”声音的检测仪器瞬间就变成了一条直线。

叶菱蒙了，全身的血液瞬间涌入了大脑，随后疯了一样的大声喊叫着，医生和护士很快就冲进来把叶菱轰到一边开始抢救，叶菱的脸都白了，站在一旁直打哆嗦。

医生在一阵忙乱抢救后，问叶菱：“你是不是碰到他了？”

“我……”叶菱六神无主地说道，“我只是，只是……他是不是……”说着眼泪汹涌着往外流。

“你把仪器的线给碰掉了。”医生无奈地说道。

叶菱甚至都没听明白，他一向聪明，是个大学霸，现在却像个傻子一样，完全回忆不起来，刚才有没有触碰过谢霜辰。他的脑子里一片空白，如同一个布满铁锈的机器，怎么都运转不过来。

“他动了！”一个小护士说道，“病人转醒了！”

医生们立刻放弃了对叶菱的教育，投身到谢霜辰的身体检查中。

谢霜辰的身体状况没什么大问题，就是刚醒有些不太适应，一脸“我是谁？我在哪儿？我在干吗？”的表情看着天花板。

叶菱激动地扑到床边：“你终于醒了！你是不是想吓死我！我还以为你死了，你个王八蛋！你是不是想抛下我！你要是死了我天天去给你唱《寡妇上坟》！”

“这位同志你冷静一下。”医生见过的大场面多了去了，叶菱这一哭二闹三上吊根本不算什么，他非常娴熟地把叶菱拉开，“病人现在刚醒，需要休息。”

叶菱在情绪激动之时，似乎压抑了几天的情绪全都跑出来了，根本没办法控制自己。谢霜辰皱着眉头看了他好一会儿，像是在仔细分辨，然后张了张嘴。

“你要说什么？”护士凑过去问道。

谢霜辰勉强抬起一根手指，指了指叶菱。

叶菱甩开医生奔到床前，握着谢霜辰的手问道：“我在呢，你要说什么？”

“你……”谢霜辰的声音非常沙哑，特别费劲儿地问道，“你是谁？”

病房里顿时安静了下来。

叶菱瞪大双眼有些不可置信，整个人愣在了原地。医生们相互交换了一个眼神，脸上露出了难以形容的表情。

失忆了？不能吧？医生们心里暗自嘀咕，这伤不能失忆啊？

要不要再会诊一下？

“你不记得我了？”叶菱哇哇大哭，他这两天可能把他有生之年的眼泪都流干了，在此之前，他根本不相信自己是个情绪能激动到如此地步的人。谢霜辰真是他的冤家，没醒来的时候让他牵肠挂肚，醒来之后干脆就不认人了，没人告诉他剧情会发展成这样。

“你为什么会忘了啊？”他抓着谢霜辰的手，扭头问医生，“大夫，他怎么了啊？怎么会这样啊？他不会是傻了吧？”

医生心里在想：我也想知道这是为什么。

还有，现在这个八点档的场面是怎么回事？

“那个……”谢霜辰缓缓开口说道，“这位先生，您能不能不要这样，不太好吧，我……我是个直男。”

叶菱被医生撵出了病房，里面正在做进一步检查。他一个人恍恍惚惚地从病房里走出来，站在医院的长廊上，从最开始的迷茫、无助、不知所措，渐渐地转为了疑惑，不过一切要等医生检查完之后再说。他默默地在一旁守候，心情平复了许多，恢复了一贯的冷静，细细回忆刚刚在病房里发生的事情，这一切都显得那么不真实。

他真的有在谢霜辰床头大哭大闹？

这一定不是他。

医生给谢霜辰开了几项检查，结果一时还出不来，不过人既然醒了，自然也就没什么大问题了。当天，谢霜辰就被转到了普通病房里。

谢霜辰和叶菱手里没多少钱，但是谢欢给他们留下了不少，帮他打点好了一切，还托人找了一间单人病房出来，让谢霜辰好生养病。

因为是头部受了伤，医生把谢霜辰的头发全剃了，脑袋上包着厚厚的纱布。医生不让他下床走动，只能躺在病床上休息，最好没事就睡觉。

到底还是年轻，自打醒来之后，伤势恢复速度以秒计算。期间咏评社众人纷纷前来探望，蔡旬商还问叶菱晚上要不要陪床，叶菱没让他们费这个劲儿，这里有护工，叶菱自己一个人就能应付。

大伙儿来医院探病的时候，叶菱都挨个儿问谢霜辰："这人你认不认识？"

谢霜辰逐一摇头。

来医院探病的每个人都会把叶菱拉出去问："小五爷失忆了？"

医生给叶菱的信息比较含糊，总结下来就是没检查出什么毛病，可能就是刚醒，说话有点儿不利索。失忆可能是暂时性的，平时让亲朋好友多来看看他，多跟他讲讲以前的事，说不定就记起来了。

总之就是让叶菱别担心。

叶菱消化掉这些信息后，对于大伙儿的问话他都统一回复：谢霜辰傻了。

杨启瑞与陈序来探病的时候，说的话就比较实际，问要不要转院或是找个专家看看之类的，然后又开始思索着自己是否有医院的关系可以帮帮忙。陈序在读书时认识的一个哥们儿的媳妇儿在协和医院，他还托这位哥们儿问了问。但是没有见过病人，哪个医生也不敢给肯定地答复，意思就是你要是想转院，那就转过来看看再说。叶菱告诉他们甭操心了，谢霜辰他大姐谢欢都安排好了。

其他几个年轻人生过最大的病可能就是感冒发烧，吃点药就好了，上医院可能都不知道怎么挂号，自己医保几位数都不清楚，来了之后叽叽歪歪问一堆没营养的问题。陆旬瀚坐在谢霜辰的病床前那叫一个忧心忡忡，蔡旬商是坐在谢霜辰病床上的，起来的时候不小心把谢霜辰输液瓶上的针头给拔掉了。

当时众人的反应就跟摸了电门一样，都要急疯了。

"没事。"叶菱淡定地把软管上的调速器关了，举着上半截针头不让回血，按了护士站的铃叫护士过来，然后对蔡旬商说道，"掉过好几次了，小场面。"

"……"蔡旬商不好意思地说道，"是我太不小心了。"

护士过来给针头消毒，重新插好就走了。凤飞霏盯着谢霜辰看了好半天，问道："你是真的什么都不记得了？"

"你谁啊？"谢霜辰问道。

"我是你爸爸。"凤飞霏说道。

谢霜辰愣了一会儿，说道："你是哪儿来的小屁孩？"

"我跟你开玩笑的。"凤飞霏笑道，"我是你请来演出的，你说每场给我两万元演出费，去年年底的账还没算清楚呢，你就变傻了？"

"两万元？我疯了啊？"谢霜辰说道，"我劝你们做，做个善良的人，不要看我这个样子就来坑，坑蒙拐骗，就算网贷的过来讨账我也没有！"

叶菱冷哼哼地笑了一声：“哟，你还玩网贷呢？我怎么都不知道这事儿？”

“夫妻之间还得藏点儿私房钱呢，何况是搭档。”谢霜辰回答道。

这几天一直都是叶菱在医院看护他，关于这两人的关系，叶菱也一五一十地说清楚了。当然主要都是工作上的关系。

谢霜辰是个自来熟，虽然叶菱在他面前完全就是个陌生人，不过这段时间相处下来，谢霜辰对叶菱的态度仿佛是多年之交。若不是好多事他不记得了，在叶菱看来，这个人跟以往没什么区别。

因为谢霜辰能特别不见外地使唤他，吃东西让叶菱喂，身上不舒服了让叶菱帮他挠。

就连上厕所，都恨不得让叶菱帮他脱裤子。

叶菱有时候在病房里没办法休息，谢霜辰就挪一半床位，让叶菱上他的病床上去睡。

“你不是直男吗？”叶菱问道。

“这没什么关系吧？”谢霜辰说道，“我们不是好搭档？没事，您上来睡吧，反正这张床很大，我自己睡着富余。”

“我不。”叶菱摇头，“一股子消毒水味儿。”

谢霜辰挠了挠头上的纱布：“不是我的体香？”

叶菱问道：“你为什么没被砸死？”

最后还是在谢霜辰颇具直男精神的死缠烂打之下，叶菱脱了外套躺在了他的病床上。单人间的病床虽然不算小，但是躺两个男人也不是很宽敞。叶菱背对着谢霜辰正打算入睡，谢霜辰说道：“我后背好痒啊，您帮我挠挠吧？”

叶菱翻过去给他挠。

往复这么几次，谢霜辰把全身上下能痒的地方都说了一个遍。

要是叶菱能把他给撅折了，让谢霜辰这辈子再也没有痒的机会。

不过，不明真相的医生护士还是被当代相声搭档的真挚友情给感动了。

但是在叶菱看来，这就是江山易改本性难移，俗话就是：狗改不了吃屎。

医院里人来人走，眼瞅着咏评社该开年营业了，可谢霜辰还待在医院里这副模样呢。

史湘澄问道：“谢老板除了脑子坏掉了之外，口条听着也不如原来顺溜了，不会落下什么毛病吧？”

叶菱说道："不知道，看他自己的命吧。要真吃不了这碗饭了，也没办法。"

唱戏、唱曲儿、说相声的，这吃的都是开口饭，全靠一张嘴一副好嗓子。尤其是唱戏的，最怕倒仓，嗓子没了，饭碗也就没了。

"不说他了……"叶菱还没说完，谢霜辰就打断他说道，"为什么不，不说我了？"

叶菱说道："因为我妈不让我跟傻子说话。"

大伙儿都笑出了声。

谢霜辰说道："您这人怎么这样？为什么要欺负一个病人？"

"你闭嘴行不行？欺负你？你天天在床上躺着两耳不闻窗外事，我还想一头磕死呢！"叶菱说道，"闭嘴！不准说话！再说话把你的输液管给拔了！"

一番拔管警告，谢霜辰老老实实闭上了嘴。

叶菱叹了一口气，说道："演出的事……湘澄，你还得给之前咱们招聘的演员联系一下，看看谁能来。我和旬商搭档说一个对口，攒底让蔡陆两个人来。"

史湘澄问道："观众要是不满意怎么办？"

"不满意？"叶菱说道，"那就把医院病房和床位号告诉他们，想看角儿让他们上医院来看，看到满意为止。"

谢霜辰终于忍不住说道："我跟您这是有多大仇多大怨啊？"

叶菱没理会谢霜辰，问凤飞霏："姚老板最近在忙什么呢？"

"忙着呢。"凤飞霏说道，"他上半年有一出新戏要上，最近已进入排练阶段了，他成天都神出鬼没，要不然就不回家。回家之后也跟个煞神一样黑着脸，我都不敢跟他说话。"

叶菱问道："还有你不敢的事？"

凤飞霏回道："我是个听话的好少年。"

谢霜辰说道："你也给我闭嘴吧，我听这一小会儿都能听出来你什么成色，浪味仙没弄死你就不错了。"

叶菱问道："你知道姚笙？还知道他叫浪味仙？"

"对啊。"谢霜辰说道，"我发小我还能不知道？"

叶菱打量了一番谢霜辰，点了点头："行吧，记得过去的，不记得现在的，你这病也挺厉害。"

谢霜辰笑着问道："怎么，您羡慕嫉妒恨？"

叶菱一顿，说道：“我也是闲的。”

咏评社开年营业那天，北京忽然下起了雪。当天演的是晚场，中午的时候才公布演出内容。很多观众一看没有谢霜辰的名字就在微博上私信问。史湘澄看着后台的记录问叶菱：“这怎么办？”

“该怎么办就怎么办。”叶菱说道，“正常演。”

医院晚上九点就结束了探病时间，叶菱调了自己的演出时间，演完之后匆匆忙忙就去了医院，没想到一推开门，姚笙竟然在病房里，三个人互相看了一眼，都有些意外的神情。

“姚老板你来了啊。”叶菱抖了抖身上的雪，“这两天忙？”

姚笙说道：“那天从医院离开之后就忙得脚不沾地，今天才腾出点时间过来看看。你不是演出？怎么还跑来了？晚上这儿不是有护工？”

叶菱说道：“我就是过来看看，没什么事再回去。”他把大衣脱了挂在一边，问谢霜辰，“你俩说什么呢？有想起什么来？”

谢霜辰说道：“跟他那些破事，我倒是都记得。”

“哦。”叶菱想了想，对姚笙说道，“姚老板你出来一下，我有件事想跟你说。”

姚笙开玩笑地问道：“什么事不能当着他说？”

叶菱叹了一口气：“你就出来吧。”

姚笙不知所以，跟着叶菱出去，两人没走远，就站在病房门口的走廊上说话，叶菱特意还把门给带上了。

“说吧。”姚笙说道，“怎么了？愁眉苦脸的。”

叶菱说道：“今天演出的时候好些人问谢霜辰怎么了，我都搪塞过去了，他们见节目单里没有谢霜辰的名字，好些人半场就走了。”

“哟，这么硬核？”姚笙说道，“只捧一个角儿啊？”

叶菱勉强笑了笑，说道：“这倒也没什么，可是他现在这个样子，我也不知道什么时候能好，或者……到底还能不能好。想不起来事没关系，活没忘就成，可是他那个说话结结巴巴不利索的模样，真是……”

姚笙转了转眼睛，问道：“叶老师，先不说这些，他要是想不起来跟你的事了怎么办？”

“我？”叶菱说道，“想不起来就算了，我也落得个轻松。这几天我想了很多，我不知道自己在干吗，今天上台的时候，发现自己好像没办法独揽一面，也许我真的还什么都不是吧。来的路上我还在想这事儿，就在进医院的时候，一瞬间有一种豁然开朗的感觉。可能我跟谢霜辰就是没什么缘分，前前后后不过是白搭一场，这不是还有几天他就能出院了，我想他出院之后没什么事了，我就回天津……想不起来就别想了，白费劲。就当什么都没发生过吧，我看他自己一个人也能挺好的。”

他说着说着，声音逐渐变低，语音上也有点儿悲伤，看上去很认真。

姚笙惊讶地说道：“你别想不开啊！他……他这不是有病？也许过几天就都好了呢？叶老师你别激动，你再好好想想。”

叶菱走了两步，徘徊到房门附近，说道：“我已经想明白了。”

“那你不要他了？”姚笙问道。

“别这么说。”叶菱的声音有点儿哽咽了，声音提高了一些，“大概就是有缘无分造化弄人吧，谁都没办法，就这样吧。对了，你可千万别告诉他……不对，告诉了他也没什么，反正按照他现在的状况来看，我俩确实也没什么革命感情。”

“欸，你……”姚笙叹息。

倏地，只见叶菱把门一拽，一个纱布脑袋就露了出来，谢霜辰直接扑倒在了地上，手里还拿着个玻璃杯。

姚笙扶额：“你干吗呢？你不是应该在床上躺着？”

“您别走啊！”谢霜辰麻利地爬起来抱着叶菱的大腿，“我想起来了，我都想起来了！叶老师您可是我的亲搭档啊！您不能抛弃我啊！您走了我可怎么办啊！那我就一头磕死算了啊！”

叶菱对于谢霜辰的哭诉不为所动，冷笑着踹了他一脚，说道：“你离我远点儿。”

第三十六章

病房中的仨人，谢霜辰坐床上，叶菱坐在床边，靠着床头柜削苹果，姚笙坐在靠门的椅子上。三个人谁都没说话，只有削苹果发出“咯吱咯吱”的声音，冰冷的刀锋划过果肉，那声音听着挺吓人的。

叶菱就闷头削，皮是一整根连着的，最后一刀才把皮给削断。他从柜子里拿了个盘子出来装着，一边剜果肉一边冷冷地笑了一声，对谢霜辰说道：“说说吧，怎么回事？”

谢霜辰吞了吞口水，生怕叶菱下一刀就把自己给剜了。姚笙也挺害怕的，他们吵架跟他有什么关系？姚笙是无辜的，他什么都不知道，都赖谢霜辰这个贱人！姚笙得挨着门近一点儿，万一待会儿真的发生什么流血事件，他还能跑得快点儿。

“我……”谢霜辰说道，“我就是刚刚想起来的，我也不知道怎么回事。”

“是——吗？”叶菱手上的力度大了一点儿，把一个苹果削成了两半。

“其实……”谢霜辰脖子一凉，觉得自己如果再不老实交代的话很可能自己的下场比那个苹果还悲惨，“您在我跟前哭的时候，我就隐隐约约醒了，但是那会儿我特迷糊，您说的话我都没什么印象了，就……就记着一句。”

“最后一句？”叶菱问道。

“不是，最前面一句。”谢霜辰说道，“您说您什么都听我的。”

姚笙心想：谢霜辰你真是可以啊！姚笙不知道自己现在应该做什么表情才好，或者干脆看天装死，把自己当作一团空气。他见叶菱盯着谢霜辰不说话，谢霜辰倒也硬气，仿佛自己什么错都没有一样，梗着脖子在那儿挺着，好像在说“求求你们放过我这个路人吧”。

“我说你这脑子也够厉害的呀。”叶菱不紧不慢地说道，“还会乱序记忆了？这可真是奇事，你要不要为当代医学做做贡献，让大夫把你的脑袋开瓢儿看看？”

“不用了吧？您别这么狠啊！我这儿头发都没了！我真不是故意要编排您，我是有苦衷的！”谢霜辰说道。

叶菱冷漠且认真地问道：“有苦衷就可以骗人？你这是有多大的苦啊？”

“我，我……”谢霜辰觉得自己似乎说什么理由都是徒劳，他叹了一口气，说道，“我觉得咱们还是别兜圈子了吧，您当初说不知道跟我做搭档合不合适的时候，我挺㞞的。但是身为一个成熟的男人，我要扼住自己命运的喉咙……”

“你就别贫了，行不行？”叶菱很无语，不知道谢霜辰哪儿这么多人生感悟，“你在这儿演得挺开心，那别人呢？你天天跟个傻子似的在医院里躺着，你知道你二师兄这几天怎么找记者发稿子说你？伤风败俗！哗众取宠！”

“我看他才哗众取宠，老戏精天天找舞台表演，就他认识记者？”谢霜辰显然是不把杨霜林放在眼里的，“等我出去了我就收拾他。”

“我觉得他就是芸芸众生的一个缩影。”叶菱说道，“有时候你自己觉得很正常的事情，其实在大众眼中都是不正常的，你在这里瞎胡闹，传出去算什么事？”

“您在怕什么？”谢霜辰问道。

叶菱说道：“我当然是怕你被……”他这句话像是没经过大脑思考一样就说了出来，话说到一半又觉得这么说不太好。

“可我什么都不怕。”谢霜辰说道，“您是不是总怕我玩票？怕自己认真付出到最后什么都没剩下？为了您我能连命都不要。您自己扪心想想，您在我床前哭，掉的是不是真眼泪呀？您甭治我了行不行？您说我当时要是真过去了，我都没听见您说一声肺腑之言，我真是得屈死。您看我现在这叫大难不死必有后福，我的福气在哪儿呢？您抬举抬举我吧，咱们好好说相声吧，成吗？”

顿时，似乎时间与空气在叶菱身上凝固了，他没有把手抽回来，怔怔地盯着谢霜辰，不知道是不是在分辨他言语里有几分真心。不过话又说回来，真心与否也不是嘴上说说的，顶灯掉下来的时候谢霜辰的举动已经说明了一切。

对待一个人得有多真切，才会宁可牺牲自己的生命也要去保护呢？

“哎……”叶菱垂下头轻轻叹了一口气，小声说道，“以后别再这样吓我就行了。”

他的意思已经很明确了，谢霜辰与他相处这么久他当然明白，人生突逢喜事，当即笑逐颜开。

“但是！”叶菱又接着说道，“你骗我的事还没完呢。”

“啊？”谢霜辰开始装傻，拉着叶菱的衣袖摇晃，“叶老师，叶哥哥，菱仙儿！”

“别撒娇！”叶菱严肃地说道，“结巴好学？就你会学结巴是不是？”

“我……我……”

叶菱忽然又转头问姚笙：“他没失忆这事儿，姚老板你知情？”

“我当然不知情！我也是被他蒙骗的受害者！谢霜辰你个丧尽天良的，枉费我给你买了那么多猪脑子！”姚笙一激灵，没想到叶菱这么快就指向了自己，“那什么，我想起来我还有事要去处理，我先走了啊！你俩聊着啊，回见！”

“姚……”叶菱这边名字还没叫全呢，姚笙就脚底抹油跑路了，剩下谢霜辰一个人在这儿接受暴风雨的洗礼。

叶菱又转过头来看向谢霜辰，谢霜辰立刻躺倒在床上，气若游丝地呻吟：“哎哟……头晕……”

“你把这苹果吃了吧。”叶菱没好气地说道，“明天早上我给你带碗卤煮过来补补脑子。”

谢霜辰说道：“卤煮都是下水，跟脑子有什么关系。”

叶菱点了点谢霜辰的脑门儿：“你以为你这里面的东西比卤煮高级到哪儿去了？”

谢霜辰顺势握住了叶菱的手，在他的手背上亲了一口，嬉皮笑脸地说道：“那您不也挺喜欢的？”

“别介，我喜欢吃煎饼果子。”叶菱顿了顿，说道，“比你这个有营养多了。”

“可惜北京没有卖煎饼果子的，要不然天天给您买。”谢霜辰说道，“或者等我出去以后给您做吧，我感觉做那个也不是很难，就是油大……欸，不行不行，油太大不能经常吃，容易三高……”

他絮絮叨叨的，自个儿还挺开心。谢霜辰不嫌想这么多事头疼，叶菱听了都有些头疼。当谢霜辰念叨到要在咏评社弄个后厨这部分的时候，像忽然想起什么似的，对叶菱说道："您在走廊上跟浪味仙说得那些事是真是假啊？观众真的走一半了？"

"没有，假的。"叶菱说道，"我那么早出来怎么可能知道后面的事？你长脑子是不是凑身高的啊？"

"我这不是关心则乱？"谢霜辰笑着说道，"没出事最好，观众不知道我住院这事儿吧？"

叶菱说道："不知道，有热心观众问，我们都统一回答，你感冒了嗓子不行。就这我看人家都挺失望的。"

"哎……没办法，只能以后再卖力演出答谢观众了。"谢霜辰说道，"那我二师哥呢？他最近在作什么妖？我住院这几天都没上网，好像什么事都不知道。"

叶菱回答道："还是那些事，网上骂得难听，你还是别看了，免得影响病情。"

"哟，您是不是怕我看着不好受？"谢霜辰笑道，"您别怕，不就是一些难听的话？我骂街的时候连泼妇都得让三分，区区一个二师哥，根本就不在话下。"

"重点不是这些。"叶菱说道。

"重点是他站在道德的角度抨击我们是不是？"谢霜辰说道，"他是不是看别人喝了大交杯酒，羡慕嫉妒恨啊？那要是当场看见更刺激的，那他是不是得晕过去？"

叶菱惊道："你……你想干吗？告诉你啊，谢霜辰，你要是敢做出格的事，我……"

"您想哪儿去了？"谢霜辰说道，"您放心吧，我说的'刺激'的事……"

"怎么样？"叶菱问道。

谢霜辰神秘一笑："我不告诉您。"

"谢霜辰你才三岁吗？"叶菱问道，"能不能像一个正常人一样说话？"

"不不不，不行！"谢霜辰又开始学结巴了，躺病床上折腾，"我，我脑子不，不，不好使，我傻，傻了！要叶老师举高高才，才，才好！"

“行，你能耐。”叶菱无奈，他觉得自己还是得老样子才行，要不然真治不了谢霜辰，“喜欢学结巴是不是，等你出去了天天给我演《结巴论》！”

“别介啊！”谢霜辰说道，“总学结巴真的容易变成结巴！”

叶菱说道：“我看你挺享受的。”

“一开始是真的不太利索。”谢霜辰说道，“这两天好点儿了，哎呀这事儿我骗您干吗？”

“我懒得跟你贫。”叶菱看了看时间，“太晚了，我该走了，你自己好好在医院待着吧。”

谢霜辰说道：“您今晚能陪我住一宿？”

叶菱说道：“你晚上不用输液了，不用人看护。”

“我不！”谢霜辰撒娇般地说道，“我想让您陪我！就一宿！”

叶菱争不过谢霜辰，只能答应下来，反正也不是第一次在医院住了，现在还比当初轻松一些，至少不用半伺候谢霜辰。

谢霜辰腾了一半的床给叶菱，他还挺喜欢这样一张床的，能有理由跟叶菱挤着。

“叶老师，您还记着呢？师父还活着的时候就让咱俩好好在一起。”谢霜辰低声说道，“现在这样，是不是算他老人家的心愿已成呢？”

叶菱无奈地笑道：“你可真会找理由。”

“我毕竟叫‘常有理’。”谢霜辰的语调虽然低，但是充满着欢快的音符。那种喜悦仿佛可以通过空气或者皮肤传播的，让叶菱心中也充盈着幸福的感觉。

“叶老师晚安。”谢霜辰说道，“明天见。”

“嗯。”叶菱轻轻回答，“明天见。”

人逢喜事精神爽，自打两个人的心结解开之后，谢霜辰每天都一副春风得意的模样，伤势好转得也很快，在医院养了一段时间就出院了。

来时惊心动魄，走时仿佛什么都没有发生过，还是那个活蹦乱跳的谢霜辰。

就是顶着个光头。

谢霜辰有点儿不开心，就算是戴着顶棒球帽他都觉得奇怪。

“你凑合一下吧。”叶菱一边收拾东西一边挤兑死乞白赖照镜子的谢霜辰，“怎么就你事多？”

谢霜辰说道：“主要是我年纪轻轻没有秃头的理由呀！”

叶菱问道：“怎么没有？谢顶跟年纪又没关系。”

“天啊，您别咒我！”谢霜辰大呼道，“自古美人如名将，不许人间见秃头！我这又不是谢顶！我是因伤剃头！我头发好着呢！”

“你少说两句吧。”叶菱收拾完东西，“走吧，以后别来了。”

“好。”谢霜辰提着行李拉着叶菱就出门。

“你别拉着我啊。”叶菱说道，“医院里这么多人呢。”

谢霜辰说道：“哎呀，谁知道您是哪位？甭计较这么多，容易老。”

“你嫌我老？”叶菱问道。他比谢霜辰大五岁，虽然不像十几岁的差异那么大，但也足足有一道半的代沟。谢霜辰还是二十啷当风华正茂的年纪，而他已经没几年“二字头”的最好时光了。

“女大三抱金砖，男大二加三永流传。我哪儿能嫌弃您呀？尊敬还来不及呢。”谢霜辰笑嘻嘻地回答。

这句话是当初谢霜辰在王铮的婚礼上对叶菱说的，一晃这么久过去了，当初开玩笑的一句话，没想到如今变成了现实。

只能感慨一句“造化”。

咏评社的几个人都要吵着来接谢霜辰，叶菱没让他们来，他经谢霜辰这一事后对医院有了忌讳，不希望大伙儿没事往医跑，而且谢霜辰的东西不多，他一个人就足够了。

两个人打车离开医院，回到了久违的家，谢霜辰伸了个懒腰，长长地叹了一口气，说道：“果然金窝银窝不如自己的狗窝呀！”

“德行。”叶菱说道。

谢霜辰扑倒在自己的床上，半合着眼睛，长舒一口气，像是确认过什么似的，整个人都安定满足了下来。

叶菱摸了摸谢霜辰的脑袋，半天之后才说道：“你这脑袋还挺圆。”

“……我还以为您得说点儿什么心疼我的话呢。”谢霜辰抬眼，“闹了半天就这个啊？”

叶菱笑了笑。

“叶老师。”谢霜辰忽然说道，“我有件事要跟您商量。”

第三十七章

“什么事？”叶菱问道。

“两件事。”谢霜辰说道，“一件是今年继续招演员的事，我寻思着要不然开放一下条件吧，未必一定得是能上台的，只要肯下工夫就行，业务能力上不成熟也没关系，我可以教。”

“你教？”叶菱有点儿奇怪。为人师者，传道授业解惑也，谢霜辰年纪轻轻地教一教小孩儿他觉得没问题，如果是已经具有一些能力的成年人……叶菱又看了看谢霜辰，仔细再一想，放老一辈的时候，谢霜辰这个岁数有能力的早就成名了，收徒自然也不在话下，于是他问道：“你是想收徒？”

“我收什么徒啊？我才几斤几两？”谢霜辰说道，“教学跟收徒是两码事，我只是说可以把我会的东西教给别人，仅仅是在技巧上。师父教徒弟可是连学艺带做人都要教的，我可没那能耐。”

叶菱说道：“你会的东西是不少，不过那都是你师父传给你的，不是传给外人的，你不怕教会了别人自己没饭吃了？”

“这是旧社会艺人的想法，有时候师父教徒弟都得留一手。”谢霜辰说道，“现在都什么年代了，今天你在小园子里说一个活，明天就能传到网上去，你根本没办法阻拦别人学你，那为什么不主动去教给别人呢？而且我觉得老祖宗留下的很多好东西，就是因为所谓的师徒传承、父子传承才失传的。家里没徒弟没儿子，就算带进棺材里去也不传给姑娘，这不就断了？”

叶菱点点头：“你继续。”

谢霜辰说道：“我反倒是觉得，技艺这个东西是最不怕人偷的。就好比京剧吧，‘调’都是公用的，但是‘韵’却是自己的，戏迷们听的其实就是这个韵。相声也是一样啊，同一个活，怎么你说就有意思，能逗乐大伙儿，别人说就没意思了呢？《逗你玩》这个单口够经典吧，长了嘴都会说，但是能千百次把人逗乐的只有马老一个人。我没什么文化，道理上的东西总结不出来太多，意思就是这么个意思。”

“我懂。”叶菱说道。

谢霜辰又接着说道：“反正我只要还活着，就有无限去创造的可能，最好全天下的人都来学我，这才能证明我是成功的。”

叶菱说道：“正确的道路就是这样，汲取前辈所做的一切，然后再往前走。”

“你说得非常有道理。”谢霜辰称赞，“这是非常好的总结性发言。”

叶菱摇摇头说道：“这句话不是我说的，是托尔斯泰说的。”

“噢——好像听说过。”

“……”叶菱从来不意外，以谢霜辰的文化水平能说出什么奇怪的话来，只能总结陈词说道，“这件事情如果你想做，并且认为是正确的，那么我就支持你。”

谢霜辰有点儿惊讶，问道：“您不觉得我是瞎胡闹？”

“我为什么要觉得你是瞎胡闹呢？”叶菱笑了笑，“你都这么大个人了，你有你自己的想法，有对于这个世界，对于生活的见解。你所要做的事情只要不违法犯罪，不伤害他人不就得了？”这事儿如果谢霜辰自己不觉得有什么，叶菱是赞成的。他们在后台的时候，谢霜辰就会把自己从师父那里学来的一些技巧和经验告诉给其他人，这让大伙儿在业务上都有了不小的进步。

谢霜辰意味深长地笑道：“不伤害他人？那可未必，我要说得第二件事跟第一件事还有点儿关系，至于伤害什么人……”

叶菱说道：“你甭卖关子了。”

“行，那我就直说了。”谢霜辰坐了起来，很是正经，“我把手艺拿出来分享，肯定有人跳脚说我违背祖宗规矩，这不重要，我还想做一件算规矩也不算规矩的事，就是……我想让您做我的代拉师弟。”

“什，什么？”叶菱正襟危坐了起来。

“代拉师弟呀。”谢霜辰一字一顿地重复了一遍。

“你……你怎么会有这个想法？”叶菱有些不可思议地瞪大了双眼，“这里面牵扯的事情太多了，不是你拍脑袋想的事。”

“叶老师，我发现您真逗。”谢霜辰一只手搭在叶菱的肩膀上，笑嘻嘻地说道，“我要决定做件造福人类的事，您特支持，但凡是想给您夹带点儿什么私货，您就特上纲上线。不用这么宽以待人严于律己吧？”

“你这辈分太高，我攀不起。”叶菱叹了一口气说道，“你要真这么干了，别说其他人了，你那几个师哥不就得先疯一批？”

“我倒是等着呢。”谢霜辰说道，“到时候不疯我都不干。”

所谓“代拉师弟”，就是指师哥替师父收徒，一般都是师父去世之后的行为。情况分这么几种：一是此人出身名家，需要拜一个辈分高的师父，但长者都已去世，便只能由师哥代拉进门；二是师父生前便非常认同此人，但因种种原因未能拜入师门，死后也可以由师哥代拉进门；三是已经功成名就，但需要给自己找个身份，去各地都吃得开，也可找人代拉。

总之理由千变万化，但其目的都只有一个，就是让自己归入正门，从艺生涯里有来路有归途，从此不被人排挤。

谢霜辰是一番好意，但问题出就出在了这个辈分上。

谢方弼在世时，已是尚在的老艺术家里辈分高者了，所以别看谢霜辰年纪轻轻，走到哪儿都至少是叔辈的，更有甚者，比他年纪大的还得叫他师爷，见了面都得鞠躬、敬烟、端茶倒水，这跟谁说理去？

要是有个无名小卒，一时间变成了谢霜辰的师弟，这在他们的行当里，那可真是飞上枝头变凤凰了。其他“霜”字辈的徒弟哪儿能容忍这样一个宇宙三级跳呢？分明完全失去了引以为傲的资本。

“我觉得欠妥当。”叶菱对这件事的态度很保守，他自己有个名分倒是好了，可是犯不着让谢霜辰去顶风冒险。名分而已，说到底只是一个有则欢喜，没有也不会怎么样的头衔。叶菱本来就是一个半路学艺的人，虽然心中也曾幻想过正式拜师学艺，但终究没有受过那种传统思想的熏陶，有时真的犯不着强行去做。

没想到谢霜辰却自言自语地说道：“我觉得‘霜’字还挺好的，您都不用改名，直接加一个字，就叫叶霜菱，多好听呀。”

“……你有没有听我说话啊！”叶菱很想打谢霜辰的头，但目前这脑袋一打肯定开花，于是只能咽下这一口气。

“听着呢，但也不耽误我自己想事呀，我这儿一心两用。”谢霜辰说道，“师父生前是很喜欢您的，我求他收了您，自然也明白他只把您当学生的顾虑。现在师父走了，他老人家顾不顾虑的也都不算数。我是他的亲传弟子，有信物为证，全天下只有我有资格替他老人家说话做主，我说什么就是什么，这事儿就这么定了，您甭操心。我也不是瞎胡闹，我师哥们越是觉得我伤风败俗大逆不道，我就越是要让他们遂了心愿，把他们给我安排的罪名都坐实一下，要不然我得多亏得慌？我跟浪味仙合计过这事儿……”

“等等。”叶菱说道，“合着姚老板知道你在医院里装傻充愣呢？”

“我可没卖他。”谢霜辰笑着回答，更显得他刚刚那句话是故意的。

“起来！”叶菱推搡着他。

“干吗？”谢霜辰问道，“您是终于想起来要罚我跪搓衣板了？”

“无不无聊？”叶菱说道，“事情已经过去了就不要再提，我既然决定跟你好好在一起，就不会在这样的小事上互相为难，总是纠结这些事有什么用？还不如想想中午吃什么……对，到中午了，你给我做饭去！”

“行行行。”谢霜辰麻利地站了起来，跑去厨房转悠了一圈，出来说道，“咱家里没吃的啊！做什么？”

叶菱说道：“你不会去买？”

谢霜辰说道：“那咱俩去超市。”

叶菱说道：“你自己去。”

谢霜辰不干：“我是病人啊！万一我晕倒在外面怎么办？万一再有个女流氓见色起意把我掳走了怎么办？”

叶菱快疯了：“你怎么不编排自己让人拐卖进大山里生孩子？”

“我没那功能啊！”谢霜辰把叶菱拉了起来，“叶老师，一起去嘛！”

叶菱无奈，由着谢霜辰把自己拉出了门。他们的住处不远就有一个超市，在里面逛了好几圈，谢霜辰见这个想吃，见那个也想吃，叶菱觉得他是在医院里天天清水煮白菜饿疯了。

反正是谢霜辰做饭，只得随他去了。

谢霜辰在家休息了一天之后便打算登台，叶菱不想让他这么快就去工作，毕竟演出很累，谢霜辰回家后还是应以休息为主。谢霜辰知道叶菱是关心自己，谢霜辰很是自信地拍了拍胸膛说自己已经好了，演一宿都没问题。

这一幕似曾相识，当初谢霜辰即便发高烧嗓子不好也会坚持上台。很多话在谢霜辰这个没皮没脸的人嘴里说出来都没什么可信度，他也不会说自己很热爱自己的事业，不过他对观众是很真挚热情的，这要归功于谢方弼一直以来对他的教导。

“观众就是衣食父母。”谢霜辰穿着大褂在后台跟大伙儿聊天，手里握着个茶杯，“我这一天不演出就少一天的饭钱呀！”他的脑袋不再像住院时那样跟灯泡似的，而是长出来了一层绒毛。说话间，他的手还往脑袋上摸了摸，像个刚从号子里出来的流氓。

“哦，合着不是热爱舞台，热爱观众啊？”蔡旬商一边系着扣子一边说道，“怕旷工太久叶老师不给你发工资？”

谢霜辰说道：“发工资这事儿不是你婶儿管，是‘屎湘澄’管，这个丫头对我成见很深，保不齐就给我多扣一笔工钱呢。”

“还好她不在后台，要不然又该出来骂你了。”蔡旬商说道。

“我不在的时候，你们有没有想我啊？”谢霜辰问道。

“没——有。”众人该干吗干吗，根本没人看他。

风飞霏低头玩手机，一场团战正酣，谢霜辰去纠缠他，他就各种躲闪，没想到操作失误导致己方被团灭。队友骂他小学生，风飞霏就骂谢霜辰：“你赶紧去死吧，你个秃驴！我根本不想看见你！！”

“哎，你玩，你玩。”谢霜辰倒退离场。

叶菱从卫生间回来，见一屋子人干什么的都有，气氛说不出来的诡异。“台下的观众差不多都齐了，飞霏，别玩了。”叶菱说道，“准备一下该开场了。”

“哦，好！”风飞霏手上的游戏也结束了，他退界面去换衣服。

谢霜辰屁颠屁颠地跑到叶菱面前告黑状：“叶老师！二小姐骂我！”

叶菱问道：“他骂你什么了？”

谢霜辰对风飞霏说道：“有本事你再学一遍？”

风飞霏对叶菱说道：“我骂他死鬼、秃驴啊。”

叶菱点头：“你骂得对。”

风飞霏得意扬扬地拎着大褂就走了。

当天的演出，反响很热烈，谢霜辰暂别了小一个月，粉丝从各种渠道得知他今天登台，给他带了好多礼物。

就是这个光头的造型有点儿让大伙儿忍俊不禁，拿这个事在微博上说了一宿。

谢霜辰重伤初愈，得亏年轻力壮再加上身体素质好，才能跟个没事人一样在台上蹦跶。他为了不让叶菱担心，只返了一次场就结束了演出，观众虽然恋恋不舍，但是也不会太为难谢霜辰。

反正他每天晚上都在这儿说，买票来看就是了。

谢霜辰这几天在台上也只是演传统活，主要还是修养生息，顺便抽时间看一看他住院期间杨霜林发得那些通稿。

无非就是指责他跟叶菱不伦不类，糟蹋传统，胡作非为，哗众取宠……

结论就是：师哥没有带好师弟，很痛心。

谢霜辰心想：你痛个屁啊！

他心中计划着把叶菱代拉进门的事情，不过操作起来确实有很多困难。

第一，相声行当拜师需要有引师、保师、代师。顾名思义，“引师”就是把徒弟引荐给师父的人，通俗来说就是介绍人。“保师”就是保证徒弟人品端正不会做出欺师灭祖之事的人。“代师”就是可以代替师父向徒弟传授技艺的人。这三个人的地位与师父相同，所以一般来说也是师父的同辈来承担这样一个角色。

第二，相声是一个综合的艺术门类，用到的很多技艺，比如：戏曲、快板、大鼓书等都不是本门的东西。故而在收徒摆知时，除了引师、代师、保师之外，还需要有其他至少两行的人前来见证才行。

第二个问题对于谢霜辰是好解决的，姚笙他们家就能算一行，除此之外再找一行就可以了。不过第一个问题真的很让他为难，与他师父同辈的人几乎都已去世，就算还有活着的，人家愿意来？

拜师，可是件惊天动地的大事啊。

谢霜辰合计了半天都想不出什么特别好的办法，于是打算去找姚笙，看看他有没有什么主意。

姚笙这天在家，谢霜辰跟他确认好之后就开车前往。刚到他家门口，隔着厚重的大门就能听见里面有砸东西的声音，还有姚笙的叫嚷声。

谢霜辰心中一惊，不知道里面发生了什么事，赶忙按门铃。

很快，门开了，风飞霏站在门里面，一脸严肃地看着谢霜辰。

“出什么事了？”谢霜辰问道。

第三十八章

"能有什么事？"凤飞霏把谢霜辰迎了进去，"他这几天经常这样，我都习惯了。"

"啊？"谢霜辰一头雾水，"抽什么风呢？"

谢霜辰一进门就听见姚笙在里面不知道跟谁大声吼叫。

"我说过我要用那个舞台团队吧？为什么都这个时候了才告诉我时间上排不开？早干什么去了？我养着你们开福利院啊？我再强调一次，钱不是问题，我要人，OK？办不好就都给我滚蛋！"

紧接着又是"哐当"一声，不用说，准是把手机给砸了。

姚笙风风火火地从里屋冲出来，见谢霜辰来了，抬起下巴招呼了一下。

"干吗呢？"谢霜辰问道，"拆房子啊？我还以为是你把谁肚子搞大了，人家里来找你负责了呢。"

"放屁！"姚笙的脸都是黑的，对着谢霜辰也没好脾气。

谢霜辰知道姚笙是真的在气头上，当即认㞞不拱火，举手抱拳说道："怕了您了，先消消气，跟兄弟说说怎么回事啊？"他有模有样地朝着凤飞霏用下巴一指，"去，给姚老板沏杯茶去。"

谢霜辰在姚笙家里向来是不见外的。

凤飞霏懒得跟谢霜辰贫嘴，跑去厨房倒腾去了，就当是远离风暴中心。

"你找我什么事？"姚笙问道。

"我估摸着不如你这事儿大。"谢霜辰说道，"不然你先说说你的事？"

“我没多大事。”姚笙深吸了一口气，“今年的巡演重新排的新戏，舞台也是全新的，我本来选好了一个舞台团队，结果手下人给我搞砸了。我觉得他们早晚得气死我。”

姚笙平时玩乐归玩乐，在工作上他可是个十足十的暴君。他就仿佛是有强迫症一样，一切都要求最好的。最好的舞台，最好的团队，最好的行头……当然了，他对自己的要求更严格，竭尽所能地奉献最好的演出。

他去年跟一个独立音乐工作室，跨界合作的京剧演出大获成功，外界的评论非常好，业内对他的创新也有了更高的评价。因为是实验性质，每一场演出办得都不大，场次也不频繁。到了今年，他打算包括剧本在内重新编排，行头重新设计定做，灯光舞美全部启用最先进的全息技术，包括里面穿插的音乐形式都多种多样。

“唐三千、宋八百，数不尽的三列国”。自古以来，京剧舞台上的故事无非就是“帝王将相，才子佳人”八个大字。姚笙在剧本选题上琢磨了很久，这出戏一定要美轮美奂，即便是听不懂戏的人，也能够在视觉上得到满足。而且这个故事一定要家喻户晓耳熟能详。

想来想去，姚笙决定重新编排《长恨歌》。

“《长恨歌》？”谢霜辰稍微扬起了头，似乎在从自己的大脑里搜索相关信息。

“别想了，已经超出你的知识范围了。”姚笙嘲讽道。

谢霜辰不以为意：“我记得京剧是有一出《长恨歌》？”

“京剧什么故事没唱过？”姚笙反问道。凤飞霏这时把茶端了出来，姚笙顺势拿了一杯，吹了吹水面，抿了一小口，继续说道，“这出完完全全是新编的，编剧团队里除了京剧的剧作家，还有电影编剧，历史学家、剧作家……”

“嚯——”谢霜辰吃惊地说道，“你这是要升天啊？你上哪儿弄这么多老头儿给你写剧本？”

“没一个老的。”姚笙说道，“团队很年轻。”

“……行？”谢霜辰疑惑地问道。他倒不是质疑这些人的水平，只不过京剧要比他们相声行当艺术得多，也复杂得多，不是上嘴皮子碰下嘴皮子就能搞定的事。

“翁偶虹二十九岁时写的《锁麟囊》，创作上的事跟年龄没有什么关系。”

姚笙说道，“剧本非常精彩，我觉得这会是一出好剧的。”

“欸，我有个问题。”谢霜辰说道，“你觉得京剧的行头出现在一个现代舞台上奇怪？”

“强行结合才会奇怪。”姚笙说道，“懂戏的人不懂流行文化，懂包装的人不懂戏，这就很容易出洋相。”

谢霜辰问了一个很关键性的问题：“那你这出戏编排得怎样了？”

姚笙冷冷地笑道：“如果不是舞台团队这边出幺蛾子……”

“他天天都在家里暴怒。”凤飞霏冷不丁插嘴说道，“特别可怕，我感觉跟他一块儿唱戏大概会死吧。”

姚笙瞪了一眼凤飞霏：“你怎么就没点儿人在屋檐下的自觉？”

“我这是实话实说啊。”凤飞霏对谢霜辰说道，“我真没见过他这么疯狂的人，这戏得有多大啊，能活生生把人压成这样？”

“是啊。”谢霜辰问姚笙，“姚老板您这手笔，还不得上鸟巢演出去？”

“不用，北京工人体育场就行。”姚笙说道。

“行吧。”谢霜辰挠了挠脑门儿，“听说过在北京工人体育场开演唱会的，没听说过在北京工人体育场唱戏的，回头你开票给我留两张啊，我带着叶老师见见世面去。”

姚笙却说道：“我第一站不在北京，在天津。”

闻言，谢霜辰看了看姚笙，眼神有点儿复杂。

京剧跟相声多少有点儿共通之处，学艺成长的经历大多是在北京，北京的社团戏班多。成角儿在天津，因为天津的观众挑剔，演得好就用力捧，演砸了叫倒好比谁都厉害。待名扬四海家喻户晓之后，都要到十里洋场大上海去走一遭，到那时候，大把的钞票就等着人去捞。

按理说，姚笙这首站怎么着都得在北京开场，他定于天津，就有些奇怪。

谢霜辰不忙于打破这个悬念，而是笑着说道：“天津也行呀，哪儿办啊，‘水滴’？”

“有病吧？‘水滴’是体育场，我多大瘾啊，露天唱戏？”姚笙很想去打谢霜辰。

谢霜辰说道：“要不是人一多就说不动了，我还挺想来个什么鸟巢十万人相声大会，卖卖吊票，感觉很气派。”

姚笙说道："累不死你。"

谢霜辰说道："所以我就是想想嘛！"

姚笙说道："你甭说我了，你什么事啊，忽然跑过来。"

"就是我跟叶老师的事。"谢霜辰刚一开口，姚笙就打断了他，"我这儿可不是什么街道居委会，不负责家庭矛盾的调节，当然也不管劳动仲裁。"

"你这人怎么这么无聊啊！我找你就是家长里短的事？"谢霜辰回答道。

"不然呢？"姚笙反问道，"你以为自己 level（档次）多高？"

"真的是正事！"

谢霜辰将自己跟叶菱讨论的代拉师弟一事讲给了姚笙听，姚笙听完之后沉思片刻，紧接着又是故作拈须，叹道："叶老师真是贤惠。"

"你能不能别演诸葛亮了？没胡子就别显摆了！"谢霜辰也很想打姚笙，"你是没看见他折磨我的时候！"

"那就是你俩的事了。"姚笙满不在乎地说道，"两行人好解决，我把我爷爷请出来，还有他们家。"他指了指凤飞霏，"凑个数吧。"

"什么叫凑数？"凤飞霏问道，"你们要干吗？"

谢霜辰说道："你甭管干吗，你们家人都在哪儿？保定呢？能叫来不？"

"当然不能？我找死啊？"凤飞霏说道，"你告诉我，你要作什么妖。"

谢霜辰无奈，只得再跟凤飞霏讲一遍原委。

"我家里人未必能给你找来，我想多活两年。"凤飞霏指了指自己，"你看我行吗？"

"你？"谢霜辰一脸嫌弃，"一边待着去。"

凤飞霏想了想："要不我去找我哥？我哥入过行，只不过不唱了而已。"

"到时候再说吧。"谢霜辰说道，"我现在就特别头疼引师、代师、保师怎么办啊！"

姚笙无语："我发现你们真是圈子不大规矩还不少，一定得有这三个人？没有会死？一定得跟你师父平辈？那要是都死光了可怎么办？活人还让尿给憋死啊？"

谢霜辰说道："其实真是未必，可是我私心里想吧……我就是想给叶老师办得合乎规矩一些，正式一些，这才显得我重视他。"

"你真逗。"姚笙戳着谢霜辰的肩膀说道，"你看看你现在这德行，穷得叮当响了，就这，他还能跟你在一块儿做搭档，那他还能是在乎那些虚头巴脑的人？你也不仔细想想。我看啊，你就别弄这些了，到时候请一些交好的圈内人来，这事儿就成了。”

谢霜辰委屈巴巴地说道：“可是我就是想给叶老师一个不留遗憾的拜师仪式呀。”

“这事儿还真难办。”姚笙说道，“要不然别办了。”

“不嘛！”

“我能插个嘴吗？”一旁的凤飞霏举手发言，“为什么你们总有把事情说得特复杂的能力？”

“超能力。”谢霜辰说道，“超级英雄都这样。”

“我次儿了喂！”凤飞霏叫道，“真不要脸！”

姚笙想摸手机看日程安排，结果想到自己刚刚把手机给砸了个细碎，只能去屋里，从手机残骸中把手机卡找出来，然后又跑去书房拆了个新的 IPhone 同步自己的备忘录。

谢霜辰小声问凤飞霏：“你俩最近是不是在倒卖苹果水货呢？怎么还带囤货的？”

“他总是砸手机。”凤飞霏说道，“可能最近压力大吧，跟人打着电话动不动就砸一个，砸完了当下还没得用，他就去批发了一堆回来备用。”

“绝了。”谢霜辰扶额，“怎么唱戏的这么有钱？”

“我也纳闷儿啊。”凤飞霏说道，“可能国粹跟我们就是不一样吧。”

谢霜辰拿腔捏调地说道：“都是下九流，谁嫌弃谁呀。”

凤飞霏说道：“别说这些没用的了，我现在都想逃难上你们家去了。他平时不在家还好，只要是在家，除了打电话骂人，就是一声不吭地在墙根拿顶……这谁受得了啊？”

“你可别上我们家去。”谢霜辰说道，“你不是腻歪我们？”

凤飞霏说道：“我觉得我还可以再抢救一下。”

谢霜辰拒绝：“别，我腻歪你。”

凤飞霏满脸惊讶，不知道该怎么接话茬儿。

姚笙同步好了手机，期间还接了个电话，这次比较正常，没大吼大叫。

他走出来，在手机上翻看着自己的日程安排，说道：“择日不如撞日，我看啊，你们那个仪式就下周末好了，正好我有时间。反正我是觉得啊，惊世骇俗的事你也没少干，又何必给自己绕回去呢？咱就搞一个简单的摆知，不用找什么老一辈的人来了，就咱哥们儿几个得了，到时候我找几家媒体发一轮通稿，这事儿不就成了？很复杂吗？”

“那万一……”谢霜辰还是有点儿犹豫。

“没什么万一。”姚笙说道，“谁敢跳出来说话，先拍个身份，我女巫夜里带毒执法。”

“那行吧。”谢霜辰也着实想不出来什么更好的法子，姚笙有句话没说错，活人还能让尿给憋死？到时候谢霜辰把这事儿一公布，生米煮成了熟饭，别人认是这个，不认也是这个，谁也阻拦不了。“就这么说定了。”谢霜辰说道，“我去做准备，到时候你们都来。”

“那我以什么身份去啊？”凤飞霏问道，“是尊贵的嘉宾吗？”

谢霜辰说道：“你可以以我闺女的身份去。”

“你可以去死了。”凤飞霏冷冷地回答道。

谢霜辰回去之后就开始操办这事儿，他没跟叶菱说，晚上还是照常演出，白天在家里休息。他喜欢跟叶菱两个人赖在家里哪儿都不去的日子，有一种特别安稳的感觉。

咏评社休息那天，谢霜辰和叶菱在家里宅着，没想到迎来了一位不速之客。

“您……”叶菱站在门口，看着门外的中年人，犹豫着要不要让他进来。

“哟，大师哥啊！”谢霜辰从屋里出来看见了，招呼道，“什么风把您给吹来了？进来坐呀。”他只跟杨霜林特别不对付，对于李霜平，谢霜辰没有太多的成见。即便是不太欣赏，互相拌过嘴，若是对方不招惹他，他还是能心平气和地跟他说两句话的。

又不是小学生吵架，哪儿有什么“我跟你绝交”这种事呢？

李霜平带了两袋子补品，他笑着对谢霜辰说道：“听说你受伤了，得空过来看看，养的怎么样了？”

无事献殷勤，非奸即盗，除此之外谢霜辰想不出其他的理由。不过他还是好生招待了李霜平，两个人在客厅的沙发上坐下，叶菱去给他们沏了茶，李霜平特意看了看叶菱，叶菱就在他的注视之下坐到了谢霜辰的身边。

“我呀，没什么大事。”谢霜辰说道，“小伤而已，这都没事了，师哥您来得可有点儿太晚了吧？”

李霜平笑了笑，尽是和蔼的神情，对于谢霜辰的公然挑衅也不恼火：“我之前在外地巡演，不知道你出事了，这不一回来就来看你了。你和老二的事我也在网上看见了，跟前也经常会有人提起。哎……说到底这事儿还是怪师哥无能，你们两个争来争去的，我心里也不好受，师父若是在天有灵，想来也不能安心吧。”

“那也是二师哥欺负我。”谢霜辰说道，“我可什么都没干。”

“你跟小叶……”李霜平起了个头。

“我俩挺好的啊。”谢霜辰大大方方地说道，“您这不是瞧见了？”

“这……你们……”李霜平不知道该说什么才好，谢霜辰总是一副理所应当的口气，仿佛叶菱才跟他是亲哥儿俩。

这只能怪李霜平没有能力，对谁都没办法，既管教不了杨霜林，也管教不了谢霜辰。

“您就是来问我这些的？”谢霜辰问道。

“顺道儿，这不就是聊聊家常。”李霜平说道，“我没什么其他的意思，今天也不是替老二来当说客的，我跟他也挺久没有联系了。”

“我也没那意思。”谢霜辰说道。

叶菱在一旁听他俩互相拉扯，听得都想瞌睡了，他不喜欢这样的对话，有这工夫还不如看会儿书有趣。

李霜平跟谢霜辰实在没有什么特别好聊的话题，两个人的岁数相差太多，除了业务上也没有其他共同语言，然而业务上他跟谢霜辰也不是一个路数。李霜平在网上看过谢霜辰的视频，除了那些与叶菱之间过分亲昵夸张的表演之外，还是能看出来一些作品成色的。这让他很羡慕年轻勇敢的谢霜辰，最令人绝望的是，这样一个人还有他们可望而不可即的天赋加成。

如果周霜雨还在世，这两个人会是怎样的景象呢？

李霜平不敢想象，天才的光芒会显得他这样的普通人更加庸庸碌碌，无所作为。

不过性格使然，李霜平对于师弟的感情羡慕归羡慕，他不会像杨霜林那样表现得那么激烈，李霜平清楚地知道自己的问题出在哪儿，他永远不可能被一个时代所铭记。

一时间，李霜平感慨万千。

他在谢霜辰这里坐了一会儿就打算离开了，谢霜辰的身体状况还不错，他也就没什么话题再多问的了。

送走李霜平之后，门一关，叶菱问谢霜辰：“他怎么忽然来看你？”

“不知道，不过我不意外。”谢霜辰说道，“大师哥这个人吧……人不坏，老实敦厚。但有时候未免也太爱和稀泥了，他总希望自己跟谁都好，但现实就是暴风雨来临的时候，没人能独善其身。越想中庸，就越有人逼着你站队。我原来就特别不能理解他这样的人，有种恨铁不成钢的感觉。”

叶菱笑着说道：“人家是你师哥，你还嫌人家不成钢？”

“人都会有自己的想法啊，你得让我在成长过程中有一个思想转变吧？”谢霜辰说道，“我现在都不能理解他这样的人图什么，但是我能接受他这样的人存在，并且尽量尊重他的选择。”

“嗯，挺好。”叶菱说，“是有进步。”

“跟您说个事。”谢霜辰说道，“我周末要给您办拜师仪式……”

“不是说了先仔细想想？”叶菱问道。

“我想得很仔细了啊。”谢霜辰说道，“从今往后，您就得叫我师哥了。”

叶菱无奈地说道：“……够奇怪的。”

“这有什么奇怪？”谢霜辰笑着逗叶菱，“到时候您就得叫我一声师哥了。”

“我有什么好处？”叶菱故意问道。

谢霜辰与叶菱开着不着边际的玩笑，“叫声师哥，命都给您。”

第三十九章

中国人无论何等大小场面，皆与吃饭脱不开关系，“摆知”亦是如此。

这个词说传统归传统，但是由江湖而来，旧时走街串巷卖艺杂耍的皆为江湖人士，有着很强烈的市井气息。故而“摆知”也宛如一个江湖缩影，各门各派的前辈同仁前来观礼，以后五湖四海走江湖跑码头，报上自己的师门，便有同行帮衬。

谢霜辰依稀记得当初自己拜师时的场面那叫一个大。那会儿谢霜辰还是谢方弼家里的小崽儿，收入门下时不过几岁。谢方弼江湖地位摆在那里，曲艺界内叫得上、叫不上名号的人都来了。当时谢霜辰的引师、保师、代师也都是德高望重的老前辈。今日大师已悉数离开了这个时代的舞台，而在某酒店的一个不大不小的包间里，凑了两桌人，正在举行谢方弼的收徒仪式。

谢方弼已经去世，由徒弟谢霜辰代拉。

姚家的老爷子没来，是姚笙来的，仪式还没开始，他一进屋就看见里面除了咏评社的众人之外，还有几个生面孔。

谢霜辰拉着他挨个儿介绍，有叶菱原先的搭档王铮，有叶菱学快板、学三弦儿各种其他行当的同窗——有些没有拜过师，所以也算不上是师兄弟。

一屋子都是年轻人，岁数最大的竟然是杨启瑞。

姚笙说道：“行，真是数风流人物，还看今朝。”

“我也不是没办法？”谢霜辰说道。

“没事。”姚笙揽着谢霜辰的肩膀说道，“来一堆大爷准得抽烟喝酒，弄得满屋子都乌烟瘴气，这样挺好，一切都只是走个形式，有心收徒的，互相喝杯茶都算成事。别担心，媒体方面师哥给你安排得明明白白的。”

“你跟人说的是几点啊？”谢霜辰问道。

“待会儿。”姚笙说道，“我助理在外面等着呢，欸，我出去看看啊。”

他已经转身往外走了，却还扭着头跟谢霜辰说话，没注意就撞到了一个人，他后退两步，看着那人，那人也是一愣。

“抱歉，抱歉。”姚笙礼貌地笑笑。认真看着那人，身材高挑气质拔群，外面是乍暖还寒的时节，他却只穿了套西装，甚是优雅，淡笑如早春光景。

这人眼生，姚笙问道：“您是？”

“哥！”凤飞霏不知道从哪儿冒了出来，一蹦一跳地跑过来。他个儿不小，但是行为举止还是存留着少年气，脚步都是轻快的，动作像个撒欢儿的小老虎，威风可爱。

那人应了一声，在门口的花名册上写下了自己的名字，笔走龙蛇，铁画银钩，一看就有着很强劲的书法功底。

但见纸上三个飞扬跋扈的大字——凤飞鸾！

此人正是那个传说中的评剧“凤七”！

“你哥啊？”姚笙脱口问道。

凤飞霏点头。

这时谢霜辰也过来了，他只知道凤飞鸾这个人，但没怎么见过。凤飞鸾后来离开了家在外闯荡，就鲜少有什么消息。坊间圈内传闻最多的还是凤家大少爷为了躲避继承家业的重任，而离家出走的笑话。

“你们好。”凤飞鸾一一向大伙儿打招呼，他说话很简单，但脸上始终带着的笑意让人如沐春风，不觉他客气，反觉亲切。他与凤飞霏单看谁也不像谁，可站在一起就能看出来是兄弟俩。

唯有一点儿相像，张嘴说话时能看见一颗虎牙，但不是很明显。

凤飞霏给凤飞鸾找了个座位坐下，姚笙和谢霜辰好奇地把凤飞霏拉到一边去询问凤飞鸾的事情。

“你哥不唱戏难道去混金融圈了？”谢霜辰问道，“我觉得你哥那副‘额勒金德’的模样，感觉像是动不动就操纵几百个亿的股票市场一样。””

凤飞霏说道：“没有啊，我哥是做音乐的。”

“哦，那跟唱戏挨着也不太远。”谢霜辰说道，“都是……嗯，优雅艺术。”

凤飞霏说道：“他喜欢玩乐队，摇滚。”

“……行吧。”谢霜辰说道。

姚笙问道：“你哥先离家出走，然后你又离家出走，你还能找着你哥？你俩也真是厉害。”

凤飞霏说道：“我本来就是借着找他的理由跑出来的。我家里其实对我哥已经是睁一只眼闭一只眼了，就是我哥自己不想回去。当然了，他也不会向家里透露我在哪儿。”他的话风轻云淡，虽然没有往深处想，但估摸着也知道家里对自己也进入到了睁一只眼闭一只眼的状态。

他在咏评社演出，网上也有视频，跑出来这么久家里怎么可能不知道？退一万步说，就算不知道，失踪人口得报警吧？这么长时间都没人来抓他，他又不是榆木脑袋，用脚指头想，都能想明白是怎么回事了。

生于这样的家庭似乎少了几分家长对于孩子的溺爱，十八岁成人，已经是可以走江湖的年纪了。自己跑出来闯荡，见够了世面吃够了苦，就能记起家里的好来了。

然而凤飞霏并没有吃苦，还过着他优渥的生活。

毕竟现在是姚笙在养他，姚笙大方，花钱爽快，这日子过得比在家里还舒坦。

乐不思蜀，谁还想着回家？

他们三个人在这边嘀嘀咕咕，凤飞鸾落座时，他谁都不相识，可坐下没几分钟，大伙儿互相报了姓名，竟然就熟稔地聊了起来。凤飞鸾气质优雅，谈吐风趣，与凤飞霏口中“玩摇滚”三个字似乎一点儿都不搭边。

在他们眼中，摇滚乐队都是特躁的那种，凤飞鸾怎么看，怎么都是个富贵优雅的公子哥儿呀。

“啧啧，社会啊社会。”谢霜辰双手插袖口里，贫了吧唧地感叹，“今天怎么都穿西装来？没通知是西装聚会啊？”他看了看旁边打扮得更风骚的姚笙，“不知道的还以为你今天结婚呢，你和凤七一个新郎一个伴郎，你俩绝了。”

“我这是对场合的尊重。”姚笙数落谢霜辰，“哪儿像你？今天是你们家的大日子，你就穿个淘宝帽衫来？”

“我这个是Off White的联名款好不好？”谢霜辰强行证明自己，连衣服后面垂着的标签都拽出来了。

“你哪年买的啊？”姚笙问道，“今年还买得起？”

“……”谢霜辰说道，“早晚会买得起的。”

“哟。”谢霜辰伸手的时候，姚笙才见到谢霜辰手上戴着的翡翠扳指，调笑道，“可以啊少爷，这就带上了？”

“你也不看看这是什么场合？”谢霜辰伸手朝他摆了摆，“嫡传的，谁能说闲话呢？”

姚笙笑了笑，不跟谢霜辰耍贫嘴了，去外面找自己的助理。媒体的朋友已经来了，大包小包扛着机器，除此之外还有一些自媒体大V，姚笙早就托付完毕，新闻通稿都准备的差不多了，等这边一完事，那边就能发出去了。

就杨霜林会找记者写大字报？谢霜辰计不计较是他的事，姚笙就特烦这种给人添堵的人。姚笙出身名流，却跟谢霜辰一样尊崇于江湖义气，同门兄弟情义当先，没有像杨霜林这样虚伪，当婊子还要立牌坊。

原定的拜师仪式时间已到，叶菱穿着工整地走了出来。巧的是，他今天穿得也是西装，样式很普通，却难掩他身上的书卷气。

拜师仪式很简单，拜过祖师爷，拜过师父，叶菱就算入了门。

说起来，若是谢方弼在世亲自收徒，叶菱也应当算得上是他的入室弟子了。当初叶菱跟随谢霜辰在老爷子家里住了很长一段时间，老爷子还教了他不少技艺，老爷子对这个年轻的后生很是喜爱。但是碍于各种原因未能亲自收入门下，不知是否是他的一个遗憾。

如今谢霜辰代拉叶菱入门，刨除许多私心，也算是将这个谢方弼生前的遗憾给了结了罢。

在谢霜辰的心里，叶菱是算作入室的，只不过没入谢方弼的室，而是入了谢霜辰的室。

叶菱向谢方弼的牌位鞠了个躬，本应当磕头，谢霜辰觉得麻烦，一切从简。然后他拿出了给叶菱准备的信物，是一块金丝楠惊堂木，叶菱觉得很眼熟，仔细瞧了瞧，竟然是谢方弼生前留下的。

“拿着啊。”谢霜辰说道。

“这……”叶菱有些犹豫。信物这东西可有可无，就是添个彩头，就算是给，也是给些普通玩意儿，他万万没想到谢霜辰会把谢方弼生前留下的这块惊堂木送给他。

“我代师父给的。”谢霜辰说道，“师父留下来了三样东西，咏评社的门牌现在挂起来了，一个扳指在我手上，这块惊堂木你就拿着，现在你我是师兄弟，就不要见外了。”

叶菱点点头，将那块惊堂木收了起来。

谢霜辰笑着问道：“你该叫我什么？”

叶菱微微颔首，被谢霜辰这一句问得有点儿不知所措。谢霜辰比他小五岁，现在反倒要叫他师哥。一瞬间，叶菱脑海中如走马观花一般层层浮现而过，从最初的对于谢霜辰轻佻举动的厌恶，到慢慢看到这个年轻人的天赋锋芒，再到进入到他的世界。

他们在一方小院里向大师学习技艺，在闹市街头为了生计撂地卖艺，想尽办法维持园子里的生意，还要时时提防来自外界的舆论风波。

这当中有很多的快乐，也有很多的艰辛，一路走来，从两个人从互相磨合到互相扶持，再到逐渐周围有了这些意趣相投的朋友去共同奋斗。

人生快意之事，无外乎是与志同道合者去追逐风雨，追逐阳光，追逐世间一切美好的事物。

幸运的是，这样一群人当中的谢霜辰，不光是他事业上可靠的伙伴，也是他生活上停泊的港湾。

兄弟，知己，伙伴。

这样复杂又纯粹的感情胜过千万言语。

相识、相知、相伴。

叶菱读过那么多的书，此时此刻却也仅仅只能够想到这简简单单六个字来概括他与谢霜辰的过往。

他抬起头正视着谢霜辰，谢霜辰也在笑着看自己。叶菱心中忽然变得轻松愉悦了起来。叶菱今天很高兴，这是从他的表情上、眼神中就能看出来的情绪。他不光如愿以偿的拥有了一个名分，也同谢霜辰的关系变得更深了一层。

叶菱对着谢霜辰笑了笑，很是平淡，如他往日那般，可是眼角却流露出无限的温情。

“师哥。”两个字清晰地从叶菱的口中吐露出来，而后他向谢霜辰深深地鞠了一躬。

虽然知道这是该有的礼节，但谢霜辰还是一愣，忙伸手去扶叶菱。

“咱俩何必玩这些虚的？”谢霜辰在叶菱耳边小声说道，“平日里多叫几声就行啦。”

叶菱瞪了谢霜辰一眼，亦是小声地说道：“没正行。”

他俩这番对话别人听不见，只当他们是兄友弟恭。仪式完成，接下来就得由谢霜辰这位师哥讲几句话。

“首先，感谢大伙儿今天能来参加我师弟叶霜菱的拜师仪式。”谢霜辰站在台前，发言时收起了他的玩世不恭，“我师父谢方弼先生生前便十分喜爱这个师弟，师弟也曾在家中长住过一段时间，向师父学习技艺。两人有过口盟之约，只可惜师父走得太突然，没能亲自将师弟收入门下。如今我替他老人家完成心愿，也算是皆大欢喜了。我师弟聪颖好学，颇有天赋，并且极具创作力，我希望从今往后，我们师兄弟能够同甘共苦，在相声事业上时刻谨记两个词——传承，发扬。大伙儿今天算是给我们做了一个见证，以后还得大伙儿多多帮扶，共同进步！”

“说得好！”姚笙带头鼓掌。

开席之后，谢霜辰带着叶菱挨个儿跟大伙儿喝了杯酒，走了一圈之后来到凤飞鸾面前。谢霜辰笑着跟凤飞鸾聊了几句，凤飞鸾也在北京发展，只不过小乐队没什么名气，不足以拿出来说而已。谢霜辰见他那副谈笑风生的模样，便觉得此人心胸开阔，谈起惨淡经营的生活也未有任何抱怨的神情，实在豁达。

“哎呀，玩音乐？”谢霜辰一指姚笙，“回头让姚老板带带你，他随便开场商演都够手底下那些专门负责音乐的人吃好几顿了。”

凤飞鸾看向姚笙，笑着向他点了点头。

姚笙双手抱臂说道：“你就别抬举我了。”

“这不是我们要寻找一个共同发财致富的道路？肥水不流外人田啊！”谢霜辰说道，“两位老板，苟富贵，莫相忘。”

“那我呢？”凤飞霏问道。

谢霜辰说道：“你是小崽儿。”

“你给我滚！”凤飞霏大叫道，凤飞鸾拽了他一下，叫他不要太嚣张，凤飞霏把气憋了回去，坐在凤飞鸾身边。

跟朋友聊完，谢霜辰又跑去跟媒体那边托付了一些事情，他心中明白，这个消息一旦公布出去，必然会引来血雨腥风。

果不其然，各大媒体在报道了谢霜辰替谢方弼收叶菱为徒的消息之后，业内就跟地震了一般。以前是暗斗，现在算是把面子都撕破了，都搬到台面上来撕了。

杨霜林连夜组织业内同仁，发布了一个公告。

内容洋洋洒洒数千字，否定了谢方弼与叶菱之间所谓的“口盟”，也不承认谢霜辰有资格代拉叶菱，称其违背祖宗规矩，欺骗广大群众。最后落款八个大字，给谢霜辰此等行为定下了罪名。

“欺师灭祖，大逆不道！”

（未完待续）